东北刑警往事

RECORDS OF SERIOUS CRIME

重案实录

刑警作家 刘星辰 ★ 著

云南出版集团
云南人民出版社

图书在版编目（CIP）数据

重案实录 / 刘星辰著 . -- 昆明：云南人民出版社，2020.8
ISBN 978-7-222-19483-0

Ⅰ.①重… Ⅱ.①刘… Ⅲ.①长篇小说—中国—当代 Ⅳ.① I247.5

中国版本图书馆 CIP 数据核字（2020）第 144030 号

出 品 人：	赵石定
责任编辑：	李　洁
装帧设计：	蒋宏工作室
责任校对：	胡元青
责任印制：	马文杰

重案实录
ZHONG'AN SHILU

刘星辰 著

出版	云南出版集团　云南人民出版社
发行	云南人民出版社
社址	昆明市环城西路609号
邮编	650034
网址	www.ynpph.com.cn
E-mail	ynrms@sina.com
开本	787mm×1092mm　1/16
印张	22
字数	304千
版次	2020年9月第1版第1次印刷
印刷	北京中科印刷有限公司
书号	ISBN 978-7-222-19483-0
定价	52.00元

云南人民出版社微信公众号

如需购买图书、反馈意见，请与我社联系
总编室：0871-64109126　发行部：0871-64108507　审校部：0871-64164626　印制部：0871-64191534

版权所有　侵权必究　印装差错　负责调换

序言
Preface

2007年3月，在经过一段时间的岗前培训后，我被分配到罗泽市刑侦大队重案一中队，正式成为一名重案刑警。

在这之前，我是中国刑警学院的一名学生，虽然穿着警服读了四年警校，但直到去政治部报道，在警务保障处领到新肩章，看着两道拐变成一杠一点儿时，我才生出了"我真的成了一名警察"的真实感。

看着镜子里穿着一身笔挺制服的自己，我不禁有些激动，脑子里热血上涌。我知道从此以后，自己必须收起在校时的天真，踏入真正的"战场"，而我的对手，将会是这个社会上最危险的那部分人。

重案一中队一共有七个人，队长姓宋，有人喊他宋队，有人喊他老宋。后来我才发现，不光是宋队，全队所有人相互称呼都不用名字，用外号。

外号的由来我不得而知，但这种方式倒是显得很亲昵。外号有的是根据体形起的，有的是按名字谐音起的，有的则有典故。我一初来乍到的愣头青，刚开始不太好意思喊前辈的外号，宋队就跟我说："你要觉得直接叫叫不出口，在外号后面加个'哥'字就行。"

交代完之后，宋队就把我带进了办公室。以前我一直觉得重案队的工作既神秘又严肃，一群人肯定天天在办公室里研讨案情，分析案件，可那天去了之后才发现和我想的完全不一样。

办公室里有人在看报纸，有人在摆弄电脑，有人在喝茶。要不是知道这是重案队办公室，我还以为自己进了一个社区老年活动中心呢。

"大家听我说几句，来新人了，大家欢迎一下。这位叫刘星辰，大学刚毕业，以后就是刘哥了。"宋队朝大家招呼道，众人纷纷停下手中的事情。

"刘哥好哇。"

"刘哥好。"

队里的人纷纷和我打招呼，看着几个岁数比我至少大一轮的人喊我哥，我被弄得有些不知所措。后来才知道，重案队里不论年纪大小，一律相互喊哥，已经成了一个惯例。

就这样，我从大学毕业生刘星辰变成了重案一中队的刘哥。

"刘哥，你刚来，对工作不太熟悉，就跟着黄哥先学习学习。黄哥可是我们这儿的破案高手，最擅长审犯人，就没有他撬不开的嘴。"

我看了下被称作"黄哥"的人，个子高大，体型壮硕，两笔剑眉下的眼睛炯炯有神。此刻他正盘腿坐在椅子上，身子前倾，一只手蜷在肚子上，另一只手握着鼠标，专注地对着电脑玩扫雷。

"黄哥好。"我给黄哥打了个招呼。

"等会儿哈，马上完事儿。"

我瞄了一眼黄哥的屏幕，他玩的扫雷是难度最高的那种，游戏时间刚过四分钟，页面上已经打开四分之三的图了，看来胜利在望。

这就是我对重案中队的第一印象，好像大家上班都很轻松，聊聊天，胡吹乱侃，一天的时间就过去了，和我预想的完全不同，不禁让我有种虚度光阴的感觉。

到了第四天，我终于忍不住了，一早就跑去问黄哥："黄哥，咱们就天天这么待着？不出去办案吗？"

黄哥抬头看了我一眼，笑眯眯地对我说："新来的，着急了？"

我说："当然急了，我学了这么多年，就为了能真刀真枪抓罪犯，这天天坐办公室算怎么回事？"

黄哥还是一副气定神闲的样子："放心吧，案子来的时候，挡都挡不住，到时候你可千万别怂。"

刘星辰

故事开始时23岁，刚从中国刑警学院毕业，进入重案队。在校期间和从警初期，是个玩世不恭的"混不吝"，很热血，什么都不在乎，什么都不怕，容易冲动，面对地痞流氓的时候，比他们还横，因此吃过一些亏，受过一些批评，经常写检查；后来经过一系列案件的锤炼，性格和能力都逐渐成长了起来，变得大义凛然、一身正气。

身高一米八三，腿长一米一，轩然霞举，走路带风，有事外出办案，没事在家养龟，最大的业余爱好是打游戏和看恐怖片，跆拳道技能满分。

办案时观察力强，容易发现蛛丝马迹，进行拓展想象，找到突破口，也常常脑洞大开，想到非常精妙的破案方式。缺点是容易冲动、冒进。

黄哥

重案队的前辈，比刘星辰大五岁。经验丰富，为人稳重，心思缜密。刘星辰进重案队后一直跟着他，两个人经常一起办案。擅长案件分析，在关键时候能稳定局势。但是办案方式比较保守，追求稳扎稳打，不喜欢冒险。

外形上高高壮壮，抓捕时压在犯人身上对方动都动不了。审讯犯人特别有一套，能问出别人问不出的话，撬开嫌疑人的嘴。刘星辰对此非常佩服。

脾气很好，不着急。工作上非常拼命，生活里又非常惜命。热爱养生，保温杯里常年泡枸杞和花茶，连送给刘星辰的生日礼物都是一只长寿龟。

狐狸

重案队的另一名成员，比刘星辰早进重案队两年，也是刘星辰另一个固定的搭档。

身材很瘦，长相比较古怪，有点像坏人，给人一种不好惹的感觉。性格懒散，抓住各种机会偷奸耍滑，常被大队长罚，但是真碰到案子还是会全力以赴。

聪明，精明，爱贪小便宜，反应很快，特别擅长跟底层人民打交道。

目录　　Contents

第一案　人尸案　　　_001

案子来的时候，挡都挡不住，到时候你可千万别怂。

第二案　裸尸案　　　_019

这么残忍的方式，难道是情杀吗？

第三案　清明祭品案　　　_037

清明节当天死了个小孩儿，祭品是他自己的心脏。

第四案　床下有尸案　　　_053

我被锁在案发现场，背靠尸体睡了一夜。

第五案　无辜枉死案　　　_069

从警十年，这是我第一次痛恨无辜的受害人。

第六案　**大洋逃杀案**　　　　　　　　　　_083

他们赚得盆满钵满，谁也不知海底藏着多少罪恶。

第七案　**铁轨炸药案**　　　　　　　　　　_097

这明明是有人要用雷管炸火车！

第八案　**雪糕杀人案**　　　　　　　　　　_111

罪犯所有的准备工作都是在小孩儿死之后才开始进行的。

第九案　**致命亲吻案**　　　　　　　　　　_125

他把老师所讲授的知识变成了杀人的技术。

第十案　**关王大刀案**　　　　　　　　　　_139

不知道他是不是时时想起惨死在自己手下的妻子和儿子。

第十一案　**社交致死案**　　　　　　　　　_153

逛灵异论坛的三个女孩，死在了废弃的刑场上。

第十二案　**广场硫酸案**　　　　　　　　　_167

为了对付跳广场舞的阿姨，有人从十六楼往下泼硫酸。

第十三案　剔骨钢刀案　　　_181

怀疑女友被侵犯,他在床下藏了把剔骨钢刀。

第十四案　卧底赌场案　　　_195

卧底黑赌场狂输二十万后,庄家要剁我一根手指。

第十五案　变态刨根案　　　_211

有个凶手超变态,专在夜里挑独行女孩下手。

第十六案　同事牺牲　　　_225

请转告我的父亲,歹徒拿刀冲过来时,我没有害怕。

第十七案　枪击命案　　　_241

为了诱捕嫌疑人,我和消防员在他家放了把火。

第十八案　无名尸案　　　_257

有人偷偷往冰柜里塞了具没有肝脏的尸体。

第十九案　器官贩卖案　　　　　　　　_273

每年有二百五十万人神秘消失：人没了，器官流入黑市。

第二十案　涉黑案　　　　　　　　　　_287

四年重案追击，一百九十八次现场缉凶，我累了。

番外案

第一案　扮装毒贩案　　　　　　　　　_301

怎么样？当毒贩子的感觉如何？

第二案　连环命案　　　　　　　　　　_315

这些电话究竟是谁打的？拨去的这些电话要干什么？

第三案　罪犯逃脱案　　　　　　　　　_331

押送杀人犯的路上，我见识到了罪犯逃跑的一百种花样。

| 现在，进入刑警的世界！ |

第一案

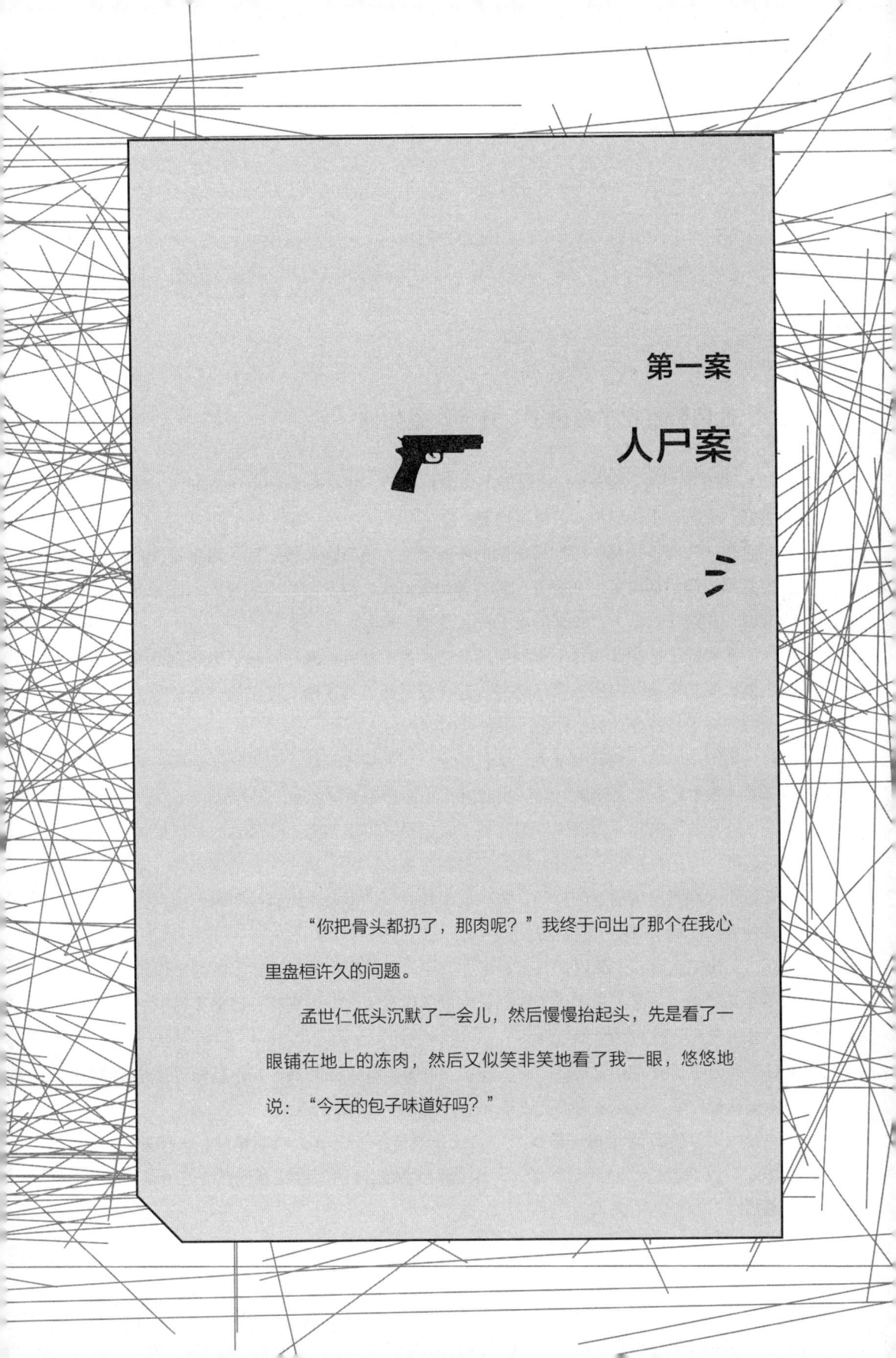

人尸案

"你把骨头都扔了,那肉呢?"我终于问出了那个在我心里盘桓许久的问题。

孟世仁低头沉默了一会儿,然后慢慢抬起头,先是看了一眼铺在地上的冻肉,然后又似笑非笑地看了我一眼,悠悠地说:"今天的包子味道好吗?"

他请警察吃了顿包子,还问味道如何

2007年3月,在经过一段时间的岗前培训后,我被分配到罗泽市刑侦大队重案一中队,正式成为一名重案刑警。

在这之前,我是中国刑警学院的一名学生,虽然穿着警服读了四年警校,但直到去政治部报道,在警务保障处领到新肩章,眼看着两道拐变成一杠一点儿时,我这才生出了"我真的成了一名警察"的真实感。

看着镜子里穿着一身笔挺制服的自己,我不禁有些激动,脑子里热血持续上涌。我知道从此以后,自己必须收起在校时的天真,踏入真正的"战场",而我的对手,将会是这个社会上最危险的那部分人。

重案一中队一共有七个人,队长姓宋,有人喊他宋队,有人喊他老宋。后来我才发现,不光是宋队,全队所有人相互称呼都不用名字,用外号。

外号的由来我不得而知,但这种方式倒是显得很亲昵。外号有的是根据体形起的,有的是按名字谐音起的,有的则有典故。我一初来乍到的愣头青,刚开始不太好意思喊前辈的外号,宋队就跟我说:"你要觉得直接叫叫不出口,在外号后面加个'哥'字就行。"

交代完之后,宋队就把我带进了办公室。以前我一直觉得重案队的工作既神秘又严肃,一群人肯定天天在办公室里研讨案情,分析案件,可那天去了之后才发现和我想的完全不一样。

办公室里有人在看报纸,有人在摆弄电脑,有人在喝茶。要不是知道这是重案队办公室,我还以为自己进了一个社区老年活动中心呢。

"大家听我说几句,来新人了,大家欢迎一下。这位叫刘星辰,大学刚毕业,以后就是咱们的刘哥了。"宋队朝大家招呼道,众人纷纷停下手中的事情。

"刘哥好哇。"

"刘哥好。"

队里的人纷纷和我打招呼,看着几个岁数比我至少大一轮的人喊我哥,我被弄得有些不知所措。后来才知道,重案队里无论年纪大小,一律相互喊哥,已经成了惯例。

就这样,我从大学毕业生刘星辰变成了重案一中队的刘哥。

"刘哥,你刚来,对工作不太熟悉,就跟着黄哥先学习学习。黄哥可是我们这儿的破案高手,最擅长审犯人,就没有他撬不开的嘴。"

我看了下被称作"黄哥"的人,个子高大,体型壮硕,两笔剑眉下的眼睛炯炯有神。此刻他正盘腿坐在椅子上,身子前倾,一只手蜷在肚子上,另一只手握着鼠标,专注地对着电脑玩扫雷。

"黄哥好。"我给黄哥打了个招呼。

"等会儿哈,马上完事儿。"

我瞄了一眼黄哥的屏幕,他玩的扫雷是难度最高的那种,游戏时间刚过四分钟,页面上已经打开四分之三的图了,看来胜利在望。

这就是我对重案中队的第一印象,好像大家上班都很轻松,聊聊天,胡吹乱侃,一天的时间就过去了,和我预想的完全不同,不禁让我有种虚度光阴的感觉。

到了第四天,我终于忍不住了,一早就跑去问黄哥:"黄哥,咱们就天天这么待着?不出去办案吗?"

黄哥抬头看了我一眼,笑眯眯地对我说:"新来的,着急了?"

我说:"当然急了,我学了这么多年,就为了能真刀真枪抓罪犯,这天天坐办公室算怎么回事?"

黄哥还是一副气定神闲的样子:"放心吧,案子来的时候,挡都挡不住,到时候你可千万别怂。"

黄哥这话真神了,当天下午我们就接到了派出所转来的一宗报案信息,有人失踪了,队里派黄哥和我去调查一下。

报警的是一名二十多岁的年轻女性,化着浓妆,穿着也比较前卫。黄哥本来坐在她对面,突然他给了我一个眼色,主动挪到了旁边,说:"刘哥,你来问。"

我知道练手的机会来了。

"你叫什么名字？失踪的是你什么人？"这些惯例的问话我在学校都学过。

"我叫韩雪，失踪的是我室友，叫赵妍，她已经三天没回家了。"

"打过电话吗？"

"打了，一直打不通，我担心她出事，所以就来报警了。"

失踪案件的报案人大多是家人或亲戚，而且失踪的是成年人，虽然是外地的，但也完全可能在不告诉室友的情况下回家或是去其他地方。韩雪也没问问赵妍的家人，就这么唐突地直接来报警了？

"你跟她家人联系过吗？万一她回家了呢？或者是有什么急事？你把她家人的联系方式给我，我打电话问问。"在了解了失踪人员的大概情况后，我对韩雪说。

"你和赵妍是做什么工作的？"黄哥突然从旁插了一句，目光老练地上下打量了一下韩雪。

"我俩都是金碧辉煌的服务员。"

金碧辉煌是一家KTV，就在我们辖区。

"你把详细情况说一下，从赵妍离开那天晚上开始，把所有发生的事情都说一遍。"黄哥坐直了身子，从旁边拿过一张纸，自己拿笔开始记。

这是对我刚才问的情况不满意？看到黄哥亲自上阵，我心里有些不是滋味，可我觉得我问得没毛病啊！既然让我练手，起码应该让我把笔录做完吧，而且一起失踪案有什么了不起的，很可能就是离家出走了呗。

黄哥大概是看出了我的情绪变化，又把正在写字的笔停住了。

"我问，你继续记，但别把它当失踪案了，这事怕是没这么简单。"黄哥特意照顾了我的心情。

我把笔一转，跟着黄哥的问话做记录，来不及去想他说的不简单到底是什么意思。

"那天晚上大约七点多，赵妍和我说她要出去一趟，然后就走了。第二天中午我给她打电话发现她关机，晚上打还是关机。第三天也就是昨天也是这样，我实在是担心，就来报警了。"

我一边写一边琢磨，和我刚才问得差不多啊！一时心里又犯了倔，为什么不让我继续问？

"她是不是出去接活儿了？"黄哥问。

韩雪一时被这话问得有些窘迫，愣了一会儿没回答，只轻轻地点了点头。

接活儿？这下轮到我发愣了。难怪刚才黄哥又是打量她的服装又是问她在哪儿工作，原来心里早有谱了。韩雪说自己和赵妍是服务员，又承认了接活儿，应该就是小姐了。

我心里不禁有些佩服，黄哥不仅注意细节，就连问话也是句句都问到了点上。

"她说没说去哪儿接活儿？"黄哥继续问。

"她说是去马沟，但具体什么地方没告诉我。"韩雪回答。

黄哥一边问，我一边记。虽然了解了赵妍失踪的大概情况，但有效情报也不是太多，只知道赵妍去了马沟，去找谁、怎么联系的这些一概不知。

材料做完后我把报案人送走，回来准备和黄哥研究下案件。

"咱们直接去马沟找人吧！"我对黄哥说。

黄哥摇摇头："这种小姐失踪案的情况都不太妙，已经过了好几天，人恐怕凶多吉少了，咱们还是先去找监控。"

"对小姐下手多半是图财，小姐身上一般不会带太多钱，咱们从赵妍的银行卡开始查！"我提了个建议。

"嗯，脑子还挺好使，拿上手续咱们现在就去。"黄哥对我笑道，看来我的建议和黄哥的打算正好一致。能和黄哥这种老江湖想到一起，我暗暗有点得意。

我和黄哥来到银行，先查了赵妍登记的银行卡信息，然后调取了她银行卡的存取款记录。果然不出所料，在赵妍失踪的第二天，她的银行卡有取款记录，一共取了两万元钱，紧接着第三天又取了两万元钱，这个数目是自动取款机的每日取款上限。

取钱的地点是南山银行的自动提款机，南山就在马沟的下一站。

我和黄哥立刻决定开车前往南山。

"赵妍应该是在马沟出事的！"我在车上对黄哥说。

"怎么判断的？"

"罪犯取钱肯定不会就地，兔子还不吃窝边草呢。但连续两天取款都在南山，说明罪犯离南山不远。如果赵妍是去卖淫的，她和罪犯肯定是在马沟见的面，要是半路换地方，赵妍十有八九会告诉韩雪，这种事小姐都很小心。所以，罪犯肯定是在马沟实施的犯罪。"

"分析得不错，小姐如果变换卖淫地点，肯定会告诉朋友一声。从哪儿学来的?"黄哥略有些赞许地问。

"嘿嘿,学校有案例课,讲过一起小姐被杀的案件,那个案子罪犯中途就换了地方。"我说。没想到在学校学得最有用的还是案例,所谓实践出真知,理论知识学得再多,不经过实践都是纸上谈兵。

我和黄哥来到南山的建设银行,由于我们有取款的时间,在调取监控时直接就跳到了取款的时间。监控显示,那个时间来取款的人头戴一顶帽子,帽檐压得很低,脸上戴了口罩,显然是有备而来的。

监控是从上方往下照,帽子完全挡住了眼睛,我们根本看不清这个人的长相。但有一点儿可以确认,这个人不是赵妍,他身形壮实,从动作来看是一个男人。

"这根本看不清啊。"黄哥说。

"黄哥你看!"我来回拖拉了一下,又看了一遍回放,有了新发现,"这个人腿有点儿瘸。"

监控里的人取完钱往回走,能清楚地看到他走路的时候一扭一扭的,左脚有点儿跛。

"这是个重要特征,一个跛子,而且在南山和马沟附近活动,咱们仔细找一找,也许能把他找出来。"

可是,南山和马沟中间有一片很大的居民区,至少住了几万人,完全不知道对方的长相,只靠一个跛脚的特征想找一个人,跟大海捞针也没什么区别。

"咱们先去马沟转一圈,看看监控有没有拍到什么。"黄哥说。

马沟以前是一个城乡接合部,现在变成了市区。曾经的村口变成了一个环岛,周围都是商铺,一条路延伸下去,路的另一边是马沟河,马沟这个名字就是这么衍生出来的。马沟河周围变化很大,只有那条河还是老样子,只在河边做了一些修葺。

在附近转了几圈没看见监控。个别商铺自己安装的监控都对着自家门口,拍不到啥。我俩从环岛转下来,黄哥把车停在马路边,下车往河沟方向走去。

"黄哥,咱们要去哪儿?"我有些奇怪,要是找人应该去商铺,或者去车站,那才是人流大的地方,去河沟干什么。

"活要见人,死要见尸。"黄哥一字一顿地说。

黄哥要去找尸体!

我的天,我还在琢磨怎么找出用赵妍银行卡取款的人,黄哥已经直接跳到了找尸体，看来黄哥是认定赵妍已经遇害了。

也许从韩雪来报案的那一刻起，黄哥就已经这么想了，带着我查银行卡只是为了给他的推测增加证据。在确定有人把赵妍银行卡上的钱取走之后，黄哥基本就断定了，遇害地点应该就在附近。

死要见尸。纵观周围的环境，河沟是抛尸的最佳地点。

现在是初春，河沟里水不多，沿岸边大都是淤泥，只有一条细细的涓流在河床中间流淌。

我和黄哥沿着河道的阶梯走下去，还没下到河道上就闻到一股刺鼻的气味。各种污水秽物堆积在河底，将整个河床抬高了足有半米。

"这可怎么找啊？"我来到河床边拿了一根木棍朝下面捅了捅，木棍一下子陷进去半米多，挑上来的全是腐烂的落叶和上游漂下来的脏东西。

"咱们沿着河床走走，看一看。这河床一般人下不来，这些垃圾肯定是从河边扔下来的。"黄哥说着开始走。

我忍着刺鼻的气味跟在黄哥身后，一边走一边朝河床里看。里面乱七八糟什么都有，淤泥上有破皮鞋，有纸箱子，有塑料袋，还有乱糟糟扭在一起的麻绳。这些东西现在能看见，等到夏天一下雨，河水上涨后它们就会被水浸没。

没走一会儿，就远远看见前面有个人在往河里倒东西，看到我们走近，这人急忙往河道上跑。我朝他喊了几声，他也没回头，慌不择路地跑掉了。看他衣衫褴褛，全身脏兮兮的，有点像平时路上看到的流浪汉或是捡破烂的。

"是不是把我们当成河道巡视员了？"我问黄哥。这条河规定是不让倒垃圾的，可是附近住的人太多，还是常有人直接往河里倒垃圾。市里组织了志愿者沿河做宣传，同时阻止一些人倒垃圾。

"去看看。"黄哥说。

我和黄哥走到刚才这个人倒的垃圾旁，黄哥看了一眼，是一堆骨头，还冒着热气，应该是熬完汤倒掉的。我抬头往河道上看了一眼，上面有好几家饭店。黄哥折了一根树枝对着这堆垃圾翻来翻去，从这堆骨头里面钩出一根大约有小臂长度的骨头。

"这是哪个部位的骨头？"黄哥问我。

这块骨头太显眼了，一头宽大扁平，然后慢慢往另一头变窄，有点像我练跆拳道侧踢时用的手靶子。

我蹲下去用手拎着骨头的边缘，忍着那股腥酸的味道把这根骨头从泥里拎出来扔到地上，骨头还冒着热气。

这时我发现这根骨头表面有很多道劈砍的印记，即使骨头已经被煮得发白，这些印痕还是很清晰。

"这好像不是猪身上的。"我一边看着骨头一边想，脑海中好像有什么似曾相识的画面，但就是想不起来。

"这骨头明显被人用刀反复切砍过，但是没切断。"黄哥蹲下身子望着骨头说。

我忽然想起来了，在学校的时候有解剖课，上课的时候老师对人体的基本构造做讲解，人最坚固的骨头就是腿骨，尤其是大腿骨，像半个扇子……

"这是髀骨！"我猛地站起来，看着地上的骨头对黄哥大声说。

"髀骨？"黄哥对这个词不太了解，还被我吓了一跳。

"就是人大腿骨最内侧的那块。"

"人的骨头？你确定？"黄哥也惊了，"腾"地一下站了起来。

"我确定！"

不到半小时，刑侦大队的现场勘验中队和重案一中队的人全来了。发现了一根人骨，案件的性质一下就不一样了。如果这真是赵妍身上的骨头的话，这直接就从失踪案变成了杀人案。

我和其他人一起把河床里剩下的骨头一根根拣出来，沿着水泥路面摆好。这些骨头看起来就是正常的猪排骨，全是小碎块，只有我和黄哥发现的那块比较大，比较特殊。但为了保险起见，技术中队还是给每块骨头都做了提取，拿回去做鉴定。

我和黄哥向宋队汇报情况，我说："倒骨头的人身份还不确定，但看着像是附近拾荒的，是不是查一查？"

现在还不知道骨头是不是就是失踪的赵妍的，马沟这个地方又不是我们的辖区，宋队想了一下说："这样吧，你和黄哥，再加上狐狸，你们仨留下来继续调查，接下来的工作等骨头的鉴定结果出来了，再做决断。"

狐狸？我看了看宋队说的这个人：个子不算高，长得也偏瘦，两只眼睛倒是很有神，额头上有一撮小卷发，看着挺时髦，身上穿着一件带狐狸头标志的衬衫。后来我才知道，他的外号就是这么来的。

大部队撤走了，只剩下我们三个人。我看狐狸站在一旁对着刚才摆放骨头的位置发愣，不知道在想什么。

"狐狸哥，你怎么了？"我问他。

"怎么了？想起过去的阴影了呗。你说你是不是邪门，怎么老和这种事有缘？"黄哥笑着拍了狐狸一下，打趣道。

"滚，别咒我。"狐狸也抬手打了黄哥一下。

我感觉黄哥和狐狸话中有话，正想往下问，黄哥又说："行行，不说了，在新人面前给你留点儿面子。"

他这么说，我也就没再追问。

第二天，我们继续在马沟附近找拾荒的人，转了一圈也没看到。大家都累得口干舌燥，黄哥便让我去买几瓶水。

等我买完水回去，发现只剩下黄哥一个人，狐狸不知道什么时候跑去了街对面，正跟几个穿黄色工作服的环卫工人打听着什么。

我一拍脑袋："嘿，我怎么没想到，环卫工人对这些人肯定再熟悉不过了。"

黄哥笑了："你才工作几天，况且那可是狐狸，跟这些人打交道他最在行了。"

正说着，狐狸已经跑了回来："都问清楚了，附近确实有几个经常出没的拾荒人，住在板房那边。那个板房是之前改造、建楼时留下的，因为地势低不容易发现，就一直没被拆掉，现在都快成流浪汉之家了。"

我们来到板房，这是间破破烂烂的简易房，没有玻璃，窗户全用塑料袋挡着。

屋子里有三个人。我们推门进去时，他们正围坐在一口大锅旁边，锅里面煮着不知道什么东西，整个屋子里弥漫着一股奇怪的气味。

"你们好，我们是警察，找你们问点事儿。"黄哥拿出警官证朝他们出示了一下。

"什么事？"几个人战战兢兢地问。

"昨天你们是不是炖了一锅排骨汤？然后把剩下的骨头倒进河道里了？"

"对，对啊，怎么了？"一个人结结巴巴地回答。我仔细看了看他，似乎就是昨天往河道里倒骨头的人。

"这些骨头是从哪儿来的？"黄哥问。

"都是从附近饭店捡的，这些也是。"这人指着锅里正在煮的东西说。

我走过去一看，锅里的水沸腾着，看不太清里面煮的是什么。偶尔有东西翻滚出来，看得出是骨头。

"说清楚点，哪些饭店捡的？"黄哥继续问。

"就沿河那几家饭店,他们半夜会把剩菜倒进大桶里,天亮之前有人来收。我们都是在天亮之前去大桶里翻,看有没有什么好东西。"

我知道他说的大桶,饭店后厨或者后门的地方一般都会有,剩菜剩饭都倒进那里面,会有专人来收。据说这些东西都被用来榨成地沟油了,也不知道真假。

"昨天你倒的骨头是什么时候捡的?"狐狸问。

"不知道,忘了。"这个人说。

"好像是两天前,吃了两顿了。"另一个人回答。

"两顿?其他骨头呢?"黄哥问。

"都扔了。"

"扔哪儿去了?"我有些着急,上前一把拉住说话的人。

"都扔河里了。"这人显然有点害怕,声音抖了起来。

"你说骨头是从饭店捡的,具体哪一家?"狐狸又问。

"不知道,他们的厨余垃圾统一倒在那几个大桶里,不知道是哪家的。"

我们来到马沟沿河的饭店。这里都是居民楼,背靠着马沟河,一层二层被改建成了商铺。其中有三家饭店,一家海鲜饭店,一家快餐店,还有一家包子铺。

大队的技术中队又来了,开始在河道边找骨头。我看到他们拿着一个耙犁似的东西,穿着厚厚的水鞋,踩着泥浆在里面不停地耙地,好像春耕翻土似的。

更多的骨头被陆陆续续地找了出来,除了猪排骨之外,还有很多有特定形态的骨头,一看就是人身上的。

有人被分尸碎骨了!

我们心头顿时笼起一片乌云,这个案件的性质越来越恶劣了。

技术中队干活很仔细,一寸寸地耙地,把河底的淤泥都翻了出来,同时也找到了一大堆乱七八糟的东西。其中有一个女士手包,这个手包和河道里的其他东西不一样,它露在外面,而且很新,除了一侧沾了些淤泥之外,其他地方都很干净。

"这么干净,应该刚扔不久。"黄哥看了看说。

"还是个大牌包,Gucci的,这扔包的也太傻了,光这包就值好多钱。"狐狸说着将包打开,里面还有一包纸巾、几根皮筋和一副耳钉。

"挺贵的？"黄哥看来也不懂。也是，女人那些包包手袋，动不动就上万，在我看来都差不多。

"嗯，不便宜。"

"你把韩雪找来，问她见没见过这个包，是不是赵妍的。"黄哥对我说。

我给韩雪打电话让她过来，她只扫了一眼，就确定那是赵妍的包。这包是赵妍在上海夜总会上班时买的，因为贵，平时都舍不得用。

我又把里面的耳钉拿出来，韩雪更坚定了，这耳钉就是赵妍的。

几乎是同时，理化鉴定室也传来了消息。骨头的DNA鉴定结果出来了，比对出了一起失踪案，失踪人叫罗英，女，二十三岁。

所有人都震惊了。我们都以为那块人骨是赵妍的，可万万没想到，又牵扯进了新的受害人、新的案子。

包是赵妍的，而骨头属于一个叫罗英的，这只有一个解释：被害人不止一个！

从失踪案变成杀人案，从一人被杀变成多人被杀，这个案子像滚雪球一样越滚越大，现在已经完全超乎了我们的预期。

宋队把我们紧急召集起来，下令务必尽快调查清楚，就从骨头的来源查起。

而我心里还有一个巨大的困惑：目前发现的全是骨头，没有找到两个遇害人的任何肉体，那她们的肉身呢？这些骨头又是怎么从她们身上剔下来的？

我不敢多想。

我和黄哥还有狐狸决定立刻对沿河的三家饭店进行调查。

警察在河道里把泥耙挖骨的时候，就有不少人站在河道边上看热闹，所以没一会儿这事儿全马沟的人就都知道了。我们本来还想着调查的时候隐蔽一点儿，现在这情况，也不用隐蔽了，大大方方地挨个调查饭店得了。

我们来到第一家海鲜饭店，他家的大厨从后面转了出来，走路一扭一扭的，左脚有点跛，姿势跟监控里用赵妍银行卡取钱的人一模一样。

我二话没说，一个箭步冲上前，把他扑倒在地，然后反手死死控制住他。

他"哇哇"叫了两声，一下就不动弹了。

"你干什么？"黄哥也快步上来，埋怨地看了我一眼，要把我拉开。

"黄哥！"我不肯松手，还使劲朝黄哥使眼色。

"还什么都没问清楚呢，动什么手，你就这么干警察的？"黄哥表情严肃，看来我的冲动有些惹他生气了。

我这才松开厨师，从他身上起来，站到了黄哥身边。

"你脚怎么了？"黄哥问那个厨师。

"小时候骑自行车摔坏了，一直这样。"厨子说。我看他面色如常，心想杀人碎尸的罪犯果然心理素质都不错。

"你每天都干什么？简单说一说。"黄哥问。

"白天上班，晚上下班回家，我老婆孩子都在这儿呢。"这个厨子挺聪明的，直接搬出了老婆孩子，相当于是做现场证明了。

"走，咱们去后厨看看。"狐狸说。

我们三个人来到后厨，一进门吓一大跳。这后厨简直堪比黑作坊：到处都是血迹和污渍；锅底一层厚厚的黑乎乎的东西；烧饭台子上凝固的油渍厚得都能用来点蜡了；各种食材直接扔在地上；一个大盆在墙角放着，里面泡着肉，血水漫出来流到地上。整个场景令人作呕。

"你就在这种地方做饭？"

"嗨，不干不净吃了没病，饭店都这样，我们这儿还算是不错的了。"厨子满不在乎地回答。

我一边看一边琢磨，这儿还真是个碎尸的好地方，就看灶台上那些血迹和污渍，谁知道是人的还是猪的。

我回头看了眼大厨，他还是一副神情平静的样子，这心理素质，我服！

我决定在这后厨好好找找，肯定能发现线索。别以为脏我就不愿意找，比起下河沟捞骨头，扒扒这后厨还真不算什么。

"这样，你配合下我们工作，今天就别营业了，现在我们要对你的饭店进行检查，你也别走，就在这儿等着我们。"黄哥对大厨说。

"行，没问题，听警察的。"

"黄哥，快中午了，咱先找个地方吃饭吧。"狐狸看了看手表，已经十二点了。

"我给你们炒几个菜吧，都是现成的，再加盘海鲜，今早刚买的。"大厨邀请我们在他的饭店吃饭，热情到我都开始怀疑自己了。要是他真杀人碎尸了，这也未免太淡定了。

"算了吧，就你这个店的卫生，该直接停业。"狐狸说。

"你带着刘哥吃口饭，帮我捎一份，我就在这儿等你们。"黄哥说着在饭店里找个地方坐下。

我知道黄哥是怕大厨趁我们不在对后厨进行处理，销毁犯罪证据。警察捞骨头的事周围都传遍了，关于碎尸案的传闻大厨肯定也知道了。黄哥是个特别严谨的人，倒是狐狸，没心没肺的，无论什么时候填饱肚子都是头等大事。

"咱们吃什么？"从海鲜饭店出来后，我问狐狸。

"炒菜的饭店都不能吃，你也看见刚才那饭店的后厨了，咱们还是吃包子吧，这玩意儿脏也脏不到哪儿去。"狐狸指着前面的包子铺说。

我和狐狸来到包子铺，包子铺里果然干干净净，地面锃亮，盛蒜料的台子上连滴的调料渍都没有。我和狐狸点了三份包子，给黄哥打包了一份。

热腾腾的包子端上来，我们打开笼子，一阵热气冒出来。狐狸先用筷子夹起一个，咬开一个口吹吹气，然后咬了半口，包子里的汤顺着筷子流下来。

"怎么有点酸？"狐狸说。

我也夹起一个，轻轻咬了一口，没感觉有什么异样，就是正常包子的味道，还挺汁多肥实的，不知道狐狸的嗅觉怎么就这么灵敏。

狐狸又仔细看了看手上的包子，把里面的肉馅扒了出来，肉丸上挂了一层乳白中带点淡黄的油膜。他又用筷子把肉丸掰成两半，一股既香甜又油腻的味道四散开来。

"算了，我不吃了。"狐狸搁下筷子，神色有点儿难看。

"狐狸哥，你是不是想多了？"

"不敢不多想啊，你不是好奇遇害人的肉去哪儿了吗？"

狐狸这句话好像啥也没说，但当下真的吓到我了，细品一下，真让人毛骨悚然。我结结巴巴地说："狐狸哥，别，别胡说。"

嘴上这么说着，但我也下意识地放下了筷子。

要走的时候，我喊包子铺的老板过来结账。很快走过来一个男的，个子不高，有点谢顶，应该就是这家店的老板。

"一共三十，加一个打包的餐盒是三十二。"老板一边说一边帮我们把另外一屉包子打包装好。

"刘哥，你把老板的信息登记一下，这条路上三家饭店咱们都得查，正好来这吃饭，顺便把活儿也给干了。"狐狸对我说。

我拿着本子开始登记包子铺老板的信息，他是本地人，就住在这栋楼的四楼。

"你顺便再去旁边的快餐店，把信息也给登记上，下午咱们的重点是要彻查那家海鲜饭店。"狐狸又对我说。

包子铺旁边就是快餐店。现在正值中午，里面吃饭的人不少，我挤进去找到快餐店的老板，把他的信息也登记了下来。

等我再走出店门，发现狐狸正站在墙边，看着地面上的一堆脏东西。他前面有两个工人在疏通下水道，一个人拿着管子往下水井里探，另一个人用钩子往里面捞东西。地面上那堆脏东西就是从下水道里捞出来的。

狐狸站在一旁，看着那堆从下水道里捞出来的脏东西，招手让我过去。

"你看这是什么？"狐狸对我说。

我低头一看，这堆脏东西黑乎乎的，乱七八糟地纠缠在一起，看不出是什么。里面有几个像石头块似的东西，我用脚把它们钩了出来，轻轻踩了踩，硬邦邦的。

"好像是骨头……"我顾不上脏，俯下身捡起一块，捏在手里感受了一下：和石头不一样，棱角很多，形状不规范，表面带点刺手的感觉。它们有个共同的特点，就是都有一个很光滑的切面，像是被利器直接切断的。

"就这玩意儿把下水道都堵了，也不知道是谁干的。骨头这玩意儿，碎了也不能往下水道里冲哇。"一个工人一边继续拿钩子捞一边抱怨道。

我和狐狸迅速对视了一下，又是骨头！

正常人谁会把吃剩的骨头扔进下水道？会这么做的人肯定有问题！

"这个下水道通的是哪栋楼？"我急忙问工人。

"就眼前这栋。"工人指了指我身后的楼。

我抬头看了看眼前的楼，一楼就是包子铺，刚才登记的时候，包子铺老板说过他就住在楼上。

正常来说，这栋楼里的所有住户都有嫌疑，可是最早的髌骨是从剩菜剩饭里捡到的，这就把嫌疑人的范围缩小到了这三家饭店。而现在这堆从下水道里捞出来的骨头渣，直接把嫌疑人锁定在了这一栋楼里。

同时满足这两者的，只有这个叫孟世仁的包子铺老板！

我一下又热血上头，要往包子铺里冲，狐狸拦住我："先把黄哥叫来。"

在等黄哥过来的时候，我神色复杂地看了一眼狐狸，犹豫地说："狐狸哥，你说我们刚才吃的，会不会……"

"闭嘴！"狐狸吼了回来，一副强忍恶心的表情。

黄哥很快赶来了，张口就问："人呢？"

"还在包子铺里，在看电视呢。"我说。

"动手！"

我们仨飞快折回包子铺，一进门就毫不客气地直接把孟世仁按在吧台的桌上。孟世仁也挺平静，没什么反抗的意思。

我从他身后给他戴上了手铐，这是我亲手抓的第一个犯人。

包子铺里有一个大冰柜，打开后里面有一大桶揉好的面，旁边是用塑料袋包装的肉，有切碎的，也有整块的。

我们把所有东西都拿出来，挨个检查后没发现什么特别的，看上去就是正常包子铺会用的材料，也没有发现有骨头或是其他异常的东西。

"你们店里做包子的肉都在这儿了？"我问服务员。包子铺里有两个做包子的师傅和一个服务员，看到我们冲进来，又抓人又翻箱倒柜的，吓得站在那里不敢作声。

"都在这里了。"服务员说。

我心里怀疑，但现在毕竟还不能确定这些肉到底是什么肉。黄哥已经通知大队了，其他人正往这边赶，把这些肉挨个做鉴定也需要一段时间。

这时我看到吧台上有一个账本，便过去随手打开翻了翻。上面记录着每天买卖的信息，还有上货上料的数目价格等。

我打小数学就好，对数字比较敏感，把这账本粗略扫了一遍，总觉得有些异样。

我喊来一个服务员问他："你们正常做一屉包子用多少肉？"

"这个不清楚，但每天的用肉量基本是三十斤，周末多一些。"

我拿起账本估算了一下，从赵妍失踪的那天算起，到现在已经过了五天，账本上这五天记着一共买了一百二十斤肉。根据服务员的说法，这五天做包子应该至少用掉一百五十斤肉，还有三十斤肉是哪儿来的？

我心中那个不好的念头原本像潜水艇一样在水下压着，这会儿终于再也忍不住，彻底浮出了水面。

我快步走到孟世仁面前，像拎小鸡一样拎起他的衣领，厉声问道："说，多出的肉是哪儿来的？"

他还是低着头，一言不发。

这时，一直没作声的狐狸忽然说道："下水道的骨头是从他家排下来的。"

靠，差点忘了这个！

当孟世仁在我们的押解下打开他位于四楼的房子时，首先映入眼帘的就是一个横放式的大冰柜。我冲过去把冰柜门掀开，和包子铺里一样，里面都是用塑料袋装的肉，已经冻成坨，硬邦邦的。

"你在家里冻这么多肉干什么？这些是什么肉？哪儿买的？"黄哥问。

孟世仁依旧不回答，甚至闭起了眼睛。

冰柜旁边就是厨房，灶台上有一个电饭锅，我当时不知道自己脑子里在想什么，鬼使神差地走到灶台旁边，把电饭锅的盖子掀开往里看了一眼。

这一看差点儿没把我吓得魂飞魄散。锅里是半个已经烀烂了的脑袋！

"这是什么东西？"我大喊了一声同时身子往后退，一下子靠在墙上。

"人。"孟世仁这时候说出了他被抓后的第一个字，语调平静，神色如常。

"这是谁？为什么放在锅里？"一向沉静的黄哥声音也变得粗重起来。

而狐狸，已经完全站不住，扶着墙弓腰在一旁干呕。

"我杀的小姐，脑袋太硬，放在锅里炖烂了才能切碎。"孟世仁的回答依然平静，就好像是在口述做饭的步骤一样。

我轻轻往前挪了一步，强忍着恶心又看了电饭锅一眼。

"怎么只有半个？"我倒吸了一口气问道。

"锅太小，一次只能煮一半，另一半煮透后切碎顺着厕所冲走了。"孟世仁说。

活要见人死要见尸，罪犯杀人后最需要处理的就是尸体，只要找不到尸体，对他杀人的定性就会很难。犯罪分子有着各种各样处理尸体的方式，但像孟世仁这种的，实在是出人意料，这几乎是只有在惊悚片里才会出现的手法。

"你把骨头都扔了，那肉呢？"我终于问出了那个在我心里盘桓许久的问题。

孟世仁低头沉默了一会儿，然后慢慢抬起头，先是看了一眼铺在地上的冻肉，然后又似笑非笑地看了我一眼，悠悠地说："今天的包子味道好吗？"

他话音刚落，狐狸便再也忍不住，扭头"哇"的一声吐了出来，到最后，连胃酸都吐干净了。

事后经过鉴定，孟世仁家冰柜里的肉有三分之一是人肉。他一共杀死了两个小姐。第一个是罗英，行凶后他将罗英分尸剔骨，把大块骨头扔进饭店后面的垃圾桶里。后来他发现有拾荒的人来捡剩饭，为了防止被发现，他才又变换了手法，在杀死赵妍后，他先将人肉剔下，然后把骨头放到锅里面不停地炖，等到炖软了才将骨头剁碎混在其他排骨里面冲进下水道。

在审讯后我才知道，他取钱的时候故意装成一瘸一拐的样子。他知道海鲜饭店的大厨有点跛，所以用了障眼法，想着万一真的被发现，警察会把矛头指向海鲜饭店的大厨身上。这也确实在最开始迷惑了我们。

我问他为什么要杀小姐，他说他缺钱，他常年赌球，开包子铺赚不了多少，远远不够赌球的开销，现在欠了一堆外债。为了还钱他才想起来抢劫，而抢劫的对象就选择了小姐。

他觉得小姐这个行当没人注意，失踪了也没人管，尤其是杀死罗英之后，一点儿风吹草动都没有，这让他更胆大妄为了，又打电话约了第二个小姐，也就是赵妍，然后伺机将她杀害。

至于为什么要用这种方式处理尸体，他显得很无所谓："人都死了，肉身又感觉不到痛苦，用什么方式有什么关系呢？"

案件结束后，我和狐狸第一时间去医院洗了胃。

其实审讯的时候，孟世仁说了，他不是每一屉包子都兑人肉的，不然也不可能这么长时间家里的人肉还没用完。他一直处理得很小心，时不时掺一点儿，人肉和猪肉不一样，蒸久了发酸，很容易被辨识出来。

他甚至还"安慰"我："你们那天吃的，应该没事。"

可我还是觉得恶心，洗完胃之后好几天没吃下饭。狐狸更惨，这个案子后，他直接请了一个礼拜假，再回来时人还恍惚着。

之前黄哥用这个案子打趣狐狸的时候，我就好奇；后来跟狐狸一起在包子铺吃饭，他的反应也不太对劲；再加上他在案发现场以及案后的样子，我觉得其中一定有什么缘由。

后来还是黄哥跟我说，他们之前办过一个案子，一个杀人犯在杀人之后把人肉割下来蒸着吃了。黄哥和狐狸他们在找到他住的地方后破门而入，狐狸第一个冲进去的。当时那个犯人在吃饭，面前放的就是蒸熟的人肉，整个房间都弥漫着人肉蒸久了的酸味。

"你狐狸哥当场就吐了，那以后他再闻不了酸味，一闻就恶心，什么酸菜鱼、酸汤肥牛这些，都不碰。谁知道这次又给他碰上这个案子，可能他命中注定跟人肉有不解之缘吧。"黄哥说。

但是，那以后我们再提起这个案子，狐狸却好像失忆了一样，一遍遍跟我们强调："那屉包子我一口也没吃。"

第二案

裸尸案

在发现残缺的尸体时,将尸体还原是非常重要的。往往缺少的部分就是能证明犯罪的部分。把缺失的部分找回来,不光是让死者以全尸安息,更有助于让犯罪真相大白于天下。

工地裸尸少了一样器官，我找了两颗荔枝交差

冬天一到，人就容易变得懒洋洋的，不愿意动弹，只想躺在被窝里睡觉。不过干警察的，特别是像我这种重案组的刑警，想无忧无虑地睡个大觉，实在是太奢侈了。

这天是周末，我正在家蒙头大睡，一阵急促的电话铃把我从睡梦里拽了起来。我迷迷糊糊地接起电话，传来黄哥的声音，他让我赶紧去青年广场南边的工地，我立刻明白过来这是有案子了。

我从床上坐起来，看了下时间，还不到六点钟。我胡乱洗漱了一把，裹了件大衣就出了门。凌晨的大街上冷冷清清，一眼望过去，除了偶尔开过的空荡荡的早班公交车，就只剩下打扫卫生的环卫工人。

现场是一片废弃的工地，到达之后，我看到除了黄哥和派出所的巡警外，还有一个环卫工人。黄哥告诉我就是这个环卫工人报的警。

我看环卫工人的脸色有些苍白，明显受到了惊吓。黄哥让他把事发经过给我复述了一遍。

环卫工人说这片街区的卫生一直由他负责，也包括这片废弃的工地。工地里有两个电塔架子，其中一个架子下面有个用破布和纸壳搭的棚子，经常有流浪人员在这里睡觉。不过现在天气渐凉，来这里的人已经很少了。

今天早上，环卫工人来工地清扫，看到电塔架子下面露出一只脚，他心想这么冷的天怎么还有人在这儿睡觉，不怕冻死吗？

他走过去，先用扫帚轻轻碰了碰这只脚，想把这人叫醒，可他一连捅了几下这人都没反应。于是他又走到棚子前面，想看看是什么人睡得这么死。

等他转到前面一看，吓得直接摔倒在地。他眼前这人赤身裸体，除了嘴角的血迹，整个人没有一丝血色，显然已经死去多时了。死者两腿之间血肉模

糊，血、皮肉、毛发混在一起，纠缠成一团，像是被捣碎的辣椒酱一样。

环卫工人说到这儿声音越来越小，我朝黄哥身后看去，瞄到电塔架子下露出的两条腿，应该就是被害人了。

"就是那边那个？"早上的天气还挺凉，我搓了搓手问黄哥。

"对，我刚才看过，死了有段时间了。"黄哥抬手指了一下。

我走到电塔架子前面，死者只有两只脚露在外面，身上盖了一块白布。技术中队负责现场勘验的人正在拍照、提取，拿着镊子在周边夹来夹去，寻找一切有价值的线索。

没过一会儿，技术队的人把工具都装箱了，看样子已经完成了取证。

我们走过去，黄哥问："有什么线索吗？"

"什么也没有，附近没发现这人的任何物品，这次怕是有些麻烦。"技术队的喜子摇头说。

"我能掀开被单看看吗？"我指着盖在死者身上的白布问。

喜子点头说行。

我一点儿一点儿把白布掀开。死者是个男性，通身发白，说明已经死去多时。等我把白布全掀开，才发现死者有些不对劲。他身上没有明显的伤痕，但两腿中间血肉模糊，屁股下面还有一摊血，都是从两腿中间流出来的。

"怎么被捅成这副模样？"我看着死者的下体说道。

"不是捅的，你仔细看，这人是不是少点什么？"喜子在旁边提醒。

"少什么？"我又看了看死者的两腿中间，毛发与皮肉还有凝固的血液混在一起，看着有些恶心。

"什么东西没了？"黄哥在我身边蹲了下来，也开始仔细观察。

喜子蹲下来，他戴着胶皮手套，轻轻将死者下体的毛发拨开。我看到他拨开的地方有一个明显的豁口，在会阴部位，还有一小块皮肉垂着挂在上面。

"睾丸？"我和黄哥同时惊呼。

"对，睾丸没了。"喜子缩回手，把胶皮手套摘掉扔进垃圾箱。

"是因为睾丸掉了才死的吗？"查明死者的死因很重要，起码能确定罪犯的行凶行为。

"不一定，这个得问法医，但现场我们没发现其他有价值的线索，连这人的衣服都没找到，赤条条的，就像凭空出现的一样。"喜子的话让我想起了终结者以蹲着的裸体姿态出场的画面。

"刘哥，咱们在附近找一找吧，别被野狗给叼走了，无论如何也得把尸体凑齐。"黄哥拍了我一下。

黄哥的话我明白，在发现残缺的尸体时，将尸体还原是非常重要的。往往缺少的部分就是能证明犯罪的部分。把缺失的部分找回来，不光是让死者以全尸安息，更有助于让犯罪真相大白于天下。

我看了看周围，这个地方原先是三栋互字形的老式民房，拆掉之后一直没有重建，久而久之就成了废弃工地，大约有半个足球场那么大。地方倒是不大，可要找个东西也不容易。工地上铺满了建筑垃圾，别说睾丸那么小的东西，就是扔进去一个篮球也不好找。

我和黄哥开始地毯式搜索，先看地面，再翻石块，一寸寸地找，一尺尺地翻。随后，队里其他人也陆续赶到，大家都加入了寻找的行列，七八个人弯着腰一点儿点检查，像扫雷一样。

找了一个多小时，依旧一无所获。我的腰又酸又痛，日头渐渐上来，我整个后背都湿了。

我有些泄气，一路俯腰翻地，又转回到电塔旁边，这时我突然发现地上有什么东西闪了一下，应该是太阳映照在上面反射出的光。

我赶紧过去扒拉起来，是一个圆形的徽章，上面画着一个简化版卡通猫头，两个眼睛一个白一个黑。徽章看着很新，是谁把它掉在这里的呢？

我正准备把它捡起来，突然听到另一边传来一个尖尖的声音："找到了，在这儿！"

回头一看，狐狸正站在一堆碎石上朝我们挥手。顾不上管地上的徽章，我急忙跑过去，队里其他人也都朝狐狸聚集而来。

狐狸找到的东西在两个石头之间，是两个黑黝黝的连在一起的圆形物件，靠近了还能闻到一股腥臭味。上面有细细的褶皱，好像还带着几根毛发，看着确实像睾丸。

"这是睾丸？"黄哥有些怀疑。

"不是吗？"狐狸反问。

几个人盯着看，谁也没法确定，这种情况下得上手捏一下，或拿出来仔细翻看一下才好确定。可我们几个连手套都没有，谁也不敢用手去摸那玩意儿，一时间大家都愣在原地。

"来来来，我试试。"狐狸不知从什么地方捡来一根树枝，用树枝开始捅那两个黑色的圆球。

枯黄的树枝捅在黑色圆球上，圆球往里凹陷进去，周围的褶皱立刻汇集到凹点。这东西软软的，狐狸松开树枝后它又慢慢恢复原状，还有点弹性。

"好像真是。"黄哥说。

过了几分钟，我们局里的法医来了，他和我同姓，也姓刘，我一直喊他刘大夫。我们帮着把死者抬上车后，狐狸捏着鼻子把装着睾丸的塑料袋递给了刘大夫。

"这是睾丸？"刘大夫看了一眼，二话没说用手打开塑料袋闻了闻。我在旁边都能闻到那股腐臭的味道，不由得赞叹法医的心理素质真强大。

"对啊，好不容易找到的。"狐狸回答。

"行，先带回去看看。"

尸体运走了，我们留下来开始进行下一步侦查。宋队把大家召集在工地上简单开了个碰头会，最后决定从死者的身份开始查，想要将案件侦破，起码得知道死者的身份吧。

死者浑身赤裸，没有任何能辨别身份的东西，不过好在脸还没开始浮肿。我们给他拍了几张照片儿，决定拿着"死人脸"从周围开始走访，看能不能发现认识死者的人。

为了扩大侦查工作的范围，我们一人拿了一张照片儿分头行动，我负责青年广场南边的那条街。

本来我以为这工作不难，就挨家挨户问呗，谁知道做起来特费劲。不管是沿途的路人，还是沿街的商家，一看我拿着一张死人照片儿，大多看都不敢看，偶尔碰上几个胆子大的，看一眼也说不认识，弄得我十分无奈。

不知不觉到了中午，很多小吃店里都飘出了香味，我这才想起来自己从早上到现在都没吃饭。回头看了眼来路，已经看不到青年广场了。

可能是饿过劲了，我这会儿并不觉得很饿，只是磨了一上午的嘴皮子，实在有些口干舌燥。这时我注意到街对面有一家奶茶店。

我看了眼手机，没有任何来电，看样子其他人也没什么进展。我想着偷个懒，喝杯奶茶休息一会儿，走了一上午确实也有点累了。

这个奶茶店的位置比较特殊，街对面是一所小学的操场。操场修建得比较高，下面设计成了停车场。奶茶店就开在停车场边上，店门对着大马路。

奶茶店应该刚开张，员工正把卷帘门升起来。

往奶茶店走的时候，我看到店门玻璃上有一个标记，是一个卡通简化版的猫头，两只眼睛一黑一白。我脑子里瞬间闪过一道光，它跟我早上在工地看到的那个徽章一模一样！

"你好，请问需要点什么？"我刚进门，服务员就对我说，而我则注意到他的胸前也别着一个同样的徽章。

"你胸前这个徽章哪儿来的？"我问。

"这是我们店自己配的，我们叫黑白猫奶茶，这个徽章是商标。"

"客人买奶茶会赠送吗？"

"一般不会，这是我们店员戴的，不过您要是喜欢的话，我可以送你一个。"店员说。

店员戴的？那怎么会出现在工地里？工地里的死者不会跟这个徽章或者这家奶茶店有关系吧？

我乱七八糟地想着，后悔没把那个徽章捡起来，但现在也顾不了那么多。我直接把警官证和死者的照片儿掏出来，对着店员晃了晃："我是警察，你看看这张照片儿，认识这个人吗？"

看过照片儿，店员的表情有瞬间的惊愕，显然也是被"死人照"给吓着了。我急忙把照片儿反过来扣下，想让他先缓缓。

"等等，这个人我好像见过。"惊愕之后，店员突然来了这么一句。

"什么？你见过？"我急忙又把照片儿翻过来，让他再仔细看看。

"我认识他，他在我们店打过工，叫王兆，他怎么了？这照片儿怎么看这么别扭？都不像他了。"店员问我。

废话，死人和活人的照片儿能一样吗？我心里这么想着，但没说出口。

"我早上听说在青年广场发现了一具尸体，不，不会是他吧？"服务员沉思了一会儿，突然结结巴巴又带点惊恐地问我。

看来早上看热闹的老百姓已经把这件事传遍了整个街区，连刚开门营业的店员都知道了。也好，我不用瞒着了，于是点了点头。

店员确认后，低头轻轻叹了口气。

"他既然在这儿工作过，有没有他身份证号之类的信息？"我问店员。

"有，我们有个员工登记本，新人来都要做登记的，上面应该有他的信息，不过本子在老板那里。"

在服务员的帮助下，我很快联系上了奶茶店的店主。没过一会儿他就拿着员工登记本赶来了，上面不光有王兆的身份证号，还有他的近期照片儿和体检合格证。店主说王兆今年办卫生证明的时候做了体检，之后就辞职了。

"知道他辞职后去哪儿了吗？"我问。

"这个就不知道了。他这个人挺怪的,虽然在店里干活,但跟我们没什么交流,寡言少语,干活儿也不是很利索。"店主说。

我带着死者的身份信息回到队里,一进屋发现狐狸已经坐在那儿了,蔫头耷脑的,正被宋队训。

"你让我说你什么好,什么时候能长点儿心,这不是让人笑话吗?你怎么就不能先确认下?"宋队气得不轻。

"我怎么没确认,我还用小棍捅了捅,确实像啊,黄哥不也说像吗?再说了,一上午在太阳底下找两个小蛋,又累又热,犯迷糊也很正常啊!"狐狸又在狡辩,宋队说他一句他能顶三句。

我的归来算是救了狐狸,听说我带回了死者的信息,宋队立马把注意力从狐狸身上转移到我这里。确定了死者身份,案子就明朗多了,侦查也有了方向。

后来我才知道宋队为什么生气。原来狐狸找到的根本不是死者的睾丸,而是两个高度腐烂变质的荔枝。刘法医在拿回来后不小心捏碎了,挤出腥臭的汁,把他吓了一跳,以为自己天降神力竟然把睾丸都捏碎了。

那死者的睾丸究竟去哪儿了?我们已经把废弃工地翻了个遍,不可能遗漏的。

大家陆续回来,法医那边也传来新消息。刘法医经过仔细观察比对,认为死者下体有被切割的痕迹,也就是说睾丸极有可能是被割掉的。

这么残忍的方式,难道是情杀吗?

刘法医又提供了两个情况,那就是死者的头部受过重击,头颅有内陷和瘀血,另外脖子上还有勒痕,也就是说死者可能是被勒死的,也可能是被砸死的。刘法医说现在确定不了死因,他推断罪犯可能是两个人,一个从后面用绳子勒,一个用东西砸死者的头。

根据已知的情报,宋队做了分工。既然死者身份已经确定,那就要尽快联系他的家人。由于狐狸能说会道,这个活儿就交给了他。而其他人则分成两组,一组查人,一组查物,我和黄哥负责追查死者的物件。

奶茶店的员工登记表上除了有死者的身份证号码,还登记了一个手机号。店主说王兆辞职没多久,我觉得他不一定会换手机号,可以从这开始查。黄哥也很赞同,我们俩直接去了移动通信公司。

移动通信公司与邮政并排邻建,走到门口的时候黄哥忽然站住说:"想当年我几乎天天来这里，没想到现在换成来隔壁了，时代变化真快！查手机这件事你去办吧，也该长江后浪推前浪了。"

以前手机没这么普及，人们普遍靠信件联系，公安机关破案都靠查邮政。这才几年，邮政门前已经冷清无人，旁边的移动通信却人来人往，怪不得黄哥心生感慨。当年他的师父带着他从邮政开始查，现在他带着我从移动开始查，物是人非，岁岁年年。

进了移动通信公司，我给营业员提供了证件材料，不到一分钟，对方就告诉我，这个手机号码还没停机。

"请你把他近期的话单打一下。"我说着回头望了望黄哥，发现他已经坐到后面的沙发上去了。

"好的，稍等。"看到营业员打印话单，我拖了个椅子坐在柜台前。以往都是黄哥坐这儿的，现在换成了我，不知怎么的，我忽然觉得责任重大。

"这个号码不久前还有通话。"营业员说。

"什么？不久前是多久？"我吓了一跳，现在是下午三点，人死了得有十二小时了，怎么还会有通话？

"半小时前，这个手机拨出了一个电话，对方手机号码是138×××××××。"

"等等，你慢点说。"我急忙拿笔开始记，这要不是见鬼了，肯定就是罪犯露出了马脚。死者身边没有发现手机，十有八九是罪犯拿走了，那这个半小时前的电话肯定是罪犯拨打的。

"138×××××××。"营业员又重复了一遍。

"有机主身份吗？"

"有的，叫宋倩。"

"女的？"

"对。"

我急忙招呼坐在一旁的黄哥。黄哥走了过来，我指着本上记的手机号码对黄哥说："死者手机被人拨打过，这个是目标号码，还是个女的，咱们现在就去找这个女的。"

"我看看，"黄哥接过电话仔细看了几遍，突然眉头紧皱，"宋倩？咦？这个手机号码我好像见过？"

"什么？你见过？"意外真是一波接一波。罪犯拨打的电话对象竟然正好是警察认识的人，这种事未免太巧了，简直是天助破案。

"这女的是卖手机的，就在广州路手机广场。以前我曾经管理过一段时间，对里面的人都有印象，尤其是她这个号码。"

宋倩的号码尾数确实很特别，0101，看过一眼就能记住。这个手机联系了宋倩，应该是要卖手机，这样的话，那这个手机现在很有可能就在手机广场。

我和黄哥急忙赶到手机广场，直接找到了宋倩，把情况一说，宋倩就明白了。这几年手机广场里的人也配合我们侦破了不少案件，尤其当他们收到一些来路不明的手机时，都会主动向警方报告。而且现在对手机收售要求特别严格，必须留存买卖双方的信息。

宋倩立刻把卖手机的人的身份证复印件拿了出来。至于对方卖的手机，现在正在她的柜子里，诺基亚的，已经快没电了，无法开机。

"你确定卖手机的就是这个人？"黄哥看着身份证复印件问宋倩。

宋倩肯定地点了点头。

"妥了，收工回。"黄哥笑着对我说。

现在情况已经查清楚了，卖手机的人身份也落实了，接下来就是抓捕。对于一个查清身份的罪犯来说，抓他只是时间问题，没想到这个看似复杂的案子这么轻易就侦破了。

但我怎么都觉得有些不对劲，这一切似乎太顺利了。我看着卖手机的人留下的身份证复印件，心里的疑惑久久不散：如果这个人真是罪犯，他会傻到在销赃时留下自己的身份证复印件吗？这和投案自首有什么区别？

再联想到死者的样子，被勒死，被硬物砸，被割掉睾丸，犯罪手法极其残忍。这个罪犯的心理绝对不似常人，他怎么会早上犯了案，下午就来手机广场卖手机呢？

我揣着一肚子疑问返回队里，宋队听完情况汇报后很高兴。他和黄哥一样，觉得案件可以告破了，接下来就是抓人。

对身份证复印件上的这人进行研判后，我们发现他买了火车票，目的地是他老家。

跑了！这下大家更坚信他就是罪犯。

宋队安排狐狸带队去抓人，算是对他闹乌龙的一个惩罚，纵然万般不愿意，狐狸还是老老实实答应了。其他人就地解散休息，等罪犯到案之后再说。

从发案到查清还不到一天，看大家都喜笑颜开，我没直接说出心中的疑惑，但那股不对劲的感觉越来越强烈。

走出大队已经快晚上八点了，借着夜色灯火，我沿着大街溜达，不知不觉竟然又走到青年广场，抬头一看发现眼前正是那片废弃的工地。

车辆在马路边呼啸而过，车灯流影从我眼前不停地晃过，恍惚间我好像看见工地里有几个人影，难道忙了一天眼睛花了？还是想案子想出了幻觉？

我用手拍了拍自己的脑袋，再仔细一看，不是眼花也不是幻觉，工地里真的有几个走动的人影。工地里虽然没有光亮，但周围都是路灯，在它们的映衬下，还是能看到几个模糊的黑影。

我急忙跑过去，从铁栅栏的一个空隙钻了进去，进工地一看，果然有三个人。

"你们是干什么的？"我冲他们大喊了一声。

这三个人愣住了，立在那里不敢动，怯生生地看着我。

"我是警察，你们大晚上在这里做什么？"我慢慢向他们走去。这里没有灯光，我看不清他们的面孔，只看得出一个大概的轮廓。

"我，我们是捡破烂的。"一个人回答。

等靠近了，我才看清，这三个人头发都很长，穿得破破烂烂的，身上胡乱叠了好几件衣服。脸更是脏兮兮的，蓬头垢面，每个人手里拖着一个麻袋，原来真是拾荒的。

"在这里捡破烂？"我问。

"我们本来住这儿，今天早上听说死了人，白天你们警察一直在，我们没敢回来，这会儿回来收拾东西准备搬走。"另一个人答道。

今天早上我确实发现了一个窝棚，在工地另一侧电塔架下面，离死者比较远。用防雨棚搭的，里面堆着一些乱七八糟的东西。因为环卫工人说最近天气冷了，流浪汉都搬走了，我就没太在意。

"你们也知道这里死人了？"听到他们自称住在这里，我忽然想到他们可能看到或听到过什么我们不知道的信息。

"附近的人都知道，有人死在这里。"一个人说。

"我也没想到会死人，早知道昨晚我们就走了。"另一个人说。

"你没想到会死人是什么意思？你们昨晚看到了什么吗？"我注意到他话里的隐藏信息，赶紧追问道。

"看见了啊，昨晚这里来了两个人，一个人睡着了，另一个走了。后来又来了一个，拿了些东西也走了。早上我们听扫卫生的人说有人死了，害怕惹祸上身，就没敢过来。"

"两个人来了！一个人走了！又来了一个拿东西？！"我一听便激动起来，大声重复了一遍，这信息太重要了！

三个人看着我点了点头。

事情果然没这么简单，那个最后来拿东西的很可能就是卖手机的，他只是顺手牵羊，而一开始和死者一起来的人才是凶手。

"最后那个人拿走了什么东西？"我又问。

"他把睡着的那个人的包拿走了。"一个人说。

"那睡着的那个人的衣服呢？我们早上来的时候，这个人身上什么都没穿。"

"衣服被……我们……我们给拿走了。"一个人小声地回答道。

"我们真的以为他只是睡着了，太黑了，根本没看清……"另一个流浪汉嗫嚅着试图辩解。

"你们拿走了？拿哪儿去了？"我往前一步大声吼道，把三个人吓得够呛。

"都在这里。"其中一个指着身后的窝棚。

果然，我在窝棚里找到了内衣内裤还有外衣，外裤已经穿在了一个流浪汉的身上。我让他把裤子脱下来，总算把死者的衣服凑齐了。就在我凑衣服的时候，这三个流浪汉一溜烟全跑了，毕竟是死人的事，他们也怕被追究责任。我从工地追到大街上，哪里还有人影。

我急忙给大队打电话汇报情况，没过半小时黄哥就来了。我俩借着手机的光亮把窝棚又翻了一遍，差点把它给拆了。我们的目标很明确，就是想找到那两个睾丸，但依然没有任何发现。

虽然死者的睾丸依旧没有下落，但逃走的三个流浪汉应该和这个案件没什么关系。我把这边的消息告诉了狐狸。他已经在去抓卖手机那人的火车上了，人还是要抓的，只是不能再把他当成杀人犯来对待了。

第二天上午，死者的父母来了队里，是得到通知后连夜坐火车赶来的。狐狸不在，接待的任务就交给了我。

死者父母要求看看孩子，我带着他们去了理化实验室，也就是法医做尸检的地方。两人在看到死者后便开始大哭。看得我挺难受的，至亲骨肉飞来横祸，换作谁都受不了。

可是哭着哭着我就感觉有些不对劲。死者的母亲一边哭一边不停在说些什么。刚开始两个人哭声很大,说话呜咽,我听不太清,后来哭声小了,他们的说话声也渐渐清楚起来。我听见死者的母亲不停地在说对不起死者。

这是怎么回事?难道还有什么隐情?看到死者母亲悲痛欲绝的样子,我没好意思当场开口问。等他们哭累了,我把他们从理化室带回办公室,给他们倒了水,让他们缓解下情绪。看他们稳定得差不多了,我才旁敲侧击地开始问。

"阿姨,我刚才听你说什么对不起王兆,这是怎么回事?方便说说吗?现在人已经走了,我们正在全力侦破这起案件,你提供的信息也许对我们破案有帮助。"我小心翼翼地问。

女人抬头看了看我,又看了看她的丈夫,在得到她丈夫的默许后,才说:"他的死和我也有一定的关系。"

女人开口就来了这么一句吓人的话。

"你别这么说……有事就说事,别自责,这也不是你的责任,路是他自己选的。"男人急忙在旁边劝女人。

"王兆和别人有点不一样,怎么说呢,他虽然是个男孩,却没有一个男孩的样子,从小就喜欢和女孩一块玩。长大后我发现他越来越过分,实在气不过就和他吵,结果他就不在家待了,自己跑到这里打工。"女人一边说一边哭。

"不一样是什么意思?哪方面不一样?"我问。

"就是不像男人,反而像女人,干什么都扭扭捏捏的。"女人说。

"不是像女人,而是不喜欢女人。我儿子是个同性恋,不愿意和女人结婚,跟我俩吵了好多次,最后离家出走跑到这里。早知道会发生这样的事,我肯定不会逼他……"男人一边解释,一边难过地呜咽起来。

同性恋?这个信息在我脑海里一石激起千层浪,忽然间我觉得各种不合理的事情都有了模糊的解释。是因为我们开始没想到这一点儿,所以侦查的方向完全不对路。

我安抚了一下死者的父母,急忙回到队里,把这个消息通告给了大家。大家一点儿就透,立刻就知道案件的关键在哪儿了。

"咱们就从这个圈子开始查。"宋队的话也是所有人的想法。

"但这个圈子不好进,很小,也很独特,我肯定是不行。"黄哥说。

"我倒是知道一个地方,上次审一个犯人的时候他说的,是这群人平时聚会的地点。不过他们比较谨慎,对外人,尤其是对警察很不信任。刘星辰,你先进去摸一摸,看看情况,找个合适的、能帮助咱们的人,让他配合调查。死者既然是同性恋,那么死因很可能与这个有关,解铃还须系铃人啊。"说这话的是螃蟹，他平时不跟我一队，合作比较少。

"我去摸一摸？去同性恋的聚集点？"我惊诧地问。

"对对对，这里就你能去，我们岁数太大了。你主要是看看有没有认识王兆的，或者愿意帮忙的。我怀疑罪犯很可能就在这群人里面。"宋队说。

宋队发了话，其他人也都是一副"就这么愉快地决定了"的表情，我只好硬着头皮答应下来。

螃蟹说的是花都酒吧，在武汉路上，我经常路过，但从来没去过，从外面看不出这是一个同性恋聚集地。晚上七点多，在车里等候许久的我们才看到酒吧门上的锁被人摘下，又过了一个多小时，陆续有人进去，直到里面人不少了，宋队才给我使眼色让我进去。

进了酒吧我四下看了看，和其他酒吧没什么区别，中间一个唱台，周围都是座位，边上一个吧台。座位空了很多，吧台却坐满了人。我找了个空位坐下，点了一杯果汁，听着台上的人演奏爵士乐。

我看了看周围的人，心里犯起了嘀咕，现在该怎么办？当我知道这是一个同性恋酒吧后，我下意识觉得周围的人都是同性恋。也不知道是不是心理作用，我感觉周围的人不时向我投来邀请的目光，让我身上一阵阵起鸡皮疙瘩。

"一个人吗？"一个穿格子衫戴眼镜的男人走过来直接坐在我对面，手里拿着一杯酒，对我笑笑说。

"嗯。"我看着他的笑脸，感觉自己全身发麻，不知道该说些什么。

"第一次来？"格子衫上下打量了我一番，蛮有把握地说。

我是一名警察，现在却好像是他在审问我。我真想把警官证拿出来拍在桌上，但这么一来不但会惊到酒吧里的人，要是罪犯也在其中，就打草惊蛇了。所以我只能沉住气，脑子里想着怎么应付。

"对，第一次过来。"

"你怎么找到这个地方的？是朋友介绍的吗？"格子衫一只胳膊压在桌子上继续问。

"听说的，过来看看。"

"你是刚来，还是一直都想来？"

格子衫这话问得挺有意思，我听明白了，他是想问我是什么时候发现自己是一名同性恋。

"刚想的。"我回答，我怕说太多会在他这种人面前露出马脚。

"什么时候发现的？"格子衫用手把玩着酒杯问我。

"嗯，前不久。对了，前不久我看见一个人，觉得挺好看的，才发现自己好像有点不一样，这个人说让我来这儿找他。"我忽然灵机一动，心想既然来这儿的目的是追查王兆的人际关系，不如顺势把这件事说出来，让他告诉我死者的关系人都有谁，除非眼前这个格子衫就是罪犯，不过这种概率很小。

"你有朋友了哇？是谁？"格子衫又问。

"我也想知道他是谁，你看看，这是我在他店里拿的照片儿。"我说着把王兆在奶茶店工作时拍的照片儿拿了出来。

"咦，他不是有朋友了吗？"格子衫看着照片儿自言自语道。

"有朋友了？是谁？"我一听果然有戏，急忙问道。

"好像没来。"格子衫抬头向周围张望了一下。

"方便借一步说话吗？我的车就停在门口。"我对格子衫说。

情况大概清楚了，格子衫知道王兆有一个朋友，而且还认识这个朋友，而这个朋友很可能就是凶手。想找到凶手，靠格子衫帮忙是最快的途径。我已经决定对格子衫直接摊牌，不过不能在酒吧里，得换个地方。

格子衫跟着我走出酒吧，兴趣相同的人之间确实少了一份戒备。可能也是因为我说车停在门口，他才没多想。

走出酒吧后我来到他身边，抬手做了个招呼他过来的手势。格子衫走到车旁边后，被车里的黄哥和车外的我一拉一推，没来得及挣扎，就"嗖"地一下拱进了车里。

在我们亮明身份说明情况后，格子衫表示愿意配合，他说："他叫王兆，是这里的老客，一年多前我就在这里见过他。这才几天没见啊，就出了这样的事，唉！"

"你刚才说王兆有朋友了，你认识吗？"我问格子衫。

"认识，刚认识没多久，叫小玉。"格子衫说。

"这个小玉是什么人？"我问。

"他也刚来不久，也就两三次吧，很快就和王兆混熟了。其实他俩到底是不是处朋友我也不知道，但他们老在一起。而且有天晚上我看见王兆和小玉一起喝了不少酒，两个人一起离开了酒吧，应该是在一起了吧。"格子衫说。

"你说的有天具体是哪一天？"我急忙问。

"好像就是前天晚上。"

前天？我脑子一下炸了。王兆的尸体是昨天早上被发现的，要是前天晚上和小玉一起离开的，那么最后和王兆在一起的人就是小玉了。而且根据工地流浪汉的说法，最早是两个人一起来的工地，其中一个是王兆，那另一个就应该是小玉了。

杀害王兆的凶手就是小玉，我几乎敢肯定。

"我们现在怀疑小玉是杀死王兆的凶手，你能不能协助我们找到小玉？"我一脸严肃地对格子衫说。

"行，我愿意帮忙，只要在我力所能及的范围内。"格子衫回答得出乎意料的干脆，甚至有点跃跃欲试的兴奋，可能是把这当成了什么卧底行动。

我们现在判断小玉可能是凶手，但我们没有小玉的任何信息。这个人究竟是谁，住在哪儿，做什么的，我们一概不知。

格子衫说他愿意在酒吧帮我们盯着，一旦小玉出现就告诉我们。

小玉会不会在杀人后继续露面，这点我不敢确定，但现在也没有其他办法。所以我和黄哥合计了下，白天正常侦查摸排，晚上就到酒吧门口守着，看看能不能截住小玉。

不得不说，格子衫为了帮我们抓小玉也是费尽了心思。他每天早早就来到酒吧，还想尽办法从别人那里打听，不过都没有效果，小玉就像个幽灵一般消失了，无影无踪。除了死者王兆外，其他人只是见过他，但都对他不了解。

案发第三天晚上十点多，我和黄哥正在酒吧外的车里守着，手机响了，是格子衫发来的短信：小玉来了。

我差点从车上直接跳下来，总算是等到他了！

我和黄哥还有其他人前后分散进了酒吧，我看到格子衫坐在圆桌旁，轻轻抬手用拇指对着身后一个人比画了一下。我们立刻意会到这就是小玉，他对面还坐着一个人。

到这份儿上了，哪里还管得了三七二十一。我快步来到小玉身后，直接用胳膊勒住他的脖子使劲往下一拽，把小玉从椅子上直接拖到地上。坐在他对面的人也被我们按到地上，三下五除二，不到二十秒钟，小玉就被我们双手背铐，从酒吧里拖走了。

从被我按到地上再到被戴上手铐，到最后被押进车里，小玉全程一句话也没说。他这个样子，我心里反倒踏实了，几乎可以肯定他就是凶手。要是换作普通人，早开始大喊大叫了，只有真正的罪犯在被抓之后才会有这种表现。

不过小玉保持沉默的时间出乎我的意料。在到了大队被带进审讯室之后，他还是一声不吱，无论我们和他说什么，他一句话也不说，像哑巴似的，连问他叫什么名字他也不回答。

这下麻烦了，我们只是怀疑小玉是罪犯，但是没有实实在在的证据能证明他就是罪犯。小玉只要一直什么话都不说，我们就毫无办法。

我们转过头去审那个和他一起被抓来的人。他告诉我小玉想和他交朋友，两个人正在相互接触阶段，他和小玉也是第一次见面，并不熟。

现在怎么办？看着从小玉身上搜出的一堆物品，我把他的手机拿来打开，看到一条收房租的短信。我又在小玉的包里找到了一把钥匙，应该就是出租屋的。

"走，去他家看看。"我想着，拿着钥匙和黄哥一起前往小玉租住的房子，我和黄哥现在要把所有可能找到犯罪线索的地方都尝试一遍，不放弃一丝希望。

小玉租的是一间公寓，根据短信上面的内容，我知道他一下交了半年的房租。拿着钥匙进了屋子后，我把房间的灯打开，发现是一室的开间格局。进门就是一整间大屋子，做饭的地方就在进门的一侧。房间收拾得干干净净，有一道帘子在中间隔开，里面应该是睡觉的地方。

我看着挡在屋中间的帘子，觉得不太正常。如果是要挡光，那也应该挂在窗上，挡在屋中间算什么？难道有什么见不得人的东西？

我走过去把帘子一下拉开，映入眼帘的是一张靠着窗边摆放的床，窗户上的窗帘也是拉上的。我又看了下其他地方，床头有一块平板，上面有四个透明的玻璃罐子，里面好像还装满了水。

这是什么玩意儿？花瓶吗？帘子把屋灯挡住了一些，我看不太清。于是转身把这道帘子完全拉开，回头再一看玻璃瓶，顿时被里面的东西惊得一句话也说不出来——玻璃罐子里泡着两个黑乎乎的圆圆的东西，不是别的，正是死者那对遗失的睾丸。

我觉得嗓子眼儿一股酸水涌上来，好不容易被我压了下去，然而还是干咳了一下。他在干什么？保存标本吗？

我把瓶子搬回了队里，看到确凿的证据，小玉终于承认了罪行。不过他不承认将王兆杀死，他说是在和王兆做窒息游戏的时候，王兆不小心自己把自己弄死了。

但小玉承认是自己用刀将王兆的睾丸割下来，因为小玉并不是一个同性恋，相反，他是一个极度痛恨和厌恶同性恋的人，甚至到了扭曲的地步。他故意伪装成同性恋是为了找机会接触他们，将他们杀死，然后割下睾丸泡到罐子里。

小玉一共买了四个罐子，还有三个里面装满了水，还都编了号。

小玉从被抓获到接受审判一共历时六个月，在临上法庭前，我又看了一遍他的供述材料，上面写清楚了当时的犯案过程：

小玉把王兆骗到工地，先以窒息游戏的名义用绳子想直接勒死王兆，结果王兆只是晕了过去，在小玉用刀割下王兆的睾丸时他醒了过来。看到王兆醒了，小玉开始用石头使劲砸他的脑袋，活活将他砸死，然后把睾丸割掉拿走。

我实在无法想象要对一个人痛恨到什么程度才能做出这种事。我也问过小玉这个问题，不过他没回答。他对除了案件以外的所有问题全都保持沉默，我们也无从得知他的犯罪意图和动机。

直到几年之后，在另一起窒息游戏的案件中，我才知道小玉的犯罪动机是什么。其实这些资料都在他家中的电脑里，只是当时我们并没有想到，也没有将他的电脑资料提取出来。

具体的无法详说，但小玉并不是只有一个人。

第三案

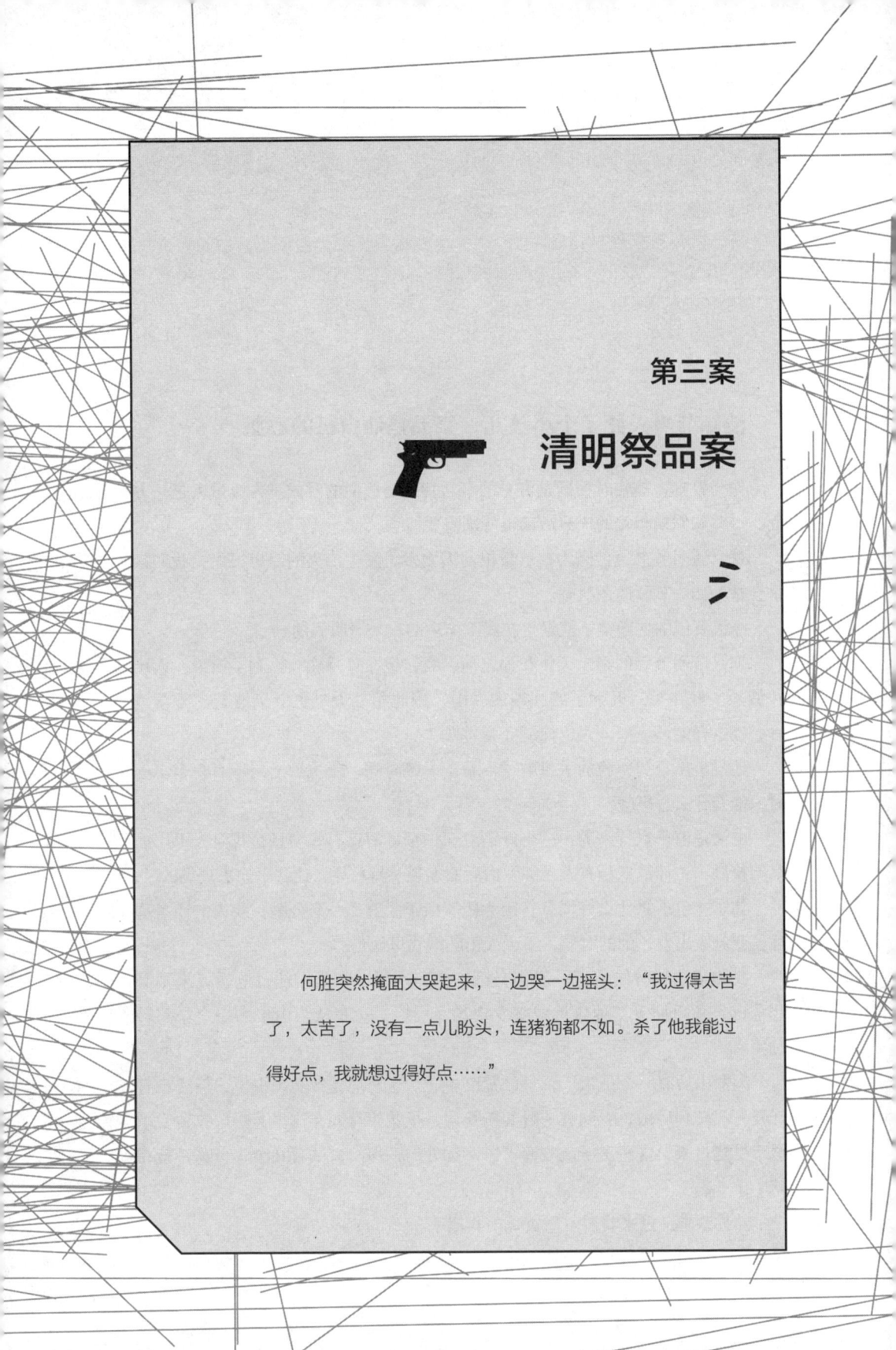

清明祭品案

何胜突然掩面大哭起来,一边哭一边摇头:"我过得太苦了,太苦了,没有一点儿盼头,连猪狗都不如。杀了他我能过得好点,我就想过得好点……"

清明节当天死了个小孩儿，祭品是他自己的心脏

作为警察，被临时抽调是常有的事，特别是假期的时候。人流量大是一方面，一些和假期相关的庆典活动也特别需要留意。

就拿清明节来说，因为扫墓祭祀的人太多，发生山火的隐患很大，我们常常会被抽调去墓园巡逻执勤。

今天要说的这起案子就发生在我工作后的一个清明假期。

那是清明节后的第二天，在那之前，我已经在墓园连续执勤了两天，人比较疲惫。好在头一天下了场细细的春雨，因此第二天早上空气清新、芳草清香，在这样的环境里，人也神清气爽起来。

还没走出家门，我的手机响了。看了一眼时间，距执勤上岗还有一个多小时，能有什么急事呢？

电话是值班室打来的，一个好消息，一个坏消息。好消息是我今天不用去墓园执勤了；坏消息是有人在阎罗山后面发现一具尸体，让我迅速去现场。

其实这也不算什么好消息，因为阎罗山正面就是一个公墓，我去的还是墓地。我赶紧出发，到的时候，不少人正陆续往里面走。

我知道这种时候黄哥一般都会第一个到现场，于是给他打电话，果不其然他已经在里面了。他告诉我案发现场在山后，让我从半山坡的一个小路转过去。

阎罗山后有一个纸板厂，早已荒废多时。这片地已经卖出去了，但还没有开发。我转到后山，看到有一排红砖瓦房，早些年有人在这里养蜂放牧，后来城市扩建过来，这些房子就废弃了。不远处的瓦房门口站着几个人，黄哥就在其中。

"你来啦，过来看看。"黄哥朝我招手。

除了黄哥，还有派出所的人，但大家都站在瓦房门口。里面是案发现场，很可能留有罪犯留下的证据，在技术中队没来之前不能随便进，以免现场遭到破坏。

我从门口往里看了看，死者是个小孩儿。他四肢张开平躺在地上，胸口有一个十字形的豁口，像是用刀割的。从外面看伤口很深，豁口两边的皮肤朝侧面翻卷开，翻开的肉已经变成浅红发白的颜色。地上全是干了的血迹。

"尸体怎么被残害成这样？"我问黄哥。

"你再看看屋里那是什么？"黄哥没有回答我，而是指着屋内对我说。

房子在山的背阴面，里面有些昏暗，到了之后我的注意力全在靠近门口的尸体上，屋里深处的情况我还真没注意。

我顺着黄哥指的方向看去。尸体头朝向的地方有一个土堆，上面摆着一只碗，周围还有散落的香灰。

"那是什么东西？难道有人在这里祭祀上坟？"

"你觉得凶手会在杀了人之后再顺便祭拜一下吗？"黄哥反问我。

我一下无言。

"这孩子是谁？身份确认了吗？"我问。

黄哥摇摇头。我俩是最早一批到现场的，看来确定死者身份又得靠我和黄哥了。我四周张望了一下，除了我和黄哥，还有三名当地派出所的警察和一个穿便装的大叔，一看就不是我们的人。

他就是报警人，是这片园林的护林员，今天在林区巡逻的时候，在红砖房里发现了这具尸体，急忙报了警。

我们正询问着具体的情况，技术中队的人来了，又是喜子值班。喜子看到我皱了皱眉，说我怎么老赶他值班的时候出案子。我调侃着说了句缘分，让他赶紧进去看现场。

喜子戴上鞋套和手套钻进屋子，另外有个人在外面用大灯朝里面照，技术中队开始干活了。

经过询问，我和黄哥发现这个报警人什么也不知道，只是比我们早一点儿发现尸体而已。不过小孩儿应该好找，毕竟这么小的孩子肯定有人监护，大人发现孩子不见了肯定会报警。我问派出所的同事有没有接到孩子丢失的报案，他们告诉我还没有。

我们正说着话，突然听见喜子在里面大叫了一声，我们怕破坏现场也不敢进屋，只能扒在门边往里面看，问喜子出什么事了。

只见喜子背对着我们蹲在地上，身子抖了抖，两只手抬着慢慢站起来，接着缓缓地转过身。我看到他手上捧着一个脏兮兮的东西，像是块石头，细看又好像是一坨肉。

"你们看这是什么？"喜子捧着这个东西走出来，轻轻把盖在上面的土和灰抹掉。

我们这才看清，这哪儿是什么石头，这是个内脏，而且是人最重要的器官——心脏！我和黄哥大惊失色，齐声问他："你从哪儿找到的？"

"埋在土堆里，我本来想看看碗上面有没有指纹，结果把碗拿起来后，发现这玩意儿在碗下面露出一半。"

我看了看尸体胸前的豁口，一下明白了。那个口子周围之所以有翻开的皮肉，是因为有人从那儿把死者的心脏掏了出来。

想到这儿我头皮不由得发麻，作案的到底是什么人？不但对一个孩子下手，而且手段这么残忍。

胸口的十字口子，埋在土里的心脏，扣着的碗，燃灭的香灰……这一切都太诡异了，似乎预示着眼前不是一起普通的杀人案。

"这个小孩儿还被捆过。"喜子在里面一边检查一边说。

"全身被捆住？"我在屋外问。

"差不多，身上的勒痕挺明显的，脖子上也有，痕迹更重，所以死者也可能是被勒死的。"

过了一个多小时，技术中队把现场勘验做完了，碗上有一小半指纹，而且有擦痕，说明被人刻意擦过。死者身上有被捆绑的痕迹，但是现场没找到绳子，也没发现其他凶器，正常来说一个人的心脏外面有胸骨保护，一般工具根本割不开。我曾经帮法医做过尸体解剖，当时切割胸骨用的是电锯。小孩儿的骨头松软，也许不至于用电锯，但凶手一定借用了其他工具。

尸体被拉上车带走了，细致的分析由法医来做，接下来我们要做的就是对尸源进行查证。这时候队里其他人也到了，宋队的意见和大家一致：小孩儿正常来说走不远，即使是被拐骗来的，沿途也会留下痕迹，先从周围找起。

闵罗山前面是一片居民区，我拿着照片儿开始挨家挨户地询问。照片儿是在案发现场照的，小孩儿的面部有些浮肿，但也能看出本来面貌，只要是认识的人肯定能识别出来。

居民楼的一楼都是店铺，我们走了十几家店铺，没人对这个遇害的孩子有印象。想想也对，店铺每天接待的人那么多，估计不会特别注意一个孩子。

又问了些路人，得到的回答都是没见过这个孩子。这是怎么回事？难道这个孩子根本不在附近住？是被人掳到这里来的？

我对黄哥说出了心中的疑问，黄哥思考了一下，分析道："不太可能，小孩儿爱闹，要掳走一个孩子还不被发现是很难的，除非先把小孩儿弄晕。还有一种可能，就是带走孩子的是孩子认识的人，所以小孩儿没有哭闹，也没人注意到。"

"把小孩儿弄晕带到后山的可能性也不大。"我说着看了下闵罗山下面这条马路，"这条街虽然不繁华但周围都是居民区，一层又都是商铺，行人往来不断，想去后山只能从这条路走。罪犯要是带着个昏迷的孩子，不可能不被发现，除非他把孩子装进什么器物里。"

"如果真是熟人作案，那就麻烦了，他可以从任何一个地方把孩子带过来，这样的话咱们就没法查了，根本无从下手。"

"孩子是今早发现的，正常来说差不多是昨天遇害的。他的家人应该报警了，咱们查一查全市的报警记录？"

"如果孩子是熟人带走的，而且家里人知道孩子和谁一起走，他们不会以为孩子失踪了，也根本不会报警。这个人有充足的时间逃跑，咱们在这附近找那就是白费工夫了。"黄哥说。

"小孩儿死状那么惨，这要是熟人，得对这一家有多大的怨恨啊，这家人怎么会让孩子和他一起走？"

"知人知面不知心，清官难断家务事，这两句话可不是白传这么多年的。咱们先去吃口饭吧，下午再查，要是还没有什么进展，晚上开案情研讨会的时候我会提议把搜查范围扩大一下。"黄哥说。

听完黄哥的分析，我也觉得应该扩大侦查范围，不能因为尸体出现在这里就把搜索范围局限在这里，但眼下还是把周围排查一下比较好。

我和黄哥匆忙吃了口饭，继续走门访户，但问了一下午，把整个居民区都走遍了，得到的回应都是根本没见过这个孩子。

眼看太阳西沉，天边泛出了红色的霞光，我却无心欣赏美景，手里的照片儿也好像沉重了起来。

我正准备和黄哥一起离开的时候，看到马路转角的一块空地上有几个小孩儿在玩，我突然心里一动，不如去问问这些孩子。成人对陌生的小孩儿可能没有印象，但孩子不一样，孩子对和自己一般大的孩子有一种天生的敏感，说不定他们会知道。

想到这儿，我拿着照片儿径直朝那几个小孩儿走去，黄哥急忙拦住我：

"你干什么？"

"我去问问这些孩子见没见过照片儿上的人。"

"直接给小孩儿看死人照片儿？你还真不怕给他们留下心理阴影！"黄哥批评我。

还是黄哥细致，让小孩儿看死人照片儿确实不妥，容易吓到他们。我拿着照片儿看了看，发现要是把胸口的伤口遮住，只看脖子以上的面部的话，照片儿里的小孩儿就和睡着了一样。于是我把照片儿折了一下，只留下头部，拿着走了过去。

"小朋友，叔叔想向你们打听一个人，你们认不认识这个睡觉的小孩儿？"我拿着照片儿对几个正在做游戏的小孩儿问道。

几个小孩儿走过来看了看，其中一个摇头晃脑半天，突然说："我见过他，他叫小超。"

"什么？！你见过？在哪儿见的？"我像个历经千辛万苦终于发现宝藏的寻宝猎人一样，兴奋地问道。我得好好确认一下，毕竟小孩儿的辨识力有限，他说见过不一定真的见过。

"他就住在那栋楼后面的旅社，我们还一起玩过。"小孩儿用手指了指我身后的一栋高楼。

"旅社？在哪儿？"我回头看了看。今天下午我把周围转了个遍，完全没发现有什么旅社，这小孩儿不会是信口开河吧？

"在楼里面，是一个地下室。"小孩儿说。

"你们最后一次在一起玩是什么时候……"

我还想继续问，这个小孩儿就一把被他旁边的同伴拉开了："快，我们快回到秘密基地，抵御妖怪的进攻。"

三个孩子挥舞着手臂跑开了，看样子是在模仿什么动画片。

我把情况跟黄哥说了，我们决定还是进去找找。便根据小孩儿的描述走进楼里，转了半天才发现在电梯口旁边有一个牌子，上面写着"惠民旅社"，箭头往下指向步行楼梯，往下延伸正是一个隐蔽的地下室。

我和黄哥走下去。地下室门口有张简陋的桌子，上面写着"惠民旅社"四个大字，旁边还有个床铺和电视，后面的柜子里摆放着矿泉水和方便面，一个男人正坐在床上看电视。

"住店啊？"看到我和黄哥，男人问道。

"警察，有点儿事情问问你。"我拿出警官证亮了一下说。

看到我的警官证，这个男的吓了一跳，一下子从床上蹦了起来。我打量了一下这个所谓的"旅社"，就是直接把地下室分割成了一间间屋子，一看就知道没有营业手续，难怪这个男的害怕。

不过我们来也不是为了查这个，现在要紧的是找到照片儿上的孩子。

"你看看这张照片儿，认不认识这个孩子？"我把照片儿递过去。

这个男的接过照片儿仔细看了看说："这不是小超嘛！"

我和黄哥眼睛一下亮了，看来刚才那个小孩儿没瞎说。

我上前一步，直接说："这个小孩儿遇害了，今天被人在闵罗山后面发现的。你既然认识，希望你能提供一些和他有关的信息，他叫什么名字？家人在哪里？"

"什么？遇害了？怎么遇害的？"男人刚平复的神色一下又紧张了起来。

"这个你就先别问了，先说说孩子的情况。"查了一天我都急了，不想再跟他扯。

男人叹了口气说："小超是长住在我这里的，我昨天还看到他了，他和他父亲在一起住。"

"他父亲人呢？他们为什么长住在你这里？他们在哪个屋？"我连番问道。

"他们是外地人，在我这里住了几个月了。小超的父亲一直在外面打工。昨天他出去了，说有个活儿，要过两天才回来，如果小超饿了，就让我帮忙泡碗面给他。他们就住那边第二个屋。"男人一边说一边带我们过去，打开屋门。

屋子里很简陋，一张床占了一半空间，还有一个老式电视机和一个木头柜子，柜子下面放着一个行李箱，地面上铺的是廉价的地板革。屋子里有几件衣服，还有几样孩子的玩具。

"你说小超一直在这里住，那你昨天看见他了吗？有没有人来找过他？"

"这个……孩子有时候会出去玩，我也没注意，他进进出出我也不一定都在，不太清楚。"

"你这儿有监控吗？"

"你看这地方,就是一个地下室,住一天才二十元钱,比网吧都便宜,来这里住的人身上根本没什么可偷的,哪儿用得着安什么监控。"男人回答道。

"你把他父亲的联系方式告诉我。"看老板也提供不出什么消息,我想无论如何先联系孩子的父亲,他可能还不知道孩子遇害的消息呢。

根据老板提供的信息,我们知道小超的父亲叫何胜,在这里住了四个月了。孩子今年七岁,正常来说应该上学,何胜正在想办法让孩子在附近的学校借读。

"把一个七岁的孩子留在旅社里,而且一去好几天,这父亲心也够大的。"我一边对黄哥说,一边拿起电话准备给何胜打电话。地下室里信号不好,我拿着手机往外走,这时候脚下被什么东西绊了一下。

我低头一看是个编织袋,我的脚正好被它的带子绊住了。我把脚抽出来,连带着把编织袋从床底拖了出来。我蹲下去把编织袋打开,发现里面装了些蜡烛,有几根散开的,还有一把成捆的,蜡烛上带着雕纹,看着挺精致。

"你们这儿经常停电吗?"我问老板。

"这都什么年代了,怎么会停电,从来没有过的事。"

"那这蜡烛是怎么回事?"

"具体我不知道,不过何胜没什么正经工作,除了打零工,平时也捡些破烂儿来卖,什么玩意儿都有。有时候卖不出去就偷偷带进来,我看他挺可怜的也不怎么管,这些东西都是他从外面带回来的。"老板说。

我到外面给何胜打电话。何胜得知孩子被害后情绪很激动,当下就在电话里大哭起来,说怪自己,不该把孩子一个人留下,最后说自己马上回来。

当天晚上,我和黄哥见到了匆匆赶回来的何胜。他双眼红肿,神色憔悴,人都有些站不稳。等我带着他去理化实验室看了孩子的遗体,他才失心般哭了出来。

他不同意解剖,说老家有习俗,人必须全尸下葬。我告诉他火葬都实行几十年了,尸体肯定运不回去,必须按照政策进行火葬,但何胜依旧不同意将尸体解剖。

"如果不进行解剖,就很难确定死因和死亡时间,我们的侦查会很难推进下去。"我劝何胜。

"我只是不想孩子活着的时候跟着我受罪,死了还要受罪……"何胜说到这儿又开始哭。

"活着受罪？你这话什么意思？"他看着挺难受的，我有点儿不忍心问，但现在没有比案子更重要的了。

"我和老婆离婚了，孩子归我，可我现在连个住的地方都没有，每天靠打零工赚钱。孩子只能和我挤在小旅社里，别的孩子上幼儿园，我的孩子只能每天在地下室待着。现在孩子要上学了，我连学费都拿不出来……"何胜说着说着开始抱头痛哭。

我又问了何胜一些问题，大概了解了下他的情况。他平时白天出去打工，孩子就在旅社待着，偶尔会出去和周围的小孩儿一起玩，但是天黑前肯定会回来。

他在这里没什么熟人，一起打工的人都知道他和孩子一起生活，没人会对这样一对父子动什么歪心思。他一无所有，对他的孩子下手肯定不是为了图财，难道是寻仇？但何胜说自己一个外地人，到这里打工，谨小慎微，哪里敢招惹什么人。

送走何胜后，我们召开案情研讨会，大家都没查出什么有价值的线索，案件毫无进展。

第二天，黄哥家里有急事，换成我和狐狸来闵罗山继续追查线索。有孩子被杀的事情经过一个晚上的发酵已经尽人皆知，传播得比被风吹散的蒲公英还快。

我们的调查也陷入了僵局。现在不是我们向周围的人打听，而是我们一开口问话，周围的人便向我们打听案件情况，弄得我们很是无奈。在连续问询无果后，狐狸干脆撂挑子不干了，拉着我钻进一间茶社，说要去喝茶。

狐狸这人就是这样，机灵是真机灵，懒也是真懒，又畏难，抓着空子就磨洋工。我进队才一年，就已经听宋队批评他好几次了。

狐狸悠然自得，可我心急如焚啊！案子陷入僵局，我哪里还喝得下茶去？狐狸劝我说反正现在也没什么线索，而且案子现在闹得沸沸扬扬，罪犯肯定也知道了，他现在百分之百躲起来了，不如以静制动，敌不动我不动。

其实狐狸说的不是没有道理，但我没他那份心态。只要案子一天没结果，我的心里就踏实不下来。

坐了半小时，我实在忍不住了，自己一个人离开了茶社，打算再去一趟旅店，看看能不能从孩子平时的用具里发现什么线索。

旅店老板再次将屋门打开，里面和昨天几乎没有变化，衣服还堆在床上，几个玩具还摆在桌上。

"何胜就这点东西？"我问。

"是啊，他这样的人，也就是弄点儿必需品，能有多少东西？"老板这地方招待的估计多半是何胜这样的人，已经很习惯了。

"他人呢？"我问。

"一大早出去了。"

"知道他去哪儿了吗？"

"不知道，他刚没了孩子，我也不好多问。"

我又在屋里转了一圈，没什么发现，但总感觉少了什么，一时又想不起来。

出了旅社，我又给何胜打了个电话，但他手机关机了，不知道是没电还是什么。

快到中午了，我往茶社走，打算和狐狸一起吃个午饭。刚走进茶社，赶上一个小孩儿背着书包进来。他把书包往地上一扔，转身就往外跑，一边跑一边朝屋里喊他要出去玩。

这是茶社老板的孩子。等老板拎着炒勺冲出来的时候，孩子已经跑得没影了，茶社老板只能在后面大喊："别去山上。"

"他们怎么还去山上玩？那不是公墓吗？"我有点儿好奇，顺嘴问了句。

"嗨，几个小兔崽子说在那里建了一个秘密基地，平时放学太晚他们也不敢去，今天只上半天课，他们哪儿肯放过这个好机会，肯定要去玩的。"茶社老板说。

秘密基地？我突然想起来，昨天问路上那几个小孩儿的时候，他们也提到了什么秘密基地。孩子们平时都是一起玩的，小超会不会也去过那个什么秘密基地？

想到这儿，我赶紧站起身跟了出去。大街上满是刚放学的孩子，茶社老板的孩子早没影了，倒是看到另一个眼熟的小孩儿，正是昨天告诉我小超住在地下室旅社的那个。看到他的时候，他也急吼吼地正要往山上跑。

"小朋友，叔叔想问你点事，你看，叔叔是警察，你叫什么名呀？"我喊住他，把警官证掏出来给他看，不管这个孩子认不认字，警察的制服总是认识的。

"你是昨天拿着小超照片儿的叔叔，我见过你，我叫郑泽宇。"小孩儿记性还挺好。

"小宇真聪明，叔叔想问你，你和小超经常在一起玩吗？"

"不经常，他比我们小，我们不爱带他玩，但他老跟着我们。"

"他都跟着你们去哪里？前天你们也在一起玩了吗？"

"他想跟我们去我们的秘密基地呗，我们不让他进他偏要进。前天我们没在一起，前天放学晚，天黑得早，家长不让我们上山。"

秘密基地？上山？看来，小超平时确实和他们一起玩，也应该跟着他们去过这个秘密基地，但这些人不让小超进去。小孩儿的好奇心强，你不让他进他总会找机会进去。小超遇害那天没有和这些孩子在一起，而小宇他们也没去那个秘密基地，难道那天小超自己跑到秘密基地去了？然后在那里被人拐走？

"小宇，你能带叔叔去看看你们的秘密基地吗？"我问。

"那可不行，那是我们的秘密基地，大人不能去，我连我爸妈都没告诉。"

"叔叔是警察，你要是告诉警察叔叔基地在哪儿，叔叔可以帮你们保护秘密基地。"

"那好吧，你跟我来。"小宇想了想同意了。

小宇带着我往山上走去，刚开始走的是条石砖路，走到头就是公墓。走了一半的时候，小孩儿走下石砖路迂回到土路上，那是条很隐蔽的、人为踩出来的路，地面上都是草，不仔细看很难发现。

转上小路走了一小会儿就来到山的另一侧半腰，闵罗山是一个凸起的粗腰山，短短几步路走过来就看不到上山的大路了。再走两步我看到前面有一个木头房子，房前还有块长满草的空地，看样子以前有人在这儿住过。

"这就是我们的秘密基地。"小宇兴奋地和我说道。

"你怎么领外人来了？"一个小孩儿从屋里出来，我一看正是茶社老板的孩子。

"叔叔是警察，可以过来。"我说着走过来。

探身进木屋看了看，里面没什么物件，地上摆放着气球、跳绳、纸飞机一类的东西，一看就是孩子带来的。我又围着屋子转了一圈，没发现什么异样，就是一个普通的被遗弃在半山腰的小木屋，不像是行凶的地点，但小超很有可能是在这儿被掳走的。

我站在木屋门口往周围看，最近能看到山下的楼房，差不多与最高层平行，但你大声喊叫的话，不一定会有人听见，尤其是傍晚，基本没人会来公墓。如果小超是傍晚一个人跑到这里，被凶手盯上杀害，大概率是不会被人发现的。我在周围查视了一圈，没发现什么可疑的痕迹。

几个孩子在秘密基地玩得不亦乐乎。我走的时候问他们要不要跟我一起下去，谁都没理睬我。我问了两遍也就无奈放弃了，叮嘱他们玩一会儿赶紧回家，然后就自己下了山。

回到茶社，已经下午两点多了。狐狸还在优哉地喝着茶。

"咱们不再继续走访走访？"我问狐狸。

"在这儿待着吧，还走访什么？来，喝杯茶，到五点咱们再回单位。"狐狸说。虽然在磨洋工，但他时间观念还挺强，知道卡着时间回单位。

下午四点，距离下班还有一小时，我接到了宋队的电话。

"刘哥，你和狐狸现在在哪儿？"宋队的声音有些急促。

"我们就在闵罗山，在附近转着呢。"我有些心虚，没敢跟宋队说我们在茶社。

"快，你们去附近找一找，刚才派出所来电话说有人报警，说孩子不见了。今天下午学校放假，家长说孩子从放学到现在还没回家，加上这地方刚有小孩儿出事，心里害怕就报警了，你们赶快在附近找一找！"

我一听全身打了个激灵，真是屋漏又逢连夜雨，怎么又丢一个小孩儿？这事听着就凶多吉少，我急忙告诉狐狸。狐狸一听也吓一大跳，一下紧张起来，跟着我从茶社冲了出来。

我拿起电话和丢孩子的家长联系："喂，我是警察，我现在就在你家附近，对，就在找丢失的孩子，你能说下你丢失的孩子多大，长什么样子，叫什么名字吗？"

"我孩子上二年级……马上八岁了……是男孩，个子不高……叫郑泽宇。"电话那头的家长声音不停地发颤。

郑泽宇！我脑子轰地一下炸了，那不就是中午带我去秘密基地的小孩儿吗？

糟了！

我"啪"地挂了电话，撒开腿就往山上跑，心里有些懊悔，刚才就该强制把孩子们都带下山来。现在是什么情况？是只丢了郑泽宇一个孩子，还是其他几个也丢了？下午在茶社，好像也没见着茶社老板的孩子回来，我越想越揪心，脚步愈发加快了。

狐狸一下没反应过来，愣了一会儿才追上来，边追边在后面喊，我也顾不上他。

很快就爬上了砖石路。说来奇怪,这条路我中午刚走了一遍,当时感觉不长,爬起来也不累,可是这会儿往上跑感觉却完全不一样,不仅脚步沉重,移动得也特别慢。

到了砖石路和土路分岔口的时候,我一脚跨了过去,奔上小路,终于想起招呼后面的狐狸:"从这儿走。"

"你怎么发现这条小道的?"狐狸在后面追得气喘吁吁,边跑边问。

"喝茶喝出来的。"我心情有些烦躁,怼了他一句。

我和狐狸终于来到小木屋。我刚才来过,知道木屋的门是虚掩的,所以我直接就上前拉门往外一拽,门"哗啦"一声就开了,眼前的情景把我吓了一大跳。

屋里挂着一个孩子,正是小宇。准确来说,小宇是被绳子吊在了半空中,身上被捆得紧紧的,嘴上封了一块胶布,呜呜地说不出话。眼睛也被蒙上了一块布条。

我赶紧过去将小宇抱住,狐狸在一旁把绳子弄断,将孩子放了下来。我轻轻撕开小宇嘴上的胶布,他立刻大哭了起来。

"小宇,其他人呢?"我赶紧问。

小宇什么话也说不出来,大概是吓蒙了,只一个劲哭着。

"别哭,别哭,我是警察叔叔,没事了,没事了。"我安慰他。

"是谁把你绑起来的?你认不认识他?看清他的脸了吗?"狐狸在一旁追问。孩子一样没有回答,仍旧哭着。

我示意狐狸先别急,然后把孩子抱在怀里,用手轻轻拍着他的后背。

"这是什么?怎么还有磨刀石?"狐狸在屋里看了看说。经他这么一说,我才发现这个屋子和我下午见到的不一样,玩具早不见了,地上放着一个香炉,上面插着几根蜡烛,旁边有一些画着咒符的纸,用一块光滑的石头压着。狐狸说的磨刀石应该就是这块石头。

这场景跟昨天小超被害的场景如此相似,绝对是同一个凶手所为,看来凶手很嚣张,明知道我们就在周围查案,还敢明目张胆地再动手,简直是赤裸裸地挑衅。

我准备把孩子先抱下去,不管怎么样,先把孩子安顿好,等他情绪平复了,再看能不能问出什么来。

在走到小路和砖石路岔口的时候,我看到砖石路上方有个人正行色匆匆一脸惊慌地下来，我定睛一看，居然是何胜。

我跑上前去问道："你怎么在这儿？"

"我，我看到他了。"何胜喘着大气说道。

"说清楚点，你看到谁了？"我急了。

"我听说又丢孩子了，想着是不是和小超一样，心里着急就跟着上来了，没想到和他撞了个对面。我刚从山顶公墓那儿下来，他正往上走。这人戴着帽子，帽檐压得很低，看不清脸，手里还拿着一个用布包着的东西。我抓了他一把，被他挣脱了，我就先喊人了。"何胜说。

"什么时候？往哪儿跑了？"我一听急忙问。

"就刚刚，往山上的墓地去了。"何胜说。

"狐狸哥，你帮我看一下孩子，我去追。"我把孩子放到地上，准备追上去。

"你等会儿，他有凶器，你一个人危险，我和你一起去。"狐狸说。

"我帮你们照顾孩子。这个孩子我认识，是小超的好朋友，叫小宇，我送他回家。"何胜把孩子接过来说。

我两步并作一步，一下子跨两阶台阶往上跑。闷头跑了一阵，我突然感觉脑子里一下闪过了什么，就像是在做一道难题时突然灵光乍现，找到了方法一样。

蜡烛！

第二次检查何胜的房间时，我总觉得比第一次少了些什么，就是那个袋子里的蜡烛。我一直没想起来，渐渐地也就忘了。可是刚才在木屋里，看到插在香炉上的三根蜡烛时，我好像被唤起了什么，但也模模糊糊的。直到现在，我才把一切对上了，小屋香炉里的蜡烛和之前出现在何胜出租屋里的蜡烛一模一样，上面都带着雕纹！

何胜有问题！

我站住脚回头往下看，砖石路一路往下蔓延，根本没有何胜的影子。他不可能跑得这么快，只有一个解释，他根本就没带孩子下山！

"不好！"我大喊一声，飞快地大步往下，一个趔趄，身体差点失去重心。我飞快地跑到刚才遇见何胜的岔道口，一个转身往小路飞奔而去。

狐狸虽然不知道发生了什么，但也跟着我跑了起来。我俩转上小路没多久，就看到前面何胜正扛着孩子往木屋的方向走去。

"何胜！你给我站住！"我大喊一声，这时候狐狸也反应过来了，何胜本来说要把孩子送下山，现在却扛着孩子往山里走，这肯定不对劲。

　　何胜大概没想到我们会这么快反应过来，听到我的喊声他瞬间停住了，回头看见我们朝他冲过来，他把孩子往地上一扔转身就开始跑。

　　他往山的另一侧跑，是后山的方向，但是根本没有路。他在前面深一脚浅一脚地跑，我在后面跟跟跄跄地追，不过他个子矮，腿也短，跑得比我慢，而且因为着急，有些慌不择路。山里的树长得七扭八歪的，横在中间，他几乎是不停地撞着树枝在跑。

　　跑了一段，他一脚下去好像踩空了，整个人倒在地上。山半腰的土地凹凸不平，时而上坡时而下坡，他摔倒的地方正好是一个下坡，站了两下才站起身子，这时我已经追上了。

　　我在后面飞起一脚直接踢在他后背上，他刚站起来又被我这一脚给踢倒，整个人朝前扑过去往坡下滚了两下。他背对着我，我紧跟着又是一跃直接骑在他身上，双手死死按住他的肩膀让他没法起身。

　　这时狐狸冲过来，一脚踢在何胜的脸上，我们两个人把他按在地上戴上了手铐。

　　戴上手铐后，狐狸擦了一把汗，气喘吁吁地看着我，莫名其妙地问："抓他干吗？"

　　我白了他一眼："那你抓他干吗？"

　　狐狸说："我看你拼命追，也没多想，就一起追了。"

　　我简单地给狐狸讲了讲原委，接着就开始对何胜进行搜身。从他裤子后面搜出一把尖刀，是用布包着的。

　　"你刚才说的用布包着刀的人就是你自己吧？"我对被压在身下的何胜说道。

　　何胜没说话，我继续把他身上翻了个遍，又从他的衣服里搜出一叠画着奇怪符号的纸，还有一包硝石和白磷。

　　过了不久，重案队的同事和技术中队的人都赶到了。在将木屋和旅店的房间仔细检查之后，又发现了很多东西，其中有一本小册子，封面写着某个邪教教派的名字，里面除了记录了各种荒唐的、被称为"教义"的谬论外，还有部分和杀人有关的内容，宣扬一种神秘的法术，只要用这种方法杀死三个人就会得到荣华富贵，而且这三个人中必须有一个是自己的亲人。

　　这本册子是何胜的，而死去的小超正是何胜的儿子，与书里说的吻合。再加上我们在现场看到的情形，基本可以确定凶手就是何胜，如果不是我们及时赶到，第二个小孩儿也要被害了。

我在审讯的时候问何胜为什么要杀死自己的儿子，何胜突然掩面大哭起来，一边哭一边摇头："我过得太苦了，太苦了，没有一点儿盼头，连猪狗都不如。杀了他我能过得好点，我就想过得好点……"

我说："谁跟你说杀了他能过得好？"

"会里的人，他们说，只要按照书里的方法实施法术，以后就能平步青云，再也不用受苦了……"

"什么方法？"

"选三个人杀掉，而且必须连续三天，第一个必须是自己的亲人，因为在得到之前要先奉献。"

"所以你明明知道我们在追查这个案子，还是决定铤而走险？"

"不能断，断了法术就失效了。"

"你知道你杀的是你的亲生儿子吗？你怎么下得去手？"

何胜茫然地点了点头："我没得选，他是我唯一的亲人。"

问到这里，我突然不知道该往下问什么，心里生出阵阵悚然的寒意。何胜的心智已经完全被蛊惑和荼毒了，邪教已经完全消泯了他正常的思维和情感，太可怕了。

案子审完后，我们把何胜所信的邪教信息提供给了宗教理事会，后续的情况我没有再追踪。只是每每想起这个案件，想起无辜惨死在亲生父亲手里的小超，都不禁惋惜叹气。

作为警察，最后我必须跟大家严正说明一下，目前在我国，依法明确认定的邪教组织共有14个，包括臭名昭著的呼喊派、门徒会、灵灵派、新约教会等。除此以外，还有其他一些大大小小的邪教，用各种捏造自创的教义蛊惑人心，煽动民众。大家务必擦亮眼睛，认清邪教组织的面目，远离邪教，洁身自好。如果知道邪教组织的非法活动线索，一定要及时上报公安机关。

第四案

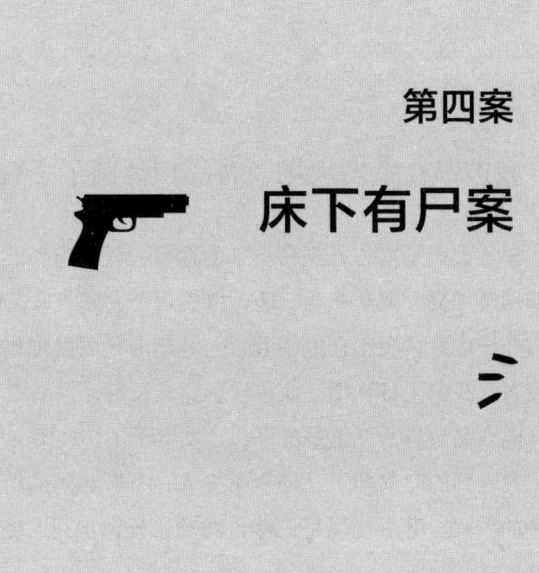

床下有尸案

我顺着床垫慢慢地闻,越往下味道越清晰。我俯下身子趴在地上,当头凑近床与地面的空隙时,酸味变得更明显了。

床垫四周是床帘,直接垂在了地上,我掀开床帘,发现床下面是空的!

我被锁在案发现场，背靠尸体睡了一夜

暖气大概是南方人羡慕不来的存在，任凭窗外北风吹去，雪花飘过，屋内依旧温暖如夏。要是愿意，还可以买两个大棚西瓜，穿着背心裤衩惬意过冬。

今天休息，我正在家躺着，打算陪着冬眠的加里一起好好过个周末。加里是黄哥送我的生日礼物，他说这玩意儿长寿，保平安。

电话突然响了，正是黄哥："发案子了！在民兴小区3号楼。"

我赶到的时候楼下已经有不少人，有看热闹的街坊邻居，还有派出所维持秩序的警察。案发现场是三楼，我顺着楼梯走到二楼就看见黄哥和宋队在过道里抽烟。

"情况怎么样？人已经死了？"我问道。案子发生在居民楼里，周围都是邻居，要是报警及时的话也许能抢救过来。

"确认死亡了，是一个老头儿，在家里被人杀了。"黄哥朝楼上指了指，三楼第一户门开着，门口拉着一条警戒带。

我走上去，从门外往里面看，技术中队的人正在勘查现场。我没敢进屋，怕踩上脚印干扰他们勘查。

这是一个两室一厅的房子，进屋就是客厅，里面分成南北两个屋。在客厅中间的地上趴着一个人，后脑凹下去一大块，血将他头顶左侧的白发染红，顺着脸淌下来，在脸上凝成一道道血痕。

真冷！我不由得打了个寒战，才发现屋子里的窗户是开着的。北风从外面吹进来，直接贯穿客厅吹到走廊，站在门口感觉正站在风口上，难怪宋队和黄哥都跑到楼下站着去了。

我走下楼，他俩的烟还没抽完，又多了一个人，是狐狸，他总是来得最晚的一个。

"现在是什么情况？"狐狸问道。

"死者是住在这里的老人，发现死者的是他的儿子。今天下午儿子来看老人，结果发现房门打不开，打电话也没人接，担心老人出什么意外，就找开锁公司的人来把门打开，一进门就发现他爸趴在客厅，已经被杀了。"

我问："怎么被杀的？是被击打头部吗？"刚才在现场我看到死者后脑有一大块凹陷。

"死者的脑袋塌下去了，感觉是被人用什么东西直接击打头部造成的，至于具体的死因还是等法医的解剖结果吧。"宋队说。

"门锁的情况怎么样？"我问。

"技术中队的检查过了，门锁没问题，当时门是直接扣上的，从外面打不开。"黄哥说。

"也就是说，很可能是死者自己把门打开让凶手进屋的。"宋队补充道。

"也可能是把门骗开。"狐狸说。

"六十多岁的老人独自在家，不会随便给陌生人开门的，我觉得罪犯有可能是老人认识的人，应该先从死者身边的人开始排查。"我说。

"先等等吧，目前还有点特殊情况。"黄哥把剩下的烟掐灭扔掉。

"死者儿子说，最近半年都没来看他的父亲，只是偶尔打电话回来。也就是说死者的死亡时间没法确定，有可能死了很长时间了。"黄哥说。

"法医可以从尸体的腐败程度推测嘛。"狐狸说。

"你自己上去看一眼就知道了，尸体根本没腐败。"宋队表情很严肃。

我一听就明白了。刚才上去的时候感觉很冷，屋子里窗户是开着的。如果窗户一直开着，那么室内室外的温度差不多，现在外面零下十多度，到了晚上能到零下二十度，与冰箱冷冻室的温度一样，尸体很难腐败。

"那死亡时间……"我问。

宋队和黄哥两人同时摇了摇头，我心一沉，知道麻烦了。目前的情况根本没法确定死亡时间，接下来的工作根本不知从何查起。

时间线越长涉及的人就越多，侦查的质量会下降，甚至可能出现让罪犯在眼皮子底下溜掉的情况。

案发时间不确定，技术中队不能放过任何一个可疑的线索。屋子很大，而且一直开窗导致地上桌上落了层厚厚的灰，把基础现场几乎全遮蔽了。为了能找到犯罪线索，技术中队做了一个重大的决定——上石膏模。

石膏模是在做痕迹的时候用的，一般都有明确的使用目标范围。做足迹用得比较多，可以将痕迹拓印下来。但现在我们连这个死者是在这两室一厅哪个屋被害的都不知道，卧室和客厅都有血迹。技术中队心一横，准备用石膏模把整个屋子有可能出现痕迹的地方都涂上。

我们在对案件进行侦查工作前都需要技术中队和法医提供线索，客观的线索比主观的推测真实性更强。但这次恐怕不行了，技术中队需要很长时间来等石膏模硬化。

"黄哥，你和狐狸先回去吧，死者的儿子已经去咱们单位了，你们好好问问他，了解下死者的情况。刘哥你在这儿陪技术中队的人等会儿。"宋队看所有人一直在这等着也不是办法，安排了下一步的工作。

我站在门口，看着技术中队在里面忙活。

他们把石膏粉倒进桶里，往里面倒水，石膏粉变得像糨糊一样。在糨糊刚好能凝在一起的时候，立刻从桶里拿出来抹在需要检查的位置。

白白的糨糊贴到地面和墙角，表皮立刻就硬化了。这个过程需要掌握好时间，一旦外表变硬就没法进行拓印了。技术队的人一起动手，把屋子里需要取样的位置全部涂满，大伙儿累得腰酸背疼。

等到技术中队把这个工作干完，外面的天黑了下来，时间已经到了下午五点。

"这东西多长时间能好？"我问喜子。

"不一定，按照现在的情况恐怕得几个小时。"

"什么？几小时？"

"别看外面硬得快，里面就不一样了，必须等整个板面硬化才行。"

我看了下时间，几小时后就是晚上九十点钟。

"等会儿尸体运走，把门锁上，明早再来就全都干了，你也可以回去休息了。"喜子说。

他说得也有道理，我总不能在这儿为了几块石膏板子等一宿吧。

不一会儿，运尸车来把尸体运走了，我准备把门关上离开，可这时突然发现这个门没法上锁了。

我才想起来，门锁被技术中队卸下来进行检查，根本没装回去。

我退出来试着把门关上，但这个门有点偏，关上后门会随惯性打开。

这可怎么办？不关门屋子就这么敞着，一旦进来个人把现场破坏了不就麻烦了吗？

没办法我只好给宋队打电话,告诉他现在的状况。

"那今晚你就辛苦点,在现场守着吧,总不能把现场扔了不管。"宋队说。

听完后我半晌没回话,在现场守一晚上?!

我看了下屋子,地板和墙面都有石膏模,一块块的。南屋有一张床,床上的被褥都被掀掉了,只有一把椅子可以坐着。窗还开着,北风呼呼地往里面灌,我急忙把窗户都关上,留存点热乎气。

晚上八点,我一个人在卧室坐着,窗户都关上了,还是冷得够呛。

我起身走到暖气边摸了一下,发现暖气是凉的。心里想这老爷子大冬天的不通暖气,能扛得住吗?转念又一想,我们这边上暖气的时候都需要试气,家里必须要有人,暖气公司会挨家挨户检查,所以老爷子应该是在上暖气之后被害的。

晚上十点,前后楼的灯陆续熄灭了。屋子里安静得可怕,我能听见自己的呼吸声。身体只要一动,椅子就"嘎吱嘎吱"地响,声音回荡在屋子里格外刺耳。

我很困,但坐在椅子上没法睡觉。我看了眼床铺,床单被卷起来,床垫上满满的都是灰,虽然有些脏,但我还是决定去躺着睡一会儿。

躺了一会儿,屋顶的白炽灯晃动了几下,我一惊,屋子里好像有人!

我朝四周看了看,白炽灯发出"呲呲"的电流声,没有异常情况。

我重新躺下,鼻子微微一酸,打了个喷嚏。

我吸了吸鼻子,闻到一股味道,好像是铁锈,又好像是发霉的被子。我深吸一口气,觉得空气有点发酸。

我从床上坐起来,那股味道就不见了。

我顺着床垫慢慢地闻,越往下味道越清晰。我俯下身子趴在地上,当头凑近床与地面的空隙时,酸味变得更明显了。

床垫四周是床帘,直接垂在了地上,我掀开床帘,发现床下面是空的!

我打开手机的电筒,伸头往床下看。

"啊!"我大叫一声跳了起来,床下躺着一个人!

我感觉心脏直接蹦到了嗓子眼儿,跟跄着往后退,直到后背抵着门才强迫自己冷静下来。

我远远地俯下身子再一次往床底看,床下确实躺着一个人,确切地说,是一个死人。

这是怎么回事？死者儿子报警的时候可没说家里还有别人。

我没敢把尸体从床底拽出来，怕用力不当，拉动尸体造成破坏。我推了下床，发现床不太重，我直接用力将床掀了起来，下面的尸体露了出来。

死者是一个老太太，身体已经僵化。在我掀开床的一瞬间，酸味弥漫到整个房间，我忍不住干呕了好几下。

我看了下时间，凌晨两点半，我和尸体在床上床下待了一夜。

我急忙打电话报告情况，不到二十分钟，技术中队就赶了过来，黄哥和狐狸也先后赶到。

石膏模已经干了，技术中队一边拆石膏模一边处理现场。等到现场处理完已经快五点了，前后楼房稀稀疏疏地亮起灯光，一夜无眠。

我们把死者的儿子叫到现场，问他床底下的这个人是谁。死者的儿子一看说他认识，这个人是他父亲后来找的老伴儿。

"你父亲找了一个老伴儿，两个人生活在一起，这么大的事情你为什么报案的时候不说？我们都以为你父亲是独居老人，结果活生生漏掉了一个人！"我冲着他吼。

一想起自己昨晚和尸体隔着一层床板睡在一起，我就气不打一处来。

"我没想到他们还住在一起……"

死者的儿子开始和我们讲述他父亲的事情。他母亲去年去世，留下父亲一个人，可是他父亲在他母亲去世后，立刻找了一个老伴儿，这一点儿让他有些无法接受。

接触后他发现，这个老太太对他父亲并不好，他觉得这个老太太是冲着他父亲的退休金来的。他一直让两人分开，可是老头子很倔，就要和这个老太太过日子。

为这件事他和父亲吵了几次，最后一次就在半年前，吵完之后他半年都没回父亲家。

这半年，他也给父亲打过电话，两人都默契地没有提起这老太太的事儿，他就默认这人已经走了。

"你和你父亲的矛盾很严重吗？"我问。半年不回家一趟，这得是多大的怨气。

"不算严重吧，只是刚开始我想不通，我妈刚走他就找人，太过分了。"

我看着这个男的，他的表情很平静。难道是他依旧对父亲心怀芥蒂？还是另有隐情？我打算好好问问他，尤其是死者家里没上暖气的事。

"半年不回家，你爸都这么大岁数了，你不担心吗？"

"我爸身体很好，这栋楼里的邻居也都熟，谁能想到他会出事啊！"

"家里暖气是凉的，冬天这么冷你不给你爸交暖气费？"我又问。

"怎么可能！暖气费我早交了。这栋楼是老楼，保暖不好，要是没暖气冬天根本扛不住！"

我突然想到，现场窗户一直是开着的，屋子里温度极低，我是关上窗子过了几小时后才闻到尸体的味道。难道暖气不热是为了让尸体不腐？

我越想越觉得这种可能性比较大。可能凶手杀人之后将暖气关掉，又打开了窗户，减缓了尸体腐烂的速度。现场被发现得越晚，破案的难度越大。

"暖气费你已经交过了？暖气也开了？"黄哥又向他确认道。

"对，肯定交了。"

我和黄哥对视一眼，这个情况出乎我们的意料。

"黄哥，这暖气……"

"嗯，我知道，咱们再回去看看。"

临近中午的时候，技术中队把现场勘验报告做出来了。整个屋内没发现任何鞋印，一个可能是罪犯提前做了准备，另一个可能就是距离案发时间太长，屋里落满了灰尘，已经把印痕覆盖了。

死者家里有一个带锁的抽屉被撬开，根据老人儿子的描述，老人平时都把钱放在这个抽屉里，连同存折一起。

根据抽屉上撬压的痕迹，推测凶手是图财，而且这个痕迹在左侧，凶手可能是左撇子。除此之外，再无其他信息。

我和黄哥决定再回到现场看一看。技术中队对现场的勘验是从取证的角度做的，对他们来说物证大于一切；而我们刑侦是从侦查的角度进行的，有时从碗筷摆放的位置就能获得破案的灵感。

我和黄哥回到案发现场，屋里的温度比昨天高，我摸了下暖气管道还是凉的。

暖气管！

走出屋子来到走廊，我看到走廊有包着棉絮的管子，管子通到墙上的一个箱子里，然后分出一个细管子穿过门垛到死者家里。

这应该就是暖气管了。我拉了下箱子上的挂钩，把箱子打开，里面是一个分水阀。我摸了下粗管子，是热的，而分水阀后面通进屋子的管子是凉的，这个阀门是被关上了。

"暖气阀没开。"我对黄哥说。

这个阀门很独特，是一个圆盘里面有一块凹下去，凹下去的位置有一圈齿轮形状。

"如果死者儿子交过暖气费的话，供暖公司肯定会派人来开阀的，你看这个阀门是特制的，市场上根本买不到能打开这种阀门的工具。"黄哥说。

我和黄哥又返回屋里，北屋里面乱七八糟地堆着各种各样的东西，像是一个仓库，南屋是两个老人睡觉的屋子，也是我发现尸体的屋子。

"抽屉上落灰很少，怎么没提取到指纹？"我问。

"指纹提取主要是靠手指上的汗液，时间一长汗液便风干了，提取不到也正常。"黄哥说。

"一个老人能有什么财？"

"老人一个月退休金将近一万元，平时又没什么消费，应该攒了不少钱。"

我和黄哥把死者家里检查了一遍。我们返回现场主要关注家中不合理的地方，由此来推断罪犯的行为，找出线索。

我知道暖气阀没开，但还是把每个屋的暖气摸了一遍确认，确实都是冰凉的。在摸到老人所住的南屋暖气时，我发现上面没有暖气罩。

老人家中从厨房到客厅再到北屋的暖气上都有一个白色的布罩盖在上面，可是南屋的暖气上没有。

"暖气罩哪儿去了？"我说。

黄哥来到阳台，上面有一根晾衣绳挂着几件已经冻得硬邦邦的衣服，并没有暖气罩。

我贴近暖气片仔细看了看，在两条散热片之间隐约有一些暗红色斑点，是血迹！我打开手机电筒，散热片其他地方也有暗红色的痕迹。

我急忙喊黄哥来看。虽然时间很长，血迹早已凝固，但这块斑点在散热片上展现出的滴散痕迹说明它是滴上去的。

"老人头部受创，就是在南屋被打的，血沾到暖气罩上了，所以罪犯才会把暖气罩扔掉。但是有血渗到里面的散热片上，罪犯没注意。"我把脑海中分析的结论说了出来。

"你的意思是说行凶的地点在南屋，我们在客厅发现的老人尸体，是罪犯故意拖过去的？"黄哥问。

"对！凶手怕我们在南屋调查发现痕迹，故意把老人的尸体拖到客厅。"我继续说。

我来到暖气边，模仿老人当时的姿势，然后蹲在地上四处查看。老人要是头被击打出血，那么沿着他头部活动的轨迹肯定还能发现线索。

果然，在暖气和床尾的连接处，我又发现了一个血斑点，这个斑点的一侧有明显擦拭的痕迹，只是它在床板拐角里面，没被擦到而已。

"黄哥你看，罪犯把这里处理过了，但这里还留下了痕迹。"我指着床尾板里面的血斑点说。

"当时周围肯定有很多血，都被他擦掉了。"黄哥站在我身后一边检查周围的物件一边说。

"不过他没擦干净，留下了痕迹，只是咱们当时没注意到。"

"这么大一个屋子，现场勘验肯定是从发现死者的位置开始检查，没注意到这里的几个斑点很正常，不过罪犯为什么要把死者的尸体从这里拖到客厅呢？"黄哥问。

"他怕什么呢？难道是怕咱们凭暖气片上这一点儿血迹找到他？"我自言自语地说。

我站在屋里陷入冥思，罪犯这么做肯定是怕警察发现，那么警察为什么能通过血迹发现他？只能说明这里有什么东西会暴露他的身份。

究竟是什么东西能让我们联想到罪犯的身份？我思考着，可是这个东西就像是一条灵活的鱼在我面前游来游去，我不停地伸手去抓它，可每次它都能从我的指缝间溜走。

"人是在南屋暖气旁被害的，老人被攻击的时候就站在这里。"我又继续站在暖气旁，做了一个模仿的动作，将自己想象成死者，希望借此发现蛛丝马迹。

"老人为什么站在这里？家里来人他怎么会背对着屋子站在窗边的暖气旁呢？"黄哥也在思考。

"家里暖气没温度，老人当时应该在检查暖气！"我突然把之前的疑惑与现在的发现串到了一起。

"他在检查暖气！罪犯当时就站在他的身后，从后面击打了他的头部。"

黄哥狠狠地拍了下大腿。

"家里来了外人，老人在低头检查暖气，那么罪犯的身份就只有一个。"

我和黄哥异口同声地说："暖气维修工！"

"咱们接下来应该从暖气维修工这类人中开始查找。"我提议道。

"嗯，我们先查一下这片地区的供热公司。一般公司只对自己负责的地区进行维修，然后再去对应的公司找维修工。"黄哥制订了下一步工作计划。

我长舒了一口气，总算发现眉目了。黄哥这时尿急，打算直接在这里上个厕所。黄哥刚进厕所，我就听见他喊我。

来到厕所一看，马桶里浮着一个烟头。

"死者抽烟吗？"我问。

"不抽，死者儿子说过，老头儿肺不好，早戒了。"黄哥说。

我回到厨房找了双筷子，将马桶里的烟头夹出来，用塑料袋装好。不过烟头在水里泡了这么长时间已经快烂掉了，想靠它提取罪犯的信息是没可能了。

看到我把烟头夹出来，黄哥按了下马桶的冲水按钮，可是马桶没有水出来。

"看来他们不用这个冲水。"黄哥用手指了指马桶旁边放着的一个水桶，水桶上面还有一个水瓢，大概老人比较节省，自己舀水来冲。

"现在又找到一个罪犯的特征，他抽烟。"我说。

"对，他把烟扔进马桶之后按了下水就离开了，并没注意到马桶不好用。"黄哥说。

这一趟真不虚此行，靠着一点儿一滴的线索发现了罪犯可能的身份，我们决定按照此推断展开工作。

第二天，我和黄哥来到了供热公司。公司说他们一共只有两个暖气维修人员，因为暖气的损坏率并不高，这两名维修人员主要的工作就是开阀和关阀。

现在暖气进行了分户，只有交了暖气费的人供暖公司才会将他家的暖气阀打开。

供暖公司的负责人找出开暖气阀的工具给我们，一根长条铁棍，一侧有凸出的不规则形状，正好能卡在暖气阀中。

我和黄哥见到了两位暖气维修工，两个人都不抽烟，而且也不是左撇子，与我们推断的犯罪嫌疑人特征毫无联系。

在我们的要求下，供暖公司派出一个人陪我们再一次回到现场，到了死者家后维修人员看到走廊上供暖箱是被打开的，告诉我们说这个箱子本来应该是锁上的，钥匙都在供暖公司里。

我问他们这箱子用的是什么锁，供暖公司的人说是普通的挂锁，但一般没人会破坏这种锁。因为即使打开供暖箱也没法打开暖气阀门，这个阀门的扭动工具是特制的，只有供暖公司有。

现在情况又变得扑朔迷离了，这片区域的供暖公司与案件没有任何关系，那么罪犯是怎么回事？伪装成供暖公司的人进入家中？这也不对，如果暖气正常的话老人也不会让一个陌生人进入家中。只有一种可能，那就是暖气确实有问题，而这个人也确实能取得老人的信任。

至少老人知道他能修暖气！

"你们供暖公司开阀设备一共几个？"黄哥问道。

他问的正是我想的问题。死者家的暖气有问题，很可能是人为制造的问题，因为供暖公司的人斩钉截铁地说这户的暖气阀打开过。

"公司里有两个，都在仓库放着。"

黄哥看到这个人没法给出准确的答案，直接打电话与供暖公司的负责人联系。负责人在电话里告诉黄哥这个工具以前有六个，后来丢了几个，现在只剩三个，仓库里有两个，还有一个备用放在阀室。

"怎么丢的？"黄哥问。

"不知道，这玩意儿也不能卖钱，谁没事偷这个东西，而且每层楼暖气阀有三个，一般人也分不清哪一个是自己家的，没人会偷这玩意儿来给自己家开暖气。"负责人在电话里说。

虽然没从供暖公司问出罪犯的线索，但是我们发现了一个可能性，就是开暖气阀的设备一般人不会用，这更加让我和黄哥确信罪犯一定就是一个暖气工，而且罪犯是先用工具将死者家的暖气关掉，然后以修暖气为名进入死者家。

"咱们把全市曾经做过暖气工的人都排查一遍，我觉得罪犯肯定就在其中。"黄哥说。

虽然这个职业比较冷门，但算上流动的人员，全市的暖气维修工起码也得有上百人吧，而且需要把辞职转行的都找到，工作量非常大。

我又仔细想了想，死者儿子说老人平时与邻居关系很好，那么在遇到暖气不热的问题时，首先想到的可能就是邻居。

我顺着这思路继续想，将当时的情况做了一种假设。老人去找邻居，说自己家的暖气不热，这时有两种可能：一个是邻居帮他联系暖气公司，这个可能我们已经查过了，负责这一片区域的暖气公司没收到报修电话；而另一种可能就是邻居直接找人来修，或者邻居自己亲自帮忙修。

我决定和黄哥先从邻居开始查，看看老人和谁比较熟悉。

我和黄哥来到社区找工作人员打听，工作人员拿出一个本子，上面有住在这栋楼里的所有人的信息。

工作人员告诉我们说这栋楼有楼长，楼里人际关系的情况他最清楚，热心地帮我们联系了楼长。在等楼长来的间歇，我拿着本子开始翻看。

社区登记得很仔细，每一户家里住了几口人，每一口人的工作单位都做了记录。

我一户户地翻看，在翻到死者的那个单元时，我看到一户人家登记的信息是在供热公司工作。

这时楼长来了，我拿着本子指着这个人问楼长，楼长告诉我这个人以前在供热公司上班，后来不干了，现在没什么工作，整天到处晃。

"他在供热公司做什么工作？"黄哥问。

"好像是修暖气的，有次他自己不交暖气费，私自将供暖阀打开导致水压不够，被人发现举报了，为这件事还闹了好几天。"

会修暖气，能将供热阀打开，这个人的条件很符合我们怀疑的对象。本子上这个人登记的名字叫王福志。

我决定立刻把王福志找来，但被黄哥拦住了。黄哥说现在距离案件发生过了那么长时间，证据基本上都缺失了，直接贸然去找王福志，如果他咬死不承认，我们一点儿办法都没有。

"那怎么办？"现在发现可疑的人却没有办法，我不由得心急如焚。

"现在最好先掌握证据，有了证据之后再抓人。"黄哥说。

证据？能有什么证据？死者的血迹证明不了什么，我们掌握的线索只有罪犯抽烟和可能是左撇子，就算王福志抽的烟与现场发现的烟头是一个牌子，他也是一个左撇子，但这都不能作为直接证据。

"要不我诈他一下？"我忽然想到一个主意。

"诈他？"

"对，现在王福志最可疑，但是咱们还不能把他当作犯罪嫌疑人来调查，干脆我打电话吓唬他，就说看到他杀人了，向他要封口费，看看他什么反应。"我说。

"你都不知道人是哪天死的，怎么诈？"黄哥问我。

"这个不重要，我就是想看看王福志的反应，如果他的反应不正常，那咱们就把工作重点放在寻找他犯罪的证据上；如果他反应正常，那么咱们也不用再继续在他身上浪费时间。嗨，就是一个电话的事，反正这个案子周围人都知道了，也不怕打草惊蛇。"我说。

"行，你试试吧，不过你打算怎么做？"黄哥问。

"现在打手机电话有一个变声器，就是说话听不出本音的新奇玩意儿，我用变声器给他打电话。"我说。

"手机号码可不能用你自己的。"黄哥帮忙出主意。

"那当然，我去买电话卡，然后给他打电话。"

我买了一个新的手机卡，然后从网上下载了一个变声器，打开扬声器，将电话拨了过去。

"喂？是王福志吗？"经过处理的声音让人听着就觉得别扭。

"是我，你是谁？"

"你不用管我是谁，我给你打电话是要告诉你，你杀人的事我都知道，想让我闭嘴，就拿三万元钱来，不然的话我就把这件事告诉警察了。"

"什么杀人？你脑子有病吧？"

"我不是吓唬你，我就在对面楼住，事情我全看见了。如果你不拿钱，我就去举报你，三万元钱也不多，花钱买平安，很合适。"

"滚，你说得什么乱七八糟的，我听不懂！"

"我给你一点儿时间考虑，要是二十四小时之内你没回应，我就去举报你。"说完我直接挂断了电话。

我对自己的表现很满意，留给他一天的时间正好，足够让他考虑清楚了。

"听他的语气，嫌疑很大。正常人接到这种电话直接就挂了，他却上来先反驳。"在一旁听着电话的黄哥说。

"对，如果他打电话报警说有人勒索他，那就说明他不是凶手。咱们可以去派出所等着，看有没有指挥中心转来的报警电话。"我说。

我现在对王福志的怀疑是五五开，我原以为王福志会置之不理，不会回电话，或者直接打电话报警，可是不到一小时王福志把电话打回来了。

我急忙打开变声器接起电话，王福志在电话里什么也没说，只是约我晚上九点在后山凉亭，见面再谈。

现在我们可以确认王福志有重大嫌疑，正常人怎么会同意与一个不认识的诬陷他杀人的人见面，而且还是选在晚上的山上，听着就很可疑。

可我们面临的问题是没有证据，想要让王福志认罪伏法，今晚就得在凉亭和他见面，到时候看他的表现，争取找到犯罪证据。

后山凉亭是夏天避暑的地方，但现在是冬天，整个山上也没人。我们觉得王福志没安好心，他能对两个老人下手，也就能对我下手。对杀过人的罪犯来说，杀人就是一条红线，突破了之后就再没了底线，杀人和杀猪没什么区别。

我做了万全的准备。戴了一个头盔，外面加一个帽子挡住，身上套了好几层衣服，袖子里藏了一个甩棍。

我没带枪，因为凉亭只有三四平方米，两人见面相距不到一米，王福志真要对我不利，掏枪根本来不及。冷兵器搏击是我们的必修课，短兵相接比拼的是一股劲儿，敌人面对面扑过来的时候，你扛着火箭筒可没一把匕首好用。

我的同事早早就来到后山藏起来，他们比我更遭罪，得在寒冬腊月的户外待上三小时。

时间过了九点，我在凉亭里看到有人走上来，正是王福志。

"你怎么知道我杀人了？"王福志来了之后开口就问我。

"我看见了。"

"那你说我杀人是在白天还是在晚上？"王福志反问。

正常来说杀人都是在月黑风高夜，可是老人家的暖气不热的话，可能一整天都没发现，到了晚上才把王福志喊来吗？

"白天。"我回答。

"行，钱我给你，你也得说话算话。"王福志说着扔出一个布包，布包落在我脚下。

就在我低头的这一瞬间，王福志忽然从身后拿出一个铁棍似的东西朝我头上砸过来。他肯定是以为我要低头捡钱，可是我一直防着他，只是低头看了一眼布包。他冲过来的时候我把手一抬，甩棍从袖子里甩出来打在他的铁棍上。

王福志的劲儿可真不小，我虽然挡住了他打过来的铁棍，可是被他往前一冲退了半步。他占了先机，双手握住铁棍就朝我砸过来。

他一共砸了三下，被我挡住了两下，另一下打在我的头盔上。不过他也被我用甩棍砸到了脸上，击退回去。

就在王福志还要继续往前冲的时候，埋伏在周围的同事扑了过来，把他擒获。

抓获王福志后，我们对他家进行了搜查，发现了开暖气阀的工具、鞋套和手套。

通过审讯我们得知，王福志在进屋的时候戴了手套穿了鞋套，拎着开暖气阀的棍子。

事发时老太太在厨房，这让王福志始料不及，他一直以为老人是独居。于是他没立刻动手，先和老人聊天。得知他们只是搭伙过日子，老太太是个外地人，在本地没什么亲戚，王福志做出了决定：把两个人一起杀掉。

王福志先趁着老头给他指暖气的时候，直接用棍子把老头砸死，接着去厨房，把老太太也砸死。随后，王福志将老人的抽屉翻了个遍，找到了三万元钱。

怕被人发现南屋暖气片上的血迹联想到他的职业，他把老头拖去了客厅。慌乱之中，又把身材较为瘦小的老太太藏在了床下。

为了防止尸体腐败，王福志故意把窗户都打开，这样两具尸体在冬天的严寒下一直没有发生大规模的腐败。

在杀人后，王福志很紧张，在屋里抽了根烟，把烟头随手扔到马桶里。只不过他当时太紧张了，按了冲水键，没注意到没水出来。

王福志的犯罪动机很简单，就是图财，他已经失去经济来源很久了。三年前，他开始赌博，家里被他输得倾家荡产，现在连房子都抵押出去了。

房子是王福志心里的最后一根稻草。在催债公司的逼迫下，王福志要是还不起利息，他的房子就会被收走，他就彻底变成了无家可归的人。

当时王福志满脑子想的都是还上利息，还上利息……用他自己的话说，已经被逼疯了，决定豁出去了。这才发生了后来的事情。

其实这段时间王福志的心理已经快要崩溃了，自从知道警察发现老头死了之后，他天天寝食难安，总觉得自己会被抓。

而我那通电话终于将他的心理防线击溃。

他决定铤而走险，无论我是否真的知道他杀人，他都要杀了我，也算是长期以来压抑心情的发泄。

如果我们没将他找出来,在他心理崩溃彻底变态之后,不知道还会去杀多少人。

王福志从老人家中拿到的三万元钱只是暂时支付了抵押房子贷款的利息,在他被关进看守所后不久,他的房子就被拍卖了。

第五案

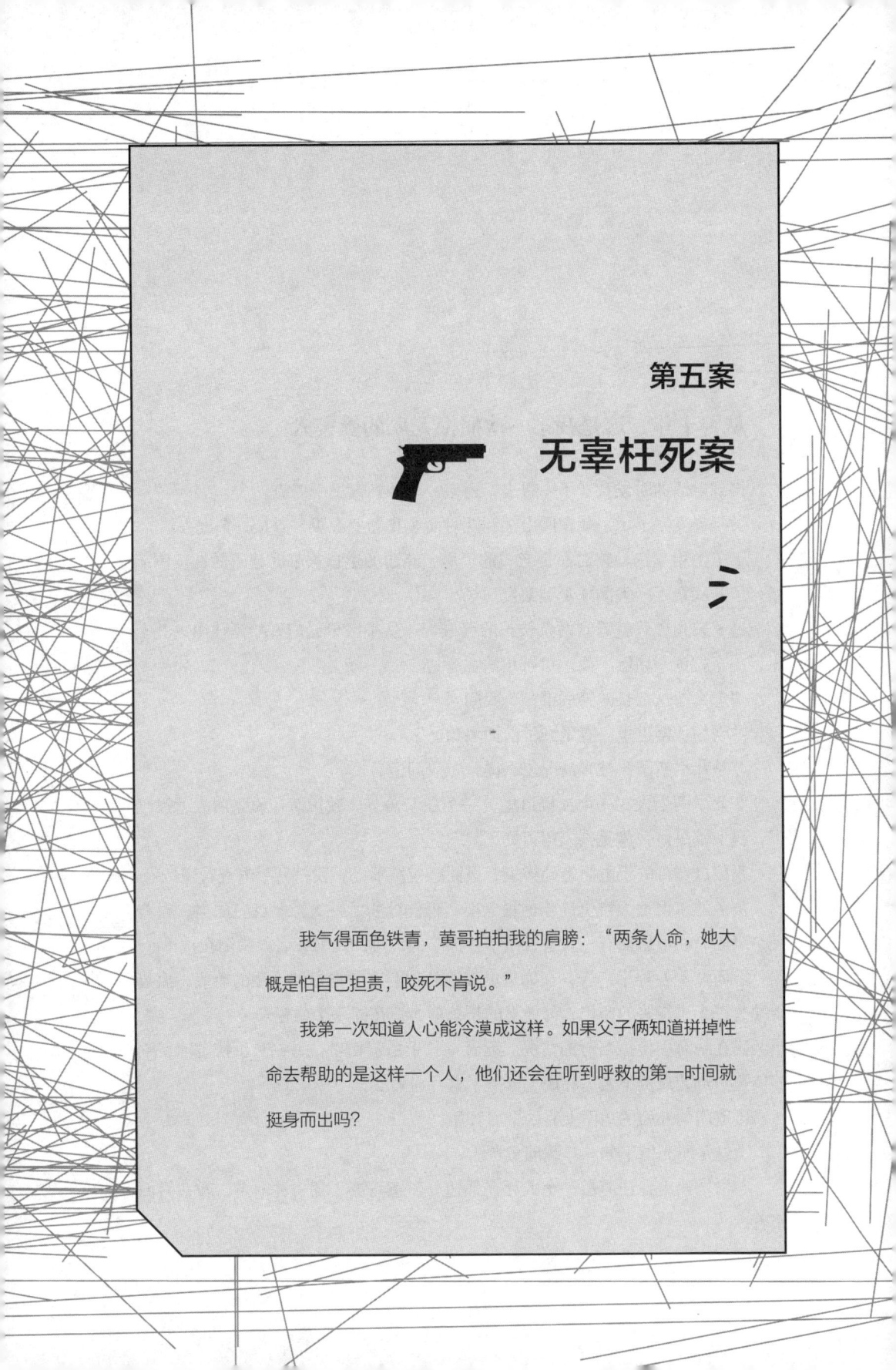

无辜枉死案

我气得面色铁青,黄哥拍拍我的肩膀:"两条人命,她大概是怕自己担责,咬死不肯说。"

我第一次知道人心能冷漠成这样。如果父子俩知道拼掉性命去帮助的是这样一个人,他们还会在听到呼救的第一时间就挺身而出吗?

从警十年，这是我第一次痛恨无辜的受害人

接到电话的时候我看了一眼表，还差一刻钟到夜里十二点。

黄哥说发案子了，就在冈山福利院对面。我套上衣服，直接打车过去。

下了出租车，马路对面是老式的楼房，路边的道口被临时建筑的铁皮围墙堵死了，我绕了一大圈才走到案发现场。

过了转角，我就看到两条长长的警戒带，从小区单元门开始延伸出去几十米，一直拉到一堵墙下面。黄哥正站在旁边。

"怎么拉这么长的警戒带？"我问。

"现场从楼道里一直延到了前面墙角。"

"是什么案子？被害情况怎么样？"我问道。

"死了两个人，一个在楼道里，一个在墙角下。救护车还没到两人就没气了，身上都是血，像是被人用刀捅了。"

我接过黄哥的手电筒走到楼道，里面感应灯不亮，我打开手电查看现场。

灰色的水泥地面坑坑洼洼的很老旧，低洼处积了一大摊暗红色的血，没有完全凝固。在最里面有一大块长条形被擦蹭的痕迹，之前死者就是倒在这里。

墙面贴着各种小广告，在靠近电表箱的位置有摩擦过的干涸的血痕，血痕顶端有三个手指头的印记，与地上的长条形血痕在同一个位置。

我在脑海中模拟当时的情况。死者一只手捂着伤口，另一只手扶着墙，顺着墙边一点儿点倒下去，在墙上留下了这片血痕。

楼道门洞外面的地面上有两个血脚印。

"这是罪犯留下的？"我问黄哥。

"没法确定，还有另一个人死在那边。"黄哥摇了摇头往前走，我在后面跟着。

这栋楼建在马路边，沿着楼前的小路能直接走到马路上，但现在临时搭建的一排板房把这条小路堵死了。

板房下面堆着很多木板和空纸盒。

"这是第二个被害者的位置。"黄哥指给我看。

这里的视线比楼道里好很多，路灯能照过来。我拿手电照了照，在墙角处有一摊血，血迹散开面积很大，还有喷溅的迹象。

"这两个人是怎么被害的？怎么一个在楼道口，一个在这里？"我问黄哥。

"报警的是这栋楼里的邻居，他说听见外面有吵闹声，出来一看，发现一个人躺在楼道里，于是就报警了。警察来了才发现这墙角还躺着一个人，确认了身份，是住在三楼的父子俩。至于这两个人为什么被害，报警的人也不知道。"黄哥说。

"我们先去见见报警人吧。"我说。

报警人住在四楼。

"你说你听见吵闹声了？是有人吵架吗？"我问。

"我没听清，等我套了件衣服出门的时候已经没什么动静了，下楼才发现楼道里有个人躺着。"

我暗自琢磨，父亲被杀死在楼道，然后儿子往外跑，被人追上杀害，倒在墙角，难道是仇杀？

"你出来的时候看到别人了吗？"我问。

"没有，周围一个人也没有。"

夜已深，一案两命，我们必须立刻展开调查。

我们敲开了楼长家的门，他向我们介绍了死者的情况。

这是一个单亲家庭，父亲在工厂上班，儿子今年刚考上一个重点高中。

父子俩热心助人在邻里中是出了名的，谁家有个不方便，他们都乐意去搭把手。儿子聪明又懂事，是大家看着长大的。

楼长得知父子俩被害，非常难过："这楼里真没比他们父子俩更和善的人了，警察同志，你们一定要抓住凶手啊！"

我们拍了拍他的肩膀，答应下来，职责所在，一定尽快破案。

我和黄哥从楼上下来，重案队的其他人都到了。

宋队说，法医对两个死者做了初步检查，在他们胸前找到了几处创口，应该是被利器捅伤，怀疑凶器是匕首或者军刺一类的。

我心里疑惑，父子俩肯定熟悉地形，如果被人追杀的话，儿子怎么会跑到死胡同来了？

"他怎么会往这边跑呢？"我又走回墙边。

黄哥指着墙边的一堆杂物："难道他是想从这儿爬墙跑？你看，这个地方可以踩着上去。"

我仔细一看，一侧的纸箱塌下去一片，明显被人踩过。

黄哥皱了皱眉："这个人死在墙下面，说明还没爬上去就被人杀害了。但宋队说死者伤口都在胸口，他要是被追杀的话，伤口应该在背后才对啊？"

"我先上去看看。"我说。

墙的另一侧是临建板房。爬上墙到了板房的房顶，板房屋顶不宽，翻过去就是马路，我用手一撑翻上墙头。

我踩上屋顶，脚底的铝合金"吱啦吱啦"响个不停。屋顶到处是垃圾，脏兮兮的看不出有人来过。前面就是马路，两边的路灯发出昏暗的光。

"没什么发现的话快回来吧，我觉得这屋顶不太结实。"黄哥的声音从后面传来。

房顶大约有两米高，我朝四周看了下，正好前面有一个水泥电线杆。

"我从这边下去。"

这个水泥杆本来在人行道中间，这排临时建筑占了半个人行道，水泥杆正好靠在房顶，我可以扶着它滑下去。

担心水泥杆会有铁丝之类的东西划手，我拿手电照了一下。

突然，我看见水泥杆上有一个血手印！

有线索了！报警人下楼后没看见人，因为凶手根本就没走常规路线，而是从房顶翻到了马路上。

我大喜过望，从屋顶上跳下来。电线杆上有一个监控摄像头，这条马路又是主干道，两侧的路口都有监控，凶手肯定会留下身影！

我感觉自己找到了破案的关键，急忙跑回案发现场汇报情况。

宋队立刻安排技术中队去提取水泥杆上血印的DNA，随后把工作重心放到查监控上。

我们先去查了电线杆上的监控录像。晚上这边的人不多，根据案发时间，很快就锁定了凶手。

凶手在监控里一晃而过，时间大约只有两秒。录像帧数有限制，画面定格后只能看出他个子不高，但看不清五官。连续播放后发现他脚有点跛，不知道是本来就瘸，还是从房顶跳下来后受伤了。

虽然凶手的身份还没确定，但发现凶手身影后大家就放心了，有监控就能找到人。

宋队把队里人分成两组，接着去查主道路口的监控。

任何案件都难在第一步，只要有了明确的方向，那么破案只是时间问题。

没想到，事情并不像我们想象的那么简单。

血手印的DNA鉴定结果出来了，只有被害父子俩的DNA，没有第三个人。而且主干道的监控录像没有发现凶手的身影。

"不可能啊，这条路一边是临时建筑，一边是福利院。从血手印的位置起，无论哪个方向都会经过监控摄像头。可是人呢？"黄哥皱紧了眉头。

从案发时间开始，我们看了八个小时的监控，一秒秒地过，直到发案后两个小时，才看到一个环卫工人出现在监控里，完全没有凶手的身影。

"难道他躲进了那排违建的板房里？"我顿时也没了主意。

"现在监控没什么用了，咱们再回去看看现场吧。"

正是中午，原来那排临时建筑都是店铺，没有一个房子是空着的，大半夜，人肯定不能躲在里面。

"这人还能飞上天了？"黄哥问。水泥杆和马路的监控距离只有几百米，凶手的身影就消失在这几百米中。

"黄哥，他不会是跑福利院里去了吧？"这时我注意到，马路对面福利院的墙不是连续的，有一段是用花坛和松树围起来的，人可以穿过去。

"走，去看看。"黄哥说。

我们在福利院里面转了一圈，除了花坛这边，其余三侧都有围墙，没发现有其他出口。

保险起见，我们找到了院长，问他这边有没有其他的出口。

院长说："有，但挺复杂的。"

院长带着我们来到福利院的地下一层。这是一个地下车库，可以通往外面的小路，但出口用水泥袋子挡住了，车进不来，人能出去。

院长说："车库没有使用，外人不知道院里的车库能通外面。晚上我们这边都有人值班，没听说有动静。"

院长想了想，补充说："我们之前被偷过，但没报案，不知道这算不算是线索。"

"你们丢了什么？"

"一台投影仪，放电影的。"院长说。

"什么时候丢的？"黄哥问。

"上周丢的。早两天还丢过一台影碟机。领导说先让我们自查，就没报警。"

一台投影仪、一台影碟机，两个东西在同一个地方丢失，从价钱来说也只是普通的盗窃案，但从发案的频率来说，短短一个星期连续发案就有点严重了。

不过我们现在有命案在身，顾不上这起盗窃案，让院长去报案，准备继续追查这边的线索。

"这个出口是通往哪儿的？"

"顺着小路走，有一个废品收购站。"

我和黄哥对视了一下，前面主干道都没查到凶手，这个出口就很值得关注了。不过按院长的说法，外人并不知道这条路。难道凶手是福利院的？

"你们福利院一共有多少人？"

"员工一共二十二人，住在这里的有十四个人，加上平时来吃福利饭的，一共五十多个，都有登记。"

"五十多人范围并不大，咱们先从后面的小路那里继续找监控，没有其他发现，回来再查福利院也不迟。"黄哥建议说。

我们告别院长，从车库走出去。小路旁有几栋建筑，其中一个咨询公司的门外有监控。

我们来到公司，提出想看看监控，公司的人很快将视频调了出来。

不过这个监控摄像头的位置不太好，主要是拍公司门口的情况，连小路的一半都没拍上。

抱着试试看的想法，我打开了昨晚的录像。这边人迹罕至，我用两倍快速播放视频，画面基本没有变化。看着一成不变的屏幕，没一会儿，我觉得眼睛又酸又疼。忽然，画面闪了一下，我揉揉眼睛，以为是自己眼花。

"刚刚那是什么东西？"没想到黄哥也看到了。

我急忙调回去，点慢放。

屏幕的右上角出现了一双脚，一晃而过。

"你仔细看他走路的姿势！再放一遍！"黄哥说。

这双脚出现了三秒，一共走了三步，其中两步走的时候脚有拖地的感觉，有点瘸！

"就是他！"我和黄哥同时说道。

"追！"

我们有些兴奋，终于发现了凶手的踪迹，没想到是从福利院穿出来的。我们沿着凶手的行动方向走了大概五分钟，到了一个T形路口，一边是大马路，另一边是一个院子，院墙上挂着收废品的牌子。

废品收购站的院墙两头都有监控，我心中一喜。

我们走进去，里面有一个负责人叫张平。

"你们这里收的废品都有登记吗？"黄哥问。

"有，有，都有登记的。"张平急忙回答。

"福利院被盗了，我来看看记录。"黄哥说。

"没问题，欢迎领导检查。"张平说着从柜子里拿出一个账本来。

我接过账本，上面的字跟甲骨文一样，根本看不懂。

黄哥皱着眉看了一眼："还是先带我们去仓库看看吧。"

张平领我们到仓库。说是仓库，其实就是一个搭着棚子的空地，上面乱七八糟地堆着些电器。

我一眼就看到在这堆电器中有一个黑色的方形盒子。我走过去将这个盒子抽出来，盒子侧面有一个被撕了一半的标签，一个手写的"福"在上面。

"这不是福利院丢失的影碟机吗？"我指着标签上的字问。

张平愣愣地说："我不知道呀！"

"这个东西从哪里收来的？"

"等下我找找。"张平手忙脚乱地开始翻账本。

鬼画符一样的记录也只有他自己能看懂。过了一会儿，他找到了影碟机的收购记录，上面标注的收购员叫高良栋。

"你把这个人找来，我问问他是从哪儿收的。"

"这个人不干了，辞职了。"

"辞职？什么时候？"

"上周。"

"你念下账本，这个人都收了些什么东西？"我说。

张平开始念，高良栋收的东西不多，一共十几件，最后一件是投影仪。

"什么，投影仪？这个投影仪在哪里？"我急忙问。

"应该就在仓库里，怎么了，这也是赃物？"张平也慌了，带我们去仓库开始翻东西。

一番倒腾，我们在杂物中找到了投影仪，上面有标签被撕掉的痕迹。

"你们是专门雇人收赃物的？"黄哥说。

"怎么可能！这和我们收购站一点儿关系都没有啊，领导，要知道是赃物打死我也不敢收啊！"张平急得直跳脚，满头是汗，掏出手机就要给高良栋打电话，被黄哥拦下了。事情还没调查清楚，不能打草惊蛇。

影碟机过时了，卖给废品收购站还算正常，但投影仪价格比较高，一般不会卖到收购站。可能高良栋跟小偷很熟悉，专门收他偷来的赃物。

"高良栋长什么样子？"

"他个子不高，长得挺黑的。对了，他腿不大好，走路有点瘸。"

"什么？腿怎么瘸？什么样的姿势？"我和黄哥几乎是同时问。现在我们对"瘸"这个特征非常敏感。

"我也说不好，就是一扭一扭的，像崴到脚了一样。"

个子不高，走路瘸，这两点都符合监控里凶手的体貌特征。

我们立刻把张平带回大队。张平以为要处理他收赃物的事，吓得不停地求饶，黄哥板着脸说："你积极配合我们查案，这个事情就可以不追究了。"

"好，好，我一定配合。"张平擦了一把头上的汗。

我看了黄哥一眼，姜还是老的辣。

我们把水泥杆上的监控录到的凶手片段给张平看，他反复看了十几遍，长吁一口气："画面太模糊了，但是我觉得十有八九就是高良栋，走路姿势非常像。"

重点怀疑对象出现了，虽然不是百分之百的肯定，但我们必须按照百分之百的要求去追查。

如果高良栋就是凶手的话，他是怎么避开马路上的监控的？是不是从福利院的车库跑出去的？那他又怎么知道车库能通向外面？

我和黄哥返回福利院，问院长有没有人来收过废品。结果院长告诉我们福利院从不往外面卖废品。

我们又问院长什么人能进出福利院。

院长说，这里一部分是常住的，残疾人或者无人赡养的老人；另一部分是流动的，来吃饭的贫困人员，一般是低保户。但是人员都比较固定，因为需要去民政局登记备案，都有完整的个人信息。

我和黄哥正在询问院长，赶上了饭点，大家排队打饭，还有工作人员做登记。

"能让我看看登记本吗？"我问道。

"没问题。"院长将登记本递给我。

我翻看了下，上面的记录很简单。每页一个日期，下面是一排排名字。我从后往前翻，翻着翻着看到一个眼熟的名字——高良栋。

"这个高良栋你们有印象吗？"黄哥也看到了这个名字，便向一旁的工作人员问道。

"有点印象，他走路有点瘸，矮矮的黑黑的。不过，他没在这里住，只是来吃过几次饭。"

"他知道福利院的车库能通到另一条小路吗？"我问。

"这个我就不清楚了。"

我忽然想起院长说，福利院不卖废品，也不让外人进。难道福利院丢失的东西根本不是高良栋收的，而是他偷的？在做出这个假设后，我突然觉得有种打开谜团的感觉。

现在我们怀疑高良栋是凶手，而且他还可能是一个惯偷。

小偷偷东西会反复踩点，那么高良栋多次来福利院吃饭，可能就是为了踩点观察情况。

那小偷和凶手如何产生联系？最大的可能就是偷东西被人发现后，持刀行凶！

我又联想到两个死者被发现时的位置，一个在楼道，一个在外面墙角，而且两人伤口位置在前胸而不是后背。这样看来，他们非常可能是在抓小偷的时候被刺死的。

案件变得清晰起来，现在的问题是如何找到高良栋。

我们查到了高良栋的电话，打不通；去了他登记的住址，也没有人。

我们回到队里，再次问询张平。

"你们收废品有范围吗？"我问张平。

"有，每个收购员都有一个大概的范围，这样可以避免相互重叠浪费人力。"

"你把高良栋曾经负责的范围画给我看一下。"

张平看着地图大概比画了一下。

"咱们把他收废品范围内的盗窃案件都查一查吧。"黄哥说，"一个盗窃惯犯，我可不认为他只偷过福利院。"

"嗯，我明白了。"我回答。

第二天，我俩的工作从追查一起凶杀案变成了追查系列盗窃案件。

盗窃案件的延续性非常强，罪犯一般都是连续作案。我将目标区一周内发生的盗窃案件都找了出来，一共九起案件。除去扒窃案件和店铺盗窃案之后还剩下三起，其中一个是车内物品被盗，另外两起是家中被盗，一个丢了金项链，一个丢了手机。

我找出全区的地图，按照案发地址将案件标记出来，地图上出现了连续的作案轨迹。根据作案的手段和时间判断，这些案件有很明显的共同性——都在晚上，且家中无人。

我根据报案材料，打电话给丢了金项链的女失主。我问她这段时间有没有人来收废品。她说，她前段时间卖了些旧报纸，报纸挺沉的，还是收废品的师傅上门帮她搬下去的。

我问她能不能记住收废品的师傅长什么样，女人说个子不高，皮肤挺黑的，搬东西的时候脚有点瘸。

我又继续查另外一起手机盗窃案件，丢失的是一部三星翻盖手机，当时新机市场价五千多元。

通过被盗人提供的手机串码信息，我去移动公司对入网电话号码的手机串码进行检索，发现这部手机还在使用。

会不会是高良栋在用？我打了个电话过去，电话通了，是个女人，我没敢贸然说话，直接把电话挂了。

我怕这女人和高良栋认识，接到我们的电话会通知高良栋，让我们错失抓捕机会。

想来想去，我们决定用电话中奖的方式将这个女人骗出来。

中奖的诈骗电话很多，为了让她相信自己真的中奖了，我们联系了当地的广播电台，假戏真做。

正巧电台下午有一档美食节目，主持人就在中间增加了一个抽奖环节，随机选取本地的一个电话号码送出现金购物券。

选中的这个号码当然就是那个女人使用的。

我和黄哥在录音棚，看着电台主持人在节目里拨打了这个号码，正是女人接的电话。主持人恭喜她中奖了，奖品是电台提供的三千元现金购物券。

女人一开始根本不相信，主持人使出了"撒手锏"，让她打开收音机调到某某频率听广播。女人打开广播后，发现电台里正在直播自己中奖的电话连线，喜出望外。

主持人说要在今天到电台领取购物券，女人欢天喜地地答应了。

不到半小时女人就来到了广播电视台，被我们在电视购物中心堵住。

这个女人叫宋琳，四十多岁，整个人浓妆艳抹的，离十来米都能闻到她的香水味。得知我们是警察后，她立刻就交代了手机的来历。手机是她男朋友送她的，她男朋友叫高良，两人刚处了一个月。

高良？我们猜测她的男朋友就是高良栋，就顺着她的话往下说。

"你是干什么工作的？"黄哥问。

"服务员……"宋琳回答得吞吞吐吐的。

"哪儿的服务员？"黄哥又问。

"金卡罗舞厅。"宋琳越说声儿越小。

金卡罗舞厅里面有专门陪别人跳舞的人，看着女人这副打扮，我们心知肚明她十有八九就是在里面陪舞的。

黄哥继续问，果然不出所料，宋琳在得知我们其实是要找她男朋友后立即改口，说自己跟他根本不是什么男女朋友，只是跳舞认识的。这部手机也不是高良送的，是她跟他买的。

宋琳告诉我们，高良租了一个房子，他白天总是在家睡觉，晚上才出去活动。

根据宋琳所说的位置，我们找到了高良租住的房屋。正当我们琢磨该如何把门弄开进去抓人时，宋琳从包里掏出了钥匙。

我轻手轻脚地打开锁，推门冲进去。

高良正躺在床上，毫无防备，没等起身就被我们死死地摁在床上。

高良正是高良栋，他没告诉宋琳真名。被抓后，他吊儿郎当一副无所谓的态度，也不说话。

审讯的时候，我问一句他答一句，多一句话都没有。

我问偷手机、金项链的事，他点头承认。我又问偷福利院的东西的事，他也都承认。但我问具体的偷盗过程，他就不说话了，斜眼看我，一副挑衅的样子。

高良栋有前科，上一次进监狱也是盗窃，那时候正赶上严打，他被判了十年。可能他心里有估量，怕说错话给自己增加刑期。

审讯室是完全封闭的，几平方米的空间，不见天日，也感觉不到时间流逝。一盏日光灯把高良栋的脸照得惨白。

我们和他陷入对峙。

我绕着圈子把话题转到案发当天，他反复强调自己一直在家没出门。一场拉锯战持续了五小时，都没有问出什么线索。

我们现在对高良栋有点束手无策，手头没有证据，他只能被定为盗窃犯罪，与杀人案没有一点儿关系。

高良栋这边久攻不下，我们决定从他身边的人下手。

我们找到宋琳，告诉她高良栋涉及一起凶杀案，我们怀疑她也是帮凶。

没等我说完，宋琳一下瘫倒在地上，把我吓一跳，赶紧掐住她人中，几分钟才缓过来。

"高良杀人了？"宋琳醒来第一句话便问我。

"很有可能。现在……"

"高良杀人了？"宋琳又问。

"请你配合我们调查……"我又解释了一遍。

"我说高良杀人了！"宋琳又说了一遍。我这才听出来她不是疑问语气，而是陈述语气。

"你都知道些什么？"我忙问。

"三天前，我去找高良，看见他家水槽下面泡着一盆衣服，我就去帮他洗衣服。里面有一件白衬衣，上面的红印子怎么都搓不掉。高良回来，看到我在洗那件衣服，一下就火了，把我推倒在地上，不让我动。"

"衣服上是血迹吗？"

"感觉像，但红色印记染的面积太大了，我觉得不太可能是血，人要流那么多血哪儿还能活啊！而且我也没发现高良身上有伤口，就没多问了。"

"那衣服现在在哪儿？"

"高良让我把衣服扔掉，我气他推了我，没听他的，把衣服塞在水槽下面了。"

我们带着宋琳又来到高良栋的家，把衣服找了出来。衣服经过水洗，又被泡了很久，上面的血迹已经很淡了。

不过技术中队的人告诉我，这种痕迹还是能鉴定出DNA。

技术中队的人加班加点，在第二天中午就做出了鉴定结果。衣服上沾的正是被害父子俩的血。

我把衣服的照片儿和DNA鉴定报告摊在高良栋面前，他脸色几经变换，还是嘴硬说："我不知道。"

不过他现在不承认也没用了，铁证如山。

我不想与他做无谓的纠缠，问："刀呢？"

他紧闭着嘴。

黄哥把我推出去："我来，没有我撬不开的嘴。"

我不知道黄哥用了什么手段，三个小时后，高良栋交代了全部犯罪事实。

和我们推测的一样，高良栋是个惯偷。他去废品收购站工作，就是为了方便踩点。

他用了一个月时间选定了十多个地方，准备实施盗窃，结果才偷到第四家就被发现了。

当天，高良栋钻进了二楼的一户人家，正在翻东西，没想到女主人突然回来了，大喊救命。

住在楼上的中年男子闻声赶来，女人让他帮忙抓小偷，中年人奋不顾身追了出去。

高良栋被中年人堵在楼道里。中年人身材高大，直接过来抓高良栋的胳膊。高良栋趁乱偷偷掏出刀就往中年人身上捅。中年人毫无防备，被刀捅在胸口，倒在地上。

高良栋趁机逃脱，跑出来想翻墙走，结果这时从楼道里又奔出来一个年轻人，开始追他。他踩着纸壳上墙的时候被拽住，跳下来就捅了年轻人一刀。

年轻人被捅后还拉着他不放，他一狠心，又捅了好几刀，终于把人放倒，爬上墙逃走了。

高良栋说他也没想过杀人，只是想逃跑，是那两个人不依不饶，追着他不放，他才下手的。

在高良栋将自己的犯罪行为全盘托出后，我和黄哥回到了居民楼，想找二楼被偷东西的那个女人录一份口供。

事情因她呼救而起，她完全没找警方提供过任何线索，非常奇怪。如果有她的指证，破案应该更容易一些。

我和黄哥在二楼敲了半天门，隔着门我都能听到家里有声音，但就是没人应门。很明显，这个女人不愿意见我们。

我心底一股无名怒火蹿了起来，"哐哐"砸了几下她家的门，黄哥又把我拦下来。

最后黄哥隔着门劝了半天，好说歹说，过了一小时这个女人才开门。

她倚在门口不让我们进去，我说想做一份笔录，女人忙不迭地一边拒绝一边就要把门关上。

这下我可来气了，一脚抵住门缝不让她关门。

女人开始大喊大叫："我报警了，你们私闯民宅。"

"我们就是警察，我看你要叫到什么时候！"我横了她一眼。

女人终于停止了哭闹，但依旧不让我们进屋，我们只能站在门口做笔录。

刚问第一句话，我就差点气到吐血。

这个女人说自己家没有被盗，她没有叫过救命，更没见过楼上的邻居父子！

"人家见义勇为出来救你，你不感谢他们也就算了，现在他们人都死了，两条人命啊！难道你连证人都不愿意做吗？你还是人吗？"我忍无可忍地对女人吼道。

女人对我的话无动于衷，坚持不承认小偷来过自己家，说是楼上的邻居自己抓小偷，跟她一点儿关系都没有。

"哐——"

我狠狠地砸了一下门框。

到最后我也没给这个女人做笔录材料。高良栋已经交代了犯罪事实，证物链也能对上，总不能由着这女人信口胡说，录一份与事实不符的笔录。

我和黄哥走访了一遍这栋楼里的其他邻居，有两个听到吵闹声的邻居愿意做证。而且他们说，父子二人平时就很热心助人，遇到这样的事情，他们真的很惋惜。

之后，我们一共找了这个女人三次，每次都是同一个结果，说被害父子自己追小偷被害，和自己一点儿关系都没有。

我气得面色铁青，黄哥拍拍我的肩膀："两条人命，她大概是怕自己担责，咬死不肯说。"

我第一次知道人心能冷漠成这样。如果父子俩知道拼掉性命去帮助的是这样一个人，他们还会在听到呼救的第一时间就挺身而出吗？

第六案

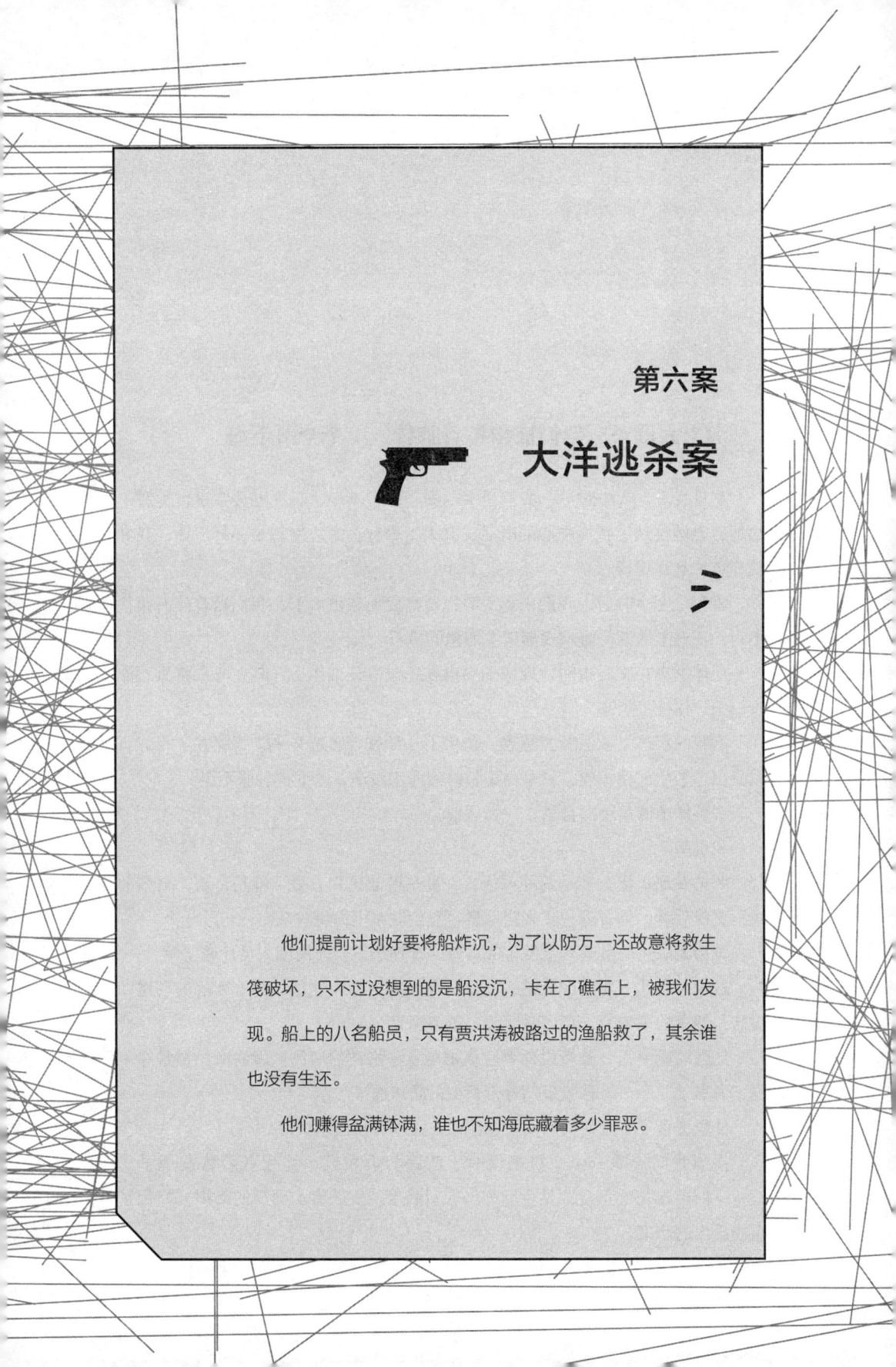

大洋逃杀案

他们提前计划好要将船炸沉，为了以防万一还故意将救生筏破坏，只不过没想到的是船没沉，卡在了礁石上，被我们发现。船上的八名船员，只有贾洪涛被路过的渔船救了，其余谁也没有生还。

他们赚得盆满钵满，谁也不知海底藏着多少罪恶。

海上大逃杀：他们被枪指着脑袋，一个个跳下海

夏日炎炎，人心躁动，我们手头的案子多了不少。正在办公室里忙得脚不沾地，突然接到了指挥中心的电话，有人报警称在海边发现了一具尸体，我和狐狸急忙赶往现场。

驱车一个小时后，我们来到了海边。案发地在山崖下，我们沿着碎石路往下走，正遇上涨潮，海水逐渐漫上海滩的礁石。

尸体就夹在礁石中间。现场的同事在完成取证工作后，赶在海水将礁石淹没前把尸体拖了上来。

泡胀的尸体被衣服紧紧箍着，仿佛下一秒就要胀裂开来。脚踝并不粗，可以看出这人生前比较瘦，只是由于长时间海水浸泡，才变得肿胀不堪。

"看样子像是跳海自杀。"狐狸说。

我点头。

海里发现尸体大多是两种可能，一种是游泳溺亡，另一种是自杀，目前的情况更像后者。为了进一步确定信息，我们联系了海警大队。

海警大队主要负责海上发生的案件，管理船只，对周围人员比较了解。

过了一会儿，海警大队的人来了，是个女人，叫佳慧，扎着利落的马尾，皮肤是健康的小麦色，穿一身军装，英姿飒爽。

佳慧经验丰富，分析说死者应该不是意外溺亡的渔民。因为渔民惯常穿一身"海靠子"——一种胶皮的背带裤似的防水服。

佳慧又查了下近期的渔船报警记录，也没有人落水失踪。

正当我们排除一个个可能性时，法医告诉我们，在死者后背发现了伤痕——四道长长的条痕，是生前外伤。肩膀部位皮肤有大面积的磨损，好像是重物压出的印痕。

接着法医开始解剖尸体，发现死者肺部内容物并没有太多海水，也就是说死者不是被淹死的，而是死后被扔进了海里。

法医的结论让案件的性质发生了变化，眼前的这个人很可能是被害了，我们必须要查清楚。

首先得知道被害者的身份，他身上没有任何身份证明，只能进行DNA比对。

这个过程耗时很长，我们等了二十多天，才终于比对出结果。

死者在医院做过体检，留下了DNA信息。他叫罗英，男，三十三岁，外地人，公安网上有他登记的租住信息。

我和狐狸兵分两路，我去罗英租住的房屋，狐狸联系他的家人。由于死者是在海里被发现的，海警佳慧也来协助我调查。

罗英登记的出租屋是一个小型公寓。我们找到房东，他说罗英交了三个月的房租后就没信了，房子到期他已经收回来租给别人了。不过房子里还有罗英的东西，他给收了起来。他回去翻出一个皮箱递给我们。

我把皮箱里的东西都倒出来，在一个单肩包里发现了一本海员培训手册和培训费的收据，还有一张没贴照片儿的船员证，上面写了罗英的名字。

"罗英是船员？难道他是从船上坠海的？"我问。

"不对，船员证上的信息没填全，也没有印章，这里必须要贴照片儿盖钢印才行，不然没法出海的。"佳慧指着船员证贴照片儿的地方说。

我又继续翻东西，找出了一个防水包；里面有一份用工合同，受雇方是罗英，雇用方是鹿林岛渔业有限公司。

"签字时间是一个月前，从时间上看，他死的时候应该正是出海的时候。"我说。

佳慧打电话查了下这个鹿林岛渔业有限公司，发现根本没有登记。她说这种用工合同本身就不规范，很多公司名字都是船老大自己编的。

"那这个培训公司呢？"我问。

"这种针对海员的培训公司也是挂一个名，只凭发票根本没法查出来罗英是在哪儿参加培训的。"佳慧说。

事情变得棘手起来，我本来以为海上船只管理和陆上车辆管理差不多，没想到不确定的信息这么多。

佳慧想了想，说："可以从他的紧急联系人入手，登船出海必须要有一个紧急联系人。"

我俩正说着，狐狸来电话了，他已经找到罗英的家属了。罗英最后一次给家里打电话是一个月前，说他要当船员出海了，有什么事家里可以和王浩联系。"

"王浩是谁？"我问。

"他家里人也不清楚，好像是他的一个朋友吧。"狐狸说。

"看来这个王浩就是罗英的紧急联系人，我们找到他，就能搞清楚罗英的情况了。"佳慧说。

"等等，你刚才说罗英的船员证并没办下来，连照片儿都没贴，他怎么能跟着船出海？"我问。

"这帮船老大想尽办法，趁我们不注意的时候偷偷带人上船……"

佳慧给我讲了很多船员被船老大欺压的案件，为了省一点儿手续费，船老大经常把人藏在船上出海。

我心一沉，想起罗英后背的外伤和肩膀上的压痕，不由得猜测他是不是被欺骗上船，像奴隶一样做黑工，不知道发生了什么死在海上。

事不宜迟，我们立刻着手联系王浩。

等找到王浩的家属，他们告诉我王浩在一个月前就出海了。更令我不安的是，王浩上船前留的紧急联系人就是罗英。

如今，罗英已经死亡，王浩杳无音信，恐怕是凶多吉少。

正当我们毫无头绪的时候，王浩的家属打来电话，说他们想起来王浩上个月给他们发过一条信息——"我在浙渔A311船上。"

得知收到信息的准确时间后，佳慧说："那个时间王浩应该已经在船上了，船离开码头就没有信号，他是怎么发的信息啊？"

我也没办法解释，先让佳慧查下那条船。

结果查到那条船已经报废很久了，船号是空的。

从报废船的资料里我们找到了浙渔A311。那是一艘二十多米长的二层舢板拖网渔船，准载十五人，可以进行远洋捕捞，已于一年前报废。也就是说，现在出现的浙渔A311是一艘黑船。

佳慧说："王浩与罗英可能在同一条船上，只有黑船才会让两个一起出海的船员将对方设成紧急联系人。"

"能找到这艘黑船吗？"

"嗯，我试试。海上和陆上不一样，陆上黑车怕被同行发现，但渔船不同，在海上经常遇到意外的风浪，为了保证自己的安全必须与其他船有联系。我可以试试通过其他的船找它。"

佳慧通过边防海警的电台，将浙渔A311的消息发了出去，过了半个小时就收到了回复。

有渔船在一个月前看到过浙渔A311，在某海域与另一艘船并排抛锚。

浙渔A311是一艘拖网渔船，一般都是两艘船一起行动。回复的信息里也提到了搭档的船只信息，是浙渔A320。

佳慧将浙渔A320输入电脑一查，又是一艘黑船！

佳慧皱紧了眉头："如果一个人意外落水，有些狠心的船长可能还想瞒一瞒，但这次两个人都杳无音信，正常来说船长可不敢瞒着了。但到现在我们没接到过任何一个船员落水失踪的报告，那么只有一种可能，就是整艘船都出事了。"

我大吃一惊，那可是十几条人命啊！

佳慧带我回到海事搜救局，查船只事故信息。

在这里，我们发现了一条可疑的呼救信息。这条呼救信息没有求救内容，也没有船只信息，但连续发了好几遍。

由于没有具体的呼救信息，搜救局的回复也无人应答，就当作无效信息处理了。

"能确定求救信号发出的海域位置吗？"我问。

"可以，现在渔船都配有北斗导航，在发射信号的同时位置也会同步上传。"工作人员说。

"之前渔船回复你，浙渔A311是在哪儿发现的？"我问佳慧。

佳慧一查，浙渔A311的位置正是求救信号发出的位置！

我们立刻向大队汇报，这可能是一起沉船事故，涉及十几条人命。上面决定让大队与海警组成联合调查组，一起行动。

第二天，我和狐狸来到码头准备出海。狐狸穿了一身花衬衣配花短裤，没点儿正形，看得我嘴角直抽抽。

出海的一共八个人，除了我和狐狸之外，其余六人都是海警大队的。这是我第一次登上巡逻艇，艇非常小，我一脚踩上去，整个艇都朝我这边倾斜，吓得我一个趔趄，差点栽海里去。

海警战士赶紧拉了我一把，让我坐里面去。我们离开码头往海里走，巡逻艇吃水浅，坐在窗边感觉海浪都要打进来了似的。

"这船怎么颠得……呕……"狐狸一句话没说完，开始干呕。

海警班长给他递了颗晕船药过去。

船开了一会儿，已经看不到岸边了，海面波光粼粼的，非常美。可惜狐狸是欣赏不到了，他面色惨白，紧闭着双眼靠在船舱边，呕吐袋挂在脖子上，随着船的颠簸一晃一晃的。

下午两点，船速渐渐减慢，轮值告诉我们这就是发出信号的海域了。

我们在事发海域开始寻找，一直到四点半，一名战士在海上发现了一艘渔船。我们一边开过去一边用电台呼叫，可是渔船始终没有回应。我拿着望远镜看清楚了船号，浙渔A312，不是我们要找的那两艘。

班长也看到了，准备让驾驶员调整方向离开。

"等等，我怎么感觉这艘船有点不对劲，上面的人呢？"我问。

"有些拖网渔船是晚上用灯光围捕，白天船员可能都在睡觉吧。"班长说。

"不对，这艘船怎么一动也不动？"

听我这么一说，班长重新拿起望远镜看过去。这艘船像是被定住了一样，任海浪起伏，它一动不动。

"慢慢靠过去看看，这艘船可能是搁浅了。小心点，附近可能有礁石！"班长立刻做出了决断。

"我们会搁浅吗？"狐狸虚弱地问。

"没事，巡逻艇比渔船吃水浅多了。"

随着离浙渔A312越来越近，我们有了新的发现。这艘船吃水很深，船舷几乎与水面齐平，船尾翘起，船头下沉，看样子是出事了。

我们靠近浙渔A312，班长一跃，跳到船上，我也模仿着他的样子跳过去。

"船上没人？！"我看到舱室的门是打开的，里面一个人都没有。

"先等会儿。"看到我往舱室里面走，班长一把将我拉住。"这船倾斜了挺危险的，咱们先检查一下。"

"你检查下机械臂。"班长对一个小战士说，"我去船头看看进水多严重，刘警官你们先在这儿等会儿。"

甲板有十多平方米，两侧堆着各种杂物，船尾的机械臂上锈迹斑斑，一条链锁穿过机械臂连到前面的二层舱室里。

小战士开始鼓捣那个机械臂，他告诉我这是打鱼拖网用的，链锁连着船的发动机，拖网的时候就靠链锁将网拉回来。这链锁很危险，拉网的力量大，速度快，船员不小心碰上了，轻则胳膊绞出一道口子，重则直接绞断。

"船头进水了，不过不严重，估计只淹到下面的发动机。"班长从船头走回来。

"班长，这个拖网臂不对呀，像是没用过，没有网扣，连电线都没接上。"

"我看看。"班长检查了一下，"是不像使用的样子，难道这是走私船？"

"走，进舱室看看。"班长说。

舱室里黑乎乎的，我们用手电照了一下，里面有四个上下铺的床位，中间是一个桌子。

地面上散落着各种吃剩的罐头，其中一个罐头里还插着两根筷子，旁边塑料袋里的馒头已经变硬了，上面长着一层绿色的绒毛。

门口的地上有两个扳手和铁棍，舱门的把手已经弯成了弧形，门缝还有被撬过的豁口。

我往里走了两步，碰倒了一个酒瓶子，里面没喝完的酒洒了出来。

舱室左侧墙上有一个铁制的柜子，上面用油漆涂写着"救生用具"四个字，但里面空荡荡的。

"里面的人好像是撬开舱门，匆忙逃生的。"我说。

"正常来说，船在航行的时候是不会把舱门锁上的，而且从船的情况来看应该是触礁了，但我们没接到报警和呼救。很奇怪，咱们再去驾驶舱看看。"班长说。

一层舱室有一个梯子可以到二层驾驶舱，里面也满是罐头和酒瓶子。

班长想检查下船只航行信息，可是船已经没电了，他索性把驾驶台的导航拆了下来。

我们回到甲板上的时候，潜水员浮了上来："船下面有个大洞！口子朝外开，应该是里面炸了。"

我们来到一层舱室，最前面有两个隔间，分别是厨房和厕所。班长先检查了厨房，发现煤气罐完好，又掀开前面的轮机箱，里面的发动机裂开一个大口子，到处是碎片。

"这玩意儿爆炸了？"我问。

"不是它爆炸了，是别的东西。你看上面都是凹进去的痕迹，是有人用什么东西把这里炸了，船才沉的。"班长回答道。

我们又回到甲板尾部，这里是船的底舱。我和班长将底舱打开，里面没发现制冷机，这很不符合常理。渔船远洋捕捞必须配有制冷机，用冰块保持鱼的新鲜。

底舱里有三个大方桶，班长说通常是存放柴油的。但把方桶打开后，里面是两套橘黄色的潜水服。潜水服是厚重的胶皮外衣，上下身分开，中间用束带连起来，头盔比篮球还大。

"这种潜水服是最老式的，没有氧气瓶，全靠一根管子连接呼吸，本身又很笨重，作业时稍不注意就会被氧气管缠住，逃生很困难。现在都看不到这种衣服了，没想到这儿还有。"跟着我们下仓的潜水员说。

我们把这些东西往外搬，船突然"轰隆"一声开始倾斜，我们急忙从底舱里跑了出来。我拉住巡逻艇扔过来的缆绳往下跳，湿着半边身子才回到艇上。

回头一看，班长刚从舱室里出来，身手敏捷地接过缆绳纵身一跃，在半空中的时候，将手里的东西扔了过来。我接住一看，是一个册子。他脚蹬在船舷上，被大家拉了上来，连鞋都没湿。

不一会儿，渔船的船舷已经没入水中，只有最上面的两层舱室还在水面上。

"这是船员登记表。"班长指着我手里的册子说。怪不得他晚出来了一会儿，原来是去拿这个东西了。

我们连夜返回岸上，靠岸的时候天都快亮了。

我哈欠连天地赶回单位打开电脑，按照船员名单进行查询。

名单上共有八个人，区域信息轨迹全部终止在上个月。我又把查询范围扩大，终于发现了其中一个人在上周有一个医院的登记信息，地点是湛江，距离事发海域足有一百海里。

天已经大亮，我把睡眼蒙眬的狐狸叫起来，赶往湛江。

在湛江医院，我们找到了这个人，看着只有二十多岁，瘦瘦的，头上缠着绷带，正躺在床上挂吊瓶，旁边陪着的是他的家人。

这人断断续续地给我们讲述了事情的经过。

他叫贾洪涛，大学刚毕业，找工作屡屡碰壁，听中介说当海员能挣不少钱，就过来试试。辗转了好几家公司，又是培训又是学习，还要参加考试，几个月下来，工作没落实，钱反而花了不少。

这时有个叫猴子的人跟他说，有一艘船急招海员出海，报酬丰厚。果然，那艘船上的人只简单问了几个问题，就准备让他们出海了。出海前，给他们一人发了个船员证让他们把照片儿贴上。船上一共十四个人，八个新招的船员，四个老船员，一个厨师，一个船长。

直到船开出港之后，贾洪涛才知道，这船根本不是要去打鱼，而是要去水下捞东西。船长告诉他们，水下有沉船，下去找些瓷器之类的东西捞上来，完整物件一个按五百元算，一个人一天至少能捞十个八个的，捞得多的一天能赚一万多元。

到达目标海域后，船长就让他们下去捞东西。没想到一开始就出事了，第一个人下潜的时间很长，什么也没捞到，被拽上来的时候已经不行了。

贾洪涛有点文化，知道这种简陋的潜水服不抗压，下潜时间长了身体受不了，所以不打算干了。

可这时候船长翻脸了，拿出一把土枪威胁他们必须干，不然就把他们扔海里。贾洪涛没办法，只好下水，刚开始他只是糊弄糊弄，连续两次都没捞上来东西，船长二话不说就开始打他。

接着又出事了，一个人上来后，摘下潜水头盔满脸都是血。

贾洪涛心里发怵，觉得这群人根本不把新船员当人看。趁着船长不注意，他跑到驾驶舱发求救信号，但不会操作，发了几次都没有发出船只的具体信息。

后来，他被船长发现了，先是被暴打了一顿，然后船长把所有新船员关在舱室内。

他们在里面听到了爆炸声，紧接着船就开始下沉。八个人拼死撬开舱室的大门，放下船侧的救生筏开始逃生。

救生筏漂了很远后开始漏气，最后沉了。贾洪涛被路过的渔船救了起来，其他人的下落他不知道。

说到这，贾洪涛哭了起来。我想，如果他不是恰巧被渔船搭救，肯定也凶多吉少了。

贾洪涛说，他们上救生筏的时候都没穿救生衣，因为船上根本就没有救生衣，那个放救生衣的柜子是空的。

我握紧了拳头，七条人命就这么没了！

我把罗英的船员证拿给贾洪涛看，他并不认识罗英，但这个证和船长发给他们的是一样的。而之前佳慧核实过，根本没有这种船员证。

现在我想，罗英和王浩会不会与贾洪涛一样，上了黑船？他们根本不是出海捕鱼，而是想打捞沉船文物。

这一带海域古时候曾发生过海战，沉船里的东西都是明清时候的物件，价值不菲。

私自打捞文物是犯法的，判刑很重，他们为了不让船员走漏消息，直接把整艘船炸沉。

回到大队后，我进行了汇报。事态发展越来越严重，推算沉船事故死亡人数是八人，加上之前发现的尸体和失踪的人，死亡人数已经达到了十人。随着侦查的进行，发现的死亡人数可能还会增加。我们刑侦大队和海警大队准备不惜一切代价也要将这伙人抓住。

经过分析研究，我们决定从两个方向入手：一是调查黑船的市场，查出这三艘船的信息；二是从船员招募入手，这帮人如果还要打捞文物就会继续招船员。

海警找到了几个关系网广的船老大，暗地里调查这件事。没过几天我们就得到情报，有一伙人在招募船员，而且特别要求不通过正规渠道，专找没有经验又想上船赚钱的人。

现在的情况是我们只有贾洪涛一个人的口供，而对方至少有五个人，从口供数量上来说我们占了劣势。

最后，领导拍板决定，安排一个人上船，在确定他们的犯罪事实后再进行抓捕。

海警大队的人是不可能上船的，任何一个跑船的人都认识他们，人只能从我们大队出。从始至终跟这个案子的只有我和狐狸两个人，狐狸晕船晕得天昏地暗，我是最合适的人选。

上船之前，海警大队对我做了一番培训，讲解了一些船上的术语和黑话，比如黑船找船员叫"上货"，一个人就是一份货，说有几份货就是招到了几个人。

班长更是手把手教我如何发送信号，告诉我只要发出信号，他们二十分钟内肯定会出现。

船员对于身高有要求，我个子高反而成了缺点。他们让我扮成瘸子，这样既不显身高，又能伪装自己。最终我顺利混上了船。

我上的船是浙渔A320，正是之前得知的与浙渔A311停靠在一起的那艘。

加上我，这艘船共招募了八个新船员。登船那天，我在身上藏了一把甩棍和一个电击枪，又带了一个针孔摄像头。

这个公司的所有人都被监控了，只要我这边发现他们的犯罪证据，海警就会立刻对他们进行抓捕。

上了船，开出一段时间后，船老大来舱里开会。这个人的长相和贾洪涛描述的一样，前半个脑袋是光头，后面还留了一撮小辫子，胳膊上有一个蝎子文身。

船老大直截了当把这次出海的目的说了出来，是捞东西而不是捕鱼。和我一起上船的七个人神色各异，有的听说一天能赚一万块很兴奋，有的则因为与之前说的情况不符而有些顾虑。

这次船开得很远，下午出发，第二天才到。

船老大让一个人先给大家示范，穿着潜水服下水，不一会儿便捞着一个碗上来。船老大说一个碗就是五百块钱，当场结账，大伙儿兴奋得跃跃欲试。

我藏在怀里的摄像头把这一切都记录了下来。

接下来该船员下水了，我借口肚子疼要去厕所，趁着船老大和其他几个人在帮着船员穿设备时，我打开厕所门做掩护，来到船头，越过一楼舱室的值班员，猫着身子上了二层驾驶舱。

"滴——滴滴——滴滴滴——"

导航仪传出声音，信号发出去了，接下来就是等待。海警的船以最大马力赶过来，需要二十分钟左右。

"谁在里面？把门给我打开！"

我没想到自己这么快就被发现了！急忙拿了一根铁棍抵在门后。

"谁在里面！是想死吗？把门打开！"船老大粗犷的声音传来。

"是那个瘸子在里面，你想干什么？"

我本来还想沉默着多拖一会儿时间，现在也顾不上那么多了："我看你们才是活够了吧？打捞文物！那是犯法的啊！我不干！"

"你不说我不说，谁知道我们在干什么，有钱拿不就行了，你有病啊！"

外面七嘴八舌地骂了会儿，安静下来，有人说："哥们儿，有话好好商量，别弄得这么僵，对谁都不好。我们只不过捞个海底的物件，这些东西泡在海底本来也没人要，捞起来还能卖点儿钱。你要想多分点儿也行，我们不让你吃亏就是。"

我顺着他的话往下说："怎么个分法？"

"这样吧，这一趟不让你白来，分你五万元！"

他们打捞文物一次下来，少则几十万元多则上百万元，用五万元来打发我，估计也是抱着拖延时间进来制伏我的目的。

"不行，太少了，我要二十万元。"

"价格好谈，兄弟你先出来，我们偏航了。"

我一边和他对话，一边四处张望。忽然，我看到驾驶舱前面的玻璃上出现一个人的手，正拿着榔头，有人从外面爬上来了！

我急忙跑过去，可是已经晚了，"咣"的一声，玻璃被砸碎了一半。这个人奋力往里钻，大半个身子都进来了，正是船老大。

我二话不说掏出电击枪，冲着他钩在舱内的胳膊上顶过去。

"啊！"

船老大发出一声惨叫，全身都在抖，手还死死扣在舱室上。我拿着电击枪又朝他头上顶过去，这次他没坚持住，松了手，直接摔到外面船板上。

"咣咣咣——"

整个驾驶舱在响，有人从下面顶盖子，有人从外面砸门，还有人想从破碎的玻璃处冲进来。

一层的盖子有床压着，门我已经锁上了还用铁棍顶住，现在最可能被攻破的就是正面的玻璃窗。

我拿着甩棍和电击枪躲在玻璃窗侧面，悄悄探头往外看。

就在我探头的瞬间，"嘭——"，剩下的半块玻璃全碎了。

枪声？！我心里大惊！

我还没反应过来，又一块玻璃被打碎了。驾驶舱一共三块玻璃，之前最左侧被打碎了半块，现在剩下的半块和中间的一块全碎了，整个驾驶舱快变成露天敞篷船了。

"接着打，打死他！"船老大在底下叫嚣。

"嘭！"又一声，这下三块玻璃全碎了。

我心里有点慌了，不敢露头。土枪的威力足够把人打残，他们端着枪在下面，离我可以说近在咫尺。

"上！"一个人的喊声传来，正好给我信号。我看见一只手扣住船舱，想都没想就用电击枪顶过去，那人身子还没探进来就"哇"地掉了回去。

我就这样在舱室里坚持着，打退了他们两波进攻。

船老大急了："把枪给我，我上去干死他！"

我暗暗捏紧了手里的电击枪，准备和他拼个你死我活。

"船上的人立即投降！你们已经被包围了！"

海警船终于赶到了！

海警一共出动了三艘船，把渔船团团围住。船上都是荷枪实弹的警察，举着冲锋枪对着船上的人。

力量悬殊，高下立见，这群人没再做无谓的反抗，乖乖抱着头蹲在地上。

我长舒了一口气，汗已经把衣服都浸透了。

我们一共抓获五名罪犯，解救了连我在内的八名船员。

事后经过反复审讯，加上在维修厂得到的黑船信息，相互印证后我们还原了案件的全部过程。

案件的主要罪犯就是船老大，其余四个是帮凶。一开始他们是打算用黑船来雇人潜水打捞文物。他们准备了两艘黑船，浙渔A311和浙渔A320。

罗英和王浩都是浙渔A311的海员，当时船老大特意挑选了没有出海经验的人，还让他们相互之间将对方设置为紧急联系人。

出海后船老大说出真实目的，有人反对不干了，要求回家。船老大凶相毕露，联合同伙将反对的人一顿毒打。罗英就是为了维护这个人后背挨了几棒子，留下了伤痕。

把船员都吓唬住以后，船老大让他们下水捞文物。刚开始大家都还配合，可船老大的要求越来越过分，捞不到文物不拉人上来。他们穿的是老式潜水服，没法自己上浮，只能靠船上的人拉。这一逼迫就出了事。

罗英在下水后，不小心被氧气管缠死，活活憋死在海底。船老大发现后将罗英的尸体放到了浙渔A320船上，声称会赔钱来稳住其他人。

这时候，王浩就感觉不妙，用随身带的手机发了信息。

船其实离岸边并不远，他们绕路只是为了隐藏沉船位置。手机虽然打不通，但时不时还能收到一点儿点信号。

王浩一共发了两条信息，一条是船号，另一条是"快来救我"。海上信号不好，只发送成功了一条。

当天晚上海上起了风浪，浙渔A311船只破旧，一个浪打过来直接将船板打碎，出现漏水并沉没。

　　船老大本来想叫浙渔A320救其他人的，可是罗英死后船老大的心态就发生了变化，他觉得还不如让这群人死了闭嘴的好，于是眼睁睁看着这一船人沉到海底，七名船员无一生还。

　　这次事故不但没让船老大收敛，反而让他发现了更丧心病狂的做法：制造沉船事故，不仅不用分给船员钱，还能保证他们不泄露自己的犯罪事实。

　　于是，又有了第二次的惨案，就是只有贾洪涛生还的浙渔A312事故。这次是他们提前计划好要将船炸沉，为了以防万一还故意将救生筏破坏。只不过没想到的是船没沉，卡在了礁石上，被我们发现。船上的八名船员，只有贾洪涛被路过的渔船救了，其余人都没有生还。

　　而我上船这一次，他们还想再制造一次海难，拿着捞到的文物跑路，将所有船员沉入大海。他们赚得盆满钵满，谁也不知海底藏着多少罪恶。

第七案

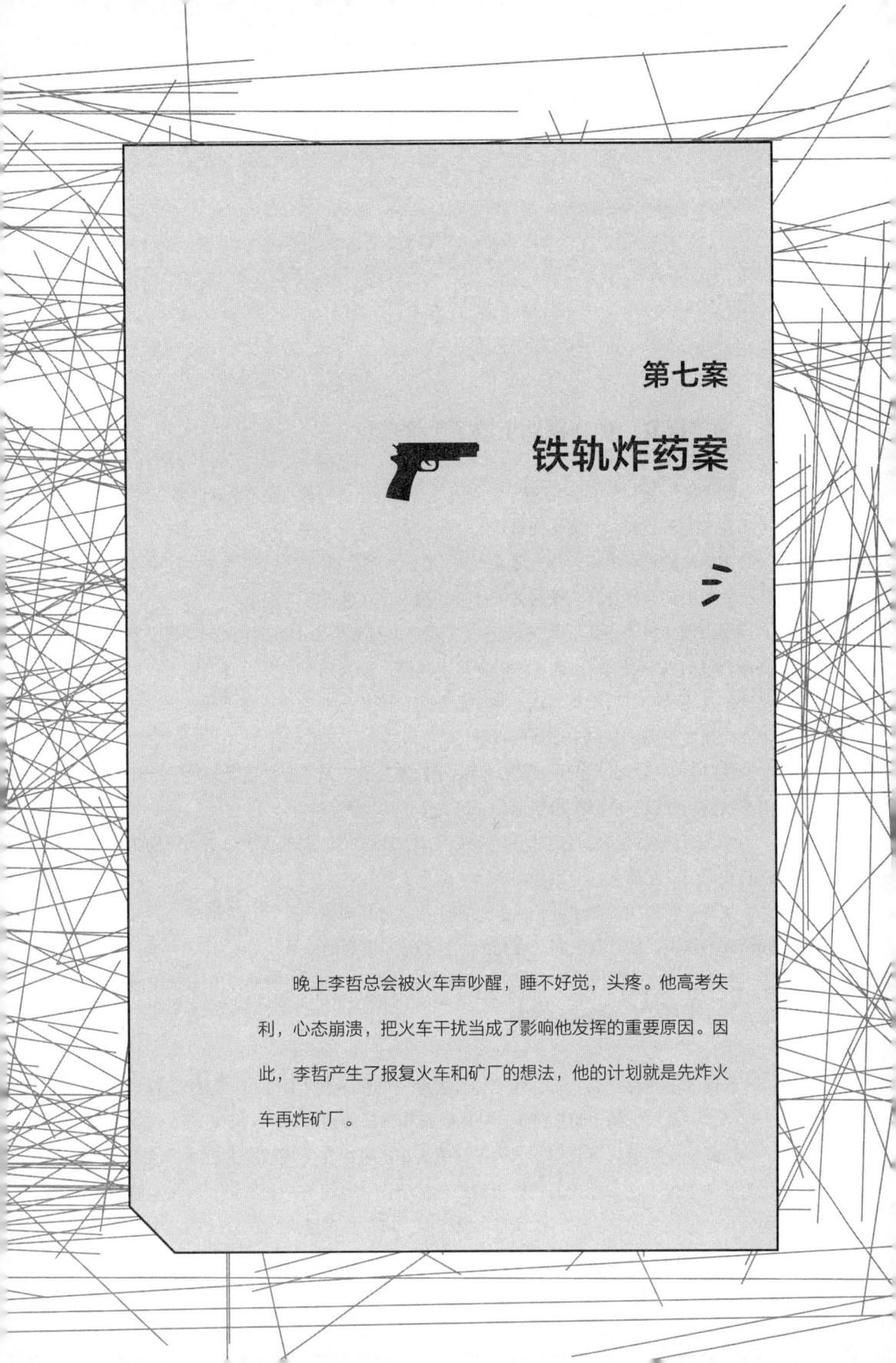

铁轨炸药案

晚上李哲总会被火车声吵醒,睡不好觉,头疼。他高考失利,心态崩溃,把火车干扰当成了影响他发挥的重要原因。因此,李哲产生了报复火车和矿厂的想法,他的计划就是先炸火车再炸矿厂。

为了报复，他在铁轨上放了个炸药包

刚上班，宋队就冲进办公室："哥儿几个跟我出去一趟，来了个麻烦事。"

在车上，我问："怎么回事？"

宋队皱紧了眉头："有人要炸火车！"

我们来到刑侦支队，铁路公安侦查处的人正在进行案件汇报。

一份刑侦报告投影在大屏幕上。三天前，列车号为H265的火车在晋宁铁路徽州段318km+276m处遇到障碍物发生碰撞，起初列车员并没有当回事，只是照常规将情况报告给列车段，列车段第二天安排人对这段铁路进行巡检，结果在碰撞处发现了一包未爆炸的雷管。

铁路公安局对此展开了调查，但由于铁路公安人员不足，所管理的辖区仅限于铁路沿线段，所以要求当地公安机关帮忙协助调查。

昨天市局经过研究决定成立一个专案组，由我们分局刑侦大队出人协助铁路公安部门一起侦破这个案件。

我看了看周围，除了我们大队的四个人之外还有五六个刑侦支队的，另外四个人不认识，估计是铁路公安局的，这都是专案组的成员。

听完报告后我们就赶赴现场，由于不是命案现场，周围并没有布置警戒带，看起来只是一段普通的铁路。

铁路的沿线都是路基石，两边种着灌木，再远一点儿是农田。远处能看到个村子，一条蜿蜒的土路穿过不远处的铁路涵洞延伸到这里。

铁路公安同事告诉我们："为了保障火车运行，在发现状况之后维护员就将雷管清理掉了。"他指着铁轨边的红色标记，"这里有一块石头，放在左侧主轨与护轮轨之间，火车将这块石头撞碎成三块，总重量为28.6公斤。"

沿着撞击点向北2.7米的地方，我们在铁轨左侧和枕木的连接处发现一个灰色布包，里面是用白色塑料绳捆在一起的四根雷管，雷管长13.5厘米。其中四根雷管引线缠在一起，最长的一根引线端只剩下一个拉火管，地上有一些黄色粉末。"

"现场发现的东西在哪儿？"我问。

铁路公安的同事搬来一个纸箱子，里面有三块石头、四根雷管和一堆散落的物件。雷管已经被拆掉了，里面是空的，只剩下引线。

"这也是在现场发现的？"我拿起一个被撕开的火腿肠包装问道。

"这些东西是我们在事发现场前后延伸四百米收集到的，但不确定和嫌疑人有没有关系。这条铁路上十几分钟就有一趟车，车里的人经常随手往外扔垃圾，维护员沿着铁轨走，一天能捡好几车垃圾。"

我仔细看了下箱子里的垃圾，除了火腿肠包装之外，还有方便面的包装袋、纸杯和苹果核之类的。

"这个爆炸物原本是什么样的？"黄哥蹲在地上摆弄空心雷管。

"我们也不清楚，当时是排爆的人来把雷管直接拆掉了，里面的火药都被倒了出来。"

我和黄哥带着零碎的雷管找到排爆大队的人，让他还原下现场的情况。

排爆大队的人说："这个炸药包制作得很粗糙，四根雷管捆在一起却连基本的串并火线原理都不对。雷管筒有些锈迹，上面沾着黄色的火药粉，四条引线露在外面，其中三条引线附在一条引线上。

嘿，这个制作雷管的人估计是把雷管当作鞭炮了，以为把线串在一起就能一起引爆。而且当时我们发现的时候，雷管上只剩引火线，没有导火索，也就是说这个雷管根本没法点燃。总的来说，做这个的人没什么经验。"

"雷管是列管爆炸物，一般人能弄到吗？"我转头问黄哥。

黄哥想了想："来的时候，我就看到有载着石头的货车开出去，那边好像有一个矿厂。采矿常用雷管爆破，我们可以去看看。"

我点点头。这个案件的突破口就是雷管，国家对于雷管的管制特别严格，只要找到雷管的来路就能找到罪犯。

宋队立刻安排我和黄哥去矿厂调查，其他人以案发现场为中心扩大面积进行摸排。摸排可以说是最费时费力的工作，不到万不得已的时候没人会选择，但现在的情况已经让我们没有选择的余地了。

事发地点在铁轨边，放眼望去周围都是农田，距离最近的村子有四五百米，别说监控了，连盏路灯都没有。

摸排的目标很明确，一部分去周围的村子打听，看看最近有没有可疑的外来人出现。排查的范围是方圆三公里，共涉及八个村庄。而我和黄哥则去寻找雷管的来源。

我和黄哥来到矿厂，这个矿厂是开山建成的，看上去很简陋，几个板房就是办公室。我们走到半山腰，穿过一片空地看到一个矿洞，一根长长的电线拉了进去，地面上还有生锈的铁轨。

我们找到矿厂的负责人，一问心就凉了半截。

这个矿厂是一个镁矿，只有一个矿井，有一百多米深。为了安全，早就不使用雷管了，现在使用的都是小型定向爆破。而且这个矿已快枯竭了，估计年底就要关闭。

我和黄哥无奈，只能回到村子里。专案组的同事已经来过了，没什么有用的信息。

我们找到了村主任。他四十多岁的样子，大腹便便，穿得倒很整齐，脚上锃亮的皮鞋与泥泞的村中小路完全是两个画风。

见了我们，村主任倒是很热情，笑得嘴角咧到了耳根，露出几颗大金牙。

村主任向我们介绍了村子的状况：村里一共二十几户，不到一百人，一半人务农，一半人在矿厂打工。白天进了村子只有老人和小孩儿，种地和打工的青壮年得晚上才能回来。

这个村主任东家长西家短的讲得滔滔不绝，黄哥在认真做笔记，我听得有点头晕，起身出去透透气。

其实比起能侃的村主任，我更希望找到村里的村民了解情况，也许能找到案件的突破口。

正想着，我看见一个年轻人从村口的小卖店走出来。他看到我之后特意将头转过来盯着我，往我这边走来。

"你是这个村子里的人吗？"我问。刚才村主任还说村里白天几乎看不到年轻人了，这突然就蹦出来一个。

"你是警察吗？"他没回答我的话，还反问了我一句。

我饶有兴趣地看了他一眼："你怎么知道？"

今天我并没有穿制服，他居然一眼就看出来了。

"村里就这几个人，谁还不认识谁啊。这几天好多警察来这里，我也被问过话，你们是不是在查铁轨被放炸药的事情？"

"嗯。"

这年轻人挺机灵的，我正愁找不到合适打听消息的人，他倒是个不错的对象。

"你叫什么名字？多大了？在村子里住吗？"

"我叫李哲，今年十九岁。"

"你上大学了？"我又问。

"我明年上高四。"李哲回答。

原来是个准备复读的孩子，我重新打量他，他穿一条卡其色休闲裤配白衬衫，脚上的白胶鞋已经泛黄，但是擦洗得干干净净，和村子里大多数人的打扮格格不入。

"好好加油复读，争取考个好大学。"

"我已经考了我们村的第一名了，但是也没什么用，只能上个三本，学费太贵，家里给不起。我自己打工再复读一年，我要考一本！"他握紧了拳头，眼神很坚定。

我拍了拍他的肩膀，掏出两百块钱："这个，算是我自己的一点儿心意吧。你好好加油，以后会有出息的。"

他犹豫了一下，接过钱，小声地说："谢谢……"

我准备再去别处查看一下，他又叫住我："我……我有线索想举报……"

他这话让我又惊又喜：惊的是我以为他在学校读书与村子脱节，已经放弃了从他这里得到消息的可能；喜的是我们正愁找不到案件的突破口，他却说能提供线索。

"你能提供什么线索？"

"我举报村子里的采矿厂污染环境。这个厂除了镁矿还采煤，煤中有大量的硫元素，在开采的过程中会渗到地表酸化土壤，影响地下水。我们村子里喝的水都是取自地下水，现在根本没法喝，水里一股怪味！"李哲说得很严肃。

我有些失落，没想到他说的线索是这些。我想了想，环境问题需要先做鉴定，确定有犯罪事实后公安机关才能立案。

"这种事情需要先找环境监测局来做鉴定，公安机关没法直接立案。"我对李哲解释了下专业流程。

"这个还用检测吗？你现在来我家，我家的自来水其实就是地下井水，我接点给你尝尝，你一喝就知道了，都是酸的！酸的！"李哲越说越激动，用手过来拉我。

"你等下，这种事情的确不归我们公安机关管辖，要是你家的井水有问题的话，你可以先去找村委会，让他们联系环保局来调查。"

"哼，矿厂和村委会都是一伙的，他们只顾着采矿赚钱，哪里还管井水好坏。村主任家在镇上，人家天天喝的是水库的自来水。"李哲愤愤不平。

"你如果不放心的话，我可以帮你联系一下环保局，看看他们能不能来取样检测。"我安慰他说。

李哲面色稍缓："你们过几天就走吗？"

"我们还在查案，暂时不会走。"

"其实……我还有个线索，我经常看到村里有个人在铁轨附近转悠，他叫马伟勇。"

"你之前没和警察说吗？"李哲说他被问过话，专案组每天晚上都要对所有获得的信息进行汇总，怎么这么重要的信息我没听说过？

"没有，之前我向他们举报水被污染的事，结果都说管不着，我就故意没告诉他们。"

这个情况很重要，我急忙找到黄哥说这件事，带着村主任和他一起去马伟勇家。

一进门我就愣住了，院子中间有个竹藤摇椅，一个男人坐在上面摇来摇去，冲我们"嘿嘿"直笑，嘴边还挂着口水。

"咋的啦？咋来这么多人？都是干啥的？"屋子里走出来一个女人，村主任说这是马伟勇的母亲。

"你是不是叫马伟勇？"黄哥上前问他。

"咋的啦？别吓唬他，他有点彪。"马伟勇的母亲说。

"什么？彪？"

"她说马伟勇的脑子有点问题。"村主任在一旁用手指了指自己的脑袋。

"他这病多长时间了？"我问马伟勇的母亲。

"自小就这样。"

我看了看黄哥，我俩面面相觑，一时间不知道该怎么办。我们把他当作嫌疑对象，带了两副手铐准备来抓捕，结果却是这样。

"马伟勇，你能不能听懂我说话，我想问你几个问题。"我轻声试探马伟勇的反应。

"警察同志，你想问什么告诉我，我帮你们问，他一般不和外人说话。"马伟勇的母亲说。

"你问问他四天前是不是去村西边的铁路那儿溜达了？"我说。

"大勇子，你前几天是不是去火车道了？"

马伟勇没回答，点了点头，继续摇椅子。

"你问问他去干什么了？"我说。

"大勇子，你跑火车道去干啥？"

"玩。"马伟勇只说了一个字。

这下麻烦了，以马伟勇这个状态，根本无法交流。

"这么问下去可不行呀。"黄哥说。

"排爆队的人说了，爆炸物很业余，连导火索都没有，根本没法爆炸，会不会是他胡乱放在火车铁轨上的呢？咱们把东西拿过来让他认一认。"我说。

"试试看，看他会不会弄。"黄哥点头。

我把现场发现的东西取回来，当着马伟勇的面依次摆开四根已经去掉火药的雷管，四根引线，一个灰色包，还有白色的麻绳。

"让他把这些东西弄到一起。"我说。

"大勇子，你把这些玩意儿鼓弄一下，快点。"

马伟勇听母亲的话，蹲下来开始鼓弄这些东西。这些东西在他的眼里就是玩具，他一会儿拿起一根雷管翻看一番，一会儿把书包倒过来放着，一会儿又把麻绳缠在手上。

他捣鼓了半天，也没把四根雷管捆到一起，更别提把引线接好了。我和黄哥对视了一眼，摇了摇头，估计这事和他没什么关系。

案件到现在已经过了五天，专案组的压力越来越大，可是我们连嫌疑人的影儿都没见着。

不过，我们调查马伟勇的事给专案组提了个醒，宋队让我和黄哥一定要把这个村子的每一个人摸透。现在专案组已经查了距离事发地点两公里外的村子，毫无收获，我们可能还需要跟随着他们的步伐再查一遍。

我们又找到了村主任，村主任深度挖掘了脑细胞，事无巨细地给我们讲了讲村里的人。

我突然想起李哲："听说李哲没考好要复读？"

"咱们村子里没有大学生，这是最有希望的一个，村里都定好了，只要他考上大学就给三千元钱奖励，结果李哲高考的时候没发挥好，只上了一个三本，三本贵啊，一年学费一万多，他家交不起。他想复读，可是家里不让，说没钱供他，非得让他回来务农。"

"复读一年能花多少钱？他家条件很困难？"我说。

"他父亲整天喝酒不干活，母亲还有点残疾，让他读高中就已经很勉强了，还是全村人帮着凑的钱，再想复读可就难喽。"

第六天，我和黄哥依旧在村子里挨家挨户地询问，问的问题就那几个，不光是村民很敷衍，连我都感觉有些枯燥。

趁着黄哥在村民家谈话，我从村民的院子里溜了出来，迎面又碰上了李哲。

"你们要挨家挨户地查吗？"李哲问。

"嗯，必须把放炸药的人找出来。"我说。

"水质监测的事，你帮我联系环保局了吗？"

"联系了，联系了，他们说过几天给答复。"这两天查案焦头烂额，我把这件事忘了，急忙编了个借口。不过，既然已经答应他了那么我肯定会做到，我暗暗提醒自己，记得打电话问一下。

"我有个情况要举报，我听说放的炸药是雷管制成的，我知道哪里有雷管。"李哲一板一眼地说。

这小子，真鬼！

"你都知道些什么？"

"我们村子里有一个小卖铺，他家有雷管，我在他家买东西的时候看到的，大概这么长的一个圆筒形状的管子。"李哲用手比量了一个长度，有十几厘米的样子。

"小卖铺怎么会有这种东西？你是什么时候看见的？"

"昨天我去的时候还有，他们把雷管藏在货架最下面。"

李哲说的是村子里唯一的小卖铺，村里人需要的日用品都是去那里买，也是村子里人员聚集的地方，这么一个人来人往的地方却没人发现有雷管？我和黄哥在村子里待了三天，从来没听人说过小卖铺有雷管的事情，难道是村民故意隐瞒？

我和黄哥来到小卖铺，这时候正值中午，店里没什么人。卖的东西有一半摆在前面的玻璃柜里，另一半放在后面的货柜上，卖货的人就在玻璃柜后面站着算账。

平时村里的人相互之间很熟，可以自己直接去后面的货柜把要买的东西拿出来算账，而卖货的人也不会一直在玻璃柜后面站着，我去的时候他正好在屋外坐着。

按照李哲的说法，我来到后面的货柜，俯下身子往下面看，我能看到最里面有一个草绿色的编织袋，我一使劲把编织袋拉出来，撕开一个口子往里一掏，摸出一根雷管。

"这是什么东西？"黄哥语气很严肃。

"啊！啊？什么东西？这是……这是……是……雷管啊！"店主有些不知所措。

"你这儿怎么会有这种东西？"

这根雷管和之前在铁轨上发现的一样，灰色的铁皮上下两端有黑色胶布，胶布旁边沾着黄色的粉末，顶部泛出粉红的颜色。顶端打火口伸出一根大约有五厘米长的引线，引线连着一个导火索。我把雷管拿上来，从下面撒出了一些黄色粉末。

"这个……这个……这是……是……别人，别人放在我这儿的。"店主磕磕巴巴地说。

我俯下身子把货柜下面的绿色编织袋拿上来，将里面的东西统统倒到玻璃柜上，一共十一根雷管。

"谁放在这的？快说！"我冲着店主吼道。

"老六，马老六放的。"店主回答。

这个村子里一共两个姓，一个李姓一个马姓，全村上下都沾亲带故。

"马老六是干什么的？他从哪儿弄到这么多雷管？他现在人在哪儿呢？"黄哥将店主按到玻璃柜上。

"马老六没干什么呀，就是在家里待着，我也不知道他从哪儿弄的那么多雷管，他说他家在背阴面，怕雷管受潮，所以才放在我这儿……哦，对了，他还说这个雷管漏火药，怕家里的猫碰着，所以才放在这里的。"

我和黄哥一边喊人一边往马老六家里赶，到地方发现他人不在，马老六的媳妇说他去地里干活了。

听到这，我稍舒了一口气。

现在整个村子都知道我们在追查有人用雷管炸铁轨的事，如果是马老六干的,他怎么还能若无其事地去地里干活?

我们带着马老六的媳妇在地里找到了马老六,果然不出所料,马老六说自己是用雷管来炸鱼。

在村子不远处有一个水库,马老六爱去水库炸鱼,一根雷管扔下去,能炸起来好几条。

炸鱼是违法行为,马老六都是晚上偷着去,他怕别人知道所以才把雷管藏在小卖店,每次回来都和小卖店分鱼。

"那这些雷管你是从哪儿弄来的?"我问。

"这些都是我从矿上偷的,以前我在矿上干活,现在矿越来越少,用不了那么多人,我就没再去。"马老六越说声音越小。

根据《刑法》的规定,炸鱼必须性质很严重才能够犯罪,马老六的这种行为只能是治安处罚。但他偷雷管就不一样了,这可是盗窃罪,够刑拘的。

"从矿上偷的?矿上怎么会有雷管?现在那里不都已经是定向爆破了吗?"我奇怪地问。

"以前确实用过定向爆破,后来听他们说太贵了,不如雷管开凿来得便宜,所以矿上偷着买了不少雷管,都藏在仓库里。"

"矿上有看门的,仓库也锁着,你怎么能偷出来这么多雷管?"

"看门的是我们村的人,我去的时候他都不管,有时候矿上晚上有车拉货的话仓库门就不会锁,我就趁机摸进去拿几根雷管。"马老六回答。

转了一圈又回到了矿厂,雷管的来源总算是找到了。按照从物到人的侦查方向,炸火车的人使用的雷管十之八九就是从矿厂偷出来的,也就是说罪犯很可能就是在矿厂工作的人。

马老六告诉我们矿厂仓库里面还有一个地下库,就在磅秤的旁边,用手一拉就能把门掀开,雷管藏在下面。

我和黄哥返回矿厂,和我们一起去的还有其他十几个警察。

一群人浩浩荡荡地冲进去,负责人没来得及搭腔,我们就将磅秤旁边的木头板拉起来,露出了地下室入口。

我用手电筒照了照,隐隐约约地看到里面有不少箱子,上面写着一个大大的"爆"字,应该都是雷管。

我起身冷冷地看了眼矿厂的负责人,他一句话说不出来,手抖得厉害。

我们把马老六、小卖店的店主、矿厂的负责人带回公安局开始进行审讯。

"你们一共偷着买了多少雷管?"

"我们一直在用雷管开山,最早买了一箱,后来一直是五箱五箱地买,到现在买了多少也没统计。我连仓库里剩多少都不知道,平时需要开凿的时候,直接让人下去拿就是。"

"那一共用了多少雷管?"

"不知道,没有统计,这玩意儿便宜,比定向爆破便宜多了。"

"你们这一天连雷管的使用量都不统计,出了事怎么办?别人从你这儿把雷管偷走怎么办?"

"这是老式雷管,威力大,不安全,而且质量不好经常漏火药,应该……应该没有人会偷吧……"矿厂负责人满头都是汗。

"没人偷?那在铁轨那里发现的雷管是怎么回事?这明明是有人要用雷管炸火车!你知不知道这件事情有多严重?炸火车?这是爆炸罪!够枪毙的了!我们现在判断炸火车的雷管就是从你们这里偷的!出了这么大的事,之前我来问你,你还撒谎!"我提高了嗓音。

"我也是知道有人炸火车后很后怕,这几天都没敢让他们用雷管了……只要在矿上干过活的人都知道仓库里面有雷管,但藏在哪儿就没多少人知道了,能下井使用雷管的只有五六个人,他们知道仓库木板下面还有一个储藏间。"负责人的脸都白了。

"这五六个人都是谁?你把他们的名字都说出来!"

负责人开始老老实实地配合交代,把能接触到雷管的六个工人全交代出来。

我们开始对六个人挨个进行询问,但发现他们都是很本分的人,没有作案时间,连作案的动机也没有。

这下奇怪了,找到雷管却不知道是谁偷走的。

"对了,有几个工人现在不干了,他们中还有人知道雷管放在哪儿。"

负责人把之前员工的登记本拿出来,一直翻到最后,上面有两排名字,其中一个名字画了一个圈,后面登记的工作时间是一个月。

"这个人也下过井,但是在这儿干活时间不长,只干了一个多月。"

名字是两个字的,我很熟悉——李哲。

我和黄哥赶到李哲家,李哲不在家,是他妈妈打开的院门。我看到她戴着胶皮手套,身上的围裙还沾着血迹。

院子里有一个红色的盆，里面都是血水，旁边放着两只没了脑袋的鹅。

我们走过去，院墙旁边的缸里泡着几个白色的蛋，比鸡蛋大好几圈。

黄哥一看："哟，这是下蛋鹅啊，怎么给杀了呢？"

李哲的母亲抹了抹眼睛："鹅死了……造孽啊……家里就指着这两只鹅下蛋的，突然就死了……造孽啊……"

院子侧面有一个空空的草棚子，外面有食槽和水盆。我随意瞄了一眼，里面铺着的草已经被挪出来了，在空荡荡的泥地上有一撮撮分散的黄色粉末，是火药粉！

难道鹅是吃了火药粉被毒死的？我想起矿厂的负责人说，他们买的雷管比较简陋，经常漏火药。难道这里也藏过雷管？

"黄哥，黄哥！"我急忙跑进屋，将情况给黄哥说了一遍。李哲的母亲也跟了进来。

黄哥一把将还在床上打呼噜的李哲父亲揪了起来，他半睁开眼，打了个响亮的酒嗝儿，浓重的酒气和食物腐败的气味让我差点吐出来。

"你家里有没有藏过雷管？"

"雷管？什么雷管？我家哪儿有那种东西？"李哲的父亲又打了个酒嗝儿。

"那你们家的鹅是怎么死的？"

"鹅怎么死的？"李哲的父亲转过头问李哲的母亲。

"早上他说鹅死了，让我把鹅收拾了，怎么死的我也不知道。"

"李哲哪儿去了？"我又问。

"不知道，一大早就走了。"

我发现李哲家里的情况有点不对劲。他父亲什么都不知道，就是一个酒鬼；而他母亲则感觉有些木讷，问什么回答什么，不是很关心李哲的样子。

我开始打量屋内陈设。这家很清贫，东西都是十几年前的物件，最新潮的东西恐怕就是液晶电视机了，上面还贴了一个下乡扶贫的标签，看来是村里送的。

"你们家怎么还有方便面？"黄哥问。农村平时一日三餐都是自己做，很少有人吃这种东西。

"李哲就爱吃这个。"李哲的母亲说。

"我说过多少次这玩意儿浪费钱，在家吃什么方便面，自己做的饭不能吃吗？我让你把这箱方便面送到小卖部怎么你还没去送？"李哲的父亲开始朝李哲的母亲吼。

"这面你看着眼熟吗？"黄哥拿出一包方便面来。

我一看，前几天在现场收集到的物件就有这款方便面的包装袋。

"李哲喜欢吃这个方便面？"我又对他母亲问道。

"对，他喜欢直接撕开吃，这是我们镇上的面。"

我拿起一袋方便面一看，龙华方便面，生产地址就是镇上。

本地产品？我脑子好像被人敲了一下似的。

"黄哥，这款方便面是本地生产的，产量应该不大，我也没在超市看到过，可能就这几个村的人会买。"

黄哥眼睛一瞪，我知道他也明白我的意思了。

我们把现场发现的纸杯、方便面包装还有火腿肠肠衣都当作火车上扔下的垃圾，没想过是罪犯留下的。

因为我们压根儿就没考虑一个想炸火车的罪犯怎么会有心情在现场吃东西，也许我们一开始就想错了，这个罪犯并不是一个成熟的成年人。也只有一个不成熟的人才会做出用雷管炸火车这种事，还天真地以为把雷管的引线绑在一起，就会像放烟花一样全部炸开。

必须立刻找到李哲！

我和黄哥扔下屋子里一脸茫然的李哲父母冲了出去。我拿出电话开始向专案组汇报，而黄哥则在村子里一路打听李哲的去向，有人说看到李哲往矿厂那边走了，我们急忙赶过去。

到了矿厂一问看门的人，他说李哲刚进去，直接往矿洞那边走。我和黄哥追了上去，在矿洞口看到李哲正在往下井电梯里面钻。

"李哲，你站住！"我大喊了一声冲了过去。

李哲也看到了我，转过身我看到他一只手捂在衣服里，另一只手里拿着一袋方便面，嘴还在不停地动。

"你别过来。"李哲说着把捂在衣服里的手拿了出来，我看到他手里握着一根雷管，和之前炸火车的雷管一模一样，灰色的外皮。

我还没追上去，李哲按下了电梯开关，一阵"咔嚓"声响，电梯猛地颤了一下，又停住了。

李哲急忙用手使劲拍按钮，我一步冲上去，用手抓住他握着雷管的手，把他往电梯边上推。

下井的电梯很简陋，周围都是用铁丝网拦着的。我将李哲推到电梯边上，抓着他的右手使劲往铁丝网上砸，李哲吃不住疼，手里的雷管落到地上。还没等他反应过来，我俯下身子抱住他的腰将他摔在电梯上。

　　这种下井电梯只是靠几根缆绳拴着，我们一番动作，电梯晃个不停。幸好黄哥及时赶来，帮我一起将他制住。

　　"放开我，让我死吧！"李哲开始大声嘶喊。

　　"你这是在干什么！炸完火车还想炸矿厂？"我死死地将李哲按住。

　　最终，给他戴上手铐押上车。

　　"辰哥，环保局的人什么时候才来检查水啊？"李哲上车后，这样问我。

　　"放心，明天就来，我带他们去矿厂检测。"

　　李哲长出了一口气，一言不发。

　　在审讯室里，李哲交代了预备炸火车的过程。

　　他从矿厂里偷出来四根雷管，做成了一个简易炸药包。他没用过雷管，在网上看到是使用导火索引爆，以为使劲撞击导火索就行了，于是晚上把装有雷管的包放在铁轨下面，用一个石头把导火索压在铁轨上。

　　结果火车开过去把石头撞碎了，导火索也不知飞到哪儿去了。

　　后来李哲看事情越闹越大，便自作聪明主动出来提供线索，想转移我们的注意力。结果没想到弄巧成拙，我们开始对矿厂进行调查。在巨大的心理压力下，李哲几近崩溃，最后竟然想用雷管把矿洞炸了寻死。

　　李哲是村子里唯一一个有希望考上大学的，可是他的父亲酗酒，对他不闻不问，母亲智力有缺陷，对他提供不了任何帮助。

　　村子里的人每次见到他都喊他大学生，让他压力越来越大，他甚至觉得村里的人是在故意嘲弄他。

　　晚上李哲总会被火车声吵醒，睡不好觉，头疼。他高考失利，心态崩溃，把火车干扰当成了影响他发挥的重要原因。

　　随后他回到村子去矿厂打工，看到了矿厂挖煤，发现煤有硫化物污染环境，便感觉村里的水都被污染了，自己头疼就是因为喝了被污染的水。因此，李哲产生了报复火车和矿厂的想法，他的计划就是先炸火车再炸矿厂。

　　事后，我联系了环保局，提出对村子附近的矿厂进行环境检测，也算是完成了对李哲的承诺。

第八案

雪糕杀人案

儿子在学校老被欺负这件事已经成了卓跃军的心病,尤其是当他妻子在学校给他打电话说任宇的家人根本没出现的时候,卓跃军怒火中烧,决定要自己代替任宇的家人对任宇进行管教。

冰激凌杀人事件： 别贪吃，会死！

一大早我就接到消息，有一个小孩儿失踪了！

到了派出所一问，小孩儿家属昨晚就来报失踪了，派出所值班的民警帮着找了一晚上，结果毫无头绪。

今早大家都觉得情况不妙，一个二年级的孩子失踪，到现在毫无消息，只怕是出事了，于是通知了刑侦大队。

失踪的小孩儿叫任宇，放学后他和同班其他几个学生被托管班老师接到托管学校。

这个托管学校不大，是用一个居民楼一层改建的，一共五个班级，加起来四十多个孩子。

托管班四点开始组织孩子写作业，五点后陆续有家长来接孩子。托管班建在一个封闭的小区内部，托管老师经常让小孩儿一起到门前的空地玩。昨天任宇在空地玩，下午五点四十分左右，任宇的母亲来接孩子，托管班才发现任宇不见了。

"托管班有监控吗？"我问派出所的同事。

"班级里面有，但是门外空地没有，小区比较老，也没监控。"

"托管班的人能提供什么线索吗？"

"当时托管班的老师在屋里，没注意外面的情况，能看到小孩儿走失的只有当时和他一起玩的孩子。我们接到报警的时候很晚了，没法联系到托管班其他的孩子。"

"我还是先向关系人了解下情况吧，谁在所里？"

"询问室里坐着的是托管班的老师，调解室里坐着的是失踪孩子的家长。"值班同事指着走廊左右两间屋子说道。

我走进询问室，看到一个四十多岁的女人瘫在椅子上，她两眼乌黑，头发蓬乱，精神状态很差。

"我是刑侦大队重案队的，来问问走丢孩子的事情，你能提供什么线索吗？"

"我不知道……我当时在屋子里……这也不能怨我，我们一直都是这样的，也没丢过孩子，呜呜呜……谁知道能出这种事情？呜呜呜……"

我刚问了一句话，托管班的老师就情绪崩溃了，抱头痛哭。我又问了几个其他问题，她哭得上气不接下气，没办法，我只好转向调解室去问问孩子家长。

"你好，我是刑侦大队的，你能详细说下走失孩子的情况吗？"

"情况？你是警察你来问我孩子的情况？我的孩子丢了！我要是知道孩子的情况还来这里找你们干什么？一晚上你们在这儿问来问去的，还不赶紧去找孩子！问能把孩子问出来呀！"孩子的母亲冲着我吼道。

我本想详细了解情况，被她一撑，后面的话全憋嘴里了。不过我没和她计较，自己的孩子走丢了，她的焦急我能理解。

正巧孩子的父亲买早饭回来了，他情绪比较冷静，给我说了孩子的大致情况。

昨天任宇穿的是校服，里面有一件蓝色短袖，鞋是墨绿色的运动鞋，书包是浅蓝色的，后面有一个奥特曼头像。

小孩儿的父亲拿出手机给我看照片儿，胖乎乎的一个小男孩，虎头虎脑的，看着挺可爱。

我把小孩儿的照片儿打印了几份，和狐狸一起沿着托管班开始一户户走访。别看狐狸平时懒洋洋的，总喜欢偷懒耍聪明，可是听说孩子走丢了，他干起活来毫不含糊。

我们沿着马路边的商铺一户户出示照片儿，很快警察找丢失小孩儿的事情便传播开了，不少热心市民都向我们打听情况。

人多力量大，很快我们就收到了消息。有一个环卫工人在打扫的时候发现了一个儿童水壶，看水壶很新，就留了下来。我立刻拍了水壶的照片儿发回所里，经家长辨认，正是任宇用的水壶。

"这个水壶是在哪儿找到的？"我急忙问环卫工人。

"前面路的拐角，一个小店旁边。"

我和狐狸来到拐角的小店，那是一个卖零食的小商铺。

"你好，我们是刑侦大队的，环卫工人说昨天在你店门前发现了这个水壶，你还有印象吗？"我举起水壶问。

"水壶？噢，噢，有印象，这个水壶是我让环卫工人拿走的。"店主说。

"什么意思？你说详细点！水壶是你发现的？在哪儿发现的？"狐狸急忙追问。

"昨天有辆车路过这里的时候，从车里扔出来一个书包，有人下车把书包捡回去，但水壶落下了，应该是从书包里掉出来的。我看水壶挺好的，应该还能用，就让环卫工人拿走了。"店主回答。

"车？什么车？"

"应该是一辆灰色的轿车，车牌我没注意。"

"你这儿有监控吗？"我问。

水壶是任宇的，那么书包应该也是他的，他很可能就在那辆车里。如果他不是自己走丢而是被人开车带走的，事情恐怕就严重了，很可能是拐骗小孩儿，甚至是……我不由得想到前不久破获的案子，舅舅为了钱将自己七岁的外甥活活勒死，案件初期的情况和现在如出一辙。

"嗨，我这么小的店还要什么监控呀……"

我和狐狸从店里出来。我站在人行道上张望。路边一个监控都没有，附近几条路的路灯都还是老式的弧光灯。

"事情麻烦了，小孩儿不是走丢，而是被拐走了。你快打电话向大队汇报一下，需要增加人手。"狐狸皱着眉说。

在发现小孩儿很有可能是被拐跑后，我们整个中队全上了。以小店为田字中心，将周边分成四个区域进行地毯式的搜索。

我和狐狸一队，对沿途的每间店铺进行询问。这里情况比较特殊，居民区的道路四通八达，呈放射状辐散，每一条路都能通到不同地方，排查工作量很大。

中午的太阳晒得人抬不起头，我的衬衫早已被汗浸透。一上午，我们走访了十几家商铺，都没有收获。

这时候，派出所来电话了，他们说任宇家长收到了勒索短信。

我脑袋"嗡"的一声，最不愿见到的情况还是出现了。

我们立刻赶回局里开紧急会议。

勒索短信只有一句话："你们的孩子在我这儿，明天准备五十万，不要报警。"

发信息的号码是未实名的手机卡，我们拨打了这个号码，和预料的一样，手机关机了，想来在下一次联系之前这个手机是不会开机的。

"你们好好想一想，什么人会绑架你们的孩子？"宋队问任宇家长。

孩子父亲用手抓着自己的头发，使劲回想，孩子母亲在一旁号啕大哭。

这种绑架案件有一个特点，那就是十之八九都是熟人作案。只有熟悉的人才会了解家庭经济状况，提出合适的金钱要求。这一类案件侦破的主要工作方向是家属，我们现在能做的有限。

"我想不出来……"小孩儿父亲痛苦地说。

"你们警察不是能定位手机吗？你们定位刚才发短信的手机啊！抓他啊！"小孩儿母亲忽然站起来说。

"手机发完短信就关机了。"我说。

"关机了也能定位呀！你们赶快定位，定位就能找到孩子了！快呀！"小孩儿母亲好像抓住了救命稻草一样。

"你电视剧看多了吧？手机关机没法定位！"宋队严肃地说。

小孩儿母亲终于不再哭闹，坐到了一旁。从我见到她第一面开始，她就没对小孩儿失踪提供过任何有价值的线索，一直处于歇斯底里的状态。

"咱们现在也不能在这里坐以待毙，只等绑匪联系我们，得主动出击。星辰，你说有个店主看到书包是从灰色车上扔出来的是吧？是什么车？"宋队问我。

"没看清是什么车，只知道是辆轿车。"

"好，时间差不多了，学校也快放学了，你和狐狸去托管班，从班里的小孩儿入手，看看能不能问出任宇是被谁带走的，昨天在外面一起玩的小孩儿肯定有人看见。其余的人去查车，把这一片区域内所有的灰色小轿车全找出来。"

我和狐狸来到托管班，时间刚好三点半，托管班距离小学只有几百米，陆陆续续有老师带着五六个孩子返回托管班。

对于未满十六岁的小孩儿，警方不能单独进行询问，我们只能等他们父母过来。直到下午五点多，我们才遇到任宇班里第一个来接孩子的母亲。

我亮明身份说出来意后，这位母亲很爽快地同意了，她把孩子接了出来。

"小朋友，叔叔是警察，想问你件事。"我没穿警服，只能拿出警官证，心里想二年级的小孩儿应该认识"警察"这俩字吧。

"小朋友,你认识任宇吗?他是你的同学吧?"

"认识。"小男孩依偎在妈妈身边,用手捂着脸有些害羞。

"你们昨天下午在一起玩对不对?他是被谁接走的,你能想起来吗?"

"我不和他玩,不知道。"小孩儿有点不高兴。

"诺诺,这是警察叔叔,你平时不是最喜欢警察吗?现在警察叔叔问你的问题要好好回答。你们班的任宇小朋友走丢了,今天都没来上学,你快想想昨晚他是和谁一起走的?"小孩儿母亲蹲下来对他说。

"任宇最讨厌了,我才不和他一起玩。"小孩儿嘟了嘟嘴。

"怎么回事?他欺负你了?"我也蹲下来问孩子。

"他老是打我,上次都把我头打破了,好痛好痛的。"小孩儿一边说一边捂住自己的头。

"那个……警察同志,要不你们先等等,我来问问他。我孩子以前和任宇打过架,小孩子嘛,今天打架明天就和好了,可能他现在还有气,我先劝劝他。"

我点了点头。

"你在这儿陪着这家孩子,我去问问另一家试试。"狐狸对我说。看到又有家长来接孩子,他准备和我分头行动。

过了一会儿,这位母亲站起身,对我摇了摇头,告诉我小孩儿也不知道任宇是被谁接走的,只看到他上了一辆轿车。

"是什么车?不对,是什么颜色的车?"我觉得一个二年级的小孩儿恐怕根本弄不清车的型号。

"银色的车。"小孩儿怯生生地回答。

之前店主看到书包是从灰色的车里扔出来的,这个小孩儿却说任宇上的是一辆银色的车。我正想继续问问小孩儿能不能搞清灰色和银色的区别,听见狐狸那边好像快吵起来了,急忙走过去。

"这位家长,你冷静点,我们只是想问问孩子有没有看见任宇跟谁一起走的。"狐狸在对一个家长解释。

"我孩子说没看见就是没看见,你也不能逼着孩子想吧?再说了,如果是别的孩子的事情,我家小孩儿还能记起来,任宇他打过我孩子好几次,现在我家孩子一看到他都到处躲,你还让我家孩子去想任宇的事,你们这么做是不是有点过分?"家长很生气。

"你家孩子也被任宇打过？"我走过去问。

"对，这个班的哪个孩子没被他打过？好在我孩子和他在学校不是一个班的，你可以去学校打听打听，任宇是个什么样的孩子，我们都想集体提出申请让他转学。"家长说。

狐狸挠了挠头没吱声。

从这些家长的态度我们能发现，任宇可能比较调皮，爱欺负人，这些小孩儿不太爱和他玩。

我和狐狸一直待到托管班的孩子全被接走，也没问出是谁接走了任宇。他在这个班里不太受欢迎，没有什么朋友。

从托管班出来，我看到一辆车从前面的路口开过去，夕阳有些刺眼，恍惚间这辆车的颜色像是灰色，又像是银色。我眨了眨眼，觉得自己眼花了。

六点钟的太阳刚落下去，斜射过来的阳光带着微微的淡粉色，照在金属上反射出不同的光。我又看了许久，确定刚才那辆车是银色的。

我突然意识到，傍晚的阳光照在车上，车的颜色会发生变化！

我拉着狐狸站在路口观察一辆辆开过去的车，银色的车子在日落阳光的照射下会让人感觉是灰色，只有进入阴影处才能看到本来的颜色。

任宇是五点多被人接走的，那时候托管班的楼正好挡住太阳光，可以看清车本来的颜色。小孩儿说得对，那是辆银色的车。

我和狐狸赶回队里，虽然没什么突破性的发现，但是确定了车的颜色，还是能缩小侦查范围。

重新查询结果又让我们傻眼了，银色车要比灰色车多一倍，工作量直线上升。

我们一直在排查车辆。晚上九点多的时候，任宇家长又收到了绑匪发来的短信。

"准备五十万，明天放到家乐福超市储物柜。"

这条短信并没有让我们停下手中的工作。绑匪的信息不能不信，也不能全信，把找回孩子的希望寄托在绑匪的仁慈上，结果往往会很残酷。我们现在只能熬夜加班，希望能从银色车辆上找到蛛丝马迹，救出孩子。

宋队当晚联系银行，任宇的父亲把房产证拿出来做的抵押，约定好明早取五十万。

第二天早上，我感觉眼睛很花，盯着电脑看了一整晚，前前后后查了近百辆银色轿车，但都没有发现符合作案条件的。

宋队将队里的人分成两部分，一部分继续追查车辆，另一部分参与交付赎金，伺机抓捕。

家乐福地处闹市区，在商场的地下一层，进门之后需要坐扶梯，超市入口两侧有储物柜。

"这里的环境很封闭，绑匪怎么会选这个地方？"狐狸奇怪地问。

我们观察了下周边情况，超市只有两个出口，一前一后，只要我们守住出口，绑匪拿完钱之后就会成为瓮中之鳖。

"先别管那么多，按照既定的方案，把前后两个口守住，在附近安排两个人盯着储物柜，戴上耳机，随时报告信息。"宋队说。

我被安排在超市的入口，为此我特意找超市要了套工作服，伪装成工作人员站在一旁，正好盯着两侧的储物柜。

过了一会儿，狐狸走过来，他捧着黑塑料袋，找了个储物柜将袋子放进去，拿走了取件密码条。

我看了下时间，刚刚八点，耳机里传来宋队的声音："我已经让家属把开柜密码发给绑匪了，现在各个位置的人都盯紧点。"

大概过了半小时，有一个人朝储物柜方向走来，眼睛一直在看手里的手机，走到储物柜的机器前停下了。

不对！我立刻警觉起来。如果是存包，会直接按键；如果是取包，会拿着纸条，而这个人却对着手机输入密码。

超市的储物柜不是寄存箱，使用的人都是来超市买东西的，这种从外面进来取东西的人几乎没有。这个人很可能就是绑匪！

"我这儿有个可疑的，穿着黄衣服，正在取货。"我用手捂着耳机对着麦克风说。

"我也看见这个人了，他是一个人，周围没有其他可疑的人。"商场外面的同事说道。

"是一个人，骑摩托车从马路对面直接过来的，就他自己。"另一个点位的人说。

"怎么办？宋队，动不动手？"有人问。

"不能动手，跟着他，看他去哪儿，必须要找到孩子，让他把钱拿走。"宋队说。

我就站在距离这个人5米远的地方，看着他输入密码后，"砰"的一声，柜门开了。他把黑色塑料袋取出来夹在腋下,转身离开。

"小伙子,我这个包用不用存?"一个老奶奶过来问我。

"不好意思,我现在不是超市员工了。"说着,我脱下家乐福员工外套,追了出去。

"各组注意,分开跟,对方骑的是摩托车,必要时下车,不能让他跑了!"宋队在电台里指挥。

黄衣服的人上了停在路边的摩托车,把塑料袋放在前面,开车一溜烟地离开了。

我们急忙开车追了上去。好在现在接近中午,道路比较通畅,不然我们根本追不上摩托车,只见他在前面左拐右绕,骑得飞快。

眼见前面小路众多,一旦他拐进小路只怕我们的车跟不上。耳机里传来宋队的声音:"可以抓捕!重复,可以抓捕!"

前面信号灯正好变红,我直接跳下车直奔前面的摩托车而去。摩托车上的人还没反应过来,就被我从后面一把搂住脖子,从摩托车上拽了下来,压在身下。后面的同事也赶了上来。

"老实点,警察!"

"你们……要……干什么?我,我什么都不知道。我是跑腿公司的。"

"什么跑腿公司的,你给我老实点,谁让你来拿东西的?"

虽然我嘴上这么说,但还是把他的身子翻过来。我觉得有点不对劲,绑匪选了一个地下超市储物箱来收钱,怎么可能亲自来拿?眼前这个人一脸惊恐,不像是装的。

"我也不知道是谁,有人打电话去公司,让我去帮忙把东西拿回去。"

"拿到的东西要送哪儿?"

"没说要送哪儿,只是说先拿回公司。"

我站起身朝周围看了看,不少人正好奇地往这边看,路口的人越聚越多。我把这个人拉起来按到车上,他脖子上挂着一个工牌,上面有照片儿和联系电话,还写着跑腿公司的名字。

"宋队,宋队,人抓住了,但不是绑匪,是对方雇的一个跑腿的。"我低声对着麦克风说。

"你让狐狸把他带回局里。你和其他人去南沟湿地找孩子,绑匪来短信说孩子在南沟湿地。"

等我赶到南沟湿地的时候，孩子已经被找到了。准确地说，是孩子的尸体被找到了。

孩子在湿地湖边的一簇灌木丛里，身上被麻绳捆了三段，有一截绳子勒在脖子上，深深地嵌进肉里。他身上脏兮兮的，嘴角还有淡淡的血迹，身体早已冰凉。不知是死后被扔到这里的，还是在这里被勒死的。

绑匪撕票了！我侧过脸去，握紧了拳头。宋队在旁边也一言不发。

虽然做了最坏的打算，但是谁都不希望是这个结果。

宋队说，他是得知任宇的父母接到绑匪短信，说小孩儿在南沟湿地之后才决定抓捕的。但他现在非常自责，不知道是不是自己的决定激怒了绑匪，害了孩子。

尸检报告很快出来了，法医通过胃内物判断小孩儿的死亡时间已经超过二十四个小时。也就是说，在决定抓捕的时候，孩子已经遇害了。

法医提出，小孩儿胸口的肋骨全断，内脏受损出血。胸腔肋骨是受创断裂的，应该是受到正面撞击或者摔在硬物上。而小孩儿的死因是脏器受损，脖子上的勒痕只有印记没有血痕，说明是在死后被人再次勒住脖子。

这让我们陷入了困惑。从绑匪的行为和他选择交易的地点来看，他根本没有强烈的拿钱的欲望，而且小孩儿死亡的时间是在二十四个小时之前，而受害人家属收到绑匪短信的时候是在昨天中午，那么绑匪发短信的时间与小孩儿死亡的时间几乎是重合的。

也就是说，绑匪一开始就没想让孩子活着。

熟人作案！我立刻做出判断。被害的小孩儿肯定认识绑匪，这是绑匪不留活口的主要原因。绑架案件中，被害者被蒙住眼睛其实是最安全的，看不见绑匪才有可能被释放；看见了绑匪，就可能被撕票。

"我觉得还是应该从小孩儿家长的熟人入手去查。"我对宋队说。

"嗯，把银色车辆的所有人范围缩小到小孩儿家长身边的人。现场交给技术中队处理，你们赶紧回去继续追查车的下落。"宋队说。

我开车往队里走，半路狐狸来电话，他说被抓的跑腿公司的那个人身份属实，而且联系他们公司帮忙取货的号码与绑匪发短信的号码一致，应该是同一个人发的。

我拐去移动营业厅，查这个号码的通话记录。得到的反馈是，这个号码是昨天中午开卡的，只打了一个电话，就是给跑腿公司打的。一共发了三条短信，分别是昨天中午、今天早上和今天上午。

这三个短信我们都查到了，一个是勒索短信，一个是给跑腿公司发的开柜密码，最后一个是发给被害家属小孩儿位置的。

我觉得这个陌生的电话卡有些不对劲，它是昨天中午才开卡的，而法医推断的小孩儿死亡时间最早也就是昨天中午。

之前我办了一起绑架案，绑匪在实施犯罪前做好了一切准备，包括踩点、定计划和准备工具。

而现在的情况是，绑匪在人质死后去买电话卡，然后发短信进行勒索。正常来说，不希望家属报案应该早发短信通知，而不是等到警察介入后再进行勒索。

一切的行为都不符合犯罪逻辑。整个绑架案件中，包括小孩儿的死，都不在情理之中。如果真的想害死小孩儿，也应该在拿到钱之后再动手，不然一旦家属提出与孩子通话，不就露馅了？

"你能查到这张卡是在哪儿开的吗？"我问移动营业员。

"能，在北京路上的手机市场。"

我没回单位，而是直接去了北京路的手机市场。

在这里，我很快找到了卖手机卡的摊位。摊主告诉我，他对这个买卡的人有印象，因为正常买手机卡后都会拨打电话确定开卡是否成功，但这个人没打电话，而是直接离开了。而且他还买了一个手机，很简陋的破手机。

在这里我发现，罪犯所有的准备工作都是在小孩儿死之后才开始进行的。

我回到单位，大家正在开案情研讨会，经过一番讨论我们决定从被害人家属入手调查。

"你想想能不能提供一些和你关系不好的人的情况，我们挨个查一查。"我对任宇母亲说。

"他们都是坏蛋！没一个好人！我跟他们不共戴天！呜呜呜……"

死者的母亲情绪太激动了，我几乎没法和她进行交流。

她先从自己的工作单位开始骂起，然后骂到自己的亲戚，最后开始骂儿子的同学。此前我知道她儿子经常欺负别人，可在她嘴里都是别的小孩儿故意找事，让她的儿子请家长，别的家长蛮不讲理，诬陷她儿子打人。

"小孩儿之间打架有什么过分的，有些家长都闹到老师那里去了，还说要写什么联名信让我孩子转校，我看这帮家长没一个好东西！尤其是那个卓成浩他妈，还给我发短信要说法，我直接把她拉黑了！"

我听得直皱眉头，自己孩子打人不管，对别的家长提出的交流完全不回应，这么做只能让矛盾不断激化。

等等，我突然想到任宇班级的家长也是一个潜在的危险因素。如果任宇的母亲做人做到这个份上，保不准会有家长做出什么过激的行为。

虽然我对自己的猜测抱有怀疑的态度，但我还是打算去学校查一下，之前可能我们把小孩儿之间的矛盾想得太简单了。

任宇失踪后第四天，我和狐狸来到学校。和我们想的一样，任宇非常调皮，老师都拿他没办法。有几次，任宇把别的小孩儿打伤了，结果家长连一点儿歉意都没有，让老师很被动。

我们把整个年级的家长信息全拿了回来，然后将照片儿打印出来。我和狐狸赶到手机广场，抱着试一试的心态让摊主看看有没有认识的人。没想到摊主记忆力惊人，一下就从一百多张照片儿中找到了买手机卡的男人——卓成浩的父亲卓跃军。

我们费尽心思，追查三天没有一点儿下落，结果却在不经意间找到了最有犯罪嫌疑的人，情况变化之快让我都有点震惊。

我立刻给老师打电话询问卓成浩的情况。老师说卓成浩的母亲前不久还因为孩子受欺负的事来学校想找任宇的家长，结果任宇的家长拒不见面，闹得不欢而散。

我查了下卓成浩父亲的个人信息，他名下有一辆银色的丰田卡罗拉轿车，这辆车的行车轨迹显示，在两天前去过南沟湿地的卡口。

卓成浩父亲的上班地点和家庭住址与南沟湿地搭不上一点儿关系，而卡口显示的时间是中午，正常来说他不应该出现在那个地方。

我在向宋队汇报之后，他毫不含糊地做出决定：立刻抓人！

我们在卓成浩的家中将卓跃军抓获。

我参与了卓跃军的审讯，他对自己的所作所为没有隐瞒，供述了自己的犯罪行为。

儿子在学校老被欺负这件事已经成了卓跃军的心病，尤其是当他妻子在学校给他打电话说任宇的家人根本没出现的时候，卓跃军怒火中烧，决定要自己代替任宇的家人对任宇进行管教。

出事那天，卓跃军来到学校，他知道任宇所在的托管班，赶在任宇家人接他之前到托管班，拿出了准备好的冰激凌给任宇，告诉任宇，自己是卓成浩的父亲，卓成浩邀请任宇去玩，还说上车再给任宇父母打电话，于是任宇就同意了，跟着卓跃军上了车。

卓跃军只是想开车把任宇拉到一个没人的地方吓唬一下，但是任宇上车后要求卓跃军给自己父母打电话，卓跃军拒绝后任宇就要下车，还把书包从车窗上扔了出去。卓跃军只得继续骗任宇说立刻就给他父母打电话，然后把书包捡上车。

卓跃军将任宇拉到一处拆迁工地，然后质问他为什么欺负自己的孩子。结果任宇破口大骂，没有一点儿悔意。

任宇的态度让卓跃军非常生气，一时没忍住，和任宇推搡了两下。任宇还抬脚就踢卓跃军。

卓跃军气上心头，冲着任宇的胸口踢了一脚。这一脚踢得很用力，直接将任宇踢了一个跟头，向后栽倒在地上不动了。

卓跃军看到任宇不动了，心里害怕，赶紧把他抱上车送去医院。卓跃军把车开到了医院门口，回头发现任宇还是一动不动。伸手一探，任宇已经没有呼吸了。

卓跃军脑袋一片空白，稀里糊涂地把车开到了南沟湿地，然后把任宇扔进了一处灌木丛。

卓跃军回来后一晚上没睡着觉，他知道这件事早晚会被发现，于是想伪装成绑匪，混淆视听。

他买了电话卡向任宇的父母勒索五十万，又雇了一个跑腿公司的人去拿钱。

联系完这一切后，卓跃军回到南沟湿地，用绳子将任宇的尸体捆起来，让他看起来更像被绑架。

根据法医的尸检报告，任宇的胸部至少被重击了三下，身上还有多处擦伤，绝对不是像卓跃军说的只踢了一脚。

但任宇究竟是怎么死的，受过什么样的虐待，我们也无从得知了。

我们将卓跃军车上的行车记录仪调出来，根据他行车的路线，在拆迁工地找到了孩子的书包。也看到卓跃军确实把车开到了医院门前，停顿了一下，又开走了。

卓跃军拉着任宇到达医院的时候，孩子究竟死没死谁也不知道。卓跃军的一念之差，使得他的犯罪性质发生了改变，从过失杀人变成了故意杀人，等待他的将是法律的严惩。

第九案

致命亲吻案

接着，陈冠廷用嘴贴上王颖的嘴，将王颖的舌头往后面推，让王颖的舌头回卷，回卷的舌头正好将气管盖上。

就像温水煮青蛙一样，王颖逐渐窒息，最后活活憋死。

最戏剧的杀人案：她被牙医亲了一下，死了

银都酒店1604套房卧室内，床上躺着一个女子，很年轻，二十多岁。她穿着一件玫红色的吊带睡裙，长发散开，四肢舒展。枕头卷起来塞在她的脖子下，头被垫高没有触及床铺。

她化着妆，粉底已经掉得差不多了，眼线和睫毛膏晕成黑色的一团，腮红在蜡黄的脸上显得格格不入，嘴唇上的口红深一块浅一块的。

我们在一个小时之前接到银都酒店的报案电话，一名住客死在了客房内。

银都酒店是一家高级酒店，各种设施都比较好。

我和黄哥赶到酒店十六层的时候，两个急救中心的医生正站在走廊等我们。

"情况怎么样？你们检查死因了吗？"黄哥问。

"本地人，没有病史，感觉好像是心肌梗死之类的急性发作病状，可是她岁数不大，得这种病的概率比较低。这边还是由你们再来排查一下。"

急救中心的医生的言外之意就是，眼前这个人已经确定死亡了，接下来的工作就交给我们了。

"你们是什么时候发现的？"我问酒店经理。

"这名客人是昨天下午来登记的房间，正常是中午退房。可是到了中午她没下楼办理手续，我们服务员敲门也没人应，于是服务员开门进去，看到她以后以为她在睡觉，推了几下发现她一动不动，吓得急忙通知我，我这才打电话报警。"

我看了看周围，沙发上有一个红色的手提包，地面上有一双黑色高跟鞋，桌前有一双一次性拖鞋，还有一个塑料袋。我把塑料袋打开，里面是裙子和女式短袖衣服。

我走到床边，看了看女子裸露的身体部分，没发现任何伤痕。她只穿了一条睡裙，薄薄的真丝遮盖着身体。我怕破坏现场，没有继续查看，退到一边等法医过来，先向经理询问现场的情况。

"她是自己来这儿住的吗？"

"是的，我们这里只登记了她自己的身份证。"

"入住后有没有其他人来到这个房间？"

"电梯需要刷房卡才能使用，走廊和楼道里都有监控，我们的监控录像都是按照规定保存三个月。"

酒店经理办事很利落，一边向我们介绍情况，一边安排人把这层楼的监控录像调出来。

趁着调取监控的时间，我和黄哥在屋子里查看了一下，希望能发现一些端倪。

房间被中间的电视墙隔成了一室一厅。进门是一个酒吧台，往前走有沙发和茶几，侧边有一个侧拉门。拉开门里面是卧室，卧室中间床的一侧是窗户，另一侧是洗手间和浴室。

我来到洗手间，看见台面上有干涸的水渍，镜子下面的酒店备品袋里有一包打开的卸妆棉湿巾和一坨卷在一起的毛巾。

难道死者卸过妆了？可刚看她脸上的妆还很明显。

"黄哥，洗手间里卸妆湿巾有用过的痕迹，而且死者穿的也是睡衣，一般女生都不会带妆睡觉吧？"我说。

"我这儿也发现点问题，垃圾桶里的塑料袋没了，经理说保洁还没有清理过房间，垃圾袋应该是被人拿走了。"黄哥说。

没过多久法医来了，技术中队也来了，我们从屋子里退出来，把现场让给他们。

为了防止出现指纹混淆，技术中队采集了服务员和经理的指纹样本，然后开始对现场进行勘查。

宋队也来了："情况怎么样？人是归医院还是归咱们？"

他问的是一句俗话，在大多数死亡没定性之前都需要分析，最后确定死因。如果是意外死亡那么尸体就由医院带走，如果是案件那么尸体就由我们收下。

"情况不太好，现场很不符合正常入住的特征，我们现在打算去看看录像，我感觉这个人恐怕是要归咱们了。"黄哥回答。

"没事，这个酒店到处都有监控，真是有人蓄意作案，除非他直接跳楼，否则跑不了！"

我和黄哥来到酒店监控室，酒店的工作人员已经把监控录像准备好了。

时间是昨天下午两点半，在录像中我们看到死者穿着高跟鞋、碎花短裙和短袖衬衫，身上背着红色的包，手里提着一个塑料袋子走进酒店。这些东西都在房间里找到了，死者穿的衣服都在袋子里，而她来时袋子里装的应该就是她现在穿的睡衣。

死者来到前台后把纸袋放在台子上，从包里掏出身份证做登记，然后拿着房卡上了电梯坐到十六层，刷卡进入房间。

一直到下午四点，死者走出房间离开酒店，大约过了两个半小时后她回来了，身边跟着一个男的。这个男的背着一个双肩包，两人看起来不算很亲密，相互之间保持了半个身位的距离。

我和黄哥对视一眼，这个男的恐怕和女子的死有莫大关系。

录像继续播放，大约晚上七点，也就是死者和男人回到房间半小时之后，男人走出来离开酒店。又过了半小时，男人拎着一个塑料袋返回酒店，然后直到凌晨四点，也就是今天死者被发现前的八个小时。男人从房间快步走出来，背着黑色双肩包，在酒店门口打了辆出租车。

酒店的监控帮了大忙，高清摄像头拍到了各种细节，包括这个男人乘坐的出租车的车牌号。

我们立刻就通过出租车管理处联系上了司机。事情发生不久，司机记得很清楚，他告诉我们，在酒店门前打车的男人去了机场。

现在的情况很明朗，男人坐飞机跑了。如果女人的死是意外的话，那么他应该第一时间报警而不是往机场跑。现在我们要等待法医的检查结果，只要女人的死亡时间超过八小时，那么这个男人肯定脱不了关系。

监控里男人的脸拍得很清楚，把人找出来应该不难。我和黄哥返回大队向宋队汇报情况，正好法医和技术中队的工作也完成了。

李法医告诉我们，女人死亡时间应该在八小时以上，也就是说女人在男子离开之前就死了。

听完后，我有种如释重负的感觉，只要抓到这个男人，这案子应该就可以结了。

我们案件告破的前提条件是确认犯罪嫌疑人。现在男人作案嫌疑很充足，至少从女子死亡时间上看就是他干的，即便是意外，他不报警也不打120，自己匆忙离开，他的行为属于放任女子死亡，至少也算是过失杀人罪。

"只要把男人的身份确认了，案子就可以告破了。"我信心满满地说。

"不对，死者的死因很奇怪。她是窒息而死的，但我没发现任何导致她窒息的因素。脖子上没有勒痕，器官也没有衰竭，唯一的可能是她被人捂住口鼻活活憋死，但又没有挣扎的迹象。"李法医表情很严肃。

李法医的话给我们泼了一盆冷水，死者的死因查不清楚的话，就失去了指证男人犯罪的最主要证据。

"在死者身上没发现任何其他人的踪迹，也没发现周围有搏斗的痕迹，整个屋子里只有死者一个人的指纹，但是在茶几和电视遥控器上发现有被擦拭的痕迹。"技术中队的人说。

"人怎么才能被憋死？只能靠捂住鼻子和嘴？"宋队问。

"气管被堵住就能被憋死，但是死者气管里没有任何异物，胃里也没有反流的东西，气管很通畅。在这种情况下，只有勒住脖子和捂住口鼻这两个可能了。"李法医回答。

"人正常被捂住鼻子肯定会挣扎吧？不可能现场一点儿痕迹也没有吧？"

"要是趁人睡着了呢？会不会还没来得及挣扎就被憋死了？"

"不可能，无论人睡得多沉，只要呼吸被堵住了肯定会醒过来，也一定会挣扎的。我仔细检查了死者的四肢，没发现被捆绑的痕迹。"李法医回答。

"现场没发现那个男人的指纹，就凭这一点儿就很可疑。他俩在房间里待了那么长时间，怎么可能一点儿指纹都没留下？很明显那个男人做了手脚，想掩盖自己的犯罪行为。"技术中队的人说。

"先把这个男的抓回来！他不是去机场了吗？我去查下看看他到底去哪儿了。把身份落实出来后，直接抓人，抓回来一问不就清楚了吗？"我跃跃欲试。

"凭什么抓人家？"黄哥瞥了我一眼。

"凭什么？这还用问吗？他的嫌疑最大，监控录像里看得明明白白，他进了女子的房间，然后自己出来，女子死在了屋里。"我愤愤不平。

"他确实有嫌疑，但是咱们现在没证据。"黄哥不慌不忙。

"证据？监控录像不就是证据吗？女的都死在屋子里了，这还不是证据？"我越说越着急。

"现在这个男的只能算是有嫌疑，但不能算是罪犯。首先，咱们连死者的死因都不清楚，她是窒息死的，可她是怎么窒息死的？弄不清楚她的死因就没法解释这个男人的行为。其次，他们俩是什么关系？凡事都有前因后果，如果这女人是被这个男的害死的，那么这个男的为什么要杀她？"黄哥说。

"都杀人了，还追查什么动机？"我握紧了拳头。

"就算是走在大街上随机用刀去捅人也是有原因的。如果查不出一个人的犯罪原因，那么他肯定不是真正的罪犯。"黄哥认真地看着我。

我顿时哑口无言，黄哥说得在理。虽然我们都知道眼前这个男的有最大的嫌疑，可是我们没有证据。如果把他抓回来，他不承认，我们一点儿办法都没有。

"咱们从头开始查吧。"宋队布置了任务。

一切重新开始。

我联系上了死者的家人，他们是本地人，得知消息后死者年过半百的父母悲痛欲绝。在家属的情绪缓和一些后，我和黄哥才开始询问情况。

根据死者父母提供的信息，我们知道死者叫王颖，昨天她说要去见一个朋友，晚上不回家了。直到我们联系上他们，他们才知道王颖出事了。

但他们并不知道王颖是去见谁。王颖之前是做汽车销售的，社交比较广。

我问他们王颖有没有对象，老两口说有。

我急忙按照他们提供的姓名从公安网查了一下那个人的信息，打印出照片儿一看，和酒店监控里的男人根本不一样。

和王颖一起回到酒店房间的人不是她的男朋友！

我们一开始以为这个男的是王颖的对象，本来想直接拿照片儿让她父母进行辨认，可是现在我觉得还是不要这样做了。酒店男子的信息我们一定会查出来，还是不要往死者家属伤口上撒盐了。

没过多久，王颖的对象也赶到了刑侦大队。

一个大男人来了之后哭得死去活来，我感觉一阵莫名的心酸。王颖的对象很健谈，在情绪稍微平复后向我们详细介绍了王颖的情况。不过从他的口中，我们并没有得到关于酒店出现的男子的信息。

我们知道了王颖自己买了一套房子，并且准备把这套房子作为婚房。王颖的父母称房子是王颖自己贷款买的，但王颖的对象却说是全款买的，办产权证的时候他陪着王颖去的。

王颖的对象问过她房款的问题，王颖告诉他，是自己父母拿的钱，而王颖的父母并不知道这件事。

我们又继续追问了和钱有关的事情，又有了新的发现。王颖订了一辆马自达轿车，王颖的对象说她这辆车办的是无息贷款，家里拿了几万元做首付。但王颖的父母说，王颖告诉他们的是自己全款买了辆车，并没有让家里掏钱。

一套房子一辆车，都是大笔开支，而王颖的对象和她父母知道的情况完全不一样。

那么，王颖为什么要隐瞒这两件事情呢？我和黄哥觉得这可能和她的死亡有直接联系。

案发第二天，我们来到银行查王颖名下房产的购买交易记录。流水显示，购房付款银行卡的卡主是一个叫陈冠廷的人。

我们又去马自达的4S店查订车的记录，发现定金刷卡的卡主也是陈冠廷。

我和黄哥立刻将陈冠廷列为重点怀疑对象，委托机场查询他的乘机信息。果然，陈冠廷前天下午从武汉乘机到达这里，昨天早上乘坐八点半的飞机又飞回武汉。几乎不用再查下去，这个陈冠廷肯定就是酒店里出现的男子。

陈冠廷常住在武汉，经常来我们这个城市出差。

根据得到的信息，我们几乎能猜到他俩的关系。陈冠廷给王颖买了一套房子，又订了一辆车，但王颖却有个今年要结婚的男朋友……

我们差不多能猜到犯罪嫌疑人的杀人动机，但现在还是没有证据对他进行拘捕。

我们重新梳理思路，我忽然想起陈冠廷在监控录像中曾经离开过酒店半小时，现在只有这半小时的动向我们没有掌握。

陈冠廷回来的时候拎着一个塑料袋。我们把酒店监控录像放大，能模模糊糊地看到塑料袋上面有一个红色花纹。

"他应该是出去买东西了。"我说。

"一来一去半小时，他活动的范围只能是在附近。如果加上买东西的时间，应该不超过十五分钟的距离。"黄哥说。

我把地图拿出来，以酒店为中心，以十五分钟的步行距离为半径画了一个大圈，圈定了陈冠廷这半小时的活动范围。

我和黄哥开始找周围的商店，将商店提供的塑料袋都拿了回来。为了保证真实度，我和黄哥拎着袋子从酒店大堂走过，然后再通过监控看这个袋子是否和陈冠廷当时拿的一样。

功夫不负有心人。我和黄哥一共找到了六家商店，终于在一家进口超市里发现了塑料袋上同样的红色花纹。

我们来到超市，把三天前晚上七点十分到七点二十分的录像和销售记录都调了出来。

陈冠廷就是在这里买了一瓶杰克丹尼的威士忌。

有线索了！

酒可能是他和王颖一起喝掉了，但酒瓶哪儿去了？

350mL的杰克丹尼是方形酒瓶，我和黄哥询问了酒店的工作人员，没人看到过这个酒瓶。

我又看了遍监控录像，发现了一个问题。陈冠廷进酒店的时候就背着一个双肩包，离开的时候也背着，而房间里的垃圾袋不见了，很可能是被他放在双肩包里带走了。

根据已经掌握的线索，可以看出陈冠廷是一个很谨慎的人。技术中队在房间里连一个指纹都没找到，说明他把房间各个角落都处理过了。那么，带走垃圾也就说得通了。

我们拿到了机场和酒店的监控一起看。陈冠廷从酒店上车后就直接去了机场，进候机楼，换登机牌，安检后进入候机室，全程没有打开过双肩背包。

"这就奇怪了，酒店垃圾去哪儿了？过安检的时候，背包里的酒瓶肯定会被查出来啊。"我问。

黄哥想了想说："他会不会在半路把东西扔了？"

我急忙给出租车司机打电话："你好，我是公安局的，上次曾经问你关于拉一个去机场的乘客的事，就是三天前的事，你有印象吧？我还有点问题想问问你。"

"对对对，我有印象，什么问题你问吧？"

"你在拉着这个乘客去机场的时候，半路有没有停下来过，比如他下车扔垃圾什么的？"

"有呀，在机场高速路的时候停了一次，他说包里有垃圾要扔，我看到路边有垃圾箱就停下了。"

"这事你怎么不早说？！"我差点跳起来。

"你……你们也没……也没问过我呀。"司机被我吼了一声吓着了，说话有点结巴。

"那个垃圾箱在哪儿?你现在立刻来市局,带我们去找,快点!"

出租车司机很配合工作,不到半个小时就赶来了。

他带着我们开车上了机场高速路。机场高速路是封闭的,最早有一个收费站,后来改成了一个小型服务区。司机说,垃圾箱就在服务区入口的地方。

在服务区入口匝道我看到了垃圾箱。这个垃圾箱使用频率很低,服务区一周才清理一次,我们到的时候箱子里已经存了好几天的垃圾。

我把垃圾箱掀开,将里面的垃圾一股脑全倒了出来,顿时一股馊臭味弥漫在我周围。我只好憋着气开始翻垃圾。

黄哥刚靠近垃圾堆就被熏得踉跄几步,捏着鼻子和我一块儿翻。终于,我们在垃圾堆里找到了红色花纹的塑料袋,袋子里有杰克丹尼的威士忌瓶和装着垃圾的白色塑料袋。

带着一身酸味和臭汗,我拎着袋子快速走到路旁的风口深深吸了一口气,心中暗道还好这边不是天天清理垃圾,我们才找到了证据。

回到单位,我们和技术中队的同事一起把袋子里的东西倒了出来。在酒店的垃圾袋里发现了用过的避孕套和卸妆湿巾,还有两瓶酒店赠送的矿泉水,并没有什么可疑的东西。

现在唯一的疑点就是杰克丹尼威士忌酒瓶了。

"能不能测一测酒瓶里的残留物,看看是不是使用了什么药物?"宋队问。

"测倒是可以测,但是测酒瓶里残留物的方式有点特殊,必须把试剂倒进去摇晃后再倒出来。测试的试剂有很多种,如果不知道测试目标的话,我们只能一种一种试,可是这么做的话酒瓶内部就会被污染,测试不准确。所以想测酒瓶里的残留物的话,最好是知道要测的物质是什么,然后再把对应的试剂倒进去。"

"不能把残留的东西倒出来分成份,一点儿点试吗?"

"不行。酒瓶已经快干了,只能把试剂倒进去试。"

听到这儿,我们都沉默了,只能测一次,这个条件太苛刻了,必须一击命中。

陈冠廷到底使用了什么东西导致死者窒息死亡呢?如果用药物的话,麻醉类药品倒是有这种功效,但是种类太多没法确定。

现在还得从陈冠廷这个人入手，继续对他进行调查，找出线索。

我和黄哥奔赴武汉，开始对陈冠廷进行调查。

在武汉，我和黄哥查到陈冠廷自己开了一间牙科诊所。陈冠廷有医师资格证，是一名经验丰富的牙医。他的职业让我们更怀疑他使用了某种药物导致王颖死亡。

大队决定直接进行抓捕，然后搜查陈冠廷的诊所，确定麻醉类药物的去向。

对于抓捕陈冠廷，我早就迫不及待了。一大早我们就守在他的诊所门口，看到他出现就直接实施了抓捕。

陈冠廷从被我们扑倒到戴上手铐带上警车，一句话都没说。他的沉默让我更加坚信，他就是凶手。

我们把诊所的药物清单拿出来，发现诊所的病人不少，有很多麻醉剂的使用登记。为了确定这些药物的流向，我和黄哥把三个月来所有使用过麻醉剂的人的信息都罗列出来，一个个打电话核实。

令我没想到的是，查访的所有患者都确认自己曾使用过麻醉剂。我们又请武汉医院的大夫协助，经过他们确认，根据患者描述的缓痛情况，麻醉剂的用量应该是没问题的。也就是说，他诊所的麻醉剂都用在了患者身上。

这下我傻眼了，一开始我以为陈冠廷会借着工作便利，偷留出一部分麻醉剂。没想到他的诊所有专业的麻醉师，所有麻醉剂都去向明确。

陈冠廷被抓后一言不发，拒绝交代情况。再查不出证据，过了拘留时间我们只能放人。

时间很紧迫，案件陷入僵局，没办法，我们只好开始扩大搜索面，将陈冠廷的所有信息都调出来。这时，一条信息引起我的注意——陈冠廷有一个就诊记录。

他本身是位医生，且是一名高级药剂师，可得了病还是得去医院。让我感觉奇怪的是，他住在洪山区，为什么要去青山区的医院看病？

我和黄哥来到医院，将陈冠廷的就医记录调取出来，发现陈冠廷患有严重的神经性头痛，为了改善睡眠状况，医生给他开了三唑仑。

三唑仑是一种安眠药，服用多了会抑制呼吸，这和王颖窒息死亡的情况很相似。

我们立刻对陈冠廷进行抽血检查，不过并没有在他体内发现三唑仑代谢物。由此我们断定他去医院只是一个幌子，目的是获取这种药。

但是陈冠廷获取的三唑仑并不多，只有两盒，这些药就算一次性服用，也不至于让人出现呼吸被抑制的情况。

我们又对王颖的血液进行检查，发现三唑仑代谢物含量也不高，那她是怎么窒息的呢？是不是陈冠廷给王颖服用了三唑仑？这个只能靠对酒瓶里的残留物进行检测来确定了。

我们商量了许久，只有一次检测机会，如果没发现三唑仑，这份重要的证据就丢失了。

大家在会议室围坐着，盯着证物袋里的酒瓶，过了很久，大队长一拍桌子："测！"

"测不出来怎么办？"宋队小声问。

"测不出来就放人！"大队长回答得毫不含糊，他这种背水一战的气势反而增强了我们的信心。

最终结果不负众望，我们在酒瓶中检测出了三唑仑，证明那天晚上确实有人在酒里放了药，很显然这个人就是陈冠廷。

现在证据链中只差死因了。

我们开始加大对陈冠廷的审讯力度，但是他对于我们的问话一直保持不理不睬的态度，神情冷漠，情绪平稳。为此我们决定来一次攻坚审讯，将现场所有的物证都准备好，一件件拿出来，看看能不能对他产生一些影响。

我们一边将现场的东西拿出来，一边仔细观察他的反应。当拿出酒瓶时，陈冠廷脸色就变了。当我们出示检测报告，证明酒瓶中有三唑仑时，我看到陈冠廷嘴角抽动。这表示他的心理防线开始崩溃。

在我们拿出枕头的时候，他不敢直视证物，眼睛看着其他方向，这与他从被抓进来后的表现明显不同。

接着，我们拿出卫生间洗手台上的毛巾，陈冠廷再一次眼神闪躲，不敢面对证物。

枕头和毛巾，陈冠廷对这两个东西反应最敏感，这是怎么回事？我回想了下现场的情况，当时枕头是枕在王颖头下面的，不过很靠下，全被压在王颖的脖子上。

毛巾上有口红印，我当时以为是王颖曾经用毛巾擦过嘴，因为她嘴上的口红印很淡，现在看来恐怕不是。我怀疑是陈冠廷用毛巾捂住王颖的口鼻，可是毛巾上的口红印明显有胡乱擦蹭的印迹，也就是毛巾被人拿着在嘴上抹了一下，如果是陈冠廷用毛巾捂住王颖的口鼻没法弄出这种印迹。

难道这个毛巾不是王颖用过的，而是陈冠廷用过的？

一个男人怎么会用口红？除非……他嘴上的口红是从王颖嘴上沾到的！

他是在和王颖接吻？不对，他根本不是和王颖接吻，而是用自己的嘴堵住王颖的嘴，用这个方法来将王颖憋死。

我一点儿点想到了这种看似不太可能的方法，但我对自己的推断并没有信心。现在案件到了僵局，为了弄清案件的来龙去脉，我摆出一副胸有成竹的样子，对着陈冠廷问道：

"这个毛巾上的口红印是怎么回事？你来说说。"

"什么口红印？"陈冠廷的眼睛瞄着其他地方。

"你自己用毛巾蹭上去的口红印，事到如今还装傻？"

"开玩笑，我怎么能蹭出口红印，我又不抹口红。"

"你嘴上的口红哪儿来的你不知道吗？毛巾上有你的DNA，但口红印是王颖的，你是和王颖亲嘴沾上的口红，对不对？"

"毛巾上有DNA？你开什么玩笑？"陈冠廷眼睛滴溜溜地转着，来掩饰自己的不安。

"你以为现在还是十多年前的技术水平呀？你摸过的东西只要没被污染就能检测出DNA，你也是学医的，现在有这种检测方法还不知道吗？那你也够落后的了。作案之后光想着用毛巾擦嘴，没想着把毛巾一起洗了，现在后悔了吧？晚了！"

其实毛巾上根本没检测出DNA，我们也没这个技术，不过当时电视上的警匪剧都这么演，拍得像科幻片似的，估计老百姓都把这些编的故事当真事了，所以我便信口开河忽悠起陈冠廷来。

果然，我说完之后他脸色开始变了，面部表情不断扭曲。

"王颖是窒息死亡的，脖子上没有勒痕，气管也畅通，死因就是你用嘴做的，所以你才一直回避这个问题。"我趁热打铁对陈冠廷步步紧逼。

"行，你们挺厉害，我承认，王颖是我杀的。"

陈冠廷这句话如同晴天炸雷，把在场的包括黄哥和宋队在内的人吓了一跳。大家对他坦荡地承认杀人毫无准备，在与陈冠廷进行了一个多星期的拉锯战之后，谁也没想过我这一顿忽悠，把陈冠廷最后的心理防线击溃了。

看到陈冠廷认罪，我立刻开始做笔录材料，让他自己把犯罪行为供述一遍。

听完陈冠廷的供述后我心里暗自侥幸,我以为他是用嘴将王颖的嘴堵住才导致王颖窒息死亡的。其实并不是,是陈冠廷发现自己留下的毛巾上的证据后,误以为我们了解了他的杀人手段,扛不住压力才认罪的。

陈冠廷向我们供述了他杀人的详细过程。

他趁着王颖洗澡把药融进酒里,然后让王颖服下。王颖睡过去之后,陈冠廷用枕头将王颖的头垫起来,使得王颖的头往后仰,气管呈反向并且高于舌根。

接着,陈冠廷用嘴贴上王颖的嘴,将王颖的舌头往后面推,回卷的舌头正好将气管盖上。

气管被舌头盖上后王颖并没有立刻窒息,只是呼吸越来越缓慢,而且在安眠药的作用下身体对氧气的需求降低,就像温水煮青蛙一样,王颖逐渐窒息,最后活活憋死。

我问陈冠廷为什么要杀王颖,他说的理由和我猜的一样。

陈冠廷是在来我们市里参加一个医学会议时,晚上去酒吧与王颖认识的,认识之后不久他就和王颖确立了恋爱关系,但其实这只是陈冠廷自己这么认为的。

此后陈冠廷对王颖越发割舍不下。后来王颖得知陈冠廷已经结婚,便向他提出分手,但陈冠廷舍不得王颖,他一横心与自己的妻子离了婚,准备与王颖结婚。

根据陈冠廷所说,他一直以为王颖对自己已婚的事情不满,后来才想明白,王颖只是拿自己已婚当分手的借口而已。等到陈冠廷真的离了婚,王颖反而对结婚不太积极。

陈冠廷一直想着要和王颖结婚,在付款买房又计划买车之后王颖突然提出分手,并且称不想再见面。这时陈冠廷发现王颖还有一个男友,她一直在欺骗自己。

陈冠廷愤怒异常,最终决定对王颖实施报复。他以给她付车辆尾款为由将王颖约出来,这时他已经计划了三个月。

这三个月陈冠廷以头疼为由从医院开出了一些三唑仑安眠药,为了能保证用药量,陈冠廷用了三个月的时间在自己身上做实验。

这种杀人方法要达到悄无声息,最重要的就是药物剂量的使用。不然受害者体内三唑仑含量超标，一下子就能被检查出来。在这三个月里，陈冠廷利用自己有牙科诊所的优势，晚上在诊所将心电图机和血压仪等一系列测试仪器放到自己身上，然后服用定量的三唑仑，第二天早上醒来再观察自己的身体指标的变化。

　　陈冠廷用了三个月时间，详细地分析了药品剂量对身体的影响，再通过换算自己的体重来推断王颖应该服用多少。

　　我对于陈冠廷这个杀人方法很好奇，便问他从哪里学来的。

　　陈冠廷告诉我，这个杀人的方法是他在读医学研究生时学到的。老师上课时举了一个医疗事故案例。老师讲这个案例是为了让自己的学生在实践中提高警惕，注意不要让病人因为这个原因死亡，但他肯定想不到自己的学生会用这个方法杀人。

　　陈冠廷的所作所为完全违背了老师的初衷，他把老师所讲授的知识变成了杀人的手段。

第十案

关王大刀案

我戴着手套将钥匙插进锁眼,拧开了锁头,推开门一看,一平方米见方的小仓库里放着各种刀具,其中最大的是一把关王刀。用手电筒照上去,刀片上暗褐色的血迹赫然在目。

居民楼里藏了个断头台，警察看一眼就吐了

在重案组工作七年，我见过各种各样惨烈的现场，印象最深刻的就是这起。

那天下午，我们接到派出所的电话，说辖区的一栋居民楼三楼发生了命案。我和黄哥直接从单位赶赴现场。

夏季持续高温，闷热得喘不过气来。刚上二楼，我就闻到一股浓重的血腥味，被熏得差点背过气去。

来到三楼，很多民警站在走廊，开着大门的屋子就是案发现场。几个年轻的派出所同事站在门口，面色惨白，不停干呕，有一个更是直接吐了出来。我刚到门口就被屋子里的景象惊呆了。

大门正对着客厅，目所能及的地方都是血迹，桌椅东倒西歪，花瓶摔在地上碎了一地。沙发上有好几道被割开的口子，里面白色的棉絮已经被染成了红色。

我套上鞋套，小心翼翼地走进去，尽量不碰到地上的物件。黄哥跟在我身后，拿着一个物证袋，把所有沾着血迹的东西捡起来放进去。

"这现场是怎么回事？死了几个人？"我问巡警。

"报案人说死了两个，是他的妻子和儿子，两人的尸体都在里面。"巡警指着里面两间屋子说。

我往里走，在走廊地上看见一个碎成两半的相框，里面是一家三口的照片儿。夫妻俩郎才女貌，中间抱着个两三岁的儿子，长得虎头虎脑的，看起来很可爱。

在北屋，我见到了照片儿上的孩子。他有十来岁，五官长开了，有种少年的清隽，面部轮廓还看得出小时候的影子。

而现在，他的头以一种极其别扭的姿势耷拉在肩上。我仔细一看，原来头被拧了一百八十度，翻到后背，跟脖子只剩一块皮肉连接。这块皮肉维持着头将断未断的状态，血液喷了一地，看起来分外恐怖。

他的眼睛还是睁开的，眼角和鼻子里都有流出来的半干的血液，像七窍流血一样。我别过头，不忍再看。

这个孩子看起来是被割喉了，但把头从脖子上割断，可不是匕首这类凶器能做到的。我看了下伤口，皮肉外翻，唯一连着头和身体的肉片在脖子前面，也就是说他是从背后被袭击的。

孩子还穿着睡衣睡裤，遇袭的时候可能是毫无防备的。

地上的血迹还没完全凝固，一条长长的血痕一直延伸到南屋。

南屋地上趴着一个女人。她身上穿着一件丝质的睡衣，但衣服上撕开了好几条口子，整件睡衣几乎变成了布条裹在身上，衣不蔽体。

卧室的状况比客厅更夸张，视线范围内没有见不到血迹的地方，连天花板都有一连串的小血滴。

衣柜是木制的，外面刷着乳白色的油漆，现在露出了好几道里面的黄色木头。床前的液晶电视机屏幕碎了，机顶有一道裂缝，液晶屏像纸片被折叠一样留下了折痕。

卧室应该也发生了一场激烈的搏斗，那么凶手在和被害者撕扯时应该会留下痕迹。想到这儿，我上前查看尸体。

她的身上有很多刀伤，粗略一数有十几道。伤口乍一看很细，皮肉贴在一起就像是割破了一个口，但按住伤口往两边拨了一下，细微的伤口缝就像被剥开的橘子瓣一样，一下子张开到里面，清楚地看到惨白的肉和白森森的骨头。

伤口有三四厘米深、十厘米长，如果凶器是匕首的话，需要先捅进去，再沿着皮肤使劲划下来，才会达到这种又深又长的伤口效果。但这么做费时费力，要造成这么多相似的伤口几乎不可能。

我戴上手套，轻轻拨开女人的手。从她手指肌肉僵死的形状来看，她手里没握过东西，而且手心连一点儿皮屑和其他碎渣都没有。

我环顾周围，也没发现附近有能当作凶器的物件。

没有发现更多线索，我们将现场留给技术中队进行勘验，我和黄哥赶回派出所。报案人还在所里，我们打算找他了解下基本情况。

报案人叫张宇轩，身材干瘦。我进屋的时候他正倚着墙坐着，两眼无神地看着天花板，我到他面前喊了三声他才反应过来。

"你好，我们是刑侦大队重案队的，你能把你家发生的事情详细和我们说一下吗？"

"啊！啊！啊！"张宇轩大叫着扑到桌子上哭起来。

他把头埋进胳膊里面，一只手不停地拍打桌子。看他这副模样，我没再打扰他。他哭了十来分钟，才慢慢抬起头，桌子上全是他的鼻涕和眼泪。我急忙递给他几张纸巾，让他擦一下脸。

"你想好了再和我们说。"黄哥在一旁说。

"……今天是周日，早上我有点事出去一趟，我妻子丽丽和儿子小伟在家。下午一点儿多的时候，我回家刚打开门，就发现小伟和丽丽都死在家里了，呜呜呜……"张宇轩整个人抖得跟筛子一样，根本控制不住自己的情绪。

"我看登记本，你是两点半来到派出所报的案，你说你是一点儿到家的，那这一个半小时期间你在做什么？"

"我……我不知道。当时我脑子一片空白，我好像是抱着小伟哭了一会儿，然后又抱着丽丽哭了一会儿，才想起来报警。我只记得这个派出所，甚至忘记打110报警电话，所以一路跑过来的。"

"你喷香水了吗？"黄哥忽然问。

我这才反应过来，张宇轩身上有淡淡的香味，刚才在现场血腥味太重熏得我鼻子都不太好使了。

"啊？没呀？我哪儿还有心思喷香水呀？"

"你家有没有丢什么东西？"

"确实有东西丢了！钱不见了！前天我刚从银行取了十万块，打算买车用。我儿子马上升初中了，学校离家远，我打算买辆车接送他上学。我把钱放在电视机柜子里面，现在钱不见了。十万元是整齐的十捆，其中两捆还是新钱，比较薄，其他的比较厚，用工商银行给的纸袋子装的，外面还套了层黑塑料袋。"

我急忙给技术中队打电话，告诉他们电视机柜子里丢东西了，让他们多注意些，看看能不能提取到什么有价值的线索。

"你取钱这事有其他人知道吗？"黄哥继续问。

"没其他人知道，这是我和丽丽决定的。"

"你刚才说你回家开门发现家人被害了，你是直接把门打开的吗？"我又问。

张宇轩是第一个到达案发现场的，由于他情绪激动，很多细节可能记不住。我希望通过不断问询，让他回忆起完整情节。

"我回到家是直接用钥匙把门打开的。"张宇轩想了想回答。

张宇轩能用钥匙把门打开，说明门锁完好，罪犯很可能是想办法让受害者自己把门打开进去的。能把门骗开且准确找到财物，这样看来很符合熟人作案的条件。

我又继续问张宇轩进屋之后的情况，可是他对于自己进屋之后都干了什么一点儿都想不起来，好像失忆了一样。

人在受到强烈的刺激之后，会发生应激反应，把亲眼所见的刺激性场景选择性遗忘，我觉得张宇轩可能就是这样。和黄哥合计了一下，我们决定先不问张宇轩了，开始侦查其他线索。

我们把张宇轩的妻子陈雅丽的手机通话记录调取出来，发现案发当天上午她接了两个电话。我们找到了这两个人，一个是她的女性朋友，打算周末约她出来逛逛。另一个是她同事，通知她周一早上开会，再无其他。

陈雅丽在一家保险公司做办公室文秘，平时接触的人不多。我和黄哥专门到她的公司做了调查，没发现她有什么仇人，而她公司里的人大多数连她家在哪儿都不知道。

我们又把侦查方向放在张宇轩的儿子小伟身上。他的儿子今年小学毕业，考上了一所很好的初中，现在正在放暑假。

我想起曾经侦办过的因为学校孩子霸凌而发生的杀人事件，便猜测会不会是因小伟在学校与什么人结仇导致的惨剧？

于是，我和黄哥来到学校。班主任说小伟成绩很好，听话又懂事，与同学相处很好，从来没和别人打过架。看样子并不是小伟引来的杀身之祸。

我和黄哥用了两天时间，对两名死者周围的关系人都做了调查，没发现有可疑的人。

这时法医尸检初报也出来了，陈雅丽前后一共有三十三道伤口，其中六道伤口导致动脉被割断。小伟只是脖子被砍断，从伤口切面和深浅程度来看，应该使用的是同一种凶器。

能对着一个人砍三十多刀，肯定不是单纯的图财，而是在报复。但是什么人能对陈雅丽有这么大的仇怨呢？

陈雅丽和小伟都没有什么仇家，难道是张宇轩的仇家来报复他的家人？

我们再一次把张宇轩找来询问。

现在距离案发经过了两天,张宇轩的情绪平复了很多。我让张宇轩想一想自己有没有什么仇人之类的。张宇轩仔细想了一会儿,告诉我们,他还真有一个仇人,而且是不共戴天的那种。

他的话给了我们新的侦查方向,但我又觉得有些奇怪,问他之前怎么没告诉我们。他说当时情绪太激动,没想起来这件事。他的仇人叫林东。

"林东和我认识很多年了,本来关系不错,后来因为做生意的事情闹了点别扭。最近林东找我借钱,我没同意,我告诉他我要买车。"张宇轩说。

根据张宇轩提供的信息,我在公安内网上查到了这个人。他在汽贸城的一家公司上班。我和黄哥赶到了汽贸城。

林东剃了个光头,一米九几的身高,特别壮,胳膊上还有刺青,乍一看蛮唬人的。

"林东,我们是公安局的,有点事情想问问你。"

我一边说一边观察他的表情,注视着他面部细微的变化,期望能找到一些不寻常的表现。不过林东表现得很平静,被我们带到了办公室。

"7月24日,也就是上周日,你说下你都干什么了?"我并没有说出找他的原因,而是直接问案发时他的动向,看看他的反应。

"上周日?我什么也没干,一直在家休息,中间出去了一趟,晚上和几个朋友一起吃个饭,半夜回家睡觉了。"

"你中间出去那一趟是去哪儿了?干什么去了?"

"就是出去溜达一圈。周日我在家没什么事,待着闷,就开车出去转了一圈。"

"你自己一个人出去的?"

"对,就我自己,转了一圈就回来了。"

"去哪儿转了一圈?"

"我也说不清,就是开车出去随便走一走。对了!在儿童公园附近,我当时想去公园走走,但是没找到停车的地方,就开车走了。"

"你详细说下是几点出门,几点回来的。"

"我出门的具体时间没记住,在外面转了有两个小时吧,我是上午出的门,中午回来的。怎么了?警察同志?是发生了什么案子和我有关系?"林东问道。

"怎么这么说？"黄哥皮笑肉不笑地问。

"唉，我以前和别人打过架，把人打坏了就跑了，后来警察抓我的时候就问过我事发的时候人在哪儿。我那时候小，不承认，还瞎编自己当时在别的地方，最后开庭了人家把监控证据调出来了。"

"你进过局子？"我是故意这么问的，查资料的时候就查到了林东有前科。

"因为故意伤害被判了一年半，所以你刚才一问我就觉得肯定有事。"

"那我们也不和你绕圈子了，现在确实有件事与你有关，你得把你那天的行踪说明白。"

"我……我……我说不明白，我那天是自己开车出去溜达的，没有证人。不过你们调查吧，我敢保证没做过违法的事。我以前犯过错，不代表我之后还会犯错。我尝过蹲监狱的滋味，不好受，所以我肯定不会再去做违法的事情。"林东握紧了拳头，额头上青筋暴起。

张宇轩的家就在儿童公园附近，林东说他是上午去的，而张宇轩家的惨案也是上午发生的，难道这是巧合吗？还有丢失的十万元钱。

"张宇轩说他准备买车，还取了十万元钱，这事你知道吗？"

"他和我说过这事，我知道他要买车，但是取了多少钱我不知道。"

"你和张宇轩经常联系吗？"

"偶尔打个电话，我俩认识很长时间了。"

林东看似对答如流，可是我总觉得有些不对劲。他说的每个信息都能与张宇轩提供的情况对上，但总是差那么一点儿。案发的时候林东就在张宇轩的家附近出现，但他这几个小时干什么了却说不清。这时我决定亮出最后一张底牌，看看他什么反应。

"张宇轩家里出事了，你知不知道？"

"出什么事了？"

"张宇轩的妻子和儿子在家被人杀害了。"

"什么？这是什么时候的事？就是上周天吗？那张宇轩呢？他有没有事？"

"他没事，我们现在正在调查这个案件，所以来找你。经过刚才的询问，我们觉得你比较可疑。"

"我怎么可能做那种事，况且我和张宇轩关系还不错，我俩从小就认识，像亲哥们一样，无论是谁都不可能是我！"

林东的反应很奇怪。他在听到张宇轩家里出事之后，先是问张宇轩有没有事，接着对张宇轩的家人遇害表现得很冷淡，不像是他说的和张宇轩关系很好。

"你和张宇轩关系很好？"我问。

林东有些迟疑："我俩以前关系是不错，但这些年发生了很多事情，其他的不提了，到现在还算是朋友，但也仅仅是朋友而已。早些年我可能为他难过，为他着急，但现在这些都和我没关系。"

"你现在说不清你到底干什么去了，这点就很可疑。在我们没查清楚之前，你都是重点怀疑对象，从现在开始，你被限制出境，也不能离开这个城市。"

"事情就是这样，你们不相信我也没办法。"

"你要是这种态度，那我们就得天天来找你问一遍了。"我说。

林东现在在上班，如果警察天天来找他问话，那对他会产生什么影响他心里比谁都清楚。

"你们怎么能这样？我本来就是什么也不知道，没什么可说的呀？"林东一听有些着急。

"你不把事情说清楚，那就别怪我们。"我说。

林东用手挠了挠头，叹了口气说："唉，我也不想惹麻烦，好不容易找了这份工作，你们要是天天来，我可不用干活了。我和你们说实话吧，其实我那天去儿童公园是张宇轩让我去的。"

"他让你去的？让你去干什么？"

"张宇轩和我说，他妻子有外遇，让我帮忙捉奸。我其实不想管，但是和他认识这么多年了，可能他现在也没什么能帮得上忙的朋友，我一时心软就答应了他。我早上开车到了他家附近之后给他打电话，但是一直打不通，到了中午也没打通，我就没上楼，直接开车回家了。"林东回答。

"他妻子的外遇对象是谁？"我问。我感觉这是一个破案的关键点。

"这个他没说，不过他和我说过很多次他妻子有外遇的事情了。"

"你说张宇轩没什么朋友是什么意思？"

"我们从小就认识，他读书好，考了大学，而我没考上，早早就出来工作了。不过他从来没嫌弃过我。他毕业后，自己创业挣了不少钱，老婆漂亮，儿子懂事，我挺羡慕他的。只是后来不知道为什么他像变了个人一样，对人都没几句好话，工作室也关了，和很多朋友都断了联系。我们多年的情分还在，但是关系也变淡了。"

原来林东一直不说自己干什么去了是为了张宇轩着想,如果他说的是实话,那么林东这个人对朋友也算是够意思了。

我们回去准备找张宇轩核实一下,可是他的电话打不通。第二天早上张宇轩才回电话,来到刑侦大队。

"你曾经和别人说过你妻子有外遇的事吗?"我问。

"对,她有外遇很久了。"张宇轩咬牙切齿地说。

"周日那天你是不是给林东打过电话,让他陪你去抓外遇?"

"林东?我妻子就是和他有外遇!我想抓他俩一直抓不着!"张宇轩拍着桌子站起来。

"你冷静点,我问你,周日那天你给没给林东打过电话?"

"我给他打电话了,我问他是不是和我妻子有一腿,他还不承认。我让他来和我说清楚,他躲着不敢见我的面。"

"那你周日出去办事是干什么去了?"

"我找林东去了,他老躲着我!"

这下案件侦查彻底乱套了,张宇轩前后的口供都对不上。他前面没说原因还可以理解,毕竟自己老婆出轨并不是件光彩的事,可现在他说的和林东说的完全相反,两人中肯定有一个在撒谎。

现在,我们需要找出其他的客观证据来验证他们谁在说谎。

我来到移动营业厅,把陈雅丽的手机通话记录打印了出来。结果发现她和林东的联系比和张宇轩都密切,几乎每天都有通话记录。

难道真是林东和陈雅丽偷情,不知道发生了什么,他下手杀了陈雅丽?不过林东的表现并不像是杀了人之后的反应。他虽然有前科,有和公安机关打过交道的经历,但也不可能心理强大到回答滴水不漏。

我本来想拿着这份通话记录去问林东,但是黄哥把我拦住了。他说现在没有十足的把握,拿着证据去找林东只会提高他的警惕,把我们自己的底牌露给别人。

现在还有个关键线索就是丢失的十万元。我和黄哥去银行查了林东的登记信息,显示林东一共有三张银行卡和一张信用卡。

在我查到他的第二张银行卡的时候,显示卡里近期存过十万块钱!

"就是他!这个混蛋!把我们给耍了!"我忍不住爆了句粗口。

"不对，你仔细看看时间，款项存入时间是上周六，案发时间是周日，他还能提前一天把钱偷出来？"黄哥皱着眉头紧盯着银行流水单。

"很可能啊，如果他真的与陈雅丽有染的话，就有很多机会把钱偷出来。可能周日事情败露，他情急之下动手杀人。"我说。

"等等，先问下张宇轩这笔钱是什么时候取的。"黄哥还是很冷静。

我给张宇轩打电话，结果又是无法接通，不知道他的手机有什么毛病，这已经是第二次了。不过我现在就在中国银行，我决定直接在银行查。

经过查询张宇轩有两张在用的银行卡，一张交通银行卡一张工商银行卡，我记得张宇轩说过十万元钱套着工商银行的纸袋，那么这笔钱应该就是从工商银行取的。

我和黄哥来到工商银行，查询发现，这三个月内张宇轩根本没有取过十万元钱的记录。接着我又查了下他银行卡的流水，发现张宇轩的银行卡里只有不到三千元钱，在上周五的时候他从自动取款机取了一千六百元钱。

我又查了下另一张银行卡，里面也没有钱。那么，这丢失的十万元钱是哪儿来的？我给张宇轩打电话，还是无法接通。

直到第三天早上，张宇轩才回电话。我让他来刑侦大队。

张宇轩来了之后状态很奇怪，好像有些兴奋，不停地扭脖子转脑袋，时不时耸耸肩、抖抖手。

"你说家里丢了十万元钱，这笔钱是哪儿来的？"我问。

"我从银行取的。"

"什么时候取的？"

"上周五，我在工商银行自动提款机取的，然后旁边有个工商银行的纸袋子，我把钱装进去就回家了。"

"可是银行流水上显示你只取了一千六百元钱，不是十万元。"我把银行流水单推到张宇轩面前。

"怎么可能，我就是取了十万，单子打错了！"

"张宇轩你是怎么回事！银行的流水单还能有错吗？"黄哥起身把他喝住。

"你们都是一伙的！你们都是想抢我的钱！你们都是一伙的！"张宇轩的眼珠子都快瞪出来了，站起来朝我们挥舞着拳头。

"张宇轩你给我坐下！"我大喊一声。

他现在这种状况一看就不对劲，和吸毒人员上听了一样。

"上听"是一种吸毒的说法。吸毒人员在吸食毒品后会立刻感到愉悦，但真正到达顶峰还需要一段时间。而到达顶峰后，这个人的表现和反应就和普通人完全不一样了，这时就叫上听。

吸毒上听的人已经不是正常人了，他们会产生幻觉，怀疑一切，张嘴就开始胡说八道，并且对自己所说的话深信不疑。

"你们离我远点！"张宇轩大喊一声，在我们毫无防备的时候转身冲到窗边，直接推开窗户从二楼跳了下去。

我急忙冲下楼，我们刑侦大队没有院子，出门就是一条马路，张宇轩正在路上一瘸一拐地跑。

我拔腿追过去，张宇轩跳楼的时候崴了脚跑不快，不一会儿就被我追上了。

我从后面一把拉住张宇轩的衣领往后拽，张宇轩拼命挣扎，他看着瘦，可是力气很大，推搡了几下我竟然拉不动他。我俩僵持了几秒钟，他一使劲把衣服直接撕开了，还好队里的其他人及时赶到，我和同事一拥而上把他按在了地上。

张宇轩尿检冰毒呈阳性。

在发现张宇轩吸毒之后，整个案件的侦查方向都发生了变化。从他狂暴的表现来看，他肯定属于吸毒成瘾人员。这种人会出现各种幻觉和妄想，他报案的情况很有可能全是胡说八道。

与此同时，我们想到了一个之前不曾想到的状况，那就是张宇轩会不会是贼喊捉贼，他才是凶手？

从得到的线索来看，他本身没有什么仇人，妻子和儿子也没有。而从现场的情况来看，被害人被砍几十刀，整个屋子到处被砸砍，根本就不是仅仅图财的罪犯所为。

张宇轩现在有重大作案嫌疑！

可是这种推断反而让我们的调查陷入了困境。案发现场就是张宇轩的家，里面到处都是他的指纹，反而不能成为指证他犯罪的证据。

最关键的一点儿是作案的凶器是什么。从被害人的伤口来看，这可不是一般的匕首能做到的，在张宇轩家中我们也没发现任何可能是凶器的东西。

我们再一次找到林东，想从这个张宇轩唯一的朋友嘴里找到一些线索。

在我们告诉林东，目前侦查对象变成张宇轩之后，他的反应和我们怀疑他的时候一样，很淡定。

我问林东是不是知道张宇轩吸毒，林东点了点头，告诉我们这是张宇轩身边的朋友都离开他的原因。但是他觉得做朋友不能这么绝，所以还继续和张宇轩保持着联系。

林东说张宇轩之前自己开工作室，在他吸毒后工作室也不开了，天天在家里醉生梦死。陈雅丽因为这件事总与他吵架。后来陈雅丽来找自己，想让自己帮忙劝一劝。也是因为这一点儿，林东和张宇轩的关系越来越差。

林东说，张宇轩在儿子上初中之后想买辆车接送孩子，可是他多年吸毒把家里的积蓄都败光了，便对自己提出借钱。

林东从朋友那里凑了十万元钱，这也是他卡里出现十万元钱的原因，但这笔钱还没借给张宇轩便出了事。

我又问林东既然早知道张宇轩吸毒，为什么不早点告诉公安机关。林东说他觉得公安机关早晚能查清楚，但这件事不能从自己嘴里说出来，这是他当朋友的原则。至少他为人处世就是这个态度。

我问林东："你宁可冒着自己被怀疑的风险，也不愿意说出朋友的问题是吧？"

林东点了点头。

"张宇轩吸毒已经成瘾了，如果这次证据不足，没法处理他，早晚他还能惹出大祸来，到时候倒霉的就是无辜的人了。你如果有线索不提供的话，这不是在帮他，而是在害别人。"我尝试着劝说林东。

林东想了想说："现在我和他接触少，了解也少。不过，你们问吧，如果有什么我能想起来的，我就告诉你们。"

我将案件的大体情况对林东说了一遍。林东听得很仔细，一边听一边回忆自己和张宇轩认识的点点滴滴，希望能想起来一些线索。

"你说他儿子的脖子被齐刷刷地割断了？"

"还剩点皮连着，但感觉不像是用刀割的。床头的喷溅血迹是一个扇形，血迹喷溅很平均，更像是一下子斩断的。"我说。

"凶器找到了吗？"林东问。

我摇了摇头。

"一下子斩断……一下子斩断……"林东一边低声默念一边想，然后拍了下大腿，说道，"对了！我想起件事情！"

"张宇轩平时喜欢收集兵器，以前我和他关系好的时候去过他家，记得他有长剑、弯刀，还有一把关王刀，就是需要两只手握着才能挥起来的那种。我当时还问他开没开刃，他说没开刃，不然这东西一下子就把人头给砍下来了。"

竟然还有这种东西？我大吃一惊，从被害人的伤口状况来看就像是用的砍刀之类的大型凶器，没想到张宇轩家里就有。不过这么大的东西怎么没听技术中队说过呢？

我拿到张宇轩家里的钥匙，和黄哥一起返回现场。

现场已经被清理了，但是屋子里血腥的气味久久散不去，几只圆头大苍蝇顺着气味飞来围着窗户不停地撞。

我和黄哥把张宇轩家里从里到外找了好几遍，根本没看到任何兵器的影子。他把这些东西都藏哪儿去了？不找到凶器这个案件就无法核定，即使张宇轩认罪也不行，到开庭那天一旦翻供就麻烦了。我急得只差没把地板撬开了。

窗外天色渐黑，黄哥拉着我离开，说回去再从长计议。

楼道里的苍蝇也不少，嗡嗡地飞来飞去，尤其在走到一楼的时候，十几只苍蝇到处乱飞，好几只"咚咚"地往楼梯下面的仓库门上撞。

老式的楼宇都会把一层通往二层的空间砌成一个小屋，这边也是这样。这个屋子门上有把锁，还挺新。看着苍蝇不停地往门上撞，我觉得有点门道。

我敲了一户人家的门，问他们这个仓库是谁的，他们说是三楼一家住户的。我拿出张宇轩的钥匙链，除了家门钥匙之外还连着一个小钥匙，我拿着比量了一下，小屋的锁眼与钥匙大小正合适。

我立刻向大队汇报，不一会儿，技术中队的人来了。我戴着手套将钥匙插进锁眼，拧开了锁头，推开门后一看，一平方米见方的小仓库里放着各种刀具，其中最大的是一把关王刀。用手电筒照上去，刀片上暗褐色的血迹赫然在目。

经过现场勘查，技术中队在小仓库的锁头上找到了张宇轩的指纹，关王刀的刀把上也有他的指纹。

张宇轩在看守所被关押了一个多月，直到被检察院提请逮捕才说了实话。

原来他吸毒吸得已经分不清现实和虚幻，在一个月强制戒毒后，才渐渐想起了那天的事。

他吸毒致幻，总觉得自己妻子与别人有染，然后又认为儿子不是自己亲生的。

在一连串的幻觉下，张宇轩去仓库拿出关王刀回到家中，先砍死了在床上睡觉的儿子，接着又砍向妻子。

将二人都砍死后，张宇轩觉得屋子里还有别人，于是用刀在屋子里到处乱砍。屋子里一片狼藉，其实都是张宇轩在和自己的幻觉搏斗。

在毒瘾发作的间歇，张宇轩时而清醒时而混沌，他在回过神来发现妻子和儿子死了之后，甚至想不起来是自己杀的，反而跑到派出所报案。

张宇轩来报案的时候，正是毒品在体内发作的时候，但他除了冰毒之外还抽了麻古，所以精神时而紧张时而舒缓。我们看到他眼睛直勾勾地盯着屋顶，正是毒品生效后的反应，那时候的他正沉浸在毒品的欢愉之中。

我们在派出所第一次见到张宇轩的时候，闻到的香味其实是他食用麻古产生的味道。麻古的味道很特殊，就像是熏香一样，但我们当时都没有往那方面想。在张宇轩否认自己喷过香水之后，我们便没再继续追问那股香味。

我给张宇轩打电话无法接通的时候，他都在吸食毒品，而第二天来到公安机关的时候，毒品劲儿还没下去，他时而清醒，时而迷糊。

在他清醒的时候，他会配合，努力回忆发生的事，但其实他什么都想不起来。在他迷糊的时候，就胡说八道，将自己的幻觉当作真实发生的事情说出来。

案件起诉阶段我因为其他的案件去看守所提审，听里面的管教说张宇轩被关了禁闭，因为他多次试图自杀。不知道他是不是时时想起惨死在自己手下的妻子和儿子。

第十一案

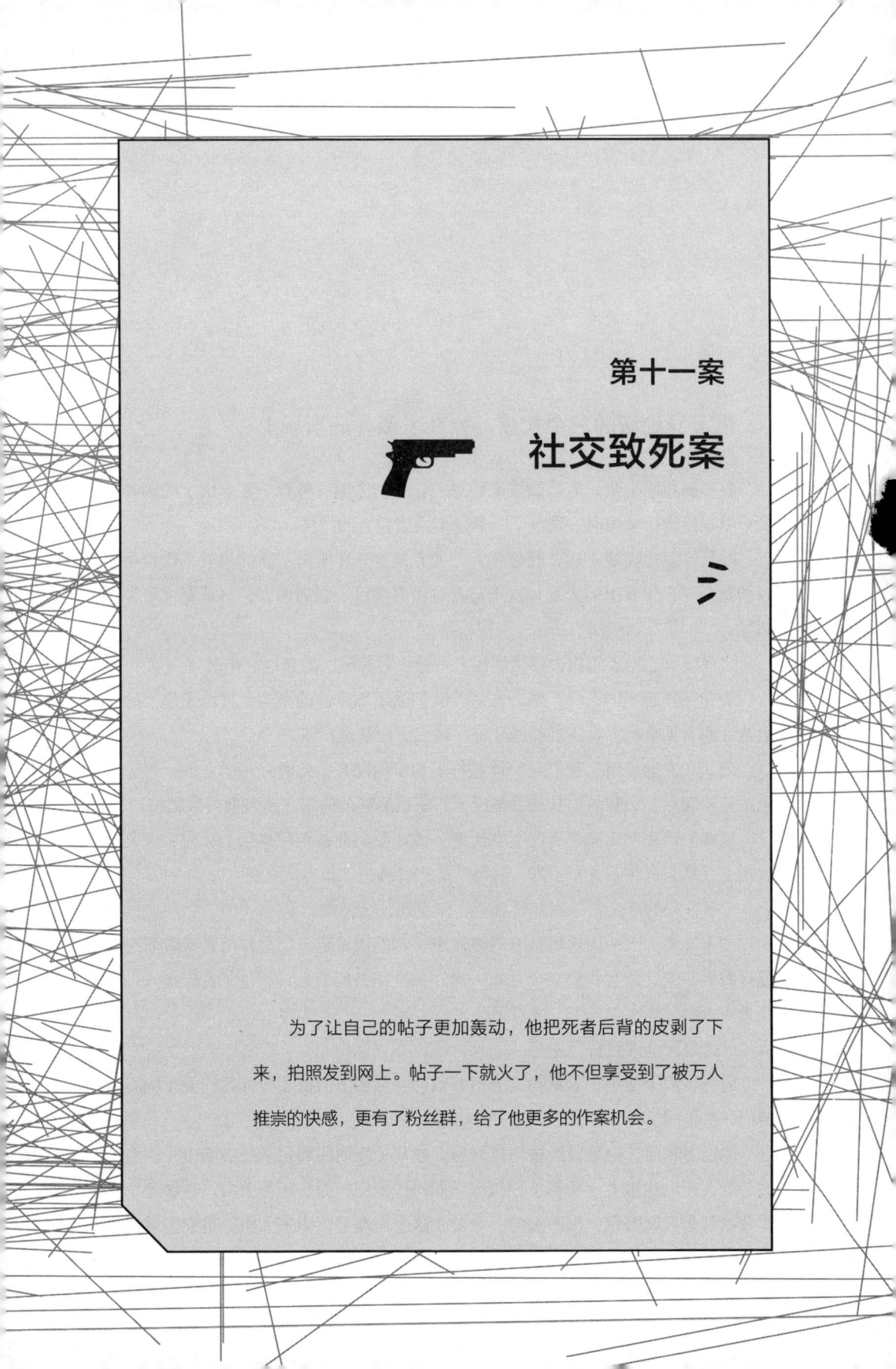

社交致死案

为了让自己的帖子更加轰动,他把死者后背的皮剥了下来,拍照发到网上。帖子一下就火了,他不但享受到了被万人推崇的快感,更有了粉丝群,给了他更多的作案机会。

逛灵异论坛的三个女孩，死在了废弃的刑场上

我和狐狸刚上班，宋队就发来消息，让我们去响石岭看一看。山上的巡林员今早在河沟捡垃圾时，发现了一具疑似跳崖自杀的尸体。

响石岭那边离城不远，经常死人，尤其是这几年刚修了新的栈道，崖顶可以俯瞰全城，想自杀的人觉得这里是看这世界最后一眼的地方，自杀案件更是频发。

之前还有志愿者组织去崖顶巡视，不过收效甚微，后来也就作罢。

我和狐狸赶到响石岭，巡山人带着我们从下面干涸的河沟走进坳子里。远远地，我看见草丛上有一群苍蝇环绕，猜想下面就是尸体。

确认案发地点后，我们对尸体进行了初步的勘查。死者是一名女性，尸体刚刚开始腐烂，后背的皮肤几乎都没了，密密麻麻的蚂蚁在腐肉上爬来爬去。

这场面让我和狐狸都有些不寒而栗。就在我们准备把尸体抬上车时，天突然阴了，乌云遮住阳光，一阵"呜呜"的声音传来，像有人在哭。

"哪儿来的声音？"我四处张望，没发现什么异常。

"不知道，天一阴这里就有很多怪声，咱们快走吧。"巡林员紧皱着眉头催促我们，"这条沟我们半个月来一次，每次都是两个人，不过午肯定离开，今天一折腾时间有点长了，过点了。"

"这是什么讲究？"

巡林员摆了摆手，示意我山上不好说话，直到下山他才告诉我们关于响石岭的一些传闻。

他说多年前，山腰曾经被当作刑场，被判了死刑的罪犯总是面朝山丘跪着被行刑，所以这里老一辈都不把执行死刑叫作枪毙，而是叫作上山。这种死于非命的都是孤魂野鬼，出不去的，全窝在这个山坳里，中午太阳一过它们就出

来了。

巡林员说得煞有其事："自从在山半腰修了木栈道，来这里的人多了，垃圾也多了，我们这才被要求来这里巡林捡垃圾，但我们从不过午入林。"

不过这些以讹传讹的谣言，我听听也就过了，没有当回事。

当天晚上法医就出了初步检测报告，不是自杀，而是窒息性死亡，应该是被勒死的，通过胃容物推断死亡时间就在三天之内。除此之外，死者还有被性侵的迹象，从阴道提取到了其他人的DNA。

死者周身上下都有擦伤，从她在山岭沟里被发现的位置和身上沾着的草皮树叶来看，她曾从高处滚落下来。此外，法医还在死者的手指甲缝里发现了红色布料纤维。

一听是命案，所有人都紧张起来。现在市里要求命案必破，不等宋队下达指令，我已经准备好了强光手电，和狐狸一组上岭找线索。

"今天咱们抬尸体的地方，早些年是条河，当年谣传河里有水猴子，在河里游泳的小孩儿有好几个被拖下去淹死了。后来上游修了水坝，这条分支河彻底干涸，据说有人还在泥滩里找到水猴子，被人高价收走了。"狐狸神神秘秘地对我说。

我敲了敲狐狸的脑袋："都什么时代了，你怎么还这么迷信？"

"嘿，你别不信，我小时候来过这儿，山坳最里面有个洞，据说就是水猴子的窝。后来有人用炸药把洞炸塌了，再加上修水坝把水放干了，这里才再没有小孩儿失踪，不信我可以带你去看看。"

我没有搭话，径直往里走，到达响石岭已经是晚上八点多。白天我俩来过这里，路都记得，所以我和狐狸走在最前面，队里其他人在后面。

走了一段路，我回头一看，发现原本跟在身后的其他同事全不见人了，连手电筒的光都没有。

"慢点，等等后面的人。"我拍拍狐狸的肩膀。

狐狸往后看了一眼，吓得一哆嗦："哎，你看看，后面那个山坡，好像有什么东西在跑？"

我把强光手电顶端拧了一下，光束一下子集中起来，对着山坡照过去。

亮光下，一个红色的东西靠在树上，被手电的光束吓了一跳，立刻往后蹿过去，一下就不见了。

"什么东西？！"我和狐狸几乎同时喊出来。

"刘……刘哥,这是什么东西?"狐狸明显吓得不轻。

"我也没有看清楚。"我强作镇定,把手电筒握得死紧。

没一会儿,后面的同事终于赶上来了。我和狐狸对视了一眼,没有把刚才看见的一幕说出来。

我拍拍狐狸的肩膀,低声说:"别想了,先查案子,权当咱俩眼花了。"

狐狸点点头。

可响石岭太大了,那天我们找了一晚上都没有什么发现。

发现尸体的第二天,事情有了转机。我们接到市指挥中心转来的报案,报案人说两天前他看见有人在响石岭打架,从山崖上滚下去了。

我们急忙把这个报警人找来了解情况。他说,前天晚上他在响石岭的木栈道跑步,看到两个人在打架,但是天有些黑看不清。还没等他走近,有个人就被推落了山崖,凶手根本不是人,而是一个红色的圆滚滚的怪物。

在那人跌落山崖后,那个红色的怪物也顺着山崖滑了下去。他吓得不轻,以为自己遇见了什么不干净的"东西",急忙往山下跑。

他一口气跑下山开车就回家,过了两天,越想越不对劲,便打电话报警。结果他住的地方和响石岭不是一个辖区,被当作无效警情处置,黄哥去指挥中心翻报警记录才发现。

"现在怎么办?"狐狸问我。

"管它是什么,就是水猴子也得把它找出来。"我听得一个头两个大。

"找那个红色的玩意儿?"

"对,扫除一切妖魔鬼怪。"我用坚决的口吻回答。

狐狸张了张嘴,没说什么,眼睛滴溜溜地转了几圈。

过了一会儿,我去洗手间正好听到狐狸在打电话,问别人能不能弄到黑驴蹄子。我有些忍俊不禁,小说里驱鬼辟邪的玩意儿,他还真信。

尽管我嘴上说不怕,但是来之前,我还是专门找法医问,如果死人变成僵尸的话有没有什么弱点。

法医说,人死了全身僵硬,很脆,一脚下去就全散架了,我才把悬着的心放下一半来。

晚上,我和狐狸又上岭了,专门去找那个无法描述的"怪物"。

我俩沿着木栈道走到一半,借着月光能看到木栈道的尽头。山顶有一块大石头,跟风某著名景点,取名叫"一米阳光"。

"呜呜呜……"我好像又听到了哭声,跟现场搬尸体时听到的声音一样。

"你听见了吗?"我问狐狸。

狐狸没有回答,狠狠地抓着我的胳膊,指甲都陷入了我的肉里。

"好像是从那边传来的。"狐狸指着右边的山坡说。

我拿着手电往那边照过去,只见一个红色的东西晃了一下,藏进了树后面。

"还真有东西!"我压着嗓子挤出来一句话,心都要从嗓子眼里跳出来了。

"走!"他手上多了一把甩棍,手一抖,"哗啦"甩出老长。

我心想还好不是黑驴蹄子,狐狸总算没给咱警察丢脸。

我俩关了手电筒,从红色身影消失的槐树两侧绕过去,几乎同时把手电打开,强光一下子射到树后面,一个鼓鼓囊囊的红色东西正在动!

狐狸拿着甩棍朝红布上就是一棍子。

"啊!"红布下面发出一声惨叫,是人的声音。

我上前一步把红布扯开,下面蹲着一男一女,看着岁数不大。他们被强光手电照得睁不开眼睛,男的正捂着脑袋哇哇大叫。

"你们干什么?"女孩大喊。

"我们干什么?我还想问你们干什么呢!大半夜的,弄块红布在这儿装神弄鬼,我找你们好几天了。"狐狸掏出手铐准备把他俩一起铐上。

"拿块红布怎么了?妨碍你们了吗?你们凭什么上来就打人,我要报警!"女孩把男孩护在身后,狐狸这一下打得挺狠,男的到现在都没缓过神来。

"报个屁的警,我们就是警察,跟我们走!"狐狸没好气地说。

确认我俩是警察后,女孩气呼呼地冲着我和狐狸大喊大叫。狐狸举起甩棍告诉她,得亏我们是警察,如果我俩是坏人,他们现在还不知道发生什么事。

女孩悻悻地闭了嘴,开始收拾地上的东西。地上散落着一个背包、一台手持摄像机、一副三脚架、一个葫芦丝。

我把他们的包翻了一遍,没发现任何能伤人的凶器,只好把这两个人带回队里,开始进行问询。

经过调查,我们得知这两人是从外地来的,想来这里拍段闹鬼视频,发到网上博眼球。

他们带的三脚架和摄像机都是用来拍摄的，葫芦丝用来配音，红布用来扮鬼。

我问他们为什么非得选在响石岭，他们说这个地方在网上很有名，据说死过人，而且是被旱猴子害死的，皮都给剥掉了。

先是水猴子，这又来个旱猴子，真是编得越来越离谱，我心想。

等等，皮被剥掉了？

之前现场尸体背后的皮也没有了，这两个人又是怎么知道的？

"什么地方的皮被剥掉了？"我装作漫不经心地问。

"后背的皮被剥掉了。"

"你从哪儿看见的？"我极力控制自己的情绪，但是说话的语调还是忍不住上扬。

"在论坛上……"男孩小声回答。

"具体情况，详细说说。"

男孩说他和女朋友都喜欢灵异事件，在网上找资料的时候发现了一个论坛，一篇帖子引起他们的注意，这个帖子讲的就是响石岭闹鬼的事。

在灵异论坛里这种闹鬼的故事多的是，但是响石岭这篇帖子与众不同，它不光有故事，还配了一张挂在树上的人皮图片，讲的就是旱猴子杀人的事。发帖人称这是人背后的皮，是旱猴子把人拖走时撕扯下来的。

帖子里还有几张旱猴子的模糊照片儿，都是晚上拍摄的，能隐隐约约看到是一个红色的肉球。

他们想找旱猴子，联系发帖的人，却一直没得到回复，于是他们打算自己用红布扮演，拍几张模糊的照片儿发到网上。

我反复追问他们为什么非得要在网上发帖博人眼球？他们说有网站专门出价收集这类视频，点击率越高就越能卖出高价。他们想伪造这类鬼怪视频来卖钱。

我还是第一次听说鬼怪视频能卖钱，出于好奇我输入男孩说的网站地址，却发现登录失败。男孩才告诉我这是国外的网站，还得"翻墙"。

我一番折腾后，才终于找到了那篇点击率很高的帖子，挂在树枝上的人皮照片儿背景的山坡看起来非常像响石岭。

"这帖子是谁发的？"

"不是我们，你看发帖的ID（身份标识号码，也称账号），和我的不一样。"男孩急忙辩解道。

照片儿上如果真的是人皮的话，和死者背部缺失的皮差不多是吻合的。也就是说发帖人极有可能就是罪犯，扒掉了死者后背的皮。

"不是你们发的？"我面色严峻地对着两个人又问了一遍。

"真不是我们……"男孩眼睛都红了，畏畏缩缩地坐在椅子上，头低得都快埋到桌子下面去了。

我终止了对他们的问询，联系网警大队，希望能从论坛的注册信息里找出这个人。结果发现这个人用的是一次性邮箱注册，在登录论坛的时候使用了VPN（虚拟专用网络），无法关联到具体IP地址。

"这个人反侦查能力很强，网络也玩得很溜，想找出来可不容易。"网警大队的同事对我说。

我感觉自己与罪犯只隔着一条网线。我特意注册了会员，从他发的帖子里一点儿点找线索。

他在论坛中人气最高的帖子就是这个旱猴子的故事。故事介绍了响石岭的历史，把以前响石岭被用作刑场和乱葬岗的事都写了进去。还说旱猴子一直存在，以前靠吃死人，后来响石岭的死人越来越少，于是便开始找活人吃。

帖子里面有很多张照片儿，都是模模糊糊的红色肉球，发帖人说这就是他拍到的旱猴子。

最让人关注的就是那张人皮的照片儿，发帖人说旱猴子在吃人的时候要剥皮，把人皮挂在树上，他在岭上找到了这张皮。

我又继续翻看其他的帖子，他还写了个枯井的故事。他在井里发现一具尸体，配了一张照片儿。但是这个帖子没引起太大的关注，回复的人也不多，已经沉了很久了。

"这地方我看着眼熟呀。"狐狸站在我身后说。

"咱们辖区的？"

"这个枯井我以前去过，也在响石岭。"

"又是响石岭？"

"响石岭有个庙，我小时候去过，后来被推倒了。那座庙旁边就有口井，和这个一模一样。"

"那井里发现过尸体吗？"我急忙问。

狐狸摇了摇头。

我看了下帖子的发布时间，是在一个月之前。我立刻联系110指挥中心，查了下我们辖区，尤其是响石岭的报警情况，结果发现没有任何关于枯井中发现尸体的警情。

我不禁毛骨悚然，难道这又是他自导自演的一场犯罪？

我和狐狸再一次回到响石岭，这次我们直接赶赴老庙。

老庙在响石岭的另一侧，我和狐狸沿着木栈道走到"一米阳光"，从小路绕了一圈走下坡才到。这条路几乎没人来，一路上石板缝隙里的草都长得有小腿那么高了。

庙宇的墙皮已经剥落，露出红色的砖头。外面有一堵石头围墙已经全坍塌了，只剩下几块墙垣，杂草从庙壁和水泥地面的缝隙处长出来。

狐狸凭着记忆带我绕到了庙后，扒开草丛指着两块预制板说，下面就是古井。

这口井被预制板盖着，周围没有杂草，感觉像是被人清理过。我拿出照片儿一对比，和帖子里说的古井入口一模一样，那么里面的尸体呢？

我和狐狸扶着预制板的两侧，把板子抬起来，慢慢往旁边挪，板子渐渐露出了一个缝。我贴着井侧壁往里看，井是枯的，里面不深，只有一两米，我隐约看到里面有东西。

我们继续挪预制板，里面的东西终于重见天日———一具长发的腐烂尸体。

我和狐狸倒吸一口气，几乎同时停下手，面面相觑。

"他就发了两篇帖子？"狐狸问。

我知道狐狸这话的意思，两篇帖子就是两具尸体，要是再找到其他帖子可能就会有更多的尸体。先不说这些人是不是他害死的，就从他这种拍摄尸体的特殊嗜好来看，他可能就和这些案子有莫大联系。

"他那个ID下面我只找到了这两篇，这篇点击率不高，已经沉了。"我回答。

我仔细回想了一下，他在回答关于响石岭的怪异情况时，特意提到了石头庙，也就是我们眼前的这所破庙。

响石岭有旱猴子这件事流传已久，我们在周围了解情况的时候，很多老人也提到过，这座庙里供奉的就是旱猴子。新中国成立之前，还有迷信祭祀活动，后来"破四旧"的时候石头庙被砸了，也没人再来供奉。

而这次，灵异网站上的帖子让响石岭又火了起来。

"咱们去庙里看看，他在回复里几次都提到石头庙。"我说。

庙不大，十几平方米见方，正中间有一个石墩，上面供奉的石像已经没有了。我围着石墩走了一圈,没有什么发现。

石头庙的棚顶已经没了,阳光透过树荫照射进来。我顺着阳光四处搜查,突然发现石墩与墙壁的夹角处好像有一个黑色的布条,我走上前往外一拽,从石墩下面的洞里拽出来一个布包。

这个洞像是人工开凿的,大小正好能将布包塞进去。我打开布包,里面是一件火红色的亮皮外套。

"嘀,找到旱猴子了。"我对身后的狐狸说。

"你怎么能确定就是这玩意儿?"

"你觉得谁会把这种衣服藏在破庙里,还凑巧是件红衣服?咱们晚上看见的东西,还有在网上发的那些照片儿,估计都是用这个玩意儿做的。"我说。

"那尸体呢?"

"这个就不好说了,搞不好就是披着这件衣服的人干的。"

"现在关键问题是如何找人。"狐狸说。

"枯井里的尸体先别对大家说,在响石岭一下子发现两具尸体,这事一旦闹大了,只怕惊动罪犯。他把衣服藏在这没拿走,我觉得他还会回来,到时候再想办法把他抓住。"

我把衣服重新包好,照原样藏回洞里,然后和狐狸把预制板盖回到枯井上,从小路下了山。

我和狐狸憋着一肚子的秘密回到大队,网警那边传来了新的消息,他们没有查到发帖人的真实身份,不过查到了他的私信记录。

他在论坛里特别喜欢用私信与网友聊天,内容全是神鬼之类的话题,洋洋洒洒一共几百条。在他发出响石岭旱猴子的故事,并且配上人皮照片儿之后,用私信联系他的人更多了。

我逐条查看,发现除了正常聊天之外,他曾经在私信中邀请多个网友来响石岭探险,并且主动提出由他带路。

答应他的有三个人。我看了下,第一个是在一个月前,第二个是在上周,而第三个则是在昨天。

这人目前是我们首要的怀疑对象,可以借着他与网友见面的机会将他找出来!我琢磨着,虽然他在论坛里的个人信息都是假的,登录的时候还使用VPN隐藏身份,但来找他的网友可不一定是这样。

顺着这个思路,我们查到了约他见面的网友信息。这个网友是一名女性,她的QQ号最后的登录地点就在本市的一家网吧，登录时间是两个小时前。

看着这个结果我心中一紧，坏了，这个网友来和他见面了！

发帖人约第一个网友见面是一个月前。枯井里的尸体虽然还没做鉴定，但从腐烂程度上看肯定有大半个月。发帖人约的第二个网友见面是一周前，和女尸被害时间也吻合。现在他约这个网友见面，这个网友赴约的话很可能也会遇害。

现在是下午六点多，我们必须得赶快把这个女孩找出来。我们兵分两路，黄哥去网吧调监控查网友身份，我和狐狸去向宋队汇报，商量下一步行动。

我们把枯井里发现尸体的情况汇报给宋队，宋队也非常惊讶。

"今晚必须把这名网友找到！"宋队说。

"黄哥已经去网吧了，那个网吧离得远，现在下班高峰又堵车，过去起码得一个多小时。天已经黑了，我怕就算查到网友的录像，她也已经不在网吧了。"我说。

"上岭！如果发帖的人想约她见面的话，十有八九会带她去响石岭。咱们现在就派人上去守着，至少先保证今晚这个网友的安全！"

我们全队出动，直奔响石岭。

响石岭光木栈道就有四公里长，站在前面看不见后面，我们全队加在一起也不到二十个人，想把整个响石岭都看守住根本是天方夜谭。

"咱们上岭有什么用？怎么能知道哪个是发帖人？如果这个人真要是想对网友不利的话，肯定要穿着扮成旱猴子的衣服，咱们应该去庙里守着衣服！"我对狐狸说道。

"你怎么不早说！"狐狸往我背上猛拍了一巴掌。

也怪我，刚才跟宋队汇报的时候，光顾着说枯井里的死人，把庙里藏着衣服这件事忘了。现在猛地想起，我和狐狸急忙往老庙的方向跑。

我一边跑一边给宋队打电话，把计划说了下。响石岭的信号断断续续，我也不知道他听没听清。

我和狐狸爬了半座山，当我俩一路小跑冲到崖顶"一米阳光"的时候，已经累得气喘吁吁了。

我俩顺着小路往老庙走，脚下全是碎石渣，行动非常艰难。我打开手电筒往前面照，就在我的手电筒光照到老庙的时候，地面上出现了一个红色的圆滚滚的东西，四肢着地一跃一跃地往前跳着走。

我先跑上山再下山，一路下来双腿有些发麻，要是换作两天前，突然看到这玩意儿，估计得惊得腿肚子直抽抽。但是现在不一样，那团红色的圆滚滚的东西，我越看越觉得就是那件红色皮衣外套。

"站住！"我大喊了一声。

那个红色的"怪物"惊了一下，更迅速地往树林里跑。

我来不及思考，拔腿就追，下坡的一段路全是小石子，我脚下步子一大，"刺溜"一下就滑倒了，顺着石渣子路像坐滑梯一样直接滑了下去，狐狸远远地落在我身后。

等我滑到老庙前，那个红色的旱猴子还没跳进树丛里，我坐在地上拿起手电朝他照过去，圆形的光柱照到它的身上，一下子让它现出了原形。这个一直四肢着地跳着走的旱猴子猛地站了起来，撒开双腿往树林里跑。

这哪儿是什么旱猴子，分明就是个人。上身穿着红色的皮衣外套，下身穿着黑裤子，在远处看只能看到红色的上半身。

"站住！警察！"这次轮到我吓唬他了。

我爬起来追上去，突然感觉屁股一阵火辣辣的疼，但我已经顾不上这么多。

这人看我追来，没敢继续往树林里跑，而是转个方向朝下山的小路跑。下山的路都是石子铺的，又窄又滑，他只能挪动小步快速地蹭着走。

我知道这么跟着追费劲，直接坐在石头渣子上继续往下滑。我迅速滑到他身后，顺势抬起一只脚直接踢在他后背上，旱猴子正面摔了个猴啃泥。

我起身扑过去一把将他按在身下，狐狸赶过来和我一起将他的手臂扭过来戴上手铐。

"你屁股沾了什么东西？怎么黏糊糊的？"把人控制住后，狐狸才注意到我有些不对。

我回手一摸，哪儿是沾了什么东西，裤子全破了，屁股都磨出了血。刚才肾上腺素飙升，忙着抓人，根本感觉不到疼痛，现在被狐狸一说，我才觉得屁股像被针扎了似的，已经不能用火辣辣来形容了。

当晚大夫从我的屁股肉里拣出十几个小石子。我不得不请了三天假，趴在床上晾了三天屁股。

案件的审讯以及之后发生的事，都是我从狐狸那里听说的。

那人自从被抓之后就惶惶不安。他坐在审讯室的铁凳子上，好像全身长满了虱子似的，不停地扭动身体，脑袋左顾右盼，一副坐立不安的样子。

变态罪犯的人格很极端，在对抗警察方面也一样，要么拒不交代顽抗到底，要么毫无抵抗直接投降。这个人属于后者，审讯开始没半个小时就全交代了。

他本身是一名重度沉迷的灵异事件爱好者，时不时会觉得自己被野鬼山神附体，总想闹出点事情来。后来他在论坛找到了归宿，可是他发现自己讲的故事不受重视，也没人注意他。

大约是在半年前，他对响石岭曾经的传说很感兴趣，便来到这里取材，希望能写出让人认同的帖子。为了能营造出恐怖的氛围，他刻意选择晚上来响石岭。

那天晚上他在岭上到处转，沿着小路走，不知不觉就来到山岭沟，也就是我们发现尸体的地方。他听见了呜咽的声音，沿着声音发出的方向走，然后他就看到了红色的圆滚滚的旱猴子。

他追着旱猴子，一脚深一脚浅地走了十多分钟，完全迷失了方向。周围都是山和树，连天空中的一点儿月光都被挡住，他只能靠手电筒照着前面的路。

这时候他看到了一个洞，大约一人见方。他像着了魔一样，拿着手电筒就往洞里爬。洞不深，不到十米，他爬进去后在地面上看见了一只红色的手，五指俱全，但是手上的皮全是褶皱，比正常人的手小了一圈。

他用手电筒仔细照了照，发现到处都是残缺的尸块，有手有脚还有身子。看着这些东西，他不但没害怕反而感觉很兴奋，由上到下产生了一种酥麻的快感，他恨不得把这些东西一件件搬回家去慢慢欣赏。

最终他把那只红色的断手拿走了，这次他知道自己喜欢的不单单是灵异故事，还有死人，尤其是支离破碎的尸块。

他决定自己动手。旱猴子的故事对他已经没有吸引力了，唯一的作用就是他可以伪装成旱猴子杀人，再把那些恐怖照片儿发在网上，诱骗更多和他口味一样的人来这里。

他骗了一个人来这里，带她到响石岭的老庙后，用绳子勒死后藏进枯井里，然后拍了照片儿发到网上，结果没引起太多人的注意。

随后他又想把人杀得再细致点，便出现了我们在岭下河滩里发现的那具尸体。那也是通过论坛认识的网友，他以探险为名把人约到这里，先性侵然后杀害。

为了让自己的帖子更加轰动，他把死者后背的皮剥了下来，拍照发到网上。帖子一下就火了，他不但享受到了被万人推崇的快感，更有了粉丝群，给了他更多的作案机会。

于是他策划第三次作案，打算如法炮制，再一次约网友来响石岭。我们抓住他的时候，约来的网友还在木栈道附近等他，他来老庙换衣服，打算扮成旱猴子再一次去杀人。

这次他带了摄像机，想把过程偷拍下来，如果这次他成功了，对于网络而言又是一场灵异盛宴，但对于现实而言则是一场人为的变态灾难。

我对于他所说的，因为发现尸块而产生了杀人念头的说法嗤之以鼻。一个变态杀人狂能为自己杀人找出一百种理由，即使没有他编造出来的尸块，他也能找出其他的各种各样的杀人借口。

我问他那个满是尸块的山洞在哪儿？他说他也回去找过，但是再也没找到。那天晚上天黑雾大，他只是碰巧用手电筒照到地上有个洞，一个仅供一个人爬着钻进去的洞。

他对自己的杀人行为供认不讳，唯独杀人动机让人无法理解。在审讯中，他三番五次说自己是因为去过那个藏着尸块的洞，才产生了杀人的想法。响石岭那么大，我们上哪儿去找这样一个洞？我们权当他是在信口雌黄。

此外，按照他的说法，他作案的动机是恋尸癖，那又为什么要性侵女孩？我怀疑他是吸毒上瘾产生了幻觉，像之前办过的那起灭门惨案，于是申请对他做了尿检，但尿检结果是阴性，也无法解释他状似癫狂的作案动机。

至于响石岭天阴或者晚上的时候总有"呜呜"的哭泣声，我们咨询过地质专家，得知那是因为山上石头特殊的风化形态。很多大石头形成了中空的形状，气温变化影响气流，风穿过石头的孔就会形成这样特殊的声音，响石岭也是因此得名。

案件告破的第二天，我们去他家里找剥皮用的工具。根据他的描述是一把匕首，进了他家门时，这把匕首就插在桌子上，像是防备着什么。

临行前我们对他家又进行了搜查，在他床上的枕头旁边，我看见了一只断手，红色的，布满褶皱，比常人的手小了一圈，和他描述的在洞中看到的一样。

第十二案

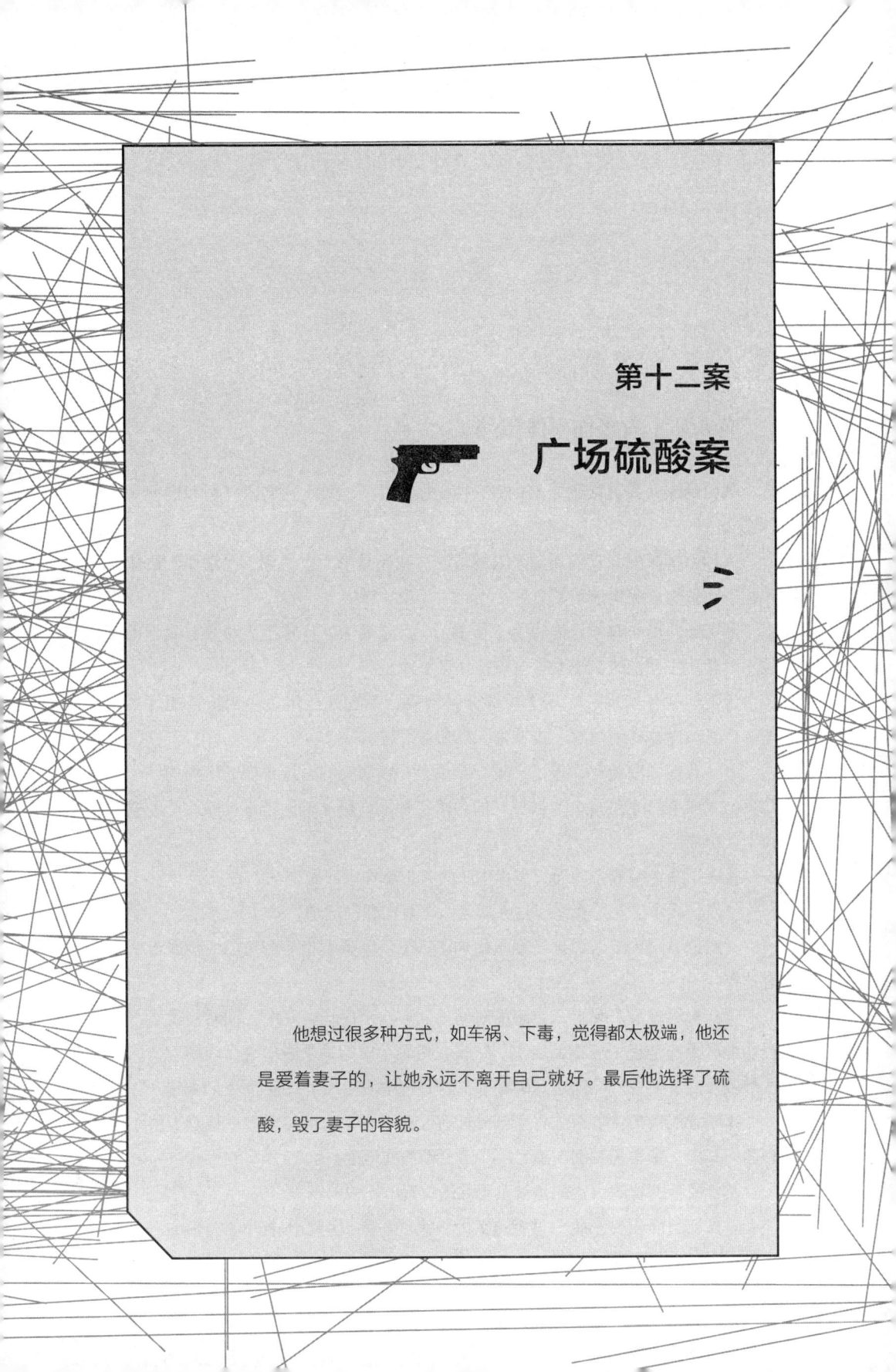

广场硫酸案

他想过很多种方式，如车祸、下毒，觉得都太极端，他还是爱着妻子的，让她永远不离开自己就好。最后他选择了硫酸，毁了妻子的容貌。

有人从十六楼往下泼硫酸

刚回到家,我就接到了110指挥中心的电话,通知我到文园广场和刑侦大队会合。

这种由指挥中心直接通知个人的情况,我还是第一次遇到,电话那头语速很快,我猜想情况应该很紧急。

到文园广场的时候已经晚上十点多了,远远看去,广场上人很多。我觉得很不对劲,按理说这么晚大家应该都休息了才是。

走近后我才发现,广场上大部分是警察,不远处还停着一辆特警的运兵车。广场边缘整齐地站着一排特警,都拿着警盾。

有一台现场勘验车开进了广场,车顶上一盏明亮的射灯正照着广场的一个角落。我顺着灯光望过去,被照亮的角落在一栋高层建筑的楼下,四周已经被拉上了警戒带。

狐狸正站在警戒带外面,技术中队的人正蹲在里面做现场勘查。

"出什么事了?怎么来了这么多人?"我向狐狸问道。

"我也是刚来不久,你听崔叔给你讲一下。"狐狸指着旁边的一位派出所老巡警。

"有人泼硫酸。晚上八点多的时候,就在这个广场,几个人同时被泼了,受伤最严重的是这个店铺的店主。"崔叔指着一楼的一个进口食品店铺,"店主被硫酸洒了半身,已经送到医院了,她旁边站的三四个人也都受了轻伤。"

我顺着他指的位置看去,店铺外面有几张桌子,上面零零散散地摆着些小食品,其中一张桌子侧倒在地,不少零食都撒在地上。

"警戒带围着的位置就是被泼硫酸的位置?"

"真实的面积要小些,只有这么大一块。"崔叔用手围着小店门前的三张桌子画了一个圈，意思是被泼的位置就围绕着这三张桌子。

我越过警戒带走进去，技术中队的人正在地面提取物证，借着现场勘验车车顶的射灯，我看到地砖到处都是被腐蚀的黑点。

"刘哥，这里有个目击证人。"狐狸在后面向我喊。

我转过去一看，是一个五十多岁的大叔，穿着一件跨栏背心，手上拿了个蒲扇摇来摇去。

"当时呀，我就在这里乘凉，突然听见有人哇哇大叫，我转头一看，这可不得了，几个人拼命地朝我这边跑。我还以为有歹徒呢，赶紧跟着跑。跑着跑着才发现不对，好几个人在后面不停地拍打着自己的衣服，跟着火了一样，但我又没看见有烟啊。"大叔声情并茂，跟说相声似的。

"我赶紧跑回去想帮忙，结果看到零食店这个女的呀，简直惨不忍睹。本来她是用手捂着脸的，手一松开，脸上的皮好像黏在手里一样，直接扯掉一半下来，整张脸血淋淋的。我根本不敢碰她啊，一边打120，一边喊她的丈夫下来。"

"她丈夫？"

"对，他们两口子就住在这栋楼，邻里都认识。我把她丈夫喊下来，不久救护车也来了。我听医生说这人是被硫酸泼了。其实我当时看到她那副样子就觉得像是硫酸烧的，不过我也只是听说过没见过啊，这真的太可怕了。"

"还有其他人受伤吗？"我问。

"有，有，还有三个人，都是正在她摊位上买东西的，但是不严重，硫酸基本全泼在她身上，周围的人只是被溅了一些。"大叔说。

"硫酸是从哪儿泼来的？"

"应该是从楼上泼下来的。"

我抬头数了数这栋高层，有二十五层，每栋两个单元，一层两户。围绕着文园广场的，一共有四栋这样的高楼。

这时，宋队刚好带着人从楼里走出来。他们把这栋楼里检查了一遍，没发现可疑人物。估计案犯在泼洒硫酸之后立刻逃走了。

宋队怀疑这是一起无差别袭击事件，一边安排人去物业调监控，一边召集大家研究案件。要求刑侦大队全体一起参战，迅速侦破案件，且要做好预防工作。

我感觉事态比想象的要严重，现在这起案件已经引起附近居民的恐慌，我们破案拖后一天，这种恐慌的情绪就会蔓延一天。

宋队安排我和狐狸去医院找被害人了解情况，其他同事继续在文园广场周围进行走访。

我和狐狸到达医院的时候已经快深夜十二点了，大夫说受害人刚服用了安眠药已经睡了，我们只好先回去。

上午八点半，我们又赶到了医院。

在病房里，我和狐狸见到了受害人。受害人斜着身体半靠着墙，她身上露出来的地方几乎全是纱布，脸上只有右半边脸颊露在外面，黄色的液体透过纱布渗了出来。

她很虚弱，时不时发出低低的呻吟声。这时候坐在床边的男人就拿出导管按了一下，导管的另一侧连在被害人的后背上，是止痛泵。

被害人冲着男子微微抬手，意思是再按一下导管。男子摇了摇头，对她轻轻地说："医生不让用太多药，会产生依赖性，明天早上再换一次药就好了，你忍一忍。"

男子一边说一边轻轻抚摩着受害人的手，眼睛里满是关心和不忍。

受害女子的手没被硫酸泼到，皮肤白嫩光滑，和受伤的部位形成鲜明的对比。

"你现在感觉怎么样？我先喂你吃点东西吧，一直不吃东西可不行。"

男人打开圆形的饭盒，拿出一个勺子舀了些粥，吹凉后，将勺子递到女子的嘴边。

被害人脸上有一半都缠着绷带，嘴只能微微张开一点儿。男子慢慢将勺子探进去一点儿，轻轻向上提，让粥滑落到女子的嘴里。

勺子本来就很小，每次女子都只能吃小半口，男子也没有不耐烦，一点儿点喂了小半碗粥。

我一直等到被害人摇了摇头示意不想再吃了，才开始说话。

"我们是警察，你能把事发时的情况简单说下吗？"

"咳咳……我当时在卖东西，只觉得有人从空中泼了什么东西下来，开始我以为是水，可是这东西沾到身上后火辣辣的，我感觉自己的身体像着火了似的，疼得不行，当时就倒在地上来回翻滚。后面的过程我都记不太清了，一直到救护车把我送到医院。"女人说话声音很小，嗓子还有些沙哑，我贴得很近才能听清。

"你觉得会不会有人专门针对你？"

被害人愣了一下，转头以一种求助的眼神望着自己的老公。男人皱着眉摇了摇头，女子转过来也对我摇了摇头。

看来两口子没什么仇人，难道这真是一次对无辜群众进行的无差别袭击？如果是这样的话那么可麻烦了，这家伙可能会继续作案。

"我妻子开了一家小店，就在我们住的那栋楼的一楼，主要是卖一些进口食品。周围的人和我们都很熟，大家相处得不错。"

"你妻子被害的时候在店外面是吧？"狐狸问。

"对，晚上广场上的人多，我妻子就在店外面摆了两张桌子，把卖得好、受欢迎的零食摆出来。"

"会不会是你们在外面摆摊影响别人了？"

"应该不会吧？我们只摆两张桌子，没占多少地方，而且摆了挺长时间了，也没人和我们说过什么啊……"

我们正说着话，受害人开始剧烈地咳嗽，男子急忙跑出去找医生。医生说受害人现在在发烧，体温过高而且无法进行物理降温，说不定会出现肺炎，建议我们不要在病房待太长时间，以免受害人感染。

我和狐狸只好离开病房。被害人的丈夫送我们出来，说要去买一个研磨机，不能总是让妻子喝稀饭，要把饭菜碾碎后喂妻子吃。

我和狐狸回到单位的时候已经是中午，其他人也陆续回来了。大家坐在一起汇总情况，做案情分析。

技术中队在现场提取到了一些硫酸残留物。从地面的痕迹来看，硫酸是从高处直接洒落的，这与被害人所说的基本一致。

这栋楼一共有二十五层，硫酸应该是从电梯走廊的窗户泼出去的，下面正对着被害人摆出来的摊位。

其他同事对当天晚上在广场上的人群进行了走访，确定事发时间是在晚上七点半左右，但没人注意到硫酸是从几楼泼下来的。

宋队带着人将当天晚上乘坐电梯的人的录像调取出来，从晚上六点开始一直到案发时一共有五十多人乘坐电梯，但案发之后没发现有可疑的人乘坐电梯下楼。宋队推断这个人在作案之后应该是从消防通道的楼梯走了出来，因为那里没有监控。

可是经过反复地查看，我们在一楼大厅也没看到可疑的人从楼道出来。

消防通道在一层和二层之间有窗户，难道嫌疑犯从窗户跳了出去？宋队说他们特意去查看，窗户是打开的，下面有一片草地，窗框和墙壁都刷了油漆，没有留下任何脚印，所以不确定是否有人从这儿跳出去。

而我和狐狸这边查证的情况是，被害人没有什么仇人。这次袭击不像是针对被害人个人的犯罪，更像是随机性作案。

如果真的是这样的话，那么这起案件就属于危害公共安全的案件了，这类案件起刑为三年，严重的话可判死刑。

"上个月我记得在哪儿看过一篇报道，有人往人群里泼硫酸，是什么地方来着？泼了好几次。"宋队首先打破沉默。

"是香港，报道是上个月的，那篇新闻我也看了。那起案件是将硫酸装在胶瓶里绑在高层楼外，绳子烂掉后硫酸就洒了下来。那个犯罪周期时间太长，与咱们这个情况差别很大。"黄哥说。

狐狸突然想到了什么："你们说会不会是咱们这儿有人模仿作案？"

宋队思考了一会儿说："不排除有这种可能性。所以下一步必须要有针对性地加强防范，一方面为了能保证百姓的安全，另一方面也是为了抓住罪犯。"

"怎么防范？如果真是无差别泼硫酸的话，咱们辖区可是有三十多万人口呢，香港那个泼硫酸的到现在不是也没找到吗？"狐狸说。

"嗯，他们没找到不代表我们也找不到……如果真是无差别犯罪的话，那么罪犯下一次很可能还会选择在高层上抛洒。现在，你们把大厅里出现过的人再仔细排查一遍，罪犯很可能就在里面。"

"保证完成任务！"

我和狐狸把案发前两小时的监控仔细查看了一遍，发现进入这栋楼里的人，只要在大厅监控出现过的，都在电梯间内的监控出现了。

我还想继续往前翻看监控，狐狸说不用了，先把这两个小时内出现的人理清楚。现在先假设罪犯肯定在这些人里面，如果每个人都能排除嫌疑的话，再继续延长时间来找。

我和狐狸数了一下，两部电梯一共有三十六个人乘坐，除去一家三口还有带着孩子一起进入电梯这种可以排除嫌疑之外，还剩下十四个人。

我把他们每一个人到达的层数都做了标记，然后把视频做成截图打印出来，拿着照片儿挨家挨户地询问。

这栋楼里白天在家的住户不多，我们敲了几户门都没有人，没办法我和狐狸只好一直在楼下等。

　　大约下午四点开始陆续有人回家，我和狐狸在大厅站着，对每一个回家的人进行询问，主要内容就是拿着这十四张照片儿让他们辨认，看看是不是住在这里的人。

　　回家的人有的忙着接孩子，有的着急回家做饭，我和狐狸忙得焦头烂额的，尽量提高问询效率。

　　这时候一阵争吵声传了过来，十几个人在广场的一侧和正在执勤的警察大声吵嚷。

　　"她们真烦人，这儿出了硫酸案，警察都把广场封闭了，她们还来。"正在被问询的人说。

　　"他们是干什么的？"我问。

　　"跳舞的呗，天天晚上弄一个音响在广场上放音乐，把广场占了一半地方。"

　　"孩子放学回家写作业，窗户都没法开，一开全是大喇叭音乐声。本以为这几天能消停消停，结果还来。"

　　"现在警察也挺不容易的，都快成弱势群体了，你看看，他们把封闭用的带子都给扯掉了。"

　　一群人围着我七嘴八舌地吐槽。

　　广场上，十几个中年妇女雄赳赳气昂昂地把警戒带扯了，把音响拿进去，开始放音乐。两个年轻警察被围在中间，又不能动手，显得有些势单力薄。

　　我准备去管管，狐狸拉住我，让我先把这边的工作做完。在这个单元住户的帮助下，照片儿上的十四个人全都被辨认出来了，都是这栋楼的住户，而且他们下电梯的楼层就是自己所住的楼层，这十四个人都是正常回家。

　　难道罪犯来得更早？正想着，广场那边一阵骚乱，正在跳舞的十几个大妈捂着头，四散奔逃。

　　"救命啊，有人泼硫酸！警察！警察！"

　　我一个箭步冲了过去，一边跑一边往身后的高楼看，没看见窗户边有人。

　　抱着头跑到广场另一侧的大妈们对着之前还在争吵的警察一个劲地求助。

　　"都冷静点，有没有人受伤？"我和年轻的警察护着大家退到广场边有遮阳棚的地方。

　　我和狐狸仔细看了一圈，还好，只有三四个人的肩膀和后背有点状的烫伤迹象，不是很严重。

狐狸在一旁安抚受伤的人，我通知大队，两名派出所的警察将楼下两个单元门堵住。罪犯肯定就在这栋楼里，从现在开始，一个人也别想跑出去。

我回到刚出事的地方，地面有很多细细的小黑点，就像刚下雨时落地的雨点一样。沿着这些小黑点往前走，黑点渐渐变大，到最后最大的黑点有巴掌那么大。

罪犯太嚣张了，如果说之前的案件是为了制造恐慌报复社会的话，那么现在就是在挑战警察了。

不一会儿，大队的人赶到了。

这次泼硫酸的位置有变化，是针对跳广场舞的人群，罪犯将硫酸往前泼出去，呈现出抛物线的形状，受害者不多，硫酸几乎都泼到了地面上。

技术中队的人在对地面硫酸进行采集后，估算出这次泼出的量是三百至四百毫升。再根据流体抛物线的原理，从硫酸最大量落地点反向推算，得出的结论是，这次罪犯应该是在十四至二十楼之间作案的。

罪犯就在楼里！我们立刻展开行动。

我和狐狸从十四层走廊开始一层层地查看，其他人分别去调取大楼里的监控和住户信息，另一组人守住各个出口。

我在十六楼的电梯走廊发现了痕迹。电梯走廊尽头是一个窗户，正好对着广场，窗框下面有黑点，和广场地砖被硫酸泼上去的痕迹一样。

我立刻给监控室的同事打电话，让他们确认下在案发之前半小时内在十六层下电梯的人员。监控室那边回复说案发前半小时没人在十六层下电梯，但是在一小时前有人在十六楼下了电梯，监控室的保安还认识这个人，说他是十六层的住户。

罪犯就在这层住？我看了下电梯走廊的尽头，只有一户人家。

宋队带着人冲了上来，我们八九个人堵在走廊上，大家都不敢大声喘气。

宋队来到这户人家门前，握紧了甩棍，轻轻地敲了敲门。

"谁呀？"随着屋子里的说话声，门开了。

四五个同事一起冲进去，宋队和黄哥一马当先，压住了一个男子。我好不容易挤进屋子，看到从卧室走出来一个小孩儿，十二三岁的样子，被吓坏了，一屁股坐在地上。

"别吓着我儿子。"被宋队压在身下的人用尽了力气嚷出了这么一句。

我们急忙把嫌疑人带走，辖区派出所的社区警察留在这里安抚孩子，黄哥和另外几个人继续搜查。

我们把他带回队里审讯。这个人叫齐建军,是一家国企的职工,离异,有一个儿子和他一起生活。现在儿子读初二,明年中考。

"知不知道为什么抓你?"

"不知道。"

"你今晚在家都干什么了?"

"什么也没干。"

"什么也没干?你家门外电梯走廊窗框上的硫酸点子印记是大风刮来的吗?还有你家走廊的硫酸印又怎么解释?"我问。

"硫酸印?什么硫酸?"齐建军有些支支吾吾地回答。

这时我的电话响了,是黄哥打来的。黄哥告诉我,在齐建军家的厨房水槽子下面发现了一瓶硫酸溶液,还剩下一大半,瓶子上的贴签被撕掉了。

"你说说你家里的半瓶硫酸是怎么回事?"

"就是平时放在家里的呀……"

"已经用掉的半瓶呢?"

"平时……洗厕所,还有……洗水槽子……用掉了。"

"平时?你这瓶硫酸是多长时间前买的?咱们这能买到硫酸的地方不多,这种管制类化学用品买的时候必须得登记,你信不信我去查一下就能查出来你是什么时候买的?!"

"我……我……"

"你把人都泼进ICU了,半张脸没了,还在这儿装聋作哑不承认?"宋队对着他质问道。

"ICU?什么ICU?我可没把人泼进ICU,你们不能诬陷我呀?"齐建军急忙辩解道。

"诬陷你?谁诬陷你了?今天往广场上泼出去的硫酸是不是你泼的?"宋队呵斥道。

"好吧……我承认,今天确实是我泼的……"齐建军低着头回答。

"那前天呢?楼下零食店那个女的被泼硫酸的事是不是你干的?"

"不是!真不是!那件事真不是我干的!我今天泼硫酸是为了吓唬楼下跳舞的那群人,我能想到用泼硫酸这个方法吓唬他们也是因为前天那起案子。"齐建军急忙辩解道。

"你吓唬他们干什么?"我问。

"她们天天把音乐放那么大声，我儿子在家都没法复习功课。你们刚才进我家也看到了吧，我儿子今年上初二，正是要努力学习的时候，结果楼下这群人天天跳个不停，我和她们说了几次也不听。我今天特意把硫酸稀释了一下，就想让他们得个教训。"

"你说不是你干的就不是你干的了？"

"我要是真想泼他们，还用得着留大半瓶吗？我直接全泼下去得了，而且我就买了一瓶，今天用了一半剩一半。你们可以去化学用品店查，我买的时候都做登记了。"

这个人到现在都很理智，从他的表现来看确实不像是一名穷凶极恶的罪犯，在被抓之后他说的第一句话是别吓着他儿子，这与我心中所预想的罪犯有很大差别。

"三天前晚上我正好带儿子去补习班，当时我还和其他几个家长在外面聊天，他们都能给我做证。"

宋队立刻找出补习班的家长打电话确认，结果证实这个人在案发的时候一直在补习班门口等着接儿子。

宋队还是没放弃，带着我们对齐建军进行了一整晚的审讯，从软磨硬泡再到威胁吓唬，熬到快天亮，从犯罪时间、行为、动机等种种可能性来看，他都不是第一起硫酸案的嫌疑人。

"我准备去他买硫酸的店里查查，顺便看看有没有别人来买过硫酸，说不定能找到些其他线索。"大家都很疲惫，我主动接手下一步的调查任务。

"行呀，明天，哦不，今天去查查，你们先睡会儿再出去。"宋队扯着沙哑的嗓子回答。外面天都快亮了。

我们眯了一个多小时，我起来查能买到硫酸的店，发现整个市里只有齐建军说的那个化学用品商店可以买到。

我抓着迷迷糊糊的狐狸赶往这家店。到了才发现，说是化学用品商店，其实就是卖各种初高中实验器材和材料的。

"警察查案，你们这儿卖硫酸有没有登记？"我首先亮出了身份。

"都有登记，我给你找。"

店员拿出一个厚厚的本子，翻开一看，上面标注着年月日、购买人的身份证号码和各种化学试剂的购买量。我翻到前一天，一行地往下看，找到了齐建军的登记信息。他的名字和身份证都在上面写着，显示他购买了400毫升的硫酸，和我们掌握的情况一样。

我一页页地翻看，先找到登记销售的物品信息是硫酸，然后再看销售的量，最后把购买人的身份信息记在本子上，打算回去对这些人一个个地进行调查，看看他们有没有犯罪动机。

这时我发现了一个问题。在一栏购买硫酸的登记信息中，登记人的身份证号码有些奇怪，前六位是370261，而这一行所有的身份证号码登记的前六位基本都是370211，所以"6"这个数字在这一行里显得特别突兀。

身份证号码前六位代表着地区，前两位是省份，中间两位是城市，最后两位是区县。

在我印象中，根本没有370261这个地方，这个身份证号码填错了？我仔细看了下，信息都是手写登记的，这个身份证号码中"6"字下笔特别重，像是故意写成这样的。

什么人会故意把自己的身份证号码写错？我看了下这个人购买硫酸的量，八百毫升。我又看了下店里的货架，销售的硫酸一瓶是四百毫升装，他一次买了两瓶。

"你们这里可以一次买两瓶硫酸？"我问。

"对，最多两瓶，如果再多就得要单位开介绍信然后去派出所盖章审核才行。"

这个人不会就是真正的罪犯吧？我看了下购买时间，是毁容案发的前一天，这个时间也太巧合了。但是这个人真正的身份是什么呢？我看到他身份证后面的几位很正常，1979年11月26日。

根据之前办案的经验，很多罪犯在接受登记的时候会故意将自己的身份证号码写错，但他们也不是毫无章法地乱写，而是在自己原有的号码基础上进行修改。比如我现在看到的这个身份证号码，这个人一定是想把前面六位写错一位，这样就把自己所在的地区排除了，但他没想到自己随意编造的6是一个不存在的地方。

接下来我又看到后面的数字——出生年月日。罪犯肯定不会把自己真正的出生年月日写上去的，但他们也不会乱编一个日期，往往是做出细微的改动，比如把月份或者日期改一下。

我看着十八位的身份证号码数字，里面肯定有和罪犯真正的身份符合的数字，但要想通过这个假的身份证号码找出真正的号码，必须要有参照物。

而我们现在有一个现成的参照物，那就是之前我打印的十四张照片儿。虽然我通过这栋楼的邻居确定这十四个人都是住在这里的人，但住在这里并不代表他不可能实施犯罪，我决定用这十四个人的身份证号码与罪犯填写的假身份证号码做一个比对。

我回到单位拿着记录的出生日期与这十四个人的身份信息进行核对，我发现了一个几乎是一样的出生日期，唯一的区别在于一个是1月一个是11月，而这个号码前六位也只差了一位数字。

我翻看了下这个人的身份，结果让我大吃一惊，这个人就是被毁容的女子的丈夫——孙耀辉。

我拿着孙耀辉的照片儿回到化学用品销售店，店里的人一眼就认出来，告诉我们就是这个人来买了800毫升的硫酸。

我很震惊，也很不解，在医院里对妻子照料得无微不至的丈夫真的会是凶手吗？

我们没有贸然去找孙耀辉，而是先去他家找邻居走访。在和邻居的对话中，我好像知道了答案。

"孙耀辉和他妻子平时关系怎么样？"

"总吵架，我就住在他们对面，经常听到他们家鸡飞狗跳的。但是孙耀辉对他妻子不错，有时候我问他家里是不是有什么矛盾，他都很维护妻子，说没事，嘿嘿一笑就过去了。"

"他们为什么吵架？"

"好像是因为孙耀辉的老婆在门前开店的事吧。他老婆长得漂亮，又自来熟。开店嘛，为了招揽回头客来买东西也正常，但是有时候对客人太热情了，小孙有点接受不了。"

"那孙耀辉这个人平时怎么样？我的意思是说，他和他老婆只是吵架？他动过手吗？"

"要动手也不会是小孙动手吧，他多老实的一个人啊。反而他老婆挺泼辣的，他们吵架的时候我都听着是他老婆在骂，骂小孙没本事，是她赚钱养家，小孙都不吭声。"

我和狐狸赶到医院。进了病房，孙耀辉正坐在妻子的床边，手里端着一个碗，用勺子一口一口地喂他妻子吃水果泥。

我看到在窗台上放着一个破壁机，估计就是上次他说要买的东西。

他的妻子身上依旧缠着纱布，但纱布比较干净，已经没有黄色的液体浸出来了。

"孙耀辉，你跟我们走一趟，有点事要问问你。"我对孙耀辉说。

"多长时间，佳佳的吊瓶快打完了，等她打完我再去行吗？"孙耀辉看了眼吊瓶，还剩下五分之一。

"行。"

我坐在病房外，隔着门上的小窗户看进去，孙耀辉给他妻子喂食、擦手、按摩，不可谓不细心。我真的很难把他和泼硫酸嫌犯联系在一起。

吊瓶里的药一滴滴地打进他妻子的手腕，等了四十多分钟，药终于滴完了。孙耀辉站起身关掉了滴管，按了下床头呼叫铃，穿上外套走出来。

"多久回来？"他妻子问，声音依旧很微弱。

"用不了多久，我给妈打电话了，她来照顾你一会儿。"孙耀辉在妻子的手背上亲了一口，随我走出了病房。

车子驶离医院时，孙耀辉回头望了住院部大楼一眼，像是很不舍。

孙耀辉对自己泼硫酸的犯罪行为供认不讳。

我问他为什么要对自己的妻子下这么狠的手，他说平日里妻子对他非打即骂，他一直在忍耐。自己挣钱不多，家里的开支多是妻子在承担，所以他的家庭地位不高。

这些事情他都默默地忍受，因为他觉得自己应该对妻子多包容疼爱，况且一个大男人被家暴说出去也让人笑话。

但人的忍耐是有限度的，近来妻子对他变本加厉地打骂，他又在外听了不少关于妻子的风言风语。他觉得被打骂都还可以忍受，但被戴绿帽子实在是突破了自己的忍耐极限。

他想过很多种方式，如车祸、下毒，觉得都太极端，他还是爱着妻子的，让她永远不离开自己就好。最后他选择了硫酸，毁了妻子的容貌。

妻子感念他在病中的悉心照顾，仿佛一夜之间回到了恋爱的时候，对他也非常温柔，非常依赖。

孙耀辉说妻子受伤后，是他自被家暴以来，过得最温馨最幸福的一段时光。两人相敬如宾，相濡以沫。

直到我们从医院把他带走。

第十三案

剔骨钢刀案

结合谢珊珊的尸检报告,我想到了一个既可怕又可悲的事实,即谢珊珊和陈波发生过性关系。而陈波将这件事推到程磊身上,他以为谢珊珊和男友一定会发生性关系,可以掩盖他的罪行,但其实这两个人并没有发生性关系。

怀疑女友被侵犯，他在床下藏了把剔骨钢刀

在我面前的是一辆黑色的本田轿车，车头有一块明显凹下去的印痕，保险杠断成两截，有一半拖掉在地面上，车前进气格栅能隐隐看到溅射出来的红色血痕。

死者叫谢珊珊，女，二十一岁，大学毕业。肇事者叫袁飞，他驾驶一辆黑色本田车路过转山路口时意外将谢珊珊撞死。

"根据现场勘验，人当时是头部撞在这个凹痕上，身体则撞在保险杠上。车祸发生后车子没停下来，受害者整个人被卷到了车下面。"站在我身边的交警一边说一边给我比画位置。

"死者当时是蹲在地上被撞的？"狐狸问。

"按照撞击的痕迹来看应该是这样的，可肇事司机一口咬定他没看见马路上有人，于是司法鉴定中心对这起事故认定存疑，所以才让你们来。不过我觉得没什么问题，走走过场罢了。"交警说道。

"如果司机看到人了没刹车，这起案子不就从交通肇事变成故意杀人了？"狐狸问。

"司机应该是走神了，我们发现他手机里有一个事发时留下的通话记录，所以受害人出现时他应该在打电话。他只要不承认故意撞人，咱们是没什么证据的。"

"这个事咱们还是先调查一下吧，起码程序还得走一遍，对不对？"狐狸说。

"嗯，你们是先去问司机还是先去看死者？"

"死者还有几天火化？"我问。

"还有五天。"

"来得及，咱们先去问一下司机，看看他怎么说。"我把手里的司法鉴定中心告知单折了一下揣进兜里，和狐狸一起前往看守所对肇事司机袁飞进行提审。

我们在看守所提审室见到了长得胖胖的中年人袁飞。

袁飞像个泄气的皮球一样，耷拉着脑袋坐在椅子上，摊着奶油肚皮，两眼直勾勾地看着我们，一句话没说完就开始哽咽，豆大的泪珠子直往下掉。

"咳……袁飞，你说实话，当时你到底有没有看到谢珊珊？"我问。

"我没看见……我真没看见……当时我正在开车，突然车子一声闷响，还抖了一下，我知道撞到东西了，急忙将车停下来。下车就发现有个人被卷进车下面了，我当时都吓傻了。"袁飞眼泪鼻涕一起往外流。

狐狸都被气笑了："当时天都快亮了，即使不开车灯也能看个十几米远，一个大活人在马路中间，你说没看见？"

"马路上当时真没人！真的，我没撒谎，没骗你们，我就是正常开车……"

"正常驾驶？那事发时，你的手机处于通话状态怎么解释？"我的语气冷下来。

袁飞低着头："我……我是……是在打电话……但是我一直在看车前方。"

我和狐狸对视一眼，意见基本一致。袁飞这个人没有前科，不可能有对抗审讯的意识，从他说话的态度和表现来看，不像是在说谎，可能就是行车打手机造成的交通事故。

我们又问了袁飞一些问题，对照交警队的讯问笔录，并没什么差别。在袁飞哭哭啼啼地被带走后，我们和交警队的人继续探讨这个案子。

我问他："这个案子做侦查实验了吗？"

侦查实验就是对案件现场进行还原，根据现场留下的痕迹推算演化后，模拟重现事发现场出现的情况。

"没具体做，但是我们对现场进行了简单重现。从车头部进气格栅的凹陷程度来看，应该是与死者头部相撞，而且很有可能是直接撞在天灵盖上，这里是人体最坚硬的地方。出事的时候，死者应该呈现这种姿势……"

交警蹲在地上，头往前伸出去，把一条腿伸直，侧着身子，一只手在地上支撑，摆出一个奇怪的形状。

"你们确定是头部直接撞上的？"

"嗯，就凭车顶凹痕的那种程度，撞在死者身体上的任何一个地方都会造成粉碎性的创伤，但通过医院的检查来看，死者身上并没有这么严重的伤痕，所以被撞的只能是头部。死者当时应该是蹲在地上，这种姿势确实很容易处于司机的视线盲区。"交警说。

"好，那我们先去看看死者，医院的检查报告出来了吗？"

"只有一份初步的结论，正式报告还没出。"

交警开车带着我和狐狸来到殡仪馆，谢珊珊的尸体还在那里。

在停尸间我们见到了尸体，头部的伤痕清晰可见，身上没有明显的外伤，但通过CT造影发现谢珊珊体内的肋骨几乎全断了，内脏也被撞得稀碎。

我掀开裹尸布，轻轻抬了下死者的胳膊，发现她的胳膊断成了两截，小臂被抬了起来，大臂还垂在床上，大小臂之间只靠一点儿皮肉连接着。

"她的胳膊被卷在车轮胎下面，我们好不容易才取出来。"交警说。

我放下胳膊，仔细观察死者头部的伤痕。她头顶左侧凹陷下去，伤口处的皮肉全掉了，凹陷的地方裂开一条口子，能看到一点儿红色的骨头。

"为什么会直接撞在头部？正常来说被车撞击时应当首先伤害到腿部才对。"我很疑惑。

"交通事故你们见得少，像我们天天处理交通事故，什么奇形怪状的都见过，这种不算罕见，可能是路人从路边冲出来时摔倒，往前一扑撞在车前面。"

狐狸打了个哈欠："你说得也对，回头我们给司法鉴定所写个答复函，这案子就算完事了。"

狐狸和交警在一旁聊天，我却来到尸体的另一侧，把上面的裹尸布全掀开，我发现死者的膝盖很干净，连擦伤都没有。

"不对，你们过来看，死者要是摔倒的话，肯定膝盖先着地，被车撞倒后怎么一点儿伤也没有？"我翻看交警队的现场勘查笔录，上面清晰地写着"汽车肇事后前行九至十一米"，也就是说死者身上应该有擦伤。

"也许是侧着身摔倒了。"交警说得有些敷衍。

我觉得有些不对劲，将尸体翻成侧身状，发现死者的后背有几块乌黑色的瘀青："这是怎么回事？车祸还能造成这种伤？"

"摔的吧？"交警说。

狐狸走过来看了看没吱声。

这种瘀青我们经常见，不是车祸造成的，而是被打后皮下血管破裂，血液瘀沉造成的，一般是受伤后过一段时间才会表露出来。

"我建议再做一遍尸检。"我说。

"再做一遍尸检？"交警有些惊讶地问。

"死者身上有伤，恐怕这个案子有点问题。"

"这……这能有什么问题？现在肇事的已经被逮捕了，马上要起诉了，还能有什么问题？"交警有些不太高兴。

我掏出司法鉴定中心的报告，里面写着死者伤情有异，申请公安机关进行复检。一开始我以为司法鉴定中心是对车祸造成的伤情有异议，现在我才知道，他们指的应该是死者背上的瘀伤。

"现在马上要起诉了，你们要重新查的话时间恐怕来不及了。"交警说。

"没事，和检察院沟通一下，就说案子发现新的线索，让他们把案件移送退查。"

"退查？往哪儿退？我们这儿可从来不接受案件退查，要扣分的。"交警拒绝。

狐狸在一旁用手捅了捅我，我明白他的意思，不想我多管闲事。我们这次来只是为了给司法鉴定中心提出的报告做出一个答复，现在却变成了要把案件重新进行调查。

"移交给我们重新查，死者身上有伤，如果伤一旦和车祸有关联，案件的性质可就真变了。"我把狐狸的手拍回去，坚定地说道。

我们重新开始对这起案件进行调查，并且仔细搜索了死者的个人信息，希望能找到一些线索，查清谢珊珊真正的死因。

首先，我们去了移动公司，把谢珊珊手机的通话记录调取出来。

在她出事当天凌晨有一个十几秒钟的通话记录，之后她没有再和人联络，直到前一天晚上六点多才又有一个通话记录。我把这两个号码记录下来，通过反向查询发现最近的一个通话号码没有实名登记，而另一个号码登记人叫程磊。

这是死者出事前最后的两个联系人。

另外，死者在现场有一个遗落的手提包，包里除了一些用品之外还有两张银行卡，我和狐狸去银行查询刷卡记录。

"既然都来银行了，不如把死者所有信息都调出来看看，万一她是因为有什么贷款之类的被逼死了呢？"狐狸提议。

我们把死者所有的信息都调取出来，又发现了一个问题：死者在银行有份保险公司的关联信息，关联时间是出事前一个月。

我和狐狸来到保险公司，通过查询发现，死者谢珊珊在一个月前投了人身意外险，但投保时刷的银行卡并不是谢珊珊的，持卡人叫程磊。

又是程磊！

正在我们对程磊产生重大怀疑的时候，大队那边来信，说死者谢珊珊的母亲提供了一条重要的线索，她怀疑自己的女儿是被程磊谋害的。

我和狐狸急忙返回大队，见到了谢珊珊的母亲。谢珊珊的母亲已经五十多岁了，但保养得不错，看上去挺年轻，只是气色很不好，一副魂不守舍的样子。

"你们是重案队的，是不是专门查杀人案的？"谢珊珊的母亲问。

"对，我们听说你有重要的线索？"

"我女儿是被程磊害死的。"谢珊珊的母亲咬牙切齿地说。

"程磊是谁？他为什么要害你女儿？你有什么证据吗？"狐狸问。

"程磊是我女儿的男朋友，但是这个人对我女儿一点儿也不好，两个人经常吵架，有时候吵得凶了他还会打珊珊，珊珊自从和他在一起后精神都快崩溃了。我一直不同意他们俩在一起，可是珊珊像被喂了迷魂药，一直不肯离开他。"

"这些都是谢珊珊和你说的？"

"不是，珊珊从来不在我面前说程磊的坏话，她喜欢程磊，但是我不喜欢，程磊就不是一个好人……"谢珊珊的母亲说着说着就哭了。

程磊确实很可疑。他在一个月之前给谢珊珊买了保险，当天又给谢珊珊打了电话，虽然通话时间与谢珊珊被害的时间相距很长，但我怀疑谢珊珊在被害之前的那个通话记录很关键，说不定就是程磊故意使用一个未登记的电话号码，用来隐藏自己的身份。

这些是我们通过调查发现的，但谢珊珊的母亲应该不知道，那么她又是怎么会认定程磊谋杀谢珊珊呢？难道她还有其他的证据？

"那你为什么会怀疑程磊害死你女儿呢？"我问。

"这些是陈波告诉我的。我平时工作很忙，照顾珊珊的时间不多，这么多年都是陈波照顾她，对她也很了解。"

"陈波是谁？"

"陈波是我的爱人，珊珊的继父，珊珊的生父去世得早，后来都是我们三口在一起生活，已经十多年了。"

"你丈夫照顾孩子，你工作很忙？"

"对，我自己做外贸，平时经常出差谈生意，所以家里都是陈波在照顾。"

"哦，你是自己做买卖呀，那么陈波……"

"他没工作，我这边收入不错，所以也不用他出去上班了。"

"我有个问题，你知不知道谢珊珊买保险的事？"我问道。

"保险？什么保险？"谢珊珊的母亲一脸迷茫。

"据我们所知，谢珊珊一个月前投了份人身意外险，你回家仔细找一找，这可能是一个线索。"我说。

谢珊珊的母亲答应了。

我和狐狸决定立刻去把程磊抓住，这个人与谢珊珊的死亡有很大关系。

程磊，男，二十二岁，在一个手机销售店工作。我们去后得知他请了三天假，一直没来上班。

难道这小子跑了？我急忙联系大队，对程磊开始布控，并对他近期的行动轨迹进行调查，查到他在五一路附近租了一间房子。

我和狐狸来到租赁登记的地址，找到了房主，在扭动钥匙将门打开的一瞬间，我和狐狸一前一后冲进屋内。

这是一间一室一厅的小房子，厅里的桌上摆放着几只外卖的饭盒，里面还有剩菜剩饭。一个人裹着被子蜷在床上，正是程磊。

还没睡醒的程磊被我们从床上拽起来按倒在床边，在听到我们自称警察之后他反而没有那么紧张，只是老老实实地趴着，没有反抗。

"你们是哪儿的警察？找我干什么？"程磊露出一副莫名其妙的表情。

"你是不是叫程磊？认不认识谢珊珊？"我问。

"对，我叫程磊，谢珊珊是我的女朋友，你们找我干什么？"

"谢珊珊出事了，你知不知道？"

"我当然知道，她被车撞了……"

我看了下程磊住的地方，除了床上剩一半空位能躺人之外，其他到处摆满了各种物件，整个屋子凌乱不堪。地板上摆着两个吃方便面剩的桶，边缘插着叉子，面桶里还能看到面条和香肠的肠衣漂浮在上面。

"谢珊珊出事那天我们还在一起……"

"什么？那天你们在一起？"我很惊讶。正常来说，一个罪犯会百般推诿说自己与死者没有关系，不会主动提及，但程磊在我们还没开始讯问就主动提供线索。

"跟我们走一趟吧。"

程磊没有异议，我松开压着他的手，他匆匆套上一件衣服跟我们出门。

程磊长得挺英俊的，只不过整个人看着比较憔悴，脸上胡子拉碴，眼窝深陷，眼圈黑得像熊猫。

我们带他到了审讯室，狐狸问他："你刚才说那天你们在一起？说说详细经过。"

"那天我打电话约珊珊出来，一起吃了饭，看了场电影，然后我去宾馆开了间房，看了会儿电视就睡了。等到我睡醒发现珊珊不见了，电话也打不通，直到珊珊的母亲打电话告诉我珊珊出了车祸，我才赶去医院。她母亲情绪比较激动，一直责怪是我害死了珊珊，为避免正面冲突，我就回家了。之后我请了三天假，一直在家待着哪儿也没去。"

我迅速记录下这几件事，然后问他："你的意思是说，谢珊珊从宾馆离开到出事之间这段时间你都在宾馆睡觉？"

"对，我醒来时是七点，得知她出事后我才去的医院。我当时着急，连宾馆的房间都没退，直到从医院出来我才回到宾馆退房。宾馆前台的服务员可以为我做证，她认识我。"

"宾馆的服务员怎么会认识你？你们很熟？"狐狸不相信地瞥了他一眼。

"我经常去呗。"程磊小声说。

"自己有房子不住专门去宾馆？都和谁去啊？"

"还能有谁，谢珊珊，她不愿意来我这儿住。"

我们不知程磊说的话是真是假，但监控不会撒谎。我和狐狸来到宾馆，把大堂的监控调取出来，发现程磊出现的时间和他供述的一样。

当天晚上九点半，程磊来到宾馆登记，谢珊珊和他一起进去。凌晨三点半，谢珊珊独自一个人走出宾馆，早上七点一刻，程磊急匆匆地跑出去，一直到十二点才回来办理退房手续。

"你是不是给谢珊珊买了一份保险？"我拿出撒手锏。

"是，上个月买的。"程磊脸上波澜不惊。

"你怎么突然想到给她买保险？"

"珊珊说她那段时间总做一些不好的梦，梦见自己要出车祸，或者不是跳楼就是跌落水中，为了安慰她，我给她买了份保险。"

"你刚给谢珊珊买完保险她就出事了，你觉得这只是巧合吗？"

"你们不会认为是我买了保险之后害死珊珊的吧？这完全不可能，保险第一受益人是谢珊珊，第二是她的母亲，再没有其他人了，我图什么？我当时买这份保险就是想让珊珊心里放松些，没想到她真的出事了。"

保单受益人没有程磊？如果真的是这样的话，那他的嫌疑倒是少了不少，不过我们依旧没有放下对他的疑心。

审讯末尾，我问程磊是否用匿名号码给谢珊珊打过电话，但他始终都不承认。

谢珊珊生前最后接的电话是谁打来的，这成了一个关键的线索。

接下来的工作重心转移到与谢珊珊有十五秒通话的号码上。只要能查出这个号码与程磊有关，那么就可以将程磊按照犯罪嫌疑人进行拘留。

核实这个号码时，我发现这个号码没有进行实名登记。在最近三个月的通话记录中，这个号码只和谢珊珊有通话，而且全是拨出，除此之外，再没有和其他任何人联系过。

故意使用未进行实名登记的电话卡就是为了掩饰自己的身份，加上如此诡异的通话记录，这个人一定与案件脱不了干系，一定要将他查出来。

我很快就想出了对付他的办法。他除了给谢珊珊打电话之外，还拨打过10086，根据我们大多数人的习惯，拨打10086肯定是为了查话费，我可以从话费方面入手，顺藤摸瓜找到这个神秘人。

通过移动公司，我查到这个手机号码一直是用电话卡进行充值，进而找到了贩卖电话卡的售卖部。售卖部可以直接在电脑上操作，而电脑操作会留下记录。

售卖部的人查了下那天的记录，发现这个人来买了三张电话卡，一张充值到这个不知名的号码，另外两张充值到了另一个电话。

我把这个电话号码抄下来进行查询，发现这是一个实名的号码，而持机人信息是陈波。

谢珊珊的继父也叫陈波，这让我觉有些过于巧合。

"你知道陈波吗？还有这个电话号码？"我问还在拘留中的程磊。

"陈波是谢珊珊的继父。这个号码……有点眼熟，我在谢珊珊手机上看到过，没有存姓名。有次我看她接了这个来电，脸色就不太好，我问她是谁，她也没说。"

"她没说？"

"我多问了两句，珊珊情绪有些激动，我就没再问了。"

我突然想到珊珊母亲提到过的程磊暴力对待珊珊的事，于是问他："你打过谢珊珊吗？"

"怎么可能，我爱她都来不及，怎么会打她，你听谁说的？陈波？"

我没正面回答他。其实事情查到现在，我越来越感觉程磊不会害谢珊珊，令我真正疑惑的是，陈波为什么要这样污蔑程磊？

陈波，四十七岁，无业，自从我开始调查这个案子以来，这个人从来没出现过。

根据程磊所说，他很少见到谢珊珊的继父，唯一的一次是在街上遇到的，之后，谢珊珊直接与他失联了一周。

我们给谢珊珊的继父陈波打电话，让他来一趟大队，要问他一些事情，结果陈波和谢珊珊的母亲手挽着手一起走进办公室。

我把谢珊珊的母亲请到隔壁屋子，留下陈波单独进行询问。

陈波看上去不像是五十岁的人，浓眉大眼，五官端正，如果说他四十岁出头我也能相信，可以说是仪表堂堂。

"你对谢珊珊的死因有什么看法吗？"

"她妈妈怀疑珊珊的男朋友把她害死了，我觉得有这种可能。"陈波说话声音一板一眼。

但他第一句话就有问题，谢珊珊的母亲明明说，是陈波告诉她程磊暴力对待谢珊珊这件事，怎么到他这里变成了谢珊珊的母亲怀疑的？

"我们对谢珊珊的尸体进行检查，发现她身上有伤，这些伤不是车祸造成的，你知道是怎么回事吗？"我直接提出死者身上的瘀伤，仔细观察陈波的表情。

"我猜可能是她男朋友打的。"陈波很平静地回答。

"你了解她男朋友吗？"

"我虽然不了解珊珊的男朋友，但是我了解珊珊。我们在一起生活十年了，珊珊对我无话不谈，说过关于她男朋友的事，这让我觉得她男朋友有问题。"

"什么事情？"

"珊珊说，她曾经被男友强暴过，当时我就要带她去报警，但是珊珊不让，她说她喜欢他，我没有拗过她。"

"这件事谢珊珊的母亲知道吗？"

"我没敢告诉她，一直瞒着。"

我们又提审了程磊。

"程磊，你是不是强暴过谢珊珊？"我声色俱厉地问。

"强暴？怎么可能，你们这是从哪儿得来的消息？"程磊瞪大了眼睛，满脸不可置信。

"现在是我问你，不是你问我。那天晚上谢珊珊从房间里跑出去，是不是你对她图谋不轨？"

程磊大声地反驳："我当时睡着了，我都不知道她什么时候走的！"

"那天晚上你们在宾馆里都干什么了？"

"看电视，然后就睡觉了。"

"你们俩一男一女在宾馆开房，就没干点别的什么事？"

"我明白你在说什么，我可以告诉你，我和珊珊从来没有发生过关系。我还是个处男。之前我也有这个想法，但是珊珊特别抗拒，我也没为难她，想结婚以后再说。"

"从来没有？你们俩开房记录就有十几条。"

"对，从来没有。每次都是珊珊说她心情不好，不想回家住，也不想去我租住的地方，所以我俩就去开房。我陪着她睡一晚上，什么都没发生。"

我和狐狸暂时走出审讯室讨论。假设程磊承认与谢珊珊发生过关系，那么也只是男女往来，并不能作为强暴的证据，程磊完全没必要拼死拼活地不肯承认。

但如果他没有和谢珊珊发生过关系，那么谢珊珊被强暴这件事就是假的，是陈波在对我们撒谎。谢珊珊的母亲一直说珊珊很喜欢程磊，她应该不会编造程磊强暴自己这件事。

那么陈波是怎么回事？为什么要撒谎？

我们急忙联系法医对谢珊珊的尸体局部进行了检测，发现谢珊珊有过性经历。

狐狸在另一个屋子里对陈波进行询问，而我同时对谢珊珊的母亲进行询问。

"谢珊珊有过性行为你知道吗？"

"是不是程磊把她强暴了？"谢珊珊的母亲握紧了拳头。

"我现在想知道，程磊强暴谢珊珊这件事你是怎么知道的？是谢珊珊和你说的吗？"

"不……谢珊珊没和我说，是陈波告诉我的。"

"可是陈波对我们说，这件事是你告诉他的呀？"我知道谢珊珊的母亲和陈波中肯定有一个人在撒谎，所以故意这样问。

"没有呀，这件事是他和我说的。"

"陈波说，认为谢珊珊是被程磊害死这件事也是你告诉他的？"我再次提醒她。

"啊？这件事……是我……也不是……"谢珊珊的母亲有些语无伦次。

"到底是陈波告诉你的，还是你自己认为谢珊珊是被人害死的？"

"啊？！"谢珊珊的母亲有些混乱，看着我说不出话。

我猜想，这个女人对我们说的话都是陈波告诉她的，但陈波为什么要这么做？

"我们现在要对你家进行搜查。"我打算找一找陈波用的那张电话卡，问问他为什么用一个不为人知的方式来与谢珊珊联系。

"我家的钥匙在陈波那里……"

我去找陈波要钥匙，没想到他拒不配合，死活也不交出钥匙，还对我们说如果搜查就应该连带把程磊的家一起搜。

他的话倒是提醒了我，程磊现在也有嫌疑。

陈波的抵抗对我们来说毫无意义，我们经过仔细的搜查，在陈波家中的一个柜子里的背包内找到一部手机，里面的电话卡就是与谢珊珊最后通话的那个电话。

我拿着这部手机问陈波，陈波连话也不说，这时一同来到现场的谢珊珊的母亲忍不住了，她当场质问陈波这个电话是怎么回事，陈波还是沉默不语。

我打开电话的通话记录，上面通话记录都还在，对应着日期和时间。我让谢珊珊的母亲仔细回忆，谢珊珊的母亲发现上面所有的通话时间都是在她出差的时候。

谢珊珊的母亲只要出去谈生意，陈波就用这个单独的电话给谢珊珊打电话，根据程磊的叙述，在谢珊珊接到陈波电话的日期里，她从来没和自己出来见过面，而且打电话不接，发短信都是第二天才回。

这期间，谢珊珊和陈波之间究竟发生了什么事，现在只有陈波心里清楚。

结合谢珊珊的尸检报告，我想到了一个既可怕又可悲的事实，即谢珊珊和陈波发生过性关系。而陈波将这件事推到程磊身上，他以为谢珊珊和男友一定会发生性关系，可以掩盖他的罪行，但其实这两个人并没有发生性关系。

正在我们对陈波继续审讯的时候，负责对程磊家进行搜查的那组人发现了新的东西，他们在程磊家中的一个快递包裹中搜查出一把片刀，是开过刃的比匕首还要长的那种剔骨刀。

我问程磊这把刀是怎么回事，在看到片刀后，程磊告诉我们，他曾想过要用这把刀砍死陈波。

原来一切事情程磊都知道。

谢珊珊有抑郁症，原因就是她一直受到继父陈波的侵犯。程磊是在和谢珊珊相处很久之后才发现不对。

程磊曾经数次问过谢珊珊，但是谢珊珊一直没有说实话。可是程磊已经找到了些蛛丝马迹。

程磊心疼珊珊，想帮她处理这个事情，刀也是那时候买的。

没想到程磊还没与陈波见面，珊珊又不知受到了陈波的什么威胁，半夜跑出去，精神恍惚地就出事了。

程磊悲痛万分，但为了珊珊的名声，他不想把这件事抖搂出来，只想以自己的方式为珊珊报仇。

谢珊珊的死因查清了，一个人只有在主动寻死的时候，才会扑向车辆，把头撞在车前格栅上，而司机因为打电话分心，没有察觉。

程磊虽然有谋害陈波的意图，但是他主动交代犯罪意图，整个犯罪行为处于预备阶段，并未实施，故此不构成实际违法犯罪行为，我们对他进行了批评教育，在没收刀具后将他释放。

至于陈波，我们对他进行了一天一夜的审讯，穷尽各种方法也没让他开口承认自己的罪行。而且谢珊珊人已经死亡，凭借程磊的一面之词和一部手机的通话记录无法对陈波进行定罪审判。

在被羁押了七天之后，陈波因证据不足不予逮捕被释放。

第十四案

卧底赌场案

我嘴里涌出一股腥味,鼻子也淌出热乎乎的血。药丸已经抵在我的唇边,浓厚的香味闻起来刺鼻,混杂着鲜血的腥气更让人作呕。

这回栽了：卧底黑赌场狂输二十万

警察行当里有句话："天下警察是一家，只有刑警一个妈。"这句俏皮话说的是重案队主要负责侦办的是重特大案件，比如命案、枪案、爆炸案，由于危险性较大，长时间的患难与共让刑警间的感情更为深厚。

重案队全称是刑事犯罪侦查大队重案中队，我所在的中队一共有八个人，分为两组，和我一组的是黄哥和狐狸，别看两人绰号幽默，但两人都是队里的老刑警，经验十分丰富。

二十世纪九十年代初有个电视剧叫《便衣警察》，里面有个警察代号叫猎豹，大家觉得很酷，开始纷纷互相取外号，狐狸和黄哥的外号也由此而来，结果一直叫到现在，也算是我们队里的一大特色。

我们三人一起侦办了不少案子，但其中有一件开赌场"杀猪"的卧底经历让我至今都记忆犹新。

有天晚上，局里组织清查行动，刑侦大队要负责对周遭的酒店进行检查，我和狐狸去了辖区的维也纳酒店。晚上十一点儿，我和狐狸逮住了一对不可描述的男女，把他们带回了派出所审讯。

"这个女的是不是小姐？你给了她多少钱？怎么付的钱？在哪儿付的钱？刷卡还是现金？"

"刷卡……刷的卡，就在我包里，建行的银行卡。"

我把银行卡从他包里翻出来，想让他指证，可拿起包后，里面却传来"叮叮"的碰撞声。我循声检查，发现包里还有一个棕色的钱包，有三个亮晶晶的彩色硬币碰在一起。

三枚硬币大小相同，只是颜色不一样，中间都有一个美元符号，还刻着50、100、200的数字。

我一看就知道这是赌场的筹码,大声喝问:"这个东西是哪儿来的?"

"这个……这个……"

男子半秃的额头上冒出一片密密麻麻的汗珠,片刻后汗珠聚在一起顺着脑门往下淌。他支支吾吾的,一会儿说是捡的,一会儿说是朋友送的。

"行了,你也别编了,我不难为你。你把这个筹码的来历说清楚了,今天你的事我们可以不通知你的工作单位。"

其实一般情况下,行政拘留都是通知家属,并不用通知单位,但他肯定不知道。

果然,他立刻把头点得跟捣蒜似的:"这是我从赌场带出来的,当时换完整钱后赌场没有零钱,我就直接带出来了。"

"嗬!三百多块都没零钱换,这个赌场不小啊,在哪儿?"

"就在市内,具体什么位置我说不清,只知道是个地下室,每次都是花姐带我去的。"

"花姐是谁?"

"我在KTV玩的时候认识的,今天的小姐也是她介绍的。"男人说,每次去赌场都是花姐开车带他,他一共去了两次,第一次输了四万,这次赢了两万。

他自己不敢玩太大,每次输赢最多几万块钱上下。不过他看到里面有人用蓝色筹码,一个就是五千,一场输赢能达到十几万。

我和狐狸把这件事向大队做了汇报,大队很重视,决定先摸摸赌场的基本情况,然后找机会将他们一网打尽。

经过队里讨论,决定选一个刑警来扮演赌客潜入赌场,最终这个担子落在了我的肩上。

制订好计划后,宋队找来一个人协助我。这人叫何路,是我们的特情,社会关系很复杂,三教九流都有些交情。我们不常与他正面打交道,不过他经常给我们提供一些情报线索,帮过我们不少忙。

去年有一起重伤害案件,我们追查了三天没有结果,后来就是何路在社会上打听到,是有人雇用刀手进行寻仇报复。根据这条线索,最后我们不但把刀手找到了,还把幕后指挥的人揪了出来。

其实有时候我也觉得好奇,何路为什么要给我们帮忙?他又是如何在道上混得如鱼得水的?

宋队让何路想办法找出花姐,帮我们搭上线,没想到他只用了半天时间就和花姐联系上了。一番寒暄后，何路约花姐在KTV见面，让我陪同赴约。

地点设在金碧辉煌KTV，进去后我发现屋子里坐了四个人，除了何路之外，还有三个躺在沙发上的文身壮汉，杀气很重，应该是何路找来陪衬的朋友。

我落座后，何路拿起电话安排酒局，门外走进来六七个身材苗条、打扮时尚的女孩，衣着十分暴露，大半个身子都露在外面。

为首的是一个短发女人，几乎没露出肉，何路带着酒气对着短发女人说："这是刘哥，北边来的，你今晚得把他安排好。"

"哥，你放心。"这个女人走到我身边坐下，几个女孩也纷纷主动坐到其他人身边。

一时间包间里活色生香，五颜六色的灯光不停地闪烁，啤酒的泡沫在半空中飞洒，混杂着女人身上的各种香水气味。

何路醉醺醺地给我介绍，短发女人就是花姐。

"哥，我帮你找个妹子？"两杯酒下肚后花姐问我。

我一时间不知道该怎么回答。这种情况是不能拒绝的，但她要真喊了一个妹子陪我，我露出马脚怎么办？

正在我不知道该怎么说的时候，何路端着酒杯来到我俩身边，一句话帮我解了围。

"花姐，你别弄那些玩意儿，刘哥不好这口，我了解他，他平时就喜欢耍点钱，酒都不怎么喝。"

花姐并没有接何路的话说下去，此时夜场的气氛正在高涨，每个人说话声音都越来越大，她只是转身拿了骰子，一边邀请我玩一边打听我的底细。

我告诉她，我来这边办一笔三十万的款项，花姐似乎十分满意，和我一直玩到后半夜才结束。何路把我送出门上了出租车，正准备关门的时候，花姐一下子坐了进来，说要把我送回家去。

"你骰子玩得不错，经常玩吗？"

"偶尔吧。"我心里窃喜，斜靠在出租车后座上回答。

"我看你一晚上一首歌都没唱，光玩骰子了，除了这个还喜欢玩其他的吗？"

"平常玩玩二十一点儿或者德州。"

"嘿，我刚好认识几个朋友，平时在一起玩，你要是有兴趣的话留个电话，凑局的时候我喊你。"

"行啊!"

到此,我知道搞定了。

三天后,我接到花姐的电话,她告诉我晚上有朋友要组局玩德州扑克,问我有没有兴趣参加。

我问她多大的局?她说一次上牌最少二百,我立刻答应。晚上,花姐开车载着我去了一个封闭的居民小区,绕了几圈后,才在一栋住宅楼前停了下来。

我觉得有些不对劲,之前赌客描述赌场是在一个地下室,而这个小区地下只有停车场,哪儿来的地下室?

花姐带着我进了一个普通的两室一厅,客厅很大,中间摆着一张大桌子,铺着红色绸缎毯布,上面的图案把桌子分成了两个区。

屋子里还有四个穿着各异的人,正坐着闲聊,看到花姐进来,才纷纷起身走到赌桌前。

这时卧室里走出来一个捧着盒子的女孩,面色秀丽,长发飘飘,胳膊上有个玫瑰文身。

打开盒子后里面是筹码和扑克,看来她是荷官。

"刘哥,我给你介绍下,这是彤彤。这是刘哥,第一次来,你得好好照顾一下。"

"好好发牌,赢了带你一马。"我很随意地说。

马就是买马的意思,是专门给上不了桌的看热闹的人赌外围,选定桌上打牌的一方,买谁就和谁绑定,他赢了你分钱,他输了你也跟着承担。我说带她一马的意思也就是和她搭伙,当然输了不用她承担,赢了有她的份。

彤彤冲我甜甜地笑了一下:"谢谢刘哥。"

花姐开始为大家换筹码,我按照她的意思换了五千,看了看周围几个人,最多也不过一万,金额都不大。

德州扑克我玩过,但是水平一般。一开始我觉得这些人应该都是老手,可玩了一会儿我发现,除了穿休闲装的那人,其他几个都是瞎玩,叫牌要牌完全凭感觉。

玩了半小时,我接到一手散牌,正准备弃牌的时候,彤彤朝我看了眼,微微翘嘴一笑。就在我愣神的一刻,她直接派了一张牌过来,我翻起一个牌角,是张J,而我手里正好也有张J。

"跟。"我把筹码推了过去。

一直赢钱的休闲装紧跟着扔了两个红色筹码。这时桌上的筹码已经过万了，是开场到现在最大的一局。彤彤又给我发了张牌，我翻开一看，是一张Q。两张J和一张Q，算是相当不错的牌了。

荷官发牌肯定有讲究，不能说保证让你赢，但是起码可以保证让你不输。自从我来之后，花姐一直坐在我身边，彤彤故意串牌让我赢几局也很正常，这样赌客才能继续在这儿玩下去。

猪要养肥才能宰，看来这局她是想放我赢。

不过我没搞清楚彤彤是怎么串的牌，这个女人不简单，我完全没看出她是如何做的手脚，看来手上都有活。

"开！"休闲装喊道，他自信满满，现在有种如入无人之境的感觉。

一桌子的牌逐一掀开，结果让我大失所望。一直默不作声的人手里竟然有两张Q，不但压了休闲装一手，也压了我一手，全场筹码尽归他一人。

我看了彤彤一眼，她正对着赢钱的人笑，赢钱的那位却是面色冷峻，毫无表情。

这是直接就开始杀猪了？是不是因为我一直在观望形势，没放手一搏，让他们着急了？

"什么玩意儿！"我嘟囔了一句，装作不高兴的样子把牌扔了出去。

花姐在一旁安慰我："刘哥别着急，慢慢来。"

"慢什么慢，这都几点了！"我看了看表说。

这一局我直接开了一千元，但牌实在是不给力，再加了一千元后三张牌全是跳号的散牌，没有连着的也没有成对的，我只好弃牌。

接下来一局我又开了一千元，休闲装朝我这儿看了几眼，接着我又拿到一副对子，继续加注。到了四轮后，桌面上只剩下我和休闲装，一开牌，休闲装比我差了一点儿，我赢回了五千元钱。

接下来我不停地加注、开牌，过了一个多小时，手里的两万块钱筹码已经没了。我起身要去取钱，花姐把我拦住了。

"刘哥，算了，你是第一次来，别玩那么大。"

"对，慢慢来。"彤彤也在一边劝说。

我没再换筹码，下桌坐到一边，花姐为我倒了杯茶水。待了一会儿，我起身要走，花姐把我送到门口。

我出去后沿着马路走了一段，确定后面没人跟着，才叫了辆出租车返回大队，队里的人都在等着我。

"我觉得今天这个地方不对，玩的人不多，钱数也不大，一晚上也就十几万上下。"

"应该是一个外围场子，用来验货的。"宋队说。

"什么是验货？"

宋队笑了："你是新来的，肯定不能把你直接带进大场子，选这个地方一是看看你赌瘾怎么样，二是看看你有多肥，最后才能决定'杀不杀猪'。"

"那接下来怎么办？

"等着吧，你该输的钱也输了，只要再接到通知，估计就能进大场了。"

正如宋队所料，过了三天，花姐给我打电话，问我今晚有个局想不想参加。

我心里一跳，赶忙答应，盼咐花姐派车来接我，又通知了队里的同事，让他们注意跟踪。

半路花姐又接了一个人，是上次一起玩牌的休闲装。车子又开进了一个封闭小区，我们跟着花姐上了楼，但这次屋子里没有赌桌，有两个人将我和休闲装的手机收去。

休闲装轻车熟路地掏出手机扔进去，我也只好照办。关机后那人让我们在这里等着，花姐接了一个电话，带着我们出门来到了这栋楼的地下停车场，让我们上一辆面包车。

"不坐你的车？"

"对，咱们换辆车。"花姐催促着让我上车。

上车后，我觉得情况不妙，我的同事还在小区里埋伏着，都在等我发信号。但现在麻烦了，赌场不在这里，我的手机被收走了，乘坐的车也换了，我没办法通知同事。

面包车有窗帘，挡着看不到外面，不过我透过露出来的部分隐隐地能觉察到大概位置。车子开到了一个转弯的大上坡，凭方向感，我觉得应该是到了莲花山。

接着窗外一黑，我猜测车开进了地下停车场。

"到了，走这边。"

进了门是一道楼梯，走上去是地上一层，我们在售楼处转了个弯，又下了一层楼来到一个样板间。

样板间有个假门，花姐敲了敲门，门被人从里面打开，走进去后我们才真正进入了赌场——一个三百多平方米的精装大房间。

房间里有两张大桌子,上面都铺着绸缎红毯,一张桌子玩二十一点儿,另一张桌子玩德州扑克。屋子里稀稀落落地坐了七八个人,还有几个人机警地守在各个角落。

花姐告诉我们,在吧台可以换筹码,还可以点酒水和饮料,侧面有单独的房间可以休息。

我观察了下周围的情况,这个大厅只有一个门,门口有人正在将门锁上。屋子里还有四扇门,大概就是花姐说的休息包间。

我刚把钱换成筹码,花姐就招呼我说要开台,荷官还是彤彤。

赌局开始了,这次最小上码都是五百起,我只得小心翼翼。但是其他人好像憋足了劲似的,第一回合就押注到四轮,台面上的筹码已经过万了。

几回合下来桌上已经堆了快十万块钱的筹码。我也注意到台上有两个人异常活跃,一个是之前和我一起参局的休闲装,还有个不认识的小平头。这两个人不停地加注,其他人则变成了陪衬。

终于在一局输掉八万块钱之后,休闲装冷汗下来了。我粗略算了下,从开局到现在一个多小时,他大概输了二十多万。

花姐走过去挽起休闲装的手,拉着他去旁边的休息室。

休闲装走了之后场面的火药味淡了许多,大家又开始正常加注,这期间我有赢有输,算是打个平手。

玩着玩着,我的心态也慢慢发生了变化。我分到一张K,感觉牌不错,在分第三张牌的时候彤彤冲着我又笑了笑,我翻开一看是张Q。

又是这套伎俩,我心里清楚,休闲装已经下场,看样子是要对我下手了。不过我正打算找机会进休息室观察一下,顺势将计就计。

下一张牌又是Q,我把手里的筹码全梭哈了,要求开牌。

我一共换了两万块钱筹码,立刻有人跟了上来,而且还加了注,我已经没筹码了,正在我准备弃牌的时候,旁边递过来一叠筹码。与筹码一起递过来的还有一张纸和笔,我知道这是开始"宰猪"了,只要签个字,拿了这叠筹码,我就背上了这债务。

戏演到这个地步,装也得装下去。我拿起笔签了字,把刚拿到手的筹码全推了出去。这叠筹码有七八万块钱,我用手碰了一下便出去了,钱在我手里连一秒钟都没握上。

一开牌结果不出所料，对方竟然有花，五张牌同一个花色，直接把我的筹码全吃了。

我气愤地扔了手中的牌，起身准备去休息室，这时一个人走过来从后面扶了我一下，问道："要继续换码吗？"

"我先休息一会儿。"

我往休息室走去，花姐正好挽着休闲装走出来。我朝之前彤彤走出来的那间屋子走去，身后的人一个箭步就把我拦住了："这间屋子不能用。"

我点了点头，转向刚才花姐出来的房间。

休息室陈设很简单，只有沙发、茶几和一个柜子，茶几上有饮料和啤酒，沙发边有一个垃圾桶，里面有三个白色小塑料袋。

我捡起袋子，里面有些剩下的红色粉末，散发着浓厚的香气。

这是麻古！

我一下子反应过来，刚才花姐和休闲装在这里吸毒！我打开一旁的柜子，里面还有一个瓶盖上插着两根吸管的矿泉水和锡纸，都是吸毒用的东西。

就在这时，门突然被打开了，花姐进来笑吟吟地问我："怎么不玩了？"

"没想到他们玩得这么大，输光了。"

"哎呀，我早告诉你今天的局玩得比较大嘛，这才几点，不继续玩太无聊了。"

我突然心生一计，装着兴奋地说："对！这样，你用我的手机给通话记录上的第一个号码发个信息，那是我在这里做生意的朋友，我这次来是收款项，你让他把款直接打过来，卡在我身上，找个POS机就行。"

"发个短信他就能把钱打过来？"花姐有些怀疑地问。

"对，今天本来应该结清的，结果他说款没到位。"

花姐犹豫了一下，还是答应了："短信怎么说？"

"你就写钱怎么还没到账，我这边急用。"

花姐嘟囔了几句，还是准备去发这个信息，在她快出门时，我叫住她："花姐，有没有乌龙茶，三得利的？"

"三得利乌龙茶？这里没有，但是有其他饮料，你喝点别的吧？"

我一拍巴掌："我就喜欢喝这款乌龙茶，提神，帮我想想办法呗，找个超市买几瓶回来。"

"你要求还挺多。"花姐有些不耐烦，但还是交代人去买。

我特意记了下时间，看看这个人买乌龙茶需要多久，从而判断附近有没有超市。

三得利乌龙茶这款饮料比较特殊，味道独特，买的人不多，一般小店没有卖的，要买得去连锁的便利店或者大超市。

回到牌桌旁，我看到休闲装又一副意气风发的样子，不停地加注。花姐到吧台把我的手机拿出来，出门去发信息。这里手机没有信号，恐怕有信号屏蔽器之类的东西。

过了会儿花姐回来，给我说信息已经发过去了，问我钱什么时候能到。

"应该很快，十几分钟吧。"我搪塞着说。

第一个手机号码是宋队的，我发短信过去他肯定能觉察到问题。现在他们都在那个居民小区守着，而我却发短信要钱，只要他们稍做留意就能发现我并不在楼里。

至于怎么让他们找到我，我还没想好。

没过多久，花姐在一旁催我："你快点刷卡试试！"

我从兜里掏出一张卡，用POS机刷了一下，显示余额四千。这个数字我很清楚，因为这张卡是我的工资卡，里面就这点钱。

旁边的男子递过来一张单子，阴着脸说："兄弟，你可不能开玩笑，你在这儿还欠着钱呢。"

这张单子是我在赌桌上签的，上面写着借贷十万块钱，时利三十分，就是十万块钱里面有三万是利息。刚才到手的筹码大概是七万，但我看都没看就推出去了，具体多少钱我根本不清楚。

"没事，再等等，少不了钱。"

"你过来等，别在这儿耽误大家伙玩。"黑衣服的男子把我拉到赌场的一个角落，让我坐在一把椅子上。

气氛已经变了，刚才对我礼遇有加的人现在都变得凶神恶煞。

"花姐，乌龙茶买来了。"一个人拎着塑料袋走进来，袋子里装着十几瓶乌龙茶。

"先给我喝口，钱肯定差不了。"我把手伸进袋子里翻腾，看到里面还有一张超市小票。

"怎么没有凉的？"我一边嘟囔，一边在袋子里翻了几下，顺手把小票翻过来，看到上面写着"家乐福"三个字。

"你也没说要凉的呀？赶紧拿！"后面的人催促道。

我拿了一瓶乌龙茶，打开盖子喝掉大半瓶。这时我大概知道自己在哪儿了，这个人从出去到进超市买东西，加上结账再返回，前后18分钟。

我在莲花山的家乐福超市附近的一个售楼处地下室，但是我该怎么把这个消息告诉我的同事呢？

我冲着花姐招手："花姐，跟你商量个事。"

"干什么？"花姐站在那里动都没动。

"我这次来结的款项大约是三十万，我刚才才签了十万的单子，再给我签十万呗，反正我也走不了，钱款也肯定能到位，就是时间问题。"

"你上笔钱还没还，还要签单？"

我一脸诚恳地对花姐说："肯定能还上，你放心，这次钱款一共三十万，我再签十万没什么问题。"

花姐考虑了一会儿，冲着我身后的人点点头，他把一直压在我肩膀上的手松开了。

他们这些人就是靠赌局"杀猪"，将我们的钱做局赢光之后用签单让我们背负一笔债务，借钱是他们的目的，所以花姐才会这么痛快地答应。

我又签了十万的单子，但是没立刻上桌。这十万的筹码是我用来打掩护的，证明我还想继续赌。

"花姐，你再刷一下我的卡，看看钱到没到账？"我主动提出来。

"还没有。"

"要不，我给他打个电话？是不是发短信他没注意？"

"打电话？"花姐有些犹豫，"打电话必须开免提。你们先去把机器关了。"

她的机器应该就是手机信号屏蔽器。

我接过手机，打开免提，心里盘算好计划，给宋队拨了过去，响了六七声之后，那边才接电话。

"喂，喂。"我先喊了两声。

"喂，信号不好？你说什么？"电话另一头是宋队的声音。

"我问你，钱怎么还没汇到？"

"什么？听不清，你再说一遍。"

"钱，我的钱，莲花工程有限公司，工程款，租挖山用的机械的钱！能不能听见？"

"你是哪个公司？是和平物业吗？"

"哎呀，不对，什么和平物业，我问你钱怎么还没到账？"

"哦，钱呀，我知道，我知道。网上汇不过去，我在佳兆业广场这儿找工行的二十四小时银行呢，你再等等。"

"家乐福旁边不就是吗？你快点，我这着急。"

"好，我现在就去办汇款。"

我挂断了电话，心里有些打鼓，我不知道宋队是否真的明白我的意思。和平物业就在莲花山，他应该听出来了，我还提到了家乐福，他应该也能找到这附近。

我现在有点后悔了，因为我和花姐说钱款只有三十万，这十万的单子再输了我就没借口继续签单了，如果宋队他们还没找到我恐怕事情就麻烦了！

我打起精神，开始认真玩牌，争取让手里的钱坚持得久一些。经这两场赌局我也多多少少发现了一些端倪。现在牌桌上一共十个人，我和休闲装肯定是被"杀"的，"杀猪"的我能看出来三个人，只要这三个人跟牌，我和休闲装十有八九就会输。

认清规律之后我开始拖时间。可是我再小心谨慎，也架不住自己是猪在狼圈。牌局玩到这时已经到了无论大小都被通吃的局面，没到半个小时，我手里七万块钱就剩下两万了。

"钱怎么还没到……"身后有人问我。

本来这就是"杀猪局"，无论我如何过牌最终赢的肯定不是我。我一直弃牌拖延时间，休闲装先输光了退桌，立刻有两个人围了上去。

牌局还在继续，我用余光看了休闲装几眼，他站在一旁显得很纠结，手里拿着一张纸。他到现在输了几十万，不知道还能签多少钱。

休闲装摇了摇头，被一个人搂着肩膀往一间休息室带去。

没过十分钟，我也输光了，刚从赌桌站起来，花姐便把我拉到一旁黑着脸问："钱怎么还没到账？"

"再等等，钱肯定少不了。"

"姐，别和他废话了，让他先去那屋里看看。"有个人从后面推了我一把。

"欠债还钱这是本分，姐今天也不想难为你，你先去旁边的屋子歇一会儿，考虑考虑吧。"

推开休息室的大门，我吃了一惊，休闲装被五花大绑，满脸都是血。

"你到现在欠了七十多万了，打算怎么还钱？"看场子的人一边说一边朝休闲装的脸上打了一拳，这拳正中面门，休闲装的鼻血顺着嘴角就淌了下来。

"我……我……慢慢还……"

"你能还个屁，七十多万猴年马月能还上？你赶紧把字签了，看在你是老客户的面子上，花姐还能送你点筹码，搞不好就翻身了。"

"我不能签。"休闲装断断续续地说。

"我看你是不想活了！"这人连扇了休闲装十几个大嘴巴子，休闲装崩出了半颗碎牙。

我身后的人拍了拍我的肩膀："这哥们是老客户了，但是欠得实在太多了，让他把房子过户一直不同意，你看看他这是何苦呢。"

我知道这是在杀鸡给猴看，不过他们也太狠了。我原以为他们只是做局收些赌资，没想到竟然还打起了别人房子的主意。

"你们……你们这是骗我……我要报……报警……"休闲装含混着吼道。

"报警先把你抓起来！你自己吸毒你不知道？"

"你们……骗……骗我吃的……"

"放屁，你自己吸毒还想赖我们。今天你不还钱就两条路，切一根手指头，或者把你送进戒毒所。我告诉你，强制戒毒是两年，这两年你就别想回家了！"

我算是知道他们的手段了，这伙人针对被"杀猪"的对象不同采用的方法还不同。像我这样外地来做生意的，他们可以肆无忌惮地骗我签单让我还钱，甚至把我扣押在这里。但像休闲装这种本地人，他们怕把人逼急了他会去报警，就诱使他吸毒来控制他，只要不报警，他们有的是办法让他还钱。

"来，咱们去旁边屋。"

后面的人把我带出这个屋子，来到我之前休息的那间屋子。进了屋子后，这个人从兜里拿出一个白色的塑料袋，里面装着三粒红色的药丸。

我心道不好，到现在我一共签了二十万的单子，他们也想用对付休闲装那套来控制我了。

"尝尝这个，提神又给劲。"那个人把药丸倒在手上递过来。

"这是什么玩意儿？不会是毒品吧？"

"这可不是毒品，你别听刚才那个胖子胡说。这是提神的，和咖啡一样。"

"我不吃，我现在挺精神的。"

"咣"的一声门开了，花姐拿着我的工资卡走进来，一副气势汹汹的样子。

"别给你脸不要脸，你要么现在把这个东西吃了，要么现在把钱还了。钱现在还没到账，你要我们呢！"花姐凶相毕露。

我观察了下形势，屋子里两男一女，屋外还有几个人，要是真动起手来我肯定占不到便宜。把药丸含嘴里找机会吐出去？这也不行，麻古那玩意进嘴就化，含嘴里和吃下去没什么区别。

我多希望现在宋队他们能冲进来，我们里应外合把他们一网打尽。可现实不是英雄电影，看赌场里这安逸的情况，至少外面的暗哨还没发现可疑的人。

想来想去，他们如此这般就是为了钱，只要能拿到钱什么都好说。

我决定赌一下！

"花姐，要不然这样，你再让我打一个电话，催一下。"

花姐说："想打电话？行呀，把这个药吃了再打。"

"我就再打一个电话。"

"不行。"旁边的人说着冲我的脸就打了一拳，被我抬手挡了一下。另一个男的冲上来，用手按住我的肩膀，我后退几步靠在墙上，抬手顶住他的胳膊。

"你还不老实。"一个男的冲过来朝我肚子踢了一脚。这一脚结结实实地踢在我肚子上，我痛得倒吸一口冷气。另一个人用手压住我，用手掰住我的脖子，把我的头扬起来。

连续挨了几拳，我头晕眼花。他们过来用手使劲掰我的嘴，我靠着墙一边用力和他们抵抗一边咬紧牙关，我们三个人一时间僵持起来。

"你是不要命了。"一个人和我撕扯半天也没把我的嘴弄开，一气之下又开始挥拳打过来。

我嘴里涌出一股腥味，鼻子也淌出热乎乎的血。药丸已经抵在我的唇边，浓厚的气味闻起来刺鼻，混杂着鲜血的腥气更让人作呕。

正在这时，我听见外面一阵嘈杂，按着我的两个人愣了下。花姐开门向外一看，突然大喊一声："快跑！"

我知道是宋队他们来了。

花姐跑了出去，剩下两个人急忙起身也往外跑。第二个人的后背刚从我视线里消失，立刻又飞了回来，重重地摔在地上。

我费力地睁着肿胀的眼皮，我看见这是狐狸来了个漂亮的回旋踢。我躺在地上大口大口地喘着粗气，狐狸朝我冲过来："没事吧？"

我摇摇头，和狐狸共事这么久，这是我第一次觉得狐狸真帅。

事后我才知道，当时宋队是故意装作信号不好，为了能够拖延时间从我这里获得更多的信息。

我一开始说莲花工程公司的时候他就想到是在莲花山，随后提出的和平物业也是为了向我确认位置，我说的家乐福指引他们到了附近。

我在停车场看到的被墙堵住的那一部分其实就是家乐福超市。虽然我感觉停车场是地下一层，但由于这里是山坡，家乐福超市确实在一层，只不过是在这栋公寓的另一侧。

但最终让他们找到我的却是别的方法。我在电话里说我这里信号不好，当时狐狸就提出赌场可能有信号屏蔽器，利用这个宋队他们开始逆向思维，在家乐福周围让警员们分散开，用手机测试信号，哪里信号不好就着重调查。

再加上这附近有放风的人，狐狸便确定了这个地方就是赌场。因为要对付放风的人，所以他们耽搁了一些时间，将周围控制住之后才开始对赌场进行强攻，然后冲进来将这伙人抓获。

赌场还有一条通道，就是那间休息室，可以通到外面。只不过我们早已经将周围守住，赌场的涉事人员被一网打尽，一个都没逃掉。

第十五案

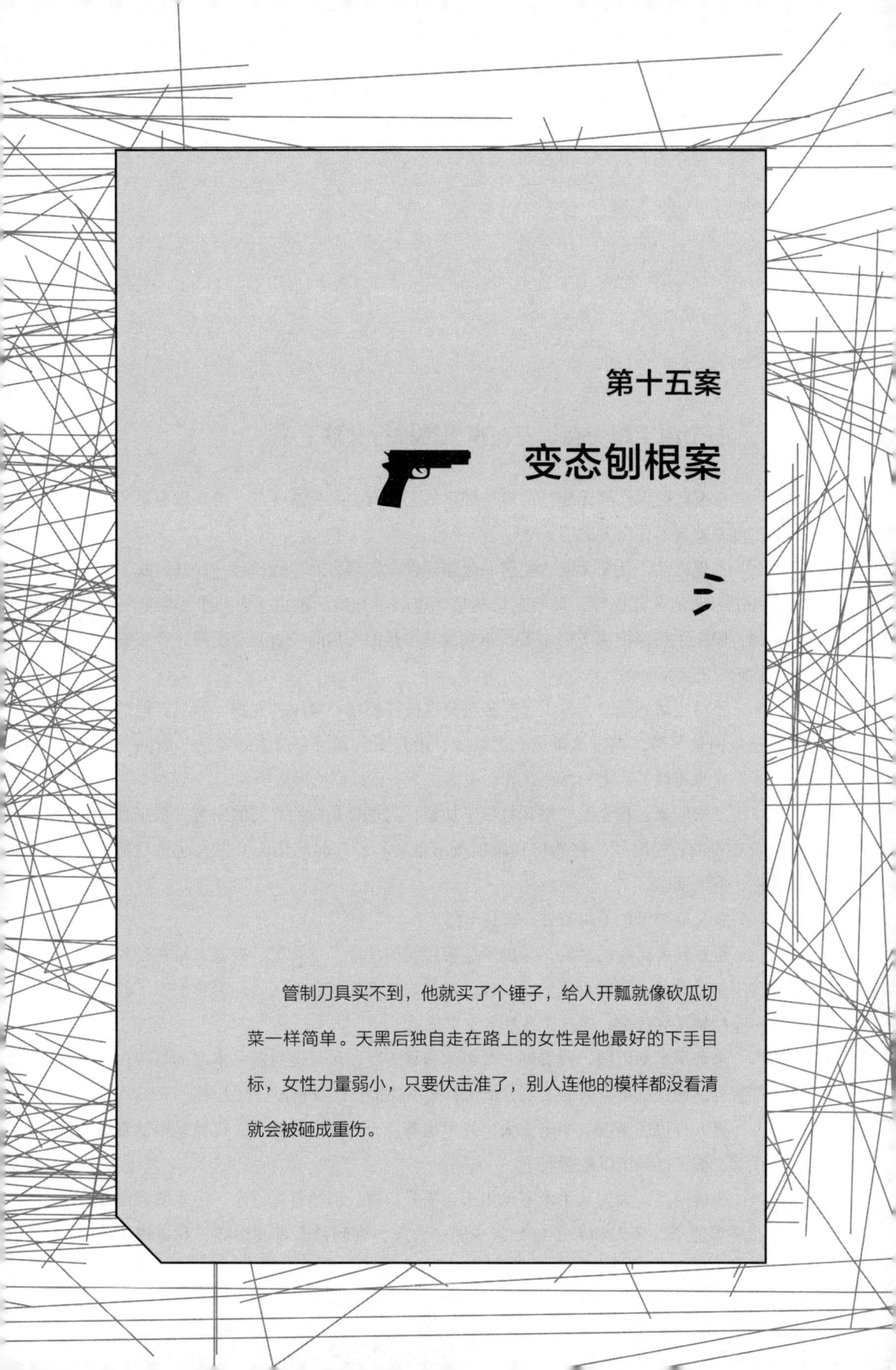

变态刨根案

管制刀具买不到，他就买了个锤子，给人开瓢就像砍瓜切菜一样简单。天黑后独自走在路上的女性是他最好的下手目标，女性力量弱小，只要伏击准了，别人连他的模样都没看清就会被砸成重伤。

有个凶手超变态，专在夜里挑独行女孩下手

重案队的工作毫无规律可言，规定的上班时间是朝八晚五，可一旦有案子忙起来就是不分白天黑夜。

在连续熬了几个大夜，侦破一起连环砸车盗窃案后，我长吁一口气，吃了一把六味地黄丸提气，又给宠物乌龟加里喂了几条面包虫。它两个小眼睛一瞪，眼疾手快地把虫子衔走了。不知道是不是因为房间一直开着暖气，今年它迟迟没有冬眠。

警察生活不规律，养不了猫猫狗狗这类需要精心照顾的宠物，养只安静的乌龟倒是不错。当时黄哥把它送给我，就是听卖家说它命大好养活。时间久了，它也习惯了我上一秒还在和它说话，下一秒就摸枪出去抓人了。

平安回来，我会给它喂几只虫子加餐，这也算是我们之间的默契。正享受着难得的轻松时间，突然接到派出所的电话，说江北应化区发生一起抢劫案件，有人受伤。

我又给加里扔了两条虫，转身出门。

赶到伤者所在的医院，派出所巡警跟我简单说了下情况。被害人是在自家楼下被抢劫的，巡警发现她的时候，她满脸是血地躺在地上。巡警急忙叫了救护车把她送到医院，现在正在手术室里抢救。

来到手术室门前，我看到一个男人斜靠着墙，呆呆地看着手术室的灯牌。巡警告诉我这是被害人的丈夫，情绪有些不稳定，让我别去打扰人家。

男人身边还坐着一个老太太，怀里抱着一个两三岁的孩子，机械地摇动着手臂，孩子已经沉沉地睡着了。

凌晨两点，大夫从手术室走出来，揭开口罩，满脸都是汗水，手术服背面几乎湿透了。老人和男子急忙起身围住大夫，询问被害者的伤势，我也跟了

上去。

大夫说："伤者情况不太好，颅骨后半部碎裂，其中一侧有脑疝形成。虽然送到医院比较及时，但是脑积液有不少。手术算是成功，可是脑疝那一部分以后会有什么影响现在还说不清楚。"

"脑疝是什么？如果恢复不好会怎么样？"男人问。

"恢复不好恐怕就是植物人了……脑疝只能靠她自己吸收，吸收得好人就没事，吸收得差就麻烦了。"

老太太听到"植物人"三个字，吓得一屁股就坐在地上，怀里的孩子也醒过来，大声号哭。我和男人急忙上去搀扶，场面一片混乱。

正在这时，被害人从手术室里被推了出来，身上插着几根管子，其中一根还在不停地淌血。除此之外，她整个脸上的皮肤都被紧紧地往后脑处拉扯，面目有些狰狞。

被害人被推进了重症监护室，家属不允许进去，只能在窗外看着。等他们平静了一会儿，我才找被害者的丈夫了解情况。

被害人叫莫秋燕，是一个文秘，上班时间很固定，正常都是晚上七点左右到家。今天丈夫外出不在家，也没注意妻子一直未归家，直到接到派出所的电话才知道妻子出事了。

至于妻子是怎么出事的，是什么人干的，丈夫一点儿头绪都没有。

"这是寻仇还是抢劫？"医生问。

我说："现在还不清楚，但听同事说，这人被发现时身上的钱包都不见了，可能是抢劫。"

"要是抢劫的话，那罪犯太凶残了。从伤口上来看，罪犯应该是拿了一硬物，往莫秋燕头上砸。那种力道砸一下就能把人砸晕过去，况且他一连砸了好几下，莫秋燕的脑袋都没法看了。"

医生掏出手机给我看莫秋燕的伤势图。她后脑有三处不规则的凹陷连在一起，形成了一个大坑，有一侧头骨完全断裂，能看到翘起来的头盖骨。很明显，罪犯用凶器撞击莫秋燕的头部，至少砸了三下，把整个后脑颅骨几乎砸塌下去了。

医院的大夫在协助我们侦查案件的时候，经常主动询问我们案件的进展，提出他们的一些专业的建议，很多时候都能说到关键点上。

就像这一次，大夫指出凶手的手法极其残忍，我很快想到了仇杀，如果只是抢劫的话完全没必要下这么重的手。"

了解完伤者的情况，我返回大队，和同事一起坐在会议室讨论案情。

会议室的这张长方形的桌子几乎见证了我们大队所有的命案侦破过程，每一起案件都要在这里讨论分析，一场讨论往往能把盘子大的烟灰缸全部塞满。

待大家都坐定后，狐狸将现场的照片儿投在显示屏上。

案发地点是一个居民楼，也是被害人家楼下。案发时间在晚上七点左右，也就是说被害人下班后刚到楼下，就遭到了袭击。

在这栋楼的尽头有一个小卖店，狐狸去过现场询问，店里人说在七点左右没发现有陌生人在周围游荡。狐狸又仔细检查了附近的地形，推测凶手可能是躲在楼门洞里，在被害人进入楼道口的时候下手的。

我把在医院得到的情况也说给大家听，推测凶手可能是报复行凶。

"什么报复行凶，这不就是'刨根'吗？"宋队皱紧了眉头。

"什么是'刨根'？"我第一次听说这个名词。

"这是十年前的称呼了。当时在双台沟附近发生过一起连环抢劫案件，那起案件很特殊，罪犯作案频率高，目标明确，手段凶残，专门拿着锤子趁着天黑挑选好作案目标，趁着周围没人冲到被害人身后用锤子往人脑袋上砸，先砸晕再抢劫。"

"嗯，这个我也听说过。受害人多为女性，晚上独自走在路上的最容易成为罪犯的目标。罪犯的凶器一般都是钝器，所以这类案子被民间称为'刨根'。不过这类案子在严打之后几乎销声匿迹了，怎么现在又出现了？"

我点点头表示理解，然后开口问："那罪犯是怎么挑选的目标？先踩点吗？"

如果这种案件有先例的话，弄清楚罪犯的犯罪习惯就可以找到侦查的方向。

"这种案子难就难在根本没有规律可循，全是随机作案。当时四起案子的受害人没有任何联系，唯一的共同点是遇害时间都在夜间。而且案发现场很难判断罪犯是谁，因为他就是一个普通的人，铁锤往袖子里一藏，哪怕和你擦肩而过都发现不了。"宋队说。

"而且有一起案件的被害人那天是提前下班，走到自家楼下的时候被开了瓢，说明罪犯根本没有按照下班规律进行蹲守犯罪。他就是随便物色一个目标，慢慢跟上去，等被害人进入楼道里再动手。"黄哥补充道。

"如果楼道里有其他人呢？"我问。

宋队猛吸了一口烟："那罪犯就不动手，他又不是傻子，肯定会伺机再找另外的目标，只要一天没抓住他，就会有下一个人被害。"

"那起案件的罪犯抓住了吗？"

宋队想了想说："在外地被抓了，案件都移交到那边，罪犯也已经被判死刑，枪毙了。"

讲完了"刨根"的由来，我们的话题又回到现在的案子上。我们手上的线索还是少得可怜，只知道十年前出过这样的事，根本没有借鉴的意义，现在破案还是得我们自己想办法。

黄哥说："规律也不是没有，十年前的案子是一个月内连续发案，如果这次和十年前一样的话，那么这个月咱们可得注意点了。"

我眼睛一亮："黄哥有什么经验吗？"

"经验就是……"黄哥故意卖了个关子，"小伙子，多穿点衣服，现在冬天天黑得早，晚上特别冷。"

"多穿衣服？"我一头雾水。

"嗨，大海里捞针，街上去蹲守呗，还有什么办法，坏人脸上也没写'坏'字。"

狐狸依旧没个正行，嬉笑着说："十年前没捞着针，不代表现在也找不到人。现在到处都是摄像头，借他一对隐形的翅膀他也飞不了。"

我本来以为经验丰富的宋队和黄哥一定有办法，没想到最后的办法是在大街上巡逻，这让我有种一拳打在棉花上的感觉，有力也没处使。

宋队说罪犯都有特殊的习惯，就像普通人走在大街上捡到钱一样，下一次路过同样的地方就会特别注意，看能不能捡到钱。

同理，罪犯在一个地方犯罪成功后，这个地方会变成他下一次犯罪的首选地点。

我们排着班在大街上巡逻，在茫茫的人海中寻找这个罪恶的幽灵，连续巡逻了十天都没什么收获。

天寒地冻，我们照样穿着便服去街上巡逻。我裹着厚厚的羽绒服，在外面转悠了两个多小时，感觉四肢都冻麻了。

街上的人也渐渐变少，伴随着夜幕降临，我的心思也开始更沉重，我感觉每一个走在女人后面的男人都有嫌疑。

正在胡思乱猜的时候，宋队来电话让我赶紧到转山小区。

又出事了！

我赶到的时候救护车也刚好赶到，一个昏迷的女人被担架抬上车送去抢救。宋队和技术中队的人站在楼洞口，楼下围着好多群众在指指点点。

"快！你快去周围找找，这是半个小时之前发生的案子，又是'刨根'！"宋队急得直跳脚。

怪不得在现场没看到队里的其他人，原来都出去找罪犯了。找到后半夜，我们一无所获。我哈了口白气，搓搓冻僵的双手，心里涌起一股深深的无力感。

回到大队，已经是第二天清晨。大家忙了一晚上，没有抓到人，心里都不太好受，气氛非常严肃。

宋队先开口说话，给大家打气鼓劲，工作还是要继续。这次罪犯在我们眼皮底下作案，不可能毫无痕迹，我们一定能把他找出来。

短暂的休息后，我们分成了三组继续巡逻。这次的巡逻半径是以两名女子被害的地方为中心，向四周扩散。

我穿着棉裤，裹着棉衣，迎着北风在大街上来回溜达。没过多一会儿，鼻子喘气就"刺溜刺溜"地响，我吸吸鼻子，接连打了好几个喷嚏。

接下来三天再也没有案件发生，我们也没能发现可疑的人。

队里一半人都冻感冒了，严重点的去了医院，但人手不足，白天去医院输液，晚上还得继续巡查，刚转好的病情又变得严重起来，成了恶性循环。

第四天，我们正在巡逻的时候接到了值班室的电话："春和所发案了，有人被从后面砸倒，包被抢走了，你们赶紧去派出所看看。"

春和所距之前的发案地足足有五站地，八九公里远，我们万万没想到罪犯会去那么远的地方继续作案。

我们刚到派出所，被害人也来了，她伤得不重，在医院做了简单处理就过来录笔录。只是头上包着厚厚的绷带，好像戴了阿拉伯头巾似的。

被害人陈舒向我们讲述了她遇袭的经过。

晚上六点，天全黑了，陈舒一个人往家里走，路过一条巷子时她发现后面跟了个人，那个人一直和她保持着三五步的距离，她慢走后面的人也慢走，她快走几步后面的人也加快了速度。

陈舒警觉起来，没再往家里走，而是走到另一栋并排的楼下。这栋楼一楼有一家卖酒的店铺，陈舒还没走进铺子，后面的人就冲上来，拿着东西往她头上砸。陈舒侧身一躲，那东西砸歪了，没正中她后脑勺。

陈舒一边跑一边大喊，店铺里的人出来了，凶手才匆忙跑掉，还抢走了陈舒的手提包。

"凶手长什么样？"我问。

"没看清，他戴着一个口罩，个子不高，感觉长得挺壮的。"

"大冬天衣服穿得多，谁看起来都挺壮。"狐狸在一旁说。

"你别打岔搅乱，凶手拿的凶器是什么？"宋队继续问。

"我也没看清，感觉好像是把锤子什么的，上面还有棱角，医生说我的头皮被划破了一道口子。"

"怎么会有棱角？"我有些奇怪。

"难道用的是六角锤？"狐狸说六角锤是一种特殊的锤子，锤面有棱角，有一次他看到装修工人使用过，专门用来拆卸一些特殊装备。

"之前被害人的伤口是什么样的？能不能判断出使用的凶器？"宋队问。

宋队一问我立刻就明白了，一般情况下罪犯使用的锤子都是普通的圆锤或者是羊角锤，用六角锤的人很少，一般都是专业施工的工人。如果罪犯使用这种锤子，会大大缩小我们的排查范围。

我立刻与法医联系，一起去医院找医生，分析被害者留下的伤口照片儿。

第一起案件的被害人头顶有三处凹陷，其中两处几乎连在一起，半个脑袋都被砸坏了。

医生仔细回想了下，告诉我们，没发现伤口附近有锐器切割的痕迹，凹陷的部分都是钝器击打，头部周围也没有其他划破割裂的伤口，与这次被害人的情况完全不一样。

两次案件使用的凶器不一样，难道是两个凶手？或者是一个团伙？

根据我们的经验，目前为止我们还没遇到"刨根"案是结伙犯罪的。这种犯罪随机性很大，两个以上的罪犯反而不容易配合。

不过凡事都有万一，两起案件地理相隔很远，说不定是多人分开行动。

案件查到现在一切还都毫无头绪，短时间内连发两案，百姓中已经出现了恐慌情绪，我们的压力也非常大。

在返回单位的路上，法医拿着现场的照片儿边翻边说："现场的血迹不太对劲，正常来说墙上不应该有血。"

"怎么讲？"

"你看，凶手是从后面用锤子直接砸下去，这种手法不会造成喷溅血迹，血只能从头顶留下来，而墙上的血迹看着像是被甩上去的。我感觉应该是凶手的手沾了血，然后不小心把血甩到墙上的。"

"你的意思是说，血只会流下来不会喷溅出来？那凶手手上也不会沾血了？"

"嗯，我觉得会沾血。被害人背对着凶手，头上又流了很多血，他去抢包肯定会沾上血。"

凶手的手上沾了血？那凶手身上呢？

被害人被抢的是包里的钱包和手机，说明凶手在案发现场翻过包，墙上的那一点儿点血迹很可能是凶手翻包的时候不小心留下的，当时天黑楼道很暗他并没有注意到。

照此推断，凶手是带着血离开现场的。在案发现场灯光暗，他没发现自己身上有血，走到其他地方肯定会发现，这时候他就得处理自己身上的血迹。正常来说，这种情况下凶手都会把带有血迹的衣服扔掉……

思考到这里，我突然灵机一动，凶手在发现自己身上染上血之后，会不会把当时用的凶器，也就是圆头的锤子扔掉了？所以，下一次作案的时候他换了把锤子，而其实两次作案还是同一个人？

如果是这样的话，那么凶手的凶器和衣服应该就在案发现场附近。我没返回队里，拉着法医来到第一次的案发现场，以案发现场为中心开始向四周搜寻。

我还给宋队打电话，上报了我的想法，宋队觉得有点意思，立刻安排大伙一起来找。在周围转了一下午后，一个同事在一个临时板房后面找到了一把带着血迹的锤子。

凶手真的把锤子给扔掉了！

没过多久，我们又在附近找到了带着血的外套。衣服被胡乱地塞在一个广告牌后面，上面还盖着一块牌匾，不仔细看还真发现不了。

狐狸若有所思地说："肯定是他要乘坐交通工具离开，怕别人发现身上有血。他本人并不在这附近住，也没有开车。"

"有道理，'刨根案'一般都不会选择在自己居住地点附近作案，兔子还不吃窝边草呢。"宋队说。

第一次案发现场附近有一个公交车站，两趟公交车，我们开始用最古老的方法，找到案发后曾经到站的公交车司机，让他们回忆有没有拉载过没穿外套的人。

我们本以为深冬时节每个人都穿着厚棉袄或者羽绒服，这种没穿外套上车的人应该很显眼。可公交车司机却都说没印象。询问无果，我们又联系了出租车公司，利用广播对所有司机进行问询。

没过多久就得到反馈，有一个出租车司机说那天晚上他在附近载过一个没穿外套的乘客，当时他还问乘客冷不冷，结果对方阴沉着脸没回答。

出租车司机说那人在市中心一个游戏厅下的车，临行前还看见他径直钻进了游戏厅。

这个关键性证据让我们很亢奋，案件的侦查半径也小了很多，只不过如何从游戏厅里找出司机描述的这个人成了新的难题。

这个游戏厅有点特殊，里面有些可以进行赌博的机器。正常游戏机都只能接受游戏代币，但这种机器能接受一块钱的硬币，所以有人就在里面用这个赌博。

我们曾经去抽查过几次，发现机器里面有硬币也有代币，没法按照赌博进行定义，所以总是不了了之。也因为这样，这家游戏厅对我们是十万分的防备，想让他们帮忙配合是不太现实的。

这时宋队又找来了何路，让他帮忙联系"丐帮"想办法摸出这个人。

何路是警方的线人，我一直摸不清这个人的底，只觉得他三教九流都混得起，很有些手段。之前我们借他的手搭上了一个赌场皮条客，幸亏宋队、狐狸他们及时赶到，才把我救下，一锅端掉了整个犯罪团伙。

我知道何路的关系广，但没想到他还能跟"丐帮"搭上路子。"丐帮"是我们这里比较特殊的一个组织，他们做着一些边缘的事情谋生，比如捡破烂，在游戏厅里帮人把用赌博机赢来的代币换成硬币，从中谋取差价等。

他们这个组织看起来非常松散，但内部自有一套体系，外人很难插足。之前我们想查他们的底，查了半天连谁是小头目都没找到。

这次何路直接带我去找了"丐帮"一个片区的头。我们来到城中村，穿过一些低矮的棚户，在两个房子的拐角看到一个躺在热气口睡觉的人，这就是我们要找的人了。

我们向他提出让他帮忙找一个最近来赌博的人，把这个人的身高特征说了下。这人躺在地上，半耷拉着眼皮，爱理不理地说："找人可以，忙不能白帮。"

我递过去三百块钱,他把钱收了,还是没坐起来,说要我们帮忙不让别人拣几条街道的垃圾,不要让人赶他们……提了一大堆要求,有的我都没听懂是什么意思。

"刘哥,你帮忙去买瓶水吧,我刚才看后面有个商店。"何路冲我摆摆手。

我意会地离开,去便利店买了两瓶水,又溜达了几分钟才回去。等我回去的时候感觉气氛有点不对劲,何路一脸轻松地抱着手站在路边,那男人唯唯诺诺的,不见了之前嚣张的模样。

"这事你看着办吧。"何路对男人说。

"你放心,你放心,我肯定办好。"男人回答。

回去的路上,我问何路是怎么解决的。何路笑了笑没正面回答,说让我等消息就行。

"丐帮"的工作效率远远出乎我的意料,第二天早上何路就给我来电话,说我们要找的人已经找到了。

那个人叫孙宇,到游戏厅去之后就被"丐帮"的人盯上了,他们一直跟着他回到住的地方,发现他住在市里的一间旅社。

我们赶到旅社,在旅社门口查住宿登记,发现孙宇住在203号房间。旅社老板告诉我们这个人昨晚回来了,现在还在屋子里没出去。

事不宜迟,我们立刻开始行动,一组人守住出口,一组人上楼抓捕。我冲在最前面,直接用钥匙把门打开,进去一看,没人!

我一愣,听到对面205房间里有声响,门帘上有人影晃了下,我觉得不对劲,急忙冲过去推门,结果发现门被反锁了。

我们手上并没有205房间的钥匙,踹了几下门,没踹开,同事赶忙去拿钥匙。这一耽搁,等我们打开205房间的时候,里面窗户大敞,已经没有人了。

"啊,我把登记的房间号写错了!"旅店老板拍了拍脑门。这种小旅社登记简单,只是拿本随便记一下,为了省税费根本不录入电脑,真是坏了大事。

我已经想象到,凶手发现我们进了他对门的房间,见情况不对,直接跳窗逃跑了,而我们守在楼下的那组人在另一侧的出口,也没看见他。

凶手登记的是假名,写的身份证号码也是假的。不过没有反侦察意识的人，编的身份证号码和真正的身份证号码差不了太多。他有两个数字落笔特别重，我们重新组合了这两位数，旅店老板在几十个身份信息中认出了租客，那人真名叫孙雨。

孙雨逃跑后两天，我和狐狸带着人一起赶赴孙雨身份证上的老家。

孙雨户籍登记的地点虽然是一个镇，但是到了以后我们才知道，这里的户籍整合过，孙雨家是在距离镇上八公里外一个叫五道沟的村子，从这儿开车还得走二十分钟。

远远看去，五道沟连一个二层的楼都没有，大多是红色的砖房，周围的田地已经被白雪覆盖。北方的农作物一年一熟，靠天吃饭的农村经济收入并不好。

为了不打草惊蛇，我们打算先去村子里转一转。这里靠近大兴安岭，经常有外地人来收山珍和野味，尽管我们脸生，但进村也不显得唐突。

我们东走西转，来到村子里唯一的一个小卖铺，也是本地进行山货交易的地方。店里的光景让我感觉仿佛回到了90年代。所谓小卖铺，里面其实只有十五六件商品，几个从来没见过牌子的火腿肠和三鲜伊面，仅有的两种饮料是当地的果汁和雪碧，山寨到仅售两块钱。

进去买瓶水的工夫，便听见店老板对着刚进来的人喊："你什么时候还钱？你家还欠店里一百二十多块钱呢，这都快过年了，难道账还要欠到明年吗？"

我回头一看，只见那个人个子不高，身上穿着一件露出棉絮的棉袄里子，被老板呵斥后，才从兜里掏出几张皱皱巴巴的钱，放在桌上往前推了推。

他欠店里一百多块钱，也不怪店主不依不饶，看着周围的环境，一百多块钱在当地应该不算是小数目了。

这人想买三根蒜味香肠，这是店里唯一的看上去还算不错的肠，可是他的钱不够，和店主磨叽了一阵，最终店主也没答应。

那人悻悻地拿着三根杂牌火腿肠，离开了小店。

店里没了别人，我和店主攀谈了一会儿，又买了点东西套近乎。看时机差不多了，我说去年曾经在一个叫孙雨的人手里买了点东西，不知道他现在住在哪儿？

一听孙雨的名字，店主气不打一处来，告诉我别去找这个人，这个人在村里到处欠账，说是出门打工还钱，把老婆孩子扔在家里。

虽然在农村有地就饿不死人，但只要生活就有花销，他家没什么经济来源，只能在村里赊账。这次孙雨回来了，但带回来的钱也不够还账的。

店主劝我别去找这个人，村里有不少出门打工的，能赚多少钱大家差不多都知道，唯独孙雨神神秘秘的，没个准数。村里的人都怀疑孙雨根本就没打工，或者在外面把钱花了。

我不禁有些佩服店主的洞察力，之前我们就是在游戏厅发现孙雨的踪迹，他外出打工却没带回来钱，应该是赌博输掉了。

最后，店主拗不过我，还是告诉了我孙雨家的位置。

我自己摸了过去，孙雨家的院墙还是石头垒砌的，和周围的砖墙形成鲜明的对比。我透过石头缝往里面看，发现屋子里有人。

我立刻通知队里的人开始抓捕。

农村家的院门没有锁上的，我们直接冲了进去。屋子里几乎是家徒四壁，孙雨正躺在床上哄孩子。我们突然冲进去，孙雨完全没有反应过来，直接被我们从炕上拖了下来。

这时孙雨的妻子从屋外的厕所跑出来，拦着我们不让走，不过我们并没有理会。带孙雨离开的时候，屋子里孩子哭喊着叫爸爸的声音，格外钻心刺耳。

在审讯孙雨的时候，我发现这个人很奇怪。他极度偏激，一直说因为家里很穷，出来打工又赚不到钱，他是没办法了才做这种事。至于为什么对被害人下重手，他说第一次干的时候心里发慌，怕下手轻了砸不晕，所以才连续砸了三下。

真是无知者无畏。三下何止能把人砸晕，恐怕半个头都能砸扁，现在第一个被害人还躺在ICU呢。

第二次下手的时候，孙雨就已经不那么害怕了，他开始变得熟练，一下就把人砸倒了。他说自己当时还拿着锤子比量，要是人动的话他就再补上一锤子。

幸运的是，第二个受害者被砸后当场就晕过去了，不然还不知道会被砸成什么样。

经过调查，发现孙雨家并不是没有生计。他家有自留地，只是他不愿意种，让他妻子一边照顾孩子一边种地，收成勉强维持生活。后来村子里的人都出去打工，他也想试试，到城市来才发现打工比在家种地还累，他根本干不下去。

尽管钱没挣到，可游戏厅里的赌博机倒是让他找到了乐子，打工赚的那点钱全给了赌博机。

人们常说一夜暴富的路子都写在《刑法》里，孙雨非常认同这种说法，瞄准了枪口往上撞。他把打工赚的钱花光之后，选择了一个自认为来钱最快的途径——抢劫。

管制刀具买不到，他就买了个锤子，给人开瓢就像砍瓜切菜一样简单。天黑后独自走在路上的女性是他最好的下手目标。女性力量弱小，只要伏击准了，别人连他的模样都没看清就会被砸成重伤。

我们问他："被害人和你无冤无仇，你求财就算了，为什么要用这么残忍的方法？"

他茫然地抬起头："这不是方便吗？"

第十六案

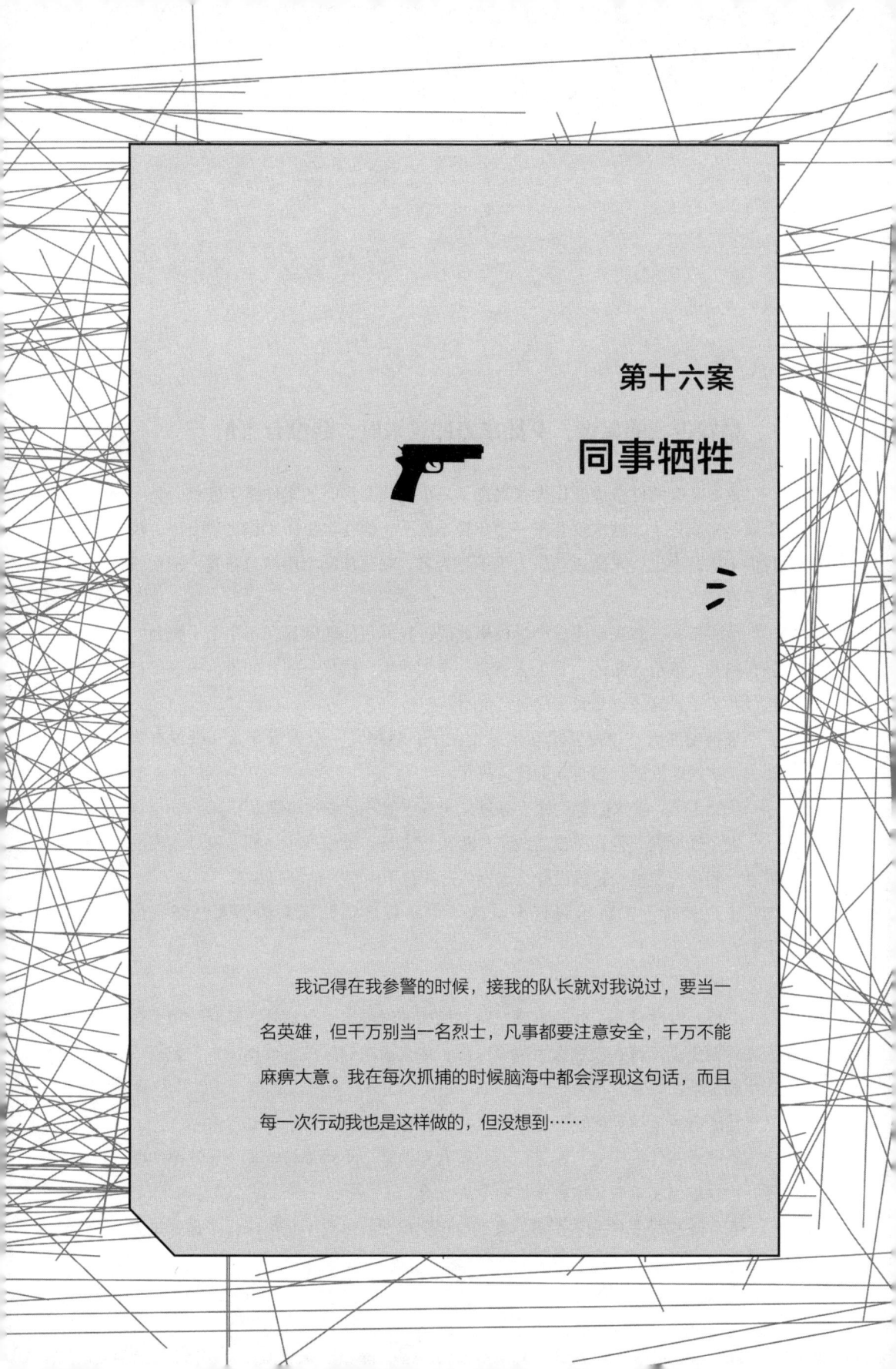

同事牺牲

我记得在我参警的时候,接我的队长就对我说过,要当一名英雄,但千万别当一名烈士,凡事都要注意安全,千万不能麻痹大意。我在每次抓捕的时候脑海中都会浮现这句话,而且每一次行动我也是这样做的,但没想到……

请转告我的父亲，歹徒拿刀冲过来时，我没有害怕

重案队有两件事最能让大家兴奋，一个是侦办多时的案件终于破获，另一个就是来新人了。这次就要来一个年轻小伙子，他在派出所工作表现突出，被我们宋队盯上了。宋队以队里人手不足为名，硬是从派出所横刀夺爱，把他给抢了过来。

他叫王宇，和我是同一个学校毕业的，我算是他的师兄。王宇个子挺高，长得精神，浓眉大眼的，看上去就是一个大学生。结果一问才知道，他孩子都已经两岁了，这一点儿我实在是自愧不如。

来报到那天，正好队里在忙一个案子，只剩我一个人留守。一听说有案子，王宇跃跃欲试，想要立刻投入战斗。

我笑了笑，新来的都这样，等过几天真连轴转起来就知道累了。

王宇告诉我，他在派出所的工作极限记录是连续奋战了一周，没日没夜的那种，和我们最忙的时候没什么区别，这让我不由得对他刮目相看。

正说笑时，宋队给我打来电话："星辰，咱们队来的新人已经到位了吗？"

"嗯，我正和他聊着呢。"

"行，有件事儿，昨晚重案二队在抓捕的时候出了点意外，陈胖子的手被人用刀割伤了，现在人在医大附属医院，你代表咱们队里去看望一下，记得买点牛奶水果。"

挂断电话，我看正好王宇也在，就带着他一起去。

陈胖子在外科病房。刚进门，我就看到他整个小臂都打上了一层厚厚的绷带，手也被包在里面，像机器猫的拳头似的。

我和陈胖子平时关系不错，看到他这副样子心里很不是滋味："你这是怎

么了？我刚接到宋队电话，说昨晚抓捕的时候你手受伤了，严重不？"

"唉，别提了……"陈胖子用手拍了下床，示意我过去坐，给我们讲了昨晚的危险经历。

昨天重案二队配合外地公安部门抓一名故意伤害的罪犯，白天经过调查已经知道罪犯的住址，也确定罪犯就在屋里，但是罪犯很警觉，为了抓捕顺利，陈胖子他们决定在晚上进行突击。

当时重案二队安排了一名开锁匠，想把房门悄悄打开，然后趁罪犯不备冲进去抓捕。结果出差错了，锁匠开锁的时候被里面的罪犯发现，但是外面的警察并不知道。

门打开后，陈胖子第一个冲进去，里面站着的是做好准备的罪犯。嫌疑人拿着一把匕首冲向门口，陈胖子见有个明晃晃的东西冲着自己扎过来，情急之下，一把将匕首紧紧抓住，把罪犯撞到墙上，利用体重优势死死地压住罪犯，后面的同事赶紧冲上来把人制伏。

但陈胖子用手抓匕首这一下，匕首的刀刃正好顶在他的食指上，一下把陈胖子的右手食指割断了一半。

经过医院的抢救，手指是接上了，但是恢复情况不容乐观。大夫说恢复得再好，将来对手的灵活性也会有一定的影响。一说到这儿，陈胖子便有些郁闷，看着自己被包成木乃伊似的手掌发呆。

我们陪陈胖子坐了一会儿，能做的也有限，只能尽量劝他放宽心，好好休养。临走的时候陈胖子把我喊住，严肃地说："一定要注意安全，老子这次虽然手指头断了，但是好歹捡回来一条命。"

我点点头，看了看站在身边的王宇，拍拍他的肩膀："看到没，以后干活的时候咱都得注点意，安全第一。"

我和王宇回到队里不久，大家陆陆续续地回来了。黄哥告诉我说案子有了进展，等宋队回来之后，我们队在会议室里开了一个案情研讨会。

我们现在接手的这个案子不复杂，有两个人在半夜抢劫了一个24小时营业的便利店，从店里抢走了一千多块钱。不过，案发时除了便利店里的录像之外，再没有其他线索，嫌疑人戴着帽子和口罩，看不清脸。

宋队提出，这两个人抢便利店前肯定会踩点。我们一点儿点翻看之前的店内监控录像，终于在两天前的中午，发现了两个体形和罪犯特别相像的人。沿着这两个人离开的轨迹追踪到一家网吧，通过上网信息将其中一个人的身份找了出来。

现在我们掌握了其中一个人的身份,接下来开始计划抓捕。通过布控,我们很快得到消息,这人在一个公寓有登记住宿信息。

宋队主持的案情研讨会其实就是抓捕会议,线索已经很清晰,大家在一起研究讨论该如何进行抓捕。

这两个人都有凶器,在抢劫的时候其中有个人亮出了一把砍刀,另一个有把尖刺匕首,所以在抓捕的时候我们必须格外小心。

宋队决定在傍晚动手,罪犯住在公寓的四楼。由于是出租公寓,所以我们可以从房东那里直接拿到钥匙,这样开门的问题就解决了,不会像重案二队那样找人开锁。

接下来是抓捕控制。

"宋队,我上吧。"王宇在一旁说。

"你刚来,别着急,以后有的是机会。"我猜想宋队对他还是有顾虑,虽说是初生牛犊不怕虎,但是抓捕这个工作可不是光靠有干劲就能做好的。

最后决定由我和黄哥首先冲进去。

知道对方有凶器,我们做了万全的准备。宋队给我们拿了两件防刺背心,这背心可没有电视上看的那么精细,看着就像一个救生衣似的,只不过里面的泡沫换成了钢板。

钢板很薄,但是重量也不轻,我套在身上就像背了个铁砣子似的,外面再加一件外套,整个人都肿了一圈,拍一下胸口可以听见"铛铛"的响声。

接着,我又戴上了防刺手套。这是一种用厚尼龙绳编制的手套,一般的匕首能刺破但是不能刺穿。但如果遇到砍刀那种凶器直接砸下来估计也没什么保护作用。

一套装备穿上身,顿时重了十几斤,再加上夹在肩膀上的执法记录仪和拿着的强光手电,感觉自己有点像未来战警,只不过是山寨版的。

宋队满意地拍拍我们的胸膛,又往我的袖子里塞进一根甩棍。

晚上九点多,我们摸到了公寓的房门外,门是朝外开的。我和黄哥一前一后站在门能打开的一侧,其他人站在另一侧。我回头看了黄哥一眼,他正握着枪,手指扣着扳机外侧,枪口朝上,向我示意准备好了。

我们抓捕是以控制罪犯为主,所以拿枪的人往往站在第二位,如果第一位的人没控制住或者出现意外情况,第二位的人再开枪。

由于最前面站着的是警察同事，这时候就更需要两个人默契配合。第二位在动枪的时候既要对罪犯造成威慑，又不能对前面的同事造成威胁，所以说第二位的人才是最重要也是最难的人。

我们出去抓人都是这个套路，一直以来，我和黄哥相互配合得不错。

我拿出门卡，环顾了下四周，看到大家都准备好了，这才轻轻地把门卡慢慢靠近房门感应处。走廊里静悄悄的，大家一动不动，随着我抬起手，楼道里的感应灯亮了起来。我心里一紧，顿时空气也变得凝重，我几乎能听见自己的呼吸声。

"咔，滴滴。"门锁应声而开，我一把拉开门冲了进去。

门外的亮光照进来一部分，但屋子里大部分还是黑漆漆的。我心想，既然没开灯，那罪犯很可能是在睡觉。我进了卧室，拿着手电一照，床上空荡荡的。

后面的人把灯打开，屋子里亮了起来，我们这才发现屋子里没人，桌子上是空的，地上却堆了一些东西。几件衣服扔在沙发上，明显有被收拾过的迹象，罪犯不在这里。

"人跑了！"宋队说。

我长出一口气，一直狂跳的心脏也逐渐平静下来。人没抓住自然有几分遗憾，但是心里也有几分侥幸，因为在这种不确定因素太多的条件下，抓捕危险系数很高，面临危险的紧张感要远远大于抓捕的急切感。

"刘哥你冲的时候挺猛呀！"收队回去的路上，王宇对我说。

我笑了笑没回答。我没法回答，因为我知道自己看着挺猛，实际我心里也会害怕，我害怕冲进去的时候对方正拿着刀等着我，害怕自己会像陈胖子一样被人一刀刺过来。

其实现在想一想，陈胖子这个结果还算是不错了，如果刺过来这一刀他没握住，一下子捅在身上那可就坏了。我虽然穿着防刺服，但这玩意儿又不是无敌铠甲，真遇到穷凶极恶的歹徒照样会有生命危险。

回到单位后没多久，我们就通过情报大队的分析找到了这名罪犯的踪迹，这人在昨天就已经返回自己老家了。

宋队决定异地进行抓捕。由于是去外地办案，肯定需要当地警方帮忙配合，包括抓捕时的人员配置也都会以当地的公安为主，所以我们不用去太多的人。

宋队让我和王宇留在队里。王宇是新来的，对队里的工作不太熟悉，让我用这段时间带着他练练手，熟悉下案子。刑侦大队办案讲究的是严谨，对每一处疑点都要做出合理的解释，这和王宇之前办案的习惯有些不太一样，他需要时间适应。

临行前，我开车把队里的人送到火车站。宋队告诉我这几天有派出所上报辖区内有丢失电瓶车的案子，让我带着王宇查一下。

近几年来恶性案件大大减少，我们大队除了专门侦办重特大案件，也开始处理普通案件，尤其是一些对民生造成恶劣影响的案件，偷电瓶车就在其中。

一个电瓶车看似价格不贵，但是对丢车的人影响很大。这种案件看似不起眼，但想侦办却需要大量的人力物力，派出所每天事务繁重根本无暇顾及，所以才转由我们重案队来协助侦办。

说是协办，但其实就是由我们侦办。发生盗窃电瓶车案件的派出所一共三十多名警察，每天要接警出警六十多起，除去下社区和值班之外，所里每天只剩两三个人，还得负责办理各类刑事和治安案件，他们根本没时间琢磨这类盗窃电瓶车的案子。

我和王宇一起来到派出所，这里连续发生了两起盗窃电瓶车的案子，一天一起，案发时间都是晚上。第二天，失主找不到车了才来派出所报案。

"这个小偷挺嚣张的呀，三天干了两起案子，而且相距不远。"我一边看报案材料一边对王宇说。

"刘哥，我觉得恐怕不止这两起，从他盗窃的时间和频率上来看，只怕在别的地方也偷过不少。"

"你和指挥中心联系下，把这段时间盗窃电瓶车的案子都汇总下。"我说道。

"近半个月的？"王宇问。

"时间再长点也行，一个月的吧。"

果然不出所料，王宇从指挥中心把这一个月的报案记录拿回来，加上这个派出所辖区最近三天发生的两起案子，一共有六起盗窃电瓶车的案件。这六起案子都是在半个月之内，平均两天一起，发案时间都是在后半夜。

"看着像是同一个人干的。"王宇说。

"嗯，你看被盗的电瓶车几乎都是同一个牌子，罪犯肯定是对这款车锁特别熟悉，开起来没什么难度，应该是同一个人干的。"我补充说道。

王宇的工作业务水平肯定没问题，唯独欠缺的是在重案队工作时思考的习惯。我之前侦办的主要是重特大案件，对于案件的推断都要基于一定的事实，而不是凭感觉。

"不过被盗的地点可都不太理想，全是老居民楼附近。"王宇看着简要案情说。

王宇说的地方不好，是指被盗地点附近没什么能对侦查有帮助的监控。老居民楼周围很少有公安机关的监控设置，而私人的监控一般都是对着自己门口。马路上岔路也不多，一般没有红绿灯，也不会安装拍照监控，留下的痕迹很难查。

"有什么好办法吗？"我问王宇，其实我心里已经有了打算，想考考他。

"人肯定是不好找，他选择偷车的这些地方没什么监控，我觉得咱们还是从丢失的电瓶车开始找吧，这附近是不是有个买卖电瓶车的市场？"王宇说。

他和我想的一样，既然没法从罪犯这里找到线索，那么就换个思路，从丢失的物件开始追查。

"嗯，这边有个旧货市场，里面挺多卖电瓶车的，咱们去看看。"

我和王宇先去派出所把其他几起案件的材料调取出来，所里的案件材料做得很仔细，丢失电瓶车的买卖发票和车辆照片儿等信息都在卷宗里。我拿着材料和王宇前往旧货市场，看能不能在市场里找到被盗的电瓶车。

这个偷车贼明显是一个惯犯，这种罪犯在销赃的时候，会习惯性地选择同一家商户，只要能在市场里找到被盗的电瓶车，我们就能抓住这个偷车贼。

我和王宇来到旧货市场。买卖电瓶车的商铺在二手家电的摊位大棚的后面，是一排临时板房，有十几个商铺，门前堆着一排排的电瓶车，乍一望去至少有上百辆。

"怎么这么多？"王宇惊讶地问。

我心里也"咯噔"一下，觉得不太妙。我平时没接触过电瓶车这个行业，不过从这十几个商铺板房外面摆放的电瓶车来看，恐怕每天的销量远远超出我们的预料。我拿起报案材料看了一眼，最近的一次电瓶车被盗是在昨天，不知道能不能在眼前这些电瓶车里找到。

我找到一家看起来有些规模的店铺，向店铺老板打了个招呼，掏出警官证亮明身份："有件事想拜托你们协助调查一下，我们正在找一辆被盗的电瓶车，你在这里做买卖肯定比较了解，我们怎么才能把这辆车给找出来？"

"找被盗的车？那你们可别想了，根本找不到的。"老板拿出一个毛巾，擦了擦沾满机油的手。

"怎么可能找不到？全市的二手电瓶车不都在这里卖吗？"王宇问。

"这种车子都不登记的。我们都是二百多收车，三百卖车，有时候车子开过来还没过半天就卖出去了，而且电瓶车只有那么几个牌子，你看看，长得一模一样的多的是，怎么能找到？"

"不到一天就能卖出去？你开玩笑吧，这么多车？"

"这些车子都是有毛病的，正在修，你们说被偷的车子，那肯定都是好车子，来了就能卖出去。你们不了解，现在跑外卖送快递的都用这种车，有时候遇到交警被查扣了他们都不去办理手续，直接来再买一辆。一辆二手车才三百块钱，一天就赚回来了，去补办手续还得好几天。"老板说道。

"那你们收的车子没有什么代码吗？比如汽车有个发动机号什么的？"我问。

"你是说车架号？有的车子送来就看不清那个号码的，我们都是收了就卖，加个十几二十块钱，这种车本来就不让上路的。"老板说道。

"不让上路你还敢卖？"我吓唬老板。

"你看看，又不是我自己一家，都在卖的，总不能只抓我吧。"老板指着旁边一排店铺信心满满地说，他知道法不责众，估计对这类检查都应付出经验来了。

看来想从被盗的车辆追查犯人的方法行不通了。就在我和店老板说话的这一小会儿时间里，旁边这几个商铺就被人骑走了好几辆电瓶车，看来这个行当真是如他所说。

王宇还是有些不服气，拿着报案材料里面的被盗电瓶车照片儿，从我们询问的这家店开始找。我在旁边看了一下，照片儿里的电瓶车是很普遍的车子，放眼望去每家店里都有几辆，根本没法区分。

王宇找到一辆一模一样的车，打开电机盖子一看，根本看不清上面印刻的车架号码，好像故意被人磨平了似的。王宇又找了一辆车继续查看，发现也是看不清号码。

"这些车不会都是偷来的吧？怎么把车架号全磨掉了？"王宇问。

"谁知道呢，一辆车才三百块钱，不知道都被倒腾了几手了，看来从车入手也没法查下去了。"

"那现在怎么办?"王宇有点着急了。

"专业的事情要找专业的人帮忙,走,咱们去图侦大队。"

图侦大队是新成立的大队,主要负责侦查管控辖区内的摄像头和监控,说通俗点就是专门研究监控的大队。随着现在监控应用越来越广泛,很多案件都是依靠监控录像来查线索,市局要求各区县成立了专班大队来做这项工作。

我来到图侦大队找到顺子,他也是我同学,在学校打扑克的时候喜欢攒一条龙的牌,无论手牌如何,坚决不拆顺子,所以我们给他取了这个外号。

我们办案的时候虽然也依靠监控摄像头,但都是我们靠两条腿走路抬着脖子看出来的,对于全区在什么位置有监控这种事情从来没人研究规划过。

现在有了图侦大队就不一样了,他们对辖区每一个监控都有掌握,在什么位置,能拍到什么角度,覆盖面是多少,这些对他们来说都了如指掌,在侦查破案的时候就更如虎添翼。

我把案件的情况和顺子详细说了下,顺子让我把六起案件的材料留在这里,他说要根据发案现场推算下时间,然后把相关的监控录像都调出来,看看能不能找到在这几个地方都出现过的人。

顺子简单向我介绍了下这六个案发地点附近的情况。他们对辖区内的监控摄像头做过专门的调研,这几个地点附近有多少个摄像头,覆盖的范围有多大,他可比我清楚多了。

我和王宇回到单位没多久,顺子就给我打来电话,说发现了一个可疑的人。这个人曾经在四处案发地点的附近出现过,他们跟着监控一路追踪,发现这个人曾骑着电瓶车离开案发地点,有作案嫌疑。

"只是发现了人也没用呀,关键是能不能找到线索,能把他找出来的线索。"我说。

"有一个特征,这个人骑车时有一段路线很固定,经过三民街时会在那里的一个小店买东西吃,然后再走。"

"有监控?你都看见了?"

"有,我都拷贝下来了。"顺子回答。

我带着王宇返回局里,从顺子那里将监控视频拷贝下来。监控是炸串店自己安装的,不是很清楚,看不清这个人的脸,但是从身形和走路姿势来看是同一个人,岁数应该不小,个子不高,自己骑着一个电瓶车独来独往。

他在视频里出现了三次，仔细观察就能发现，这三次骑的电瓶车都不是同一辆。我们猜测这三辆车来路不正，这个人可能就是偷车贼。

我和王宇来到顺子所说的三民街的炸串盖饭店，找到了录像里的位置——一个小店的门口，门口摆着两个长凳子。监控中那个人骑车来到小店门口，停下车走进去买了一碗饭，然后坐在凳子上吃完再离开。

"要不然咱们在这儿守着？他来了三次，估计还能来。"王宇提议道。

"他盗窃电瓶车的时间基本都是清晨，等市场开门后就立刻去卖掉。开门前这段时间里他得一直骑着这辆偷来的电瓶车，如果是你的话，这段时间你会去哪儿待着？"我问。

"嗯……肯定会去一个自己熟悉的地方。"

"他对这周围肯定也很熟悉，我觉得他应该就在附近住。"我一边说一边抬头朝周围看了看，这条路是一个"断头路"，走到前面就到头了，一侧是快建好的封闭小区，还没有人入住，另一侧是一个工地，已经挖好地基坑，暂时处于停工状态。工地附近有一些没拆迁的平房，外面挂着衣服，看上去住了人。

看附近的情形，这些平房都是临时出租给打工人员的，肯定不会有详细的登记。这种房子甚至不需要签租赁协议，和房主定好价格交钱就能住下，一间平房被分割成好几个屋子向外出租，里面住着好几家人。

"走，进去看看。"我说。

这条路上铺的地砖几乎都碎开了。路边有一个用水泥围成的垃圾站，里面堆满了垃圾，从垃圾站里淌出黄绿色的水穿过路中央，走过去的时候能闻到一股恶臭。

路边平房门口坐着一个人，丝毫没有受到这股异味的影响，背靠着墙闭着眼，我和王宇走过去的时候他一直在打量我们。这时一个女人从平房里走出来，拉出一根绳子拴到路边的电线杆上，准备晾衣服，她也时不时地朝我们这边看。

这种地方居住环境简陋，住在这儿的除了生活在底层的人之外，就是一些三无人员。我和王宇走进来不停地东张西望，他们凭着生活经验一下就产生了警觉。

我和王宇走了一段路不时地被人盯着看，这种感觉可不好受。王宇在一旁推推我，指着我身后的一户平房，我转过头，看见平房门外放着一辆黄色电瓶车。

  这里的平房是连在一起的，有的住户在外面修了一个墙院，和邻居隔开。我身后停着电瓶车的这户人家正好也有一个墙，车子就停在墙后面。我走过去的时候没看见，王宇回头才发现这儿有辆电瓶车。

  "你说这辆车是不是偷的？"

  我知道他这一问可不是空穴来风，我们猜测偷车贼很可能在这附近住，而这儿的平房连自行车都很少看到，突然出现一辆电瓶车确实有些可疑。

  "你快打电话去查查，看看今天有没有丢失电瓶车的报警记录。"我一边说一边转身朝这个平房走过去。

  平房外修了一米多长的墙围子，堆着木板纸箱之类的垃圾。门是一个老式的防盗门，窗户上挂着窗帘，看不清里面有没有人。

  我慢慢地走进去，尽量不发出声音，把脸贴在窗户上，用手遮住太阳光往里面看，可惜窗帘太厚，什么都看不见。我又把耳朵贴上去，屋子里静悄悄的，也没听到有什么响动。

  我退了回去，王宇把我拉到一边，低声对我说："刘哥，我刚才问了，今天的报警记录里有被盗的电瓶车，是一辆黄色的爱玛牌踏板车，和这辆一模一样。"

  我看了看，电瓶车侧面有一个大大的A字标志，和报案描述的一样，难道这辆车就是被盗的车？这也太巧合了吧？

  "看看车上的电机号和报警记录上的是不是一样？"

  我走过去蹲在电瓶车旁边，用手去掀后面的电瓶箱。电瓶箱有些紧，我使劲拉了下没打开，还把旁边的木板子碰倒了。这一倒发生了连锁反应，叠着的纸箱子都倒了下来，发出"哗啦"一声。

  "谁呀？"

  有人？我吓了一跳，朝王宇使了个眼色。他站到门的另一边，我起身走到门前，我俩分开站好，然后我敲了三下门。

  "屋里有人吗？我是公安局的，你把门开开，有事要问你。"我一边敲门一边说。

  "公安局的？干什么？"屋子里的人顿了顿说。

  "检查这里的暂住人口，你把暂住证和身份证拿出来看一下。"我知道住在这里的人肯定都不是本地人，便想到用这个借口先把门骗开。

  "吱啦"一声门开了，门口站着一个看上去四十多岁的人，脸上有很多皱纹，皮肤黝黑，个子不高，一脸狐疑地看着我们。

这人的体貌特征和我们在监控上看到的很像！监控录像不太清晰，只能看到一个大概的轮廓，但是这个轮廓，从身高到体形和我眼前这个人完全匹配。

我顿时来了精神，虽然觉得如果眼前这个人就是盗车贼的话有些太过于戏剧性，但事实上我觉得这种可能性很大，眼前这个人也许就是罪犯。

我开门见山问电瓶车的事，看看他有什么反应，一旦确定他就是罪犯的话，我决定立刻就动手抓他。

这个人岁数不小，个子不高，身体并不壮实，我比他高出一个头。抓这种人唯一的难度就是把门骗开。现在门开了，人就在眼前，就算让他跑我也有把握把他抓住，所以我需要尽快确定他是不是罪犯。

"门口的这辆电瓶车是谁的？"

"这是我朋友的车，放在这里的。"这个人回答道。

"朋友？叫什么名字？干什么的？什么时候放在这里的？你又叫什么名字？在这住多长时间了？"我问了一连串的问题。

从他的反应来看，我已经基本确认眼前这个人就算不是偷车贼，也起码算是偷车贼的同伙。没想到能被我们误打误撞发现，我现在心里还有些小兴奋，之前我只是猜测偷车贼有可能住在这里，没想到竟然能把人找到。

"呃……这个……这个……"这个人语塞起来。

"好了，你不用编了，跟我们走一趟吧。"我一边说一边用手按住这个人的肩膀。

我和王宇这次来只是想做一番侦查，没想过能遇到偷车贼，自然也没带手铐。我觉得就凭眼前这个人这副模样，我俩一人按住他的一侧肩膀，一路把他带回大队肯定没问题。

"行，我套件衣服。"这人一边说身子一边往后缩。

"你老实点，别乱动。"王宇这时从旁边出来，一侧身挤进门，在另一侧用手压住他的肩膀，这样，我俩就基本把他压制住了。

"衣服就在门后面，我套件衣服就跟你们走。"这人被我俩按住不能动，转头往后面的门看去，门上挂着一件外套。

这个平房很小，推门进屋一侧是厨房，再往里另一侧是厕所，还有个木门把里面的卧室和外面隔开，他的外套就挂在木门上。

我看了眼外套，和监控视频里的偷车贼穿的衣服很像，心里想这件衣服带回去也许还能作为用视频认定他犯罪的证据，而且眼前这个人感觉很配合工作，被我俩按住肩膀后一动也不动，便点头同意。

"行，你拿件衣服跟我们走。"

平房里很狭窄，我站在门口压着这个人的肩膀，王宇在里面压着他的另一侧肩膀。现在他要转身进去拿衣服，就得从王宇身边走过去，而这里的空间容不下三个人同时站一排，所以我只能松开手，让王宇一个人按着他的肩膀让他拿衣服。

这个人转身过去，一把拿起衣服往身上穿，在胳膊往袖子里穿的时候，王宇也松开压着他肩膀的手，就在王宇松开手的同时，眼前这个人突然从衣服里摸出一把匕首，冲着王宇就挥过来。

我站在后面吓了一跳，这个人一直懦弱的表现，让我没想到他会做这种反抗。他只是一个偷车的盗窃犯，盗窃一辆电瓶车顶多就是三年以下有期徒刑，面对警察能做的最严重的就是逃跑，怎么会持刀反抗？

屋子里狭小，王宇还站在我前面，虽然我俩是两个人，但现在没有施展空间，只能一对一，这个人拿着匕首可以说占尽优势。

我一只手拉着王宇的衣服往后拽，急忙往后退。令我没想到的是，从屋子里退出来后，这个人不但追着冲出来，还拿着刀冲着站在前面的王宇扑过来。

我在后面看到他扑在王宇身上，推得王宇不停地后退。我目眦欲裂，一把上前抓住这个人的胳膊。他从王宇身上转过来朝着我，拿着匕首就朝我冲过来。他手里的匕首已经变成了红色，上面还在滴着血。

我的大脑一片空白，死命地按着他拿着匕首的手。他和我撕扯在一起，但是我没心思和他纠缠，我看到王宇从屋子里退出来之后，就倒在地上一动不动了。

"王宇！王宇！"我一边和眼前这个人撕扯一边大声喊，可是王宇那里没有一点儿回应。在我分神的一瞬间，胳膊突然凉了一下，好像被冰块贴住了一样，接着又变得火辣辣的，小臂上被刺开了一个血口子。

胳膊一松劲，这个人猛地挣脱开，转身就跑。我顾不上去追他，只能放任他逃走。我跪在地上看着王宇，只见他紧紧地闭着眼，大口大口地在喘气，短短的十几秒就已经淌了一地的血，衣服全都变红了。

我撕开衣服为他止血，拿出电话拨打120，感觉自己的手都是麻木的，按在手机键盘上电话却没有反应。打完120我又打了110，然后又给同事打电话，我把能打的电话都打了一遍，恨不得能从天上掉下来一辆救护车。

王宇的血根本止不住，我一个劲地喊他的名字，可是他一直都没回应。我觉得天旋地转，不知是自己大声喊叫让脑袋缺氧了还是因为其他的什么原因，感觉这段时间仿佛静止了一样。

不知过了多久，我听到120救护车的声音，但眼前的景象没有发生任何变化，王宇没说过一个字，身体也没再动一下。

王宇被救护车拉走后，我的同事也赶来了，来了好多人。他们在我面前出现又消失，他们对我说了很多话，问了很多问题，可是我一句都没听清，一句都没回答上来，我甚至想不起在二十分钟之前都发生了什么事情。

我一直蹲跪在地上，被人扶了几次都没站起来。

我也被送进了医院，医生说我胳膊上有一条筋断了，身上有几处伤口，最严重的地方缝了十二针。在我被送进医院的第二天，偷车贼就被抓住了，很多人来医院看望我，我对每一个来的人都询问王宇的情况，但是他们都没回答。

我已经猜到了事情的结果，但一直没人给我明确答复，这让我总有一分侥幸的心理，直到我得知王宇的葬礼举行的日期……

我记得在我参警的时候，接我的队长就对我说过，要当一名英雄，但千万别当一名烈士，凡事都要注意安全，千万不能麻痹大意。我在每次抓捕的时候脑海中都会浮现这句话，而且每一次行动我也是这样做的，但没想到……

我出院的时候王宇已经下葬，我没敢去见他的父母，我心中充满愧疚，我觉是因为自己的原因才导致这种情况的发生。如果我当时多注意点，多谨慎一点儿，哪怕不给他回去拿衣服的机会，这个惨剧都不会发生。

后来我还是见到了王宇的父亲。他也是一名警察，是我们的前辈。我心中五味杂陈，不知道应该说些什么，只对着他端正地敬了一个军礼。

他们永远不会老朽，
不像留下来的我们日渐衰老；

他们永远不为耄耋所难，
永远不为残年所累；

每当太阳落下，每当清晨来临，
　我们都会想念起他们。

犹如永放光辉的群星，在我们化为尘土时，
　他们在九天之上列队而行；

犹如闪烁发亮的群星，在我们置身冥界之后，
　他们星光不灭，与日月同在。

——2018年禁毒圈《悼亡诗》

谨以此文纪念所有殉职的英雄警察，祝他们一路走好。

第十七案

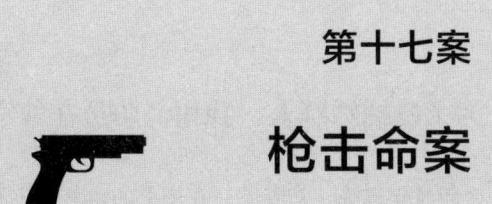

枪击命案

枪案！我太阳穴咯噔一跳，好多年没遇到枪案了。

十年前枪击案还比较多，夜场和迪吧时不时地就会有枪响。那时候土枪管控不严，很多人喜欢在腰间别一把"土炮子"。

后来经过严打整治和枪支收缴，已经很少见到涉及枪支的案件了。但现在枪案的性质越来越严重，只要动枪必出大事，所使用的子弹也从石子、弹珠变成了经过打磨的铁片铅弹，一打一个窟窿，非死即残。

为了诱捕嫌疑人，我和消防员在他家放了把火

今年过年很晚，初春了，在街上的角落里还不时地看到鞭炮残渣，两边还未开业的店铺让人还沉浸在过节的气氛中。

清晨的阳光透过窗户照在桌上，一杯冒着热气的茶抵消了从窗户缝隙中吹出的丝丝凉风。我抿了一口茶水，靠在椅子上享受这片刻的悠闲时光。

正月十五之前，是我们为数不多能闲下来的时候，很多人回家过年还没返城，人少了，案件自然也少了。

正在我乐得清闲的时候，一个同事一把推开门跑了进来，冲着我喊："就剩你一个人了？"

刑侦大队是独栋五层楼，没有电梯。一楼是值班室，每天轮岗值班，他一口气冲上了五楼，累得满头大汗。

"出什么事了？"我问。

"发案子了，在海景酒店后面，指挥中心直接派发警情到咱们这儿，你赶紧去看看。"

听完这话我心头一紧，指挥中心直接派警到我们大队，说明案子肯定很严重。正常来说，市局110指挥中心会根据案发地点分派到所属派出所，像这种直接分派到分局刑侦大队的案件少之又少，如果有，就是严重的恶性案件。

"什么案子？指挥中心怎么说的？"我一边穿外套一边问。

"是枪案……你去看看吧，具体我也不清楚，估计派出所也接到通知了。"

枪案！我太阳穴咯噔一跳，好多年没遇到枪案了。

十年前枪击案还比较多，夜场和迪吧时不时地就会有枪响。那时候土枪管

控不严，很多人喜欢在腰间别一把"土炮子"。那种枪就能打一发子弹，用的是霰弹珠，一扣扳机碎弹像天女散花一样飞出去，打在人身上全是血洞洞，但不至于要命。

后来经过严打整治和枪支收缴，已经很少见到涉及枪支的案件了。但现在枪案的性质越来越严重，只要动枪必出大事，所使用的子弹也从石子、弹珠变成了经过打磨的铁片铅弹，一打一个窟窿，非死即残。

我一边往海景酒店赶一边给队里的人打电话，通知大家集合。发案后，我们会按照树状的联系关系通知同事。值班室先通知我，我通知两个同事，两个同事再负责通知其他人，这样很快人员都能到齐。

我与派出所的警车几乎同时赶到现场。海景酒店的小路上围了很多人，我下车将人群疏散开，看到中间躺着一个人。那人眼睛还是张着的，眼球上翻露出眼白，鼻子和嘴角都是血，我上前探了探，人已经死了。

人躺在楼道外的路上，头朝里脚冲外，看样子是向后面跌倒的。地面上还有一个血印子，是倒下后挣扎扭动的痕迹。

死者穿着一件皮大衣，衬衫领子下还有毛衣料子，衣服挺厚。我隐隐地看到皮大衣上面有几个翻毛的小孔，应该就是子弹射中的地方。一共三个孔，两个在胸口，一个在腹部。

我帮着所里的人用警戒带将现场围起来。这时救护车也来了，人已经死去多时，救护车直接把人拉到了尸检中心。

尸体被抬起来的时候，我注意到地上没有多少血。人被击中后倒在地上，后背没有被击穿，血从前胸涌出来，被厚厚的衣服吸收，只在尸体周围留下了血印痕。

把现场交给技术中队去处理，我去找案发现场的第一人，也就是报警人。

报警人在旁边的一个便利店坐着，看样子被吓得够呛。

报警人说他就住在现场旁边的那栋楼上，今早他下楼还没走出楼门的时候，就听见"啪啪啪"三声响，像放鞭炮的声音。本来没出正月不算过完年，他还以为是谁家在放鞭炮。等走出来他才看到地上躺着一个人，他去看发现人已经没气了，吓得一屁股坐在地上。他不敢留在现场，跑到这个便利店才打电话报警。

"你听见三声响？确定是枪响吗？"我问。

"当时我还以为是放鞭炮，也没注意，后来看到人倒在地上，再回想起听到的声音,我才觉得是枪声。"

枪声和鞭炮声确实有点相似,尤其是没听过枪响的,发出来的声音和二踢脚炸响的声音差不多。但是枪声波段比较特别,在封闭室内回音很大,但在室外反而没那么明显。

"你过去的时候人已经死了?"

"嗯,我当时也害怕,我怕凶手就在附近,再把我也一枪干掉……"

"你看见开枪的人了吗?"我又问。

"没……没看见。"报案人战战兢兢地回答。

现场还在进行勘验。我回到大队,被害人随身携带的物件有身份证,我用公安网查询了一下,被害人是一名医生,姓林,今年三十九岁,未婚。

难道是医患纠纷?我查了下被害人的个人信息,只有短短几行,寥寥的几次出行,连开房记录都没有,很普通的一个人。

我看了下他的随身物品,一个夹包里面有身份证、钱包和一些文件。钱包里有医院的饭卡、医疗资格证、银行卡和一些会员卡,现金一共不到一千块钱。凶手对他携带的东西没有任何兴趣,应该不是谋财。

死者的手机没有密码,我打开后查看通话记录,最近的一个电话是昨天的。他被害的地方就在住所的楼下,说明凶手可能知道他的活动习惯,就在楼下蹲守。

我将手机合上,这个案子完全没有头绪,需要做的工作太多了。

凶手埋伏在死者楼下,说明对死者很熟悉,至少盯了一段时间;从杀人动机来看,不是谋财,可能是寻仇,也可能与死者的工作性质有关;使用的凶器是枪械,现在对枪械管理极其严格,可以从这个渠道进行调查。众多的可能,每一条都会延伸出更多的调查方向来。

不久,技术中队做完现场勘验返回,我们开了一个碰头会。

"现场未发现有效的线索,附近也没有监控,凶手应该是蹲守在楼下等着林医生,至于使用的是什么枪械要等李法医那边把子弹取出来才知道。"

"子弹全在身体里?"宋队问。

"应该是,冬天衣服穿得厚,虽然是近距离射击但是很难穿透人体,我们没在现场附近发现任何弹痕,连跳弹的痕迹都没有。从足迹上也看不出什么情况,早上进出的人比较多,无法断定哪一个是凶手。"

"李法医解剖还需要点时间,咱们别等了,先开始工作吧。星辰,死者单位这一块就交给你了,这种案子十有八九都是寻仇的,你去查查看他在单位和谁有矛盾。"宋队对我说。

"狐狸,你去把这几个夜场的老板都喊来,问问他们最近对枪的事有没有耳闻。他们平时一个个装模作样,像社会大哥似的,今天要搞一把枪,明天能买一挺炮的,现在真出事了,让他们安排人查一查,探探口风。"

枪是一个很敏感的词,虽然很多人喜欢吹嘘自己有枪,但那都是吓唬人的,真正能搞到枪的人很少。宋队应该有几个怀疑对象,都是一些混社会的人物,枪支有可能是从他们那里流出来的,借着这个机会,我们也可以把他们一网打尽。

"黄哥,你从死者的周边开始查,尤其是他的手机通话记录。凶手能在他家楼下守着,说明肯定和他有联系,说不定手机里的电话就有凶手的。"

宋队一个个地分派任务,安排完我们后,对着另外两个重案队说:"二队去一组人,找死者的家属谈一谈,如果真的是有人报复他,他的家属多多少少会知道一些,必须把他的底细查清楚。"

"三队去一组人,负责询问死者住的这附近的人。每一户人家都要问一遍。这个凶手很可能从早上就守候到现在,如果有人出来肯定会和他打照面,现在距离案发才过了三个小时,可能有人见过凶手。"

宋队安排好人手,我们刑侦大队三个重案队全部参战,开始侦破这起持枪杀人案件。

我来到东海市第三人民医院,到了才知道,这个人虽然是一名医生,但并不是看诊的医生,而是负责死亡患者管理的,说白了就是管停尸间的。

停尸间一共是两个医生在职,正常是一天一个人轮着值班。但是医院的停尸间和殡仪馆的不一样,医院的停尸间很少使用,在病患去世后通常都直接联系火葬场,甚至都不用拉到停尸间,所以这两名医生基本不用天天来上班。

两个人是轮流值班,平时相互很少见面,可以说死者平时是自己一个人工作,不存在什么纠纷。

我找到医院办公室的领导,说明了我的来意。院长冥思苦想了半天,最后告诉我小林这个人很不错,应该不会有什么仇家。

小林的父亲也是医院的大夫。小林没考上医科大学,但毕业后自考了医师资格证,因为他父亲的原因,医院给他安排了一个行政管理岗位。等到后来停尸间有一名老同志退休了,又把他调到这个部门,他在这里干了快五年了,没有任何异常情况。

"他在这儿干活会不会与患者产生什么矛盾？"我问。

"矛盾？他这里遇到的都是病死的人，哪儿有什么矛盾，有矛盾也是去找主治医生闹，不可能有人来闹他。"

"他这个工作也是和病患家属接触的，会不会有家属因为患者死了迁怒于他？"

"来，我带你去看看他工作的地方你就知道了。"院长起身带我来到小林的办公室。

小林的办公室在医院的一个角落，紧靠着后山。窗外只有一堵墙，墙外则是医院的后山坡，上面已经没有绿色了，全是水泥砌成的石墙。

"他平时就在这儿办公，主要是负责与殡仪馆联系。一般死者家属来这里找他，他负责开具医院的证明，如果家属需要他就帮忙联系殡仪馆，如果不需要家属就自己把人拉到殡仪馆。早些年还有人纠结尸体放在一层还是二层，现在尸体连停尸间都不进，哪儿会有什么矛盾。"

"一层二层是什么意思？"我问。

院长带着我来到地下一层，棕色铁皮大门上面写着"停尸间"三个字，站在外面都能感觉到有丝丝凉气渗进衣服里。

院长找人把门打开，我们进了停尸间。一个挺宽敞的屋子，里面有四五盏白炽灯照明，空调的寒气吹在灯管上，把照出来的光变成了蓝白色。靠着墙是停尸柜，一共三层的大抽屉。

"就这柜子，以前有人特意要放在最上面，现在都没这种要求了。人死了都不用送到这里，直接就拉到火葬场了。"院长指着大柜子说。

所谓的一层二层是柜子的层数，这种长条的抽屉一共三层，最上面和我头一般高，把尸体抬上去还挺费劲。中间的最好，下面的和地面平行，基本没人会用。

"现在这里已经不放尸体了？"我搓了搓胳膊上的一排鸡皮疙瘩。

"我看看，应该还有……正常在医院病故的都不在这里放，只剩下几具无名尸，嗯……现在还有两个。"院长推了下眼镜，低头看柜子上的铭牌。

"无名尸？"

"对，有时候发现尸体没查出来身份的，公安机关都是委托我们保存，等一段时间之后统一进行火化，你不知道？"院长反问我。

"我还真不知道，我是重案队的，无名尸处理这块不归我们管。"

"对,我想起来了,当时是治安大队和小林沟通的这件事。这样吧,小伙子,小林现在出事了,这还剩两具尸体,到时候你帮忙联系下尸体的火化事宜吧,反正你们都是一个系统的,现在医院人手不够呀!"

我眨了眨眼看着院长,转念一想,这也算举手之劳了,治安大队在局里办公,我也经常去局里,帮着医院跑个手续而已,也不麻烦,便应承下来。

"这两具尸体的手续应该都在小林办公室的抽屉里,这事就拜托你们了。"

院长陪着我返回小林的办公室,把两具无名尸的手续给我。我无可奈何地笑笑,难怪他陪着我转这么大一圈,看似是配合调查小林的情况,其实是想把小林剩下的工作找一个接手的人,这一下直接把无名尸转给我们公安局了。

我看了下院长,他眼镜白光一闪,特别像漫画人物的样子,一副老谋深算的派头。

小林的同事今天休息,我让他直接去刑侦大队,我们聊了一下午,没有任何收获。他和小林是两班倒,没什么交集,饭都没在一起吃过。

到了晚上,几组人马纷纷返回,得到的结果都差不多,没什么有用的线索。

狐狸找到了两个混社会的人,他们说手里的枪早就扔了,没有借给别人。而且他们的枪是五连发猎枪改装的,一开枪子弹崩得到处都是,不符合现场情况。

黄哥把死者的手机联系人情况都摸排了一遍,除了没联系上的之外,其余都是很普通的人,有死者的同事、亲人、同学、朋友,单纯从电话名单上来看,没有出现过与死者有矛盾的人。

二队的人去找死者家属,小林的父亲已经去世了,家里除了母亲外,还有个姐姐。小林的父亲留下两套房子,一套给小林,一套给她,家庭关系很融洽。他的姐姐说,小林一周回一次家,都很正常,也从来没听小林说过和谁有矛盾。

三队的人把小林住的这栋楼能找到的人都问了一遍,没人发现今早楼下有什么可疑的人。根据这栋楼里的人的上班时间来看,小林从家里走出来的时候正好是一个空窗期。

听完大家的汇报,还是毫无头绪,宋队点起一根烟狠狠地吸了一口,差不多把烟头燃了三分之一。最后宋队定下来,明天继续调查,还是按照之前的安排，只不过要更加细致，更加严谨。

第二天一大早，我又返回医院，找医院和小林有接触的人一个个地谈话，希望能找到一点儿蛛丝马迹。直到晚上，我把负责一层打扫卫生的保洁人员询问完之后，整个医院认识小林的人我都问了个遍，依旧毫无所获。

"咦，刘警官，你还在呀？调查得怎么样？有线索了吗？"院长从电梯里出来正好看到我。

"唉，没有，一点儿线索都没有。"我叹了口气回答。

"我相信你们肯定能将罪犯抓住，为小林讨回公道。刘警官，还有那两具无名尸的事你别忘了，帮忙联系一下。"院长又提醒了我一遍。

我心里暗暗吐槽，现在哪儿有工夫管什么无名尸，当务之急是找到凶手，现在距离案发已经过了快48小时了，黄金破案时间就要过去了。

正想着，宋队来电话了，让我马上回单位。我冲院长摆摆手，匆匆离开了医院。

会议室里大伙都在，一个个面色凝重，坐在最中间的不是宋队，而是曲局。宋队在一旁连烟都没抽，看到我进来了，示意我快坐下。

"你把情况说下。"曲局对李法医说。

"在死者体内提取了三枚子弹。这三枚子弹分别击中胸部和腹部，其中一颗子弹打在心脏上，导致死者死亡。三枚子弹是7.62mm的子弹，击发的枪支应该是六四式手枪。"

大家大吃一惊！六四式手枪是我们警用配置枪，市面上根本没有，能使用这种枪的人只有一种，那就是警察。

"有没有仿制的可能？"宋队问。

曲局敲了敲桌子："这个事当天我就知道了，为什么今天才开会说，就是因为我派李法医去了中国刑警学院落实这件事。现在在市面上只有仿制的五四式手枪，没有六四式手枪。而且六四式手枪用的枪弹比较特殊，五四式手枪没法击发，所以凶器肯定就是六四式手枪，就是咱们用的枪！"

会议室里没有一个人敢吱声，大家都知道问题的严重性。

"现在怎么办？凶手一共击发了三枚子弹，咱们是不是要把全局的枪支子弹清点一遍？"宋队问。

"不用，现在已经有结果了，你继续说。"曲局对李法医说道。

李法医点点头："我去中国刑警学院对提取出来的子弹进行了鉴定，现在已经出结论了，弹痕划线已经固定，目前正在比对市局枪库的信息。"

"弹痕划线是什么？"宋队问。

我还是第一次听说这个词。弹痕我知道，是子弹击中后留下的痕迹，那划线又是什么？

"每一支枪的弹膛都不一样，当子弹从弹膛里射出来的时候，由于弹膛内部的构造会造成一定的划痕，这种痕迹并不是固定的。一支枪在经常击发的情况下因为弹膛不停地被子弹摩擦，子弹上划线就会变化，但是咱们公安机关的枪支击发量很少，所以子弹划线基本是固定的。"李法医说。

曲局不慌不忙地说："每支枪在公安机关配发前都会做一份弹痕划线的记录，也就是说，咱们可以通过对击发子弹上的划线来进行反向推导，找到击发的这支枪！"

"那现在查到枪了吗？"黄哥问。

"弹痕划线检测结果出来了，李法医拿回来一堆数据，对着这些数据比对就能找到枪。"曲局说。

"对，咱们公安机关的枪击发率不高，弹痕划线基本和配发的时候一致，找出来不难。现在已经锁定这支枪是在咱们分局，具体是哪一把正在落实。"

大家伙都面面相觑。这支枪是我们分局的，那凶手很可能也是我们分局的，警察的配枪只有警察能拿到⋯⋯

"这件事先保密，查清楚后，无论是谁，只要犯错绝不能姑息！"曲局顿了顿，"从现在开始，这个案件由宋队负责，所有的情况必须向他汇报，他直接向我汇报。每个人只对自己的任务负责，不要相互打听，也不要到处宣扬，听清楚了吗？"

"清楚了。"所有人异口同声地回答。

现在案件的性质发生了变化。警用枪支都是配发给值班警察的，找到枪支再结合案发时间就能找到当时配枪的警察，这名警察就成了嫌疑人，即使不是他开枪至少也是同案犯。

曲局要求所有人待在单位，开始分派任务。大家一个个被单独叫到屋子里，然后领好任务出去了，一句话也没有多说。

侦查持续了两天，没有分派给我任务，我像被遗忘了一样，也不知道案件进展得如何。只看见有人不时在宋队的屋子里进进出出，至于宋队，他已经两天没出屋了。

第三天中午，我被宋队喊到办公室，在里面的还有狐狸和黄哥。宋队拿出一张人员信息表，让我们把这个人抓回来。我拿起来一看，这个人叫陈海东，东海市本地人，三十九岁，无业。

"为什么要抓这个人？他和枪击案件有关系？"狐狸问。

"你废话怎么这么多，保密原则你不知道吗？让你去抓你就去抓！"宋队没好气地说。

我们来到陈海东登记的住址，发现房子已经被租出去了，租房子的是两个外来户。

我和黄哥通过社区找到了租客，打算通过他们把陈海东找出来。从宋队的语气里我知道陈海东肯定涉及案件了，现在枪击案传得满城风雨，陈海东如果知道警察在找他，肯定就会逃之夭夭。

这时狐狸出了个主意，让两个租客给陈海东打电话，就说家里失火了，让他赶紧回来。

"这谎话说得也太假了吧？如果陈海东比较谨慎，给邻居打个电话一问不就露馅了吗？"我说。

"那咱们就做得真实点，你警官证带了吧？跟我来。"狐狸说。

狐狸把我拉到附近的消防队，出示警官证请求他们帮忙。消防队一听配合警察抓人立刻答应了，两个消防员开了一辆面包车和我们一起出来。

这是辆运兵车，虽然没有救火设备，但是车子和消防车的颜色一样，上面还喷了"消防"两个大字，车顶也有警灯。

到了现场后，我们把警笛和警灯打开，在陈海东的房子窗户边烧了些纸，弄出烟雾，然后让两个租客一起给陈海东打电话，告诉他家里着火了。

不到十五分钟，陈海东匆匆出现，直奔消防车跑来。到了车前，我们两个人把车门拉开，将陈海东一把拽到消防车上，扬长而去。

在车上，我打量了下陈海东，一副弱不禁风病恹恹的样子，真是没法想象他能和枪击案有关。

回到队里宋队又派发任务，让我们问清陈海东在三天前案发时的动向。

陈海东配合得不错，问什么说什么。他说案发时他正在一家棋牌室打麻将，从晚上开始打，一直打到第二天上午才结束，没有作案时间。

"你给我说实话！那天你到底干什么了？"狐狸有些不耐烦地追问。

"我真的是在打麻将，棋牌室的人都能给我做证，那天我还输了一千多块钱……"陈海东哭丧着脸说。

我们连哄带骂地折腾了四十多分钟，陈海东一口咬定自己当时就是在打麻将。

"情况怎么样了？"宋队推开审讯室的门问。

"他不承认，一直说自己在打麻将！"

"嗯，他没撒谎。"

宋队一开口我们都愣住了，这是什么情况？忙乎一顿抓回来一个没有作案时间的人？

"你说说你都和谁一起打麻将了？"宋队开始亲自审问。

"晚上我和谢康、王学亚，还有个人不知道叫什么名，一起玩的，谢康和王学亚都能为我做证。"

"再没有别人来玩了吗？"宋队问。

"还有邢志武，他是快天亮的时候来的。"陈海东小声说。

邢志武就是我们的同事，我们都知道他平时喜欢打麻将。

"他那天应该是值班，没换衣服直接穿着警服来的？"宋队问。陈海东点了点头。

"这期间有没有人离开？"宋队又问。

"那个新来的离开了一会儿，邢志武来了之后他把位置让了出来，看了会儿就走了，然后早上的时候又回来了。"

"那个人叫什么名字？"

"不知道，我是第一次见到他，王学亚和他认识。"陈海东回答。

"是不是这个人？"宋队掏出一张照片儿来，陈海东看完后点了点头。

宋队把我们拉到旁边的屋子，向我们讲述了案件的具体情况。

"经过这几天调查，事情基本明白了。通过弹痕划线我们找到了枪，枪是值班的配枪，案发时是邢志武值班。曲局已经找过邢志武了，他对枪击案完全不知情，也不认识小林，但是承认自己在值班的时候去打麻将了。现在看来，他的枪是在打麻将的时候被人偷了又还回来，枪最里面的三发子弹被调换了。"

"子弹被调换了都没发现？"黄哥有些吃惊。

"弹匣最里面的三颗子弹被换成了铁片，换班交枪的时候谁也不会把子弹全退出来检查一遍。"

"这个罪犯计划得也太周密了吧？他怎么知道老邢喜欢打麻将？还知道他值班，把他哄出来打麻将？"黄哥问。

"这个我也不清楚,只有把人抓回来审讯了。星辰,你给他做份材料,狐狸收拾下东西,准备出差,现在那个人应该跑到北边了。"

宋队带着八个人出发了,临行前我知道要抓的人叫杜文辉。这个人有很多飞行记录,每个月都飞往不同的地方,另外还有九次出境记录。其中有两次飞行记录的同行人中都有一个叫杜文光的,与他就差一个字。

三天后,宋队在黑河将人抓住。我去火车站接站,看到黄哥的脖子上贴了一圈膏药,便问他怎么搞的?

黄哥告诉我,他们和当地的警察一共十多个人在一个饭店前后分开蹲守,在杜文辉出来的时候上去抓捕,结果一次上去六个人竟然没能将杜文辉控制住。

黄哥是第一个冲上去的,从后面一下子搂住杜文辉的脖子。正常来说,一把勒住脖子然后往后使劲拉拽,一般人肯定就倒下去了,但是黄哥搂住杜文辉的脖子之后,就像搂在一根电线杆上一样,杜文辉这个人完全没受到任何影响。

杜文辉拼命反抗,黄哥挂在他后背和他撕扯起来。直到在四周蹲守的人都冲过来,十多个人才把杜文辉彻底控制住,黄哥的脖子也扭伤了。

我把罪犯从黄哥手里接了过来,杜文辉看着不壮,但我用手压住他胳膊的时候才感觉他的肌肉硬邦邦的像铁块一样。

"这人状态怎么样?"我问黄哥。

这也是在审讯前了解下罪犯的情况,为审讯计划做准备。宋队让我负责对杜文辉进行审讯。

"在火车上往回走的时候,没等我们问就交代了,说自己杀人了。"黄哥的回答让我大吃一惊,这就交代了?从他拼命反抗的情况来看,我以为会是一个咬死不松口的罪犯呢。

"在火车上不方便,我们没让他多讲,你仔细问问吧,应该问题不大。"宋队说。

正常来说第一审材料很重要,尤其是这种枪击杀人案。队里审讯高手林立,一般轮不上我,这次能让我做审讯,说明这个人交代得不错,审讯没什么难度。

与我预测的一样,杜文辉交代得比我要问的还要仔细。

他说在东海市待了一段时间,认识了王学亚,通过王学亚认识了邢志武,三个人经常在一起打麻将。这次麻将的局是杜文辉联系的，从晚上他就一直给邢志武打电话，最后邢志武忍耐不住，在凌晨两点的时候过来了。

邢志武之前没过来是因为在值班，凌晨两点没什么事，麻将社又是在派出所的辖区，他按捺不住就过来过过手瘾。

杜文辉见邢志武来了，起身把位置让给邢志武。邢志武有点胖，打麻将的椅子又不是很宽敞，他觉得枪别在腰上硌得慌，就顺手解下来放在了旁边。杜文辉趁邢志武一门心思打麻将的时候，把邢志武的枪拿走了。

杜文辉拿到枪之后，来到小林家楼下，给小林打电话让他出来，等小林露面后，他就连开三枪将小林打死。然后把剩下的子弹全退出来，将三块铁皮放到最里面，上面用子弹盖住，这样看弹夹还是满的。

弹夹侧面有条缝，正常来说能看到倒数第二颗子弹，击发后弹簧会一点儿点上升，当开两枪之后就能通过这条缝看到弹簧了。但是杜文辉把暗黄色铁皮片装在最下面，代替子弹把弹簧压在最下面，从缝隙看去黄色的铁皮片和子弹没什么区别，不仔细看都会认为弹夹是满的。

随后杜文辉返回麻将社，神不知鬼不觉地把邢志武的枪放了回去。杜文辉还说他当时特意戴了一副手套，所以枪上没有他的指纹，手套直接扔进垃圾箱里，现在已经找不到了。

审讯材料很快便完成了，可是我总觉得有些不对劲，这一切简直太顺利了，杜文辉简直太配合了，犯罪过程讲得头头是道。

"你为什么要杀小林？"我问杜文辉的犯罪意图。

"小林和我女朋友有一腿，被我知道了，我就做了他。"杜文辉很平静地回答。

我们通过交通监控看到杜文辉车辆的踪迹，和他供述的时间相差无几。

杜文辉从一开始回答我的提问就语言清晰、逻辑连贯，唯独在我说小林没有女朋友的时候，他愣了一下，但也仅仅是一瞬间，神色立刻恢复过来，说他们是暗地里搞在一起的，我们当然查不到。

我在审讯中又发现一个问题，杜文辉说他给小林打电话让小林下楼，但小林的手机在被害当天根本没有通话记录。

我问杜文辉手机哪里去了？杜文辉说和手套一起扔掉了。

这明显是在撒谎。他到底在掩饰什么我不得而知，但好在案子破了，人被抓住，犯罪细节与现场也吻合，杜文辉的供述与我们掌握的情况也没什么大的出入。

对于还有好几起命案没侦破的重案队来说,实在无暇去深究杜文辉言语中的这些漏洞。

至于邢志武,他背了一个大处分,还被关了一个月的禁闭。

在这起案件侦破后不久,我接到了院长的电话,他问我怎么还没把那两具无名尸运走。我无奈地笑了笑,心想这个案子我没参与多少,可是乱七八糟的事情却摊上不少。想到死者为大,我便应承下来,决定帮医院这个忙。

处理无名尸很简单,需要我们公安局先进行认定,确定不是案件后再由治安大队登记备案,登报一个月后拿着医院和治安大队的手续去火葬场办理火化。

我拿着医院的尸体保存手续去治安大队办理手续,可是我翻遍了治安大队的底账,也只找到一具无名尸的登记。也就是说,现在医院里保存的两具尸体,有一具根本没经过公安局的认定。

只有经过公安局认定不是案件的尸体,才能当作普通无名尸处理,发现尸体死因有异后变成了刑事案件,我们就得侦办,那么这具没有经过认定的尸体是怎么回事?

我返回去问院方,没人知道原委,院长告诉我所有的无名尸体都是由小林负责。我急忙联系李法医对这具尸体进行检查,虽然死亡时间较长,但尸体保存得当,情况还不错。

经过仔细检查,李法医在尸体身上检查出一处伤口,很细腻的刀伤,将尸体从外皮到肌肉完全割开,伤口一直深入体内。

我在陪李法医检查的时候电话响了,是检察院打来的,他们告诉我一个如同晴天霹雳的消息——杜文辉在被批准逮捕后全盘翻供。

杜文辉称当时他车上还有一个人,小林是这个人杀的,但杜文辉不认识这个人,案件与他没有直接关系,这个人只是委托杜文辉想找把枪来摸一摸。

在我们提取的证据中,枪上并没有发现杜文辉的指纹,仅有的证据就是杜文辉的口供。虽然杜文辉在第一审中承认杀人,可是他以自己当时脑袋迷糊记不清为由,称自己录口供时都是胡说。

杜文辉称还有一个人在车上,我们现在也没法找到这个人不存在的证明。本着疑罪从无的原则,如果我们不能证明杜文辉在撒谎,那么从现有的客观证据出发,检察院也不能认定杜文辉杀人。

我听完后气得差点把手里的电话摔出去。

仅靠口供是没用的，必须要有客观的证据，现在杜文辉就是在与我们豪赌，赌我们没法查出当时他驾驶的车里到底有几个人。

其实这一点儿是我们疏忽了。在杜文辉被抓后痛快地承认杀人之后，我们并没有继续追查车辆，只是调查了杜文辉杀人后逃跑的轨迹。

我知道杜文辉驾车的路线，沿途有高清的交通监控，只要证明车里只有他一个人，那么他这种无稽的狡辩反而能够证明他在撒谎，从而变成认定他犯罪的事实。

"你们别急，我们现在就开始查。杜文辉杀了人肯定逃不过法律的制裁。"我暗暗握紧了拳头对检察官说。

刚挂断电话，李法医让我去看尸体，他把那道细细的伤口拉开，用手指了指里面说："尸体的肝脏不见了。"

第十八案

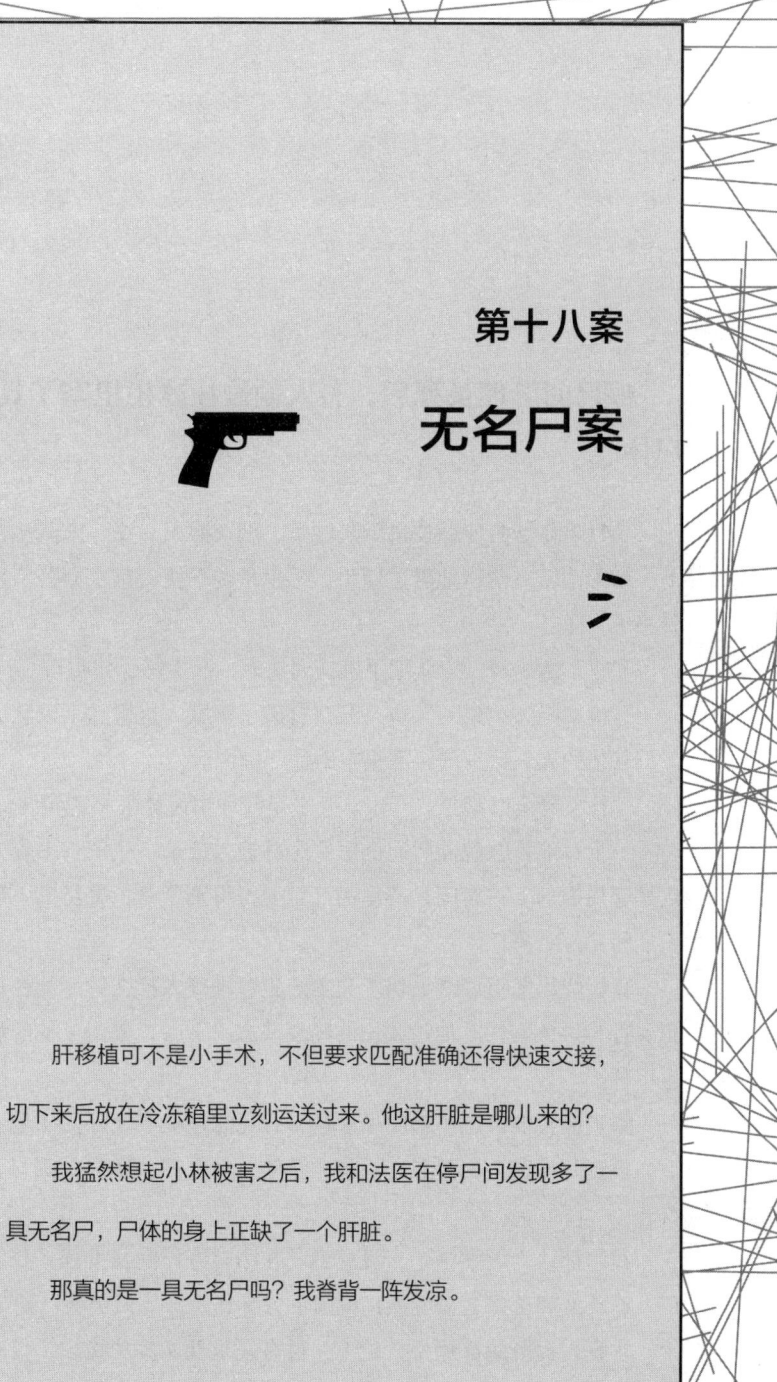

无名尸案

肝移植可不是小手术，不但要求匹配准确还得快速交接，切下来后放在冷冻箱里立刻运送过来。他这肝脏是哪儿来的？

我猛然想起小林被害之后，我和法医在停尸间发现多了一具无名尸，尸体的身上正缺了一个肝脏。

那真的是一具无名尸吗？我脊背一阵发凉。

停尸间管理员死后，有人偷偷往冰柜里塞了具没有肝脏的尸体

一只手将烟头使劲按进烟灰缸里，烟灰撒了一桌。宋队坐在最里面的椅子上一动不动，直愣愣地看着屋顶，手里举着手机，整个办公室里的空气仿佛都凝固了一样。

"咚"的一声，宋队把手机扔到桌上，低声爆了句粗口。

"检察院怎么说？"黄哥开口打破了沉默。这里除了宋队，就数他资历最老，其他的人在这种气氛下根本不敢开口说话。

"杜文辉全盘翻供。"宋队几乎是咬牙切齿地说出这句话。

一个月前，医院停尸间的医生小林被人枪杀。我们查来查去，枪支来源竟然是警局内部。一时间，局里的气氛变得特别紧张，警员都不准单独行动，也不准相互打听消息。

我们费尽周折最终抓住了此案的犯罪嫌疑人杜文辉，他在被抓后对自己的犯罪行为供认不讳。他趁我们的同事邢志武不备，偷走了他的配枪，枪杀了医生小林。

除了他打电话把小林叫下来这一点儿无法核实之外，从他开车到小林家楼下，再到开枪射击的位置、逃走的路线，杜文辉一切口供都与我们掌握的情况符合。

我们都认为此案结了，没想到我在医院停尸间又发现一具多出来的无名死尸，而杜文辉更是全盘翻供，说凶手另有其人，他只是负责开车。

在我们提取的证据中，枪上并没有发现杜文辉的指纹，仅有的证据就是杜文辉的口供。虽然杜文辉在第一审中承认杀人，可是他以自己当时脑袋迷糊记不清为由，称自己录口供时都是胡说。

杜文辉说，当时还有一个人在车上，他才是真正的凶手，我们现在也没法找到这个人不存在的证明。

本着疑罪从无的原则，检察院的态度很明确，在没有查清能客观证明杜文辉犯罪的证据之前，不能认定杜文辉就是杀害小林的凶手。

检察院这通电话如同晴天霹雳一样，砸在我们刑侦大队的办公室，将所有人都砸蒙了，宋队放下电话后大喘了几口气才缓过来。

"查！咱们重新查！挖地三尺也得把杜文辉的犯罪证据找出来！"宋队的腮部肌肉在不停地颤，眼神恶狠狠的。

"难道查不出还能把他给放了吗？！"狐狸在一旁愤愤地说。

宋队瞪了狐狸一眼，没有说话。

情况很明确，只要杜文辉的犯罪行为不能被认定，对于我们来说就是失败了。现在谁都知道杜文辉肯定参与了犯罪，但他认定我们没有掌握其他证据，就是睁着眼睛说瞎话。

距离我们抓获杜文辉已经过了二十七天，这期间我们每一次提审，杜文辉供述得都很好。现在看来，他正是用配合的态度迷惑我们，让我们以为他认罪伏法，直到检察院介入时，才反将我们一军。

谁也没想到事情能发展到这一步。我们提审了杜文辉七次，做了七份几乎一样的笔录，从检察院的角度来看相当于只有一次。如果法院真的认定杜文辉犯罪证据不足，别说干了一辈子重案刑警的宋队了，连我都想吐血，咱丢不起这个人！

大家纷纷出门，只剩下我一个人留在队里，一时间我没想到该从何查起。

这时电话响了，是停车场的保安打来的，他告诉我停在停车场的杜文辉所驾驶的被扣车辆不见了！

杜文辉开了辆没有牌照的黑色帕萨特轿车，我们扣押了车辆，但由于局里没有专门存放的地方，所以我们将车停到了旁边的公用收费停车场。那么，谁把杜文辉的车子开走了？难道是杜文辉提到的同伙？

望着空荡荡的办公室，这件事只能我自己去查了。

车子是今早不见的，我把监控调出来一点儿点回放，看到凌晨的时候，有两个人走进停车场把车启动，然后开到了门口。道闸杆和道口之间有一个很大的空隙，一个人下车用手把道闸杆抬起来，另一个人将车贴着道口的最边缘慢慢将车开了出去。

这个停车场有几百个车位，监控里两个人直接奔那辆车而去，还有车的备用钥匙，明显是有备而来。

我急忙查了周围的监控，在停车场一角的监控录像里看到这两个人是从一辆黑色的帕萨特轿车上下来的，而这辆车在一个汽车租赁公司的名下。

车是租的！怪不得这两个人能准确地找到这辆车。租赁公司都会对自己的车安装定位设备，而且有备用钥匙。

我们抓住杜文辉后发现他开的车没有牌照，而且车子的车架也被破坏了，这种情况下我判断这是辆没有手续的黑车。杜文辉自己也供述车是在外地买的走私车，对此我们没做过多的怀疑，没想到这辆车是杜文辉租的。

找到了新线索，我急忙给黄哥打电话，我俩一起赶到汽车租赁公司。

公司门头不大，远远地我就看见一辆黑色没有牌照的帕萨特轿车停在门口，被千斤顶支起来，一个人钻在下面不知道干什么。这就是杜文辉所开的车！

我和黄哥对视一眼，决定先了解下情况。走进公司，里面有三个人，我直接出示了警官证，打算开门见山地问门外的车是怎么回事。

有个胖乎乎的人在看到我的警官证后表现得很兴奋，一边说着你好一边伸手过来："公安局的，你们来得正好，我们还想找你们呢。"

"哦，你找我们干什么？"

"前几天我们报案了，公司的车丢了，结果昨晚找到了，正想找你们销案呢，你们不是因为这事来的吗？"胖子问。

我没声张，不知道这家公司是不是与杜文辉有什么关系，打算先旁敲侧击一下："我们来找你是有其他的事，不过也和你们丢的这辆车有关，你先说说丢的车是怎么回事吧。"

"前不久有个人来我们这儿租车，说是要租一个月。我们在车上装有定位仪，车被租走后开到三百公里以外，定位仪就失效了，我们认为对方要偷车，就报案了。不过昨天定位仪恢复了，车子就在市内，我们急忙赶过去把车开了回来。现在车牌没了，车架号也被刮掉了，看来他们是想偷车去卖，没卖掉才又开了回来。"胖子说。

胖子说得有理有据，不像是撒谎。这辆车应该是租赁公司的，现在我需要确认下是不是杜文辉租的，于是我拿出杜文辉的照片儿，递给胖子。

"对，对，就是他，你们把他抓住了？"

我没有回答，说："他在这里都提供了什么资料，拿出来看看。"

胖子拿出了租车材料，我翻看了一下，上面除了我们所掌握的信息之外，还有一个电话号码。

"这个电话是他留的？是他在用的号码吗？"我问道。

"当时我们拨了这个电话，他当面接了。后来我们发现车上的定位仪失效，就给他打了电话，但一直关机，最近一次打变成停机了。"

看来杜文辉曾经使用过这个号码，不知道能不能从这个号码的通话记录中查出什么东西，我心里想着，拿出本子把号码记录下来。

"你再仔细想想，他在租车的时候还留有什么信息。"黄哥说。

"好像……当时他们来了两个人，有个人没进来，租完车从路边上车走的。"

我看了看黄哥，黄哥也是面露喜色。杜文辉翻供的重点就在于他说车上还有个人，现在只要把这个人抓住，这个案子就迎刃而解了。

"警官，警官，你能不能帮个忙？我们的车找到了，现在想把案子给撤了，报案的时候是我做的登记，我怕留个案底什么的不好……"胖子说。

"行，星辰，你陪他去派出所撤案吧，我回去向宋队汇报一下。"黄哥说。

在杜文辉作案的时候车的牌照被拆了，我们需要仔细查一下，看看杜文辉是什么时候把车牌拆下来的，再看看能不能通过车牌信息找到一些他活动的线索，进而找到新的犯罪证据。

我陪胖子来派出所销案，他记不清案件编号，我们只能用物品来查询。案件登记的是黑色帕萨特轿车，结果共有两条信息，其中一条是这个案子的。

"前面这个案件是怎么回事？怎么这两个车牌号都一样？"我问。

"这个也是报警信息，这辆车还涉及其他案件了？"派出所民警说。

我点开受案登记，里面写着有人在五一路上被人持刀捅伤，凶手乘坐黑色帕萨特轿车离开。而反馈信息上写着巡警到达现场后联系报案人，报案人拒绝配合，称问题已经解决。

我看了下案发时间，这起案件发生的时候，这辆车正在杜文辉手里，难道这起捅人的案子也和他有关？报案人在报案后为什么又拒绝配合呢？

我把报案人的电话记下来。杜文辉的案子已经进入批捕程序了，来不及和黄哥联系了，我决定先打电话过去了解下情况。

"喂，哪位？"电话那头是粗犷的男声。

"你好，我是公安局的，有点事想问你。"

"什么公安局的？找我干什么？"

"我是罗泽市公安局城北分局刑侦大队的,我姓刘。"

"你等会儿我给你打回去,我这儿有点事。"

没等我回话那边直接挂断了,我再一次拨过去,显示电话正在通话中。

还没等我开始查这个人,何路就给我来了电话。

何路是警方的线人,在三教九流都有些路子,甚至和"丐帮"也能搭得上话。之前我们借他的手搭上了一个赌场皮条客。一个随机给路人开瓢抢劫,手段残忍至极的"刨根案"也多亏了何路我们才找到线索。

几次合作下来,我对何路另眼相看。

"刘哥,你刚才是不是给七哥打电话了?找他有什么事吗?"

"七哥是谁?"

"你打电话那个,尾号是四个9的,他出什么事了吗?"

我一下明白了,怪不得被称作七哥的人说等会儿回拨给我,原来是找人来打听我了。不过这个人也挺厉害,在我报出工作单位后短短几分钟就能联系到何路,从何路说话的语气来看,他好像和这人还挺熟的。

"这个七哥是干什么的?我找他有事,他要是让你来打听,你可以告诉他,我必须要见着他。"

"见面没问题,但是刘哥,你给我交个底,是不是要抓他?只要不是抓他,见面这件事我来安排。"

原来是怕警察抓,看来这个叫七哥的也不怎么清白。不过我现在没工夫去管他犯了什么事,当务之急是将杜文辉的案子查明白。

"我不抓他,我找他是问点其他事,至于什么事,那得见面才能说。"

"行,刘哥,我现在就联系,你在哪儿?我去找你。"

挂了电话,我心里不太踏实,给黄哥打电话说了这情况。

黄哥问我:"这个七哥是不是姓陈?"

我一愣,叫了半天七哥,我还真不知道这个人姓什么。

黄哥让我等着,他过来和我一起去。黄哥和何路几乎同时赶到,何路带着我们去找七哥,他现在在医院里。

路上黄哥说,这个七哥应该就是他知道的那个,姓陈,大家都叫他陈七,最早在码头收鱼,仗着自己胆子大和别人打过几架,垄断了鱼市。后来因为故意伤害罪被关了一段时间,放出来后鱼市动迁了,陈七便开饭店,办KTV,承包宾馆,做过不少买卖。现在听说这些买卖都不干了,花钱承包了北桥元市场。

黄哥告诉我，陈七真名叫陈富利，当年自己抓过他。那时候都叫他陈七，没想到几年不见变成了七哥，看来混得不错。

我们来到医院，陈七住的是一个套间，里屋还有两个人，见到我们后立刻站了起来。

陈七躺在床上。这个人浓眉大眼，很有几分硬气，像《无间道》里的刘德华。他身材比较壮硕，病号服半盖在身上，露出成块的胸肌，他的手被绷带包着，只露出个指头。

我们进来后，陈七眯了下眼睛："黄警官，你怎么来了？"

黄哥没答话，径直坐在床边的椅子上："找你还挺费劲的，你到处瞎打听什么？"

陈七没回答讪笑了一下。

"你这是怎么弄的？和人打架了？"

"我都这么大岁数了还能和人动手吗？这是不小心从楼梯上摔下来了。"

我插了一句："这个报警的手机号是你的吧，你说有人要捅你是怎么回事？"

陈七没说话，看了眼病房边上的人。那人二十岁出头，留着一撮头发扎了一个小辫子，脖子上露出花里胡哨的文身图案。

"电话是我打的，那天我手机没电了，拿着七哥的手机出门办事，和别人吵起来了。他们说要拿刀捅我，我怕事情搞大，于是就报警了。那伙人看到我报警就都跑了，我没事就没去派出所了。""小辫子"回答。

黄哥站了起来，伸手把盖在陈七腿上的被子掀开。陈七抬手想拦，但手被包着根本拦不住黄哥。被子掀开了，只见陈七的脚上也包着绷带，露出来的脚指头都是焦黄乌青色的。

"你们都出去，我和你们七哥谈一谈。"黄哥说。

陈七摆摆手："都出去吧。"

"你也出去！"黄哥对何路说。何路愣了一下，退了出去，屋子里只剩下我们三个人。

"谁把你弄成这样的？"

"黄警官，你们就别管了，我是什么样的人你也不是不清楚，我什么时候报过警麻烦过你们？"陈七换了副表情，懒懒地说。

"那这个报警电话是怎么回事？"我问。

"那是我身边的小孩儿不懂事，一看出事就害怕了，拿起电话就报警。就是刚才那个小辫子，跟我这么多年了，关键时刻掉链子，我当时要是还能动肯定抽他两个大嘴巴子。"

黄哥脸一沉："我告诉你，陈七，别不知好歹，现在出大事了，你要是不想被一起关进去就老老实实配合我们！报警电话里提到了一辆黑色的帕萨特轿车，这辆车和一起杀人案有关系！你要是不把这辆车的事说清楚了，还跟我们玩社会上的这一套，我今天就把你送进看守所去，你信不信？"

陈七脸上的表情顿时凝固了，眼皮子干巴巴地眨了几下，眼球来回乱转，抽了抽鼻子："他们杀人了？"

"这不用你管，你就把你知道的都说出来，别藏着掖着。"

"我不认识他们，但是我知道他们是谁找来的。"

"挑重点，详细说！"黄哥有些不耐烦了。

六年前，陈七从监狱刑满释放，鱼市拆迁了，但他手里还有不少钱，想继续干点挣钱的买卖。那个时候正流行KTV，可市内几个好位置的场子都有人经营，陈七刚被放出来也不想再惹麻烦，于是退而求其次决定开个饭店。

陈七收鱼出身，并没有经营过饭店，身上又有些社会习气，客人敬而远之，他的饭店生意并不太好，服务员更是换了一批又一批。

有个叫阿武的人来应聘服务生，他反应快脑子灵，摸得清陈七的脾气，没多长时间就让陈七另眼相待，陈七让他当了经理。阿武在经营上很有一套，把饭店搞得有声有色。

日子久了，阿武把陈七身上黑老大的习性学了个十成十，渐渐地从别人口中的武经理变成了武哥，心思也越来越不在饭店上，寻思着做些更赚钱的买卖。陈七也正有此意，和阿武一拍即合。

阿武将一个KTV的老板带进赌博场子，让这个老板赌得倾家荡产，而陈七利用这个机会将对方的KTV兑了下来。这件事当时在社会上很有名，兑KTV的时候还发生了一场冲突，陈七大出风头，显露出当年他在鱼市叱咤风云的本色。

如果换作以前，陈七这么嚣张肯定会被抓起来，但这次有阿武，在他的策划下，陈七成功地规避了一切风险。事后陈七为了表现兄弟义气，口头上将这个KTV的一部分股权给了阿武。

阿武是陈七带出来的，社会上的人都知道。但是KTV越办越好，陈七平时又不太管事，久而久之，大家只知有阿武，不知有陈七，陈七不免心怀芥蒂。

后来陈七和阿武闹了起来，以分家告终，而在分家的时候陈七翻脸不承认

KTV里有阿武的股份，两人彻底闹翻。

之后，阿武又与别人合伙开了一家店，干得很不错。看着阿武的生意蒸蒸日上，而自己的买卖日落西山，陈七又气又恨，开始不停地给阿武找麻烦。

后来陈七的KTV倒闭了，承包的宾馆也在赔钱，没有经营能力的陈七只好退出这个圈子，花钱承包了一个市场。没承想，陈七倒闭的KTV被阿武收购了，这彻底激怒了陈七，他认为是阿武暗中捣鬼，于是找了几个人想教训阿武一顿，但那天阿武并不在店里。

再后来陈七就听到风声，说阿武也要对他动手，混了一辈子社会，陈七可不是吓大的，根本没放在心上。

就在上个月，喝完酒从饭店出来的时候，陈七突然被人从车上拉下来按在地上，只觉得自己的手脚一阵冰凉，然后就动不了了。事情发生得太快，周围就一个刚入伙的小弟，根本没反应过来。

等到对方上车离开了，小弟才拿着电话报了警。

陈七知道这是阿武干的，想着社会事社会了，就不愿再配合警方调查。

"阿武现在在哪儿？"黄哥问。

"我不知道，我出事之后也在到处找他。事后阿武找人送来了十万块钱，我没要，这事肯定没完！"

"他们怎么对你下手的？你对动手的人有印象吗？你看看这张照片儿。"我将杜文辉的照片儿拿出来。

"记不住，当时我喝多了根本没注意对方长什么样，而且他们下手很快，我都没反应过来。不过我让小弟把监控录像拷回来了，就是当时酒店门口的录像，山子，你进来！"陈七冲着门外大喊。

刚才离开的"小辫子"推门进来，陈七让他把监控录像播放一下，小辫子拿出手机，开始播放监控。

整个过程和陈七说得一样，两个人把他从车上拖下来，已经喝醉的陈七根本没有抵抗能力。这两人下手极快，前后捅了陈七四刀，一共只用了十几秒，接着就离开了。

"你的伤怎么样了？"黄哥问。

陈七指了指病床边的柜子，黄哥打开后看到病例就在里面。病例上写着四肢筋断裂，手术中四肢一共缝了六针，两只手腕各缝了一针，两只脚踝分别是两针。最近的CT片子上写着断接情况良好，继续恢复。

根据轻伤认定标准，断裂的筋被接上了只能等待日后做伤残鉴定，而根据针数缝合需要单个伤口超过七针才行。也就是说现在陈七的伤无法构成轻伤，我们没法按照刑事案件的程序进行办理。

我看了看自己的手腕，监控录像上两个人将刀插进陈七手腕里，再抽出来的时候陈七两只胳膊就动不了了。从急诊病历看，陈七只伤到了筋，连骨头都没受损。

一把刀插进去，直接把手筋挑断还不能伤到骨头和动脉，这是多么利落的手法？我把视频倒回去反复看了几遍，行凶者挑断陈七的手筋脚筋，前后只用了十三秒钟。

这两个罪犯到底是干什么的？他们这身本领是哪儿学来的？难道是专门学人体解剖的医生吗？

这一切必须得找阿武问清楚。

我和黄哥立刻和宋队联系，将此事通报上去。现在全队工作重点只有一个，那就是找到阿武！

虽然我们在办理特殊案件的时候，需要何路这样的人帮忙，但论找人的话，警察肯定要比他们厉害很多。没过多久我们就得到消息，阿武在一个朋友的家里。

这个人家在城郊，住所是一个大院子，围墙就有两米高，没靠近就能听见里面有狗叫。我们现在着急，没工夫慢慢开展工作，将他家包围之后直接破门而入，拿着电叉子冲进去，两只狼狗还没扑过来就被击晕了。我们将屋子里的两个人带了回来。

不得不说，阿武是个聪明人，在我们说明来意之后，立刻表示要积极配合我们工作，把他知道的全说出来。

阿武说，他认识一个捐客（以拉拢人去赌博为职业的人），之前那家KTV的老板就是被这个人拖下水输破产的。阿武和他关系一直不错，后来阿武和陈七闹掰，这人说他可以帮阿武教训下陈七。

捐客给阿武一个电话，阿武打过去。对方自称姓熊，听阿武说完事情后，让他等着，会有人联系他，这一等就是几个月。上个月突然有人给阿武打电话，说是熊哥安排的，来帮他教训人。

阿武赶快与这个人见面，将陈七的情况连同陈七吃饭的时间和地点都告诉了对方。陈七那天晚上的饭局是阿武特意安排的，只不过陈七不知道而已，要不然对方怎么能一下子将陈七堵住？

"你见面的是这个人吗？"我一边问一边拿出杜文辉的照片儿。

"对，就是这个人。"阿武点了点头回答。

"你雇他教训陈七，花了多少钱？"

"五万五。当时我朋友和姓熊的人都没说多少钱，我和这个人见面后，是对方提出这个价钱的，我也就同意了。"

"你事后还给陈七拿了十万块钱？"

"嗯，社会上都知道陈七出事和我有关，我也不想闹大。毕竟以前是他提携我的，我俩走到今天这个地步说实话挺可惜，他不仁我不能不义，钱该给还是要给的。"

"你把关于杜文辉的所有信息都说一下。"

"我知道得不多，当时他让我安排车去桃园机场接他，然后和我见面，费用要现金。我把钱给他后，就再没见过面了。"

桃园机场？！我一激灵，想起来租赁公司说的，查车辆定位消失的地方正是在三百公里之外，这个距离和路线正好就是桃园机场。

阿武先派人在桃园机场接杜文辉，而在小林被害之后，杜文辉开车又返回了桃园机场，但是他人却留在罗泽市。这说明当时有人要坐飞机离开，杜文辉开车送的就是那个杀手。

想到这儿，我和黄哥急忙开车前往桃园机场。

在桃园机场停车场，我和黄哥一下子就查到了这辆车的信息。机场的监控能保存三个月，帮了我大忙。监控录像中，有个人从副驾驶座下来，背着一个包径直走到值机柜台办理手续。

按照时间，我们查了下值机柜台办理的乘机人信息，这个人叫杜文光，当晚乘坐飞机去了昆明。杜文光？这不就是我在查杜文辉乘机记录时，显示的同行人吗？

杜文辉确实有同伙，这个人就是杜文光。扑朔迷离的案情一下有了方向。

必须要将杜文光抓住！宋队下了死命令，我们组成专案队，一行人坐飞机赶到昆明，一路沿着杜文光的轨迹追查过去。杜文光在昆明转机去了西双版纳，我们查着他坐的长途汽车，一路追到了打洛镇。

打洛镇，是中缅的重要交通口岸，整个镇子常住人口两万多人。镇子里除了景区之外，人最多的就是靠近边检的小商品市场，中国和缅甸的各类商品在这流通，一年四季这里人来人往，热闹非凡。

杜文光在到达打洛镇后失去了踪迹。我们在打洛镇里转了两天，没有找到杜文光的任何踪迹。

当地的公安机关同事告诉我们，这里偷渡问题很严重。这里的中缅边境绵延数百公里，到处都是热带雨林和山地。中缅之间只隔着几层无人看守的铁丝网，本地人只要有一辆摩托车便能载三两个人穿越雨林，跨过被剪断的铁丝网到达缅甸。

我们去口岸查了下通关记录，没有杜文光的记录，看来他并没有用正规的路径离开这里。

我站在打洛镇口岸旁边对黄哥说："难道他真的从这里回到了金三角？"

南览河缓缓流淌，它穿过打洛镇将中缅分开，一直往南汇入湄公河，形成了一道国境线。整条南览河上，除了打洛镇的口岸之外，河的北面是中国，河的南面就是缅甸。

"他这一年多次往返内外，我感觉他现在还认为自己是安全的，过段时间也许就会回来。"黄哥说。

"他回来也不会从口岸入境的，还会像以往一样，直接偷渡进来，而且很可能换一个身份，根本没法布控。"当地陪同我们的公安说。

这个人姓雷，我们喊他老雷。

"那怎么办？难道这帮人跑到国外就没事了吗？"我有些沮丧。

"办法倒是有，但有一定的要求，不知道你们愿不愿意。"老雷说。

"什么办法？"

"过了打洛镇就是掸邦第四经济区，那里虽然归属缅甸但是属于自治，掸邦有自己的武装和治安力量，我们和掸邦在犯罪打击上有很多互助协议，但仅限于贩毒和诈骗。如果你们能把杜文光定为贩毒案件的罪犯，那么只要他想从这里回到国内，掸邦那边肯定会掌握一些动向，到时候就会通知我们，咱们就可以在边境对他进行堵截。"

这种抓捕方法我还是第一次听说，立刻向大队汇报了情况。经过局长同意，我们将一份涉毒案件的立案决定书传真到了打洛镇，当天晚上老雷就去了小勐拉。在小勐拉打洛口岸的另一侧，是缅甸掸邦第四经济区的口岸重镇。

从老雷的语气来看，他对于掸邦治安团很信任，想必是合作破过不少案子。这里贩毒案件猖獗，在我们等信的这几天内，当地缉毒警察就在边境截获了一批装有二十公斤毒品的卡车。

二十公斤，这要是放在我们那里都可以立二等功了，可对于他们来说如同家常便饭一样。

在打洛待了一周之后，我们得到了消息，杜文光已经离开掸邦，应该是进入了泰国。我们决定收队回去，临行前老雷请我们吃饭，几杯酒下肚之后他让我们放心，说毒贩子在这里都无从遁形，何况一个从金三角来的边民。

老雷告诉我，这种人他们见得多了。曾经有一次他们拦截毒贩的车，有人直接扔了一个手榴弹过来，只不过这是颗哑弹，不然的话他现在就不能和我们在一起吃饭了。我听着都觉得心惊胆战，可是老雷却是一副云淡风轻的模样。

我有点感慨，同样是警察，经历却大不相同，和老雷相比，我的工作像是在过家家一样。

临行前，老雷冲我们挥了挥手："放心吧，人我肯定给你抓回来。"说完他潇洒地走了，我看着他魁梧的背影，觉得特别有信心。

我们返回了罗泽市，虽然杜文光没抓住，但是我们取得了证据，证明当时车上还有另一个人，与杜文辉翻供的说辞吻合，这样他至少是一名从犯，不可能直接被无罪释放。只不过杜文辉和杜文光究竟是什么关系，他们又为什么要杀害医生小林，杜文辉的嘴撬不开，我们迟迟不能结案。

在整理杜文辉案件的材料时，我突然看到本子上记了一个电话号码。当时在汽车租赁公司调查的时候，对方说杜文辉在租车的时候使用过这个号码。

我把这个号码的通话记录调出来，发现只有两个号码的联系记录。一个是本地号码，另一个是外地号码。我直接拨打过去，本地号码停机了，外地号码响了几声后被人接听起来。

接电话的人叫孟阿忠。我亮明警察的身份，提出想和他见一面，他有些不乐意，问我是什么事情。我只答应见面再说，他又推诿说自己在上海，我执意要见他，最后他还是同意了。

我和黄哥来到上海。这个人是一家咨询服务公司的法人代表，不知道他怎么会与杜文辉有联系。

约定的地点是上海浦东嘉里大酒店，酒店是刚建成的，厚重的熏香味也抵不住那股刚装修后的味道。

我们约在三楼的咖啡厅见面，上楼之后我拨了电话，看到咖啡厅一侧有个身穿西装文质彬彬的人拿起了手机，就是他了。

"你好，你是孟阿忠吧？我们是罗泽市公安局的。"我掏出警官证递了过去。

"您好，我就是孟阿忠，没想到你们真的来了，一开始接到电话我还以为是骗子呢，你们找我究竟有什么事？"孟阿忠拿过警官证来仔细看了看，还给了我。

"你看下这个电话号码,有印象吗?"我把杜文辉的号码拿给他看。

孟阿忠将号码输入手机,还没按完,手机已经显示出留存的信息了——林医生。

我内心一阵狂跳,线索连上了!

还没等我问,孟阿忠迅速收回手机,说他不认识这个人。

当面撒谎,明显心里有鬼:"请把你的手机给我查看一下。"

"你们无权查看我的手机,我又不是犯人,我有隐私权。"孟阿忠强作镇定,把腰板挺得笔直。

"好,你在这等着。"我看了下黄哥,黄哥立刻明白,靠近孟阿忠防止他逃跑。而我立刻起身,去楼道转角往局里打电话,查孟阿忠和小林重叠的行程轨迹。

回到咖啡厅,我把小林的照片儿拿出来,放在孟阿忠面前:"你认不认识这个人?"

孟阿忠瞥了一眼:"我没见过这个人。"

"10月12日那天,你都干什么了?"那天就是小林坐飞机来上海的日子,第二天就返回罗泽市了。

"时间过了那么久,我怎么会记得。"

孟阿忠还在狡辩,但是我没时间和他耗了。我一步上前抓住他的手腕,将他攥在手里的手机抢了过来。

"你们干什么?"孟阿忠刚喊了一声,黄哥一把搂住他的肩膀把他死死地按在沙发上。

我打开他的手机通话记录翻到10月12日那天,果然上面有他和小林的通话记录,他在电话里备注的是林大夫。但这个号码杜文辉在租车的时候使用了,难道是他俩换着用同一个号码?不过现在这个问题不重要,之后再慢慢查,当务之急是让孟阿忠说实话。

"都和小林打电话了,你还说不认识他?我看你满嘴扯谎。"我把手机通话记录往后翻,发现他和小林一共通了三次电话,频繁联系的还有肝移植宋主任、国大附属医院陈院长和费教授。

孟阿忠脸憋得通红,两只手握在一起攥着,低着头也不搭话。

"我告诉你,林大夫被人害死了,他来找你之后回去就被人杀害了。我们现在怀疑你和这件事有关系!"我拿出随身带的立案决定书举到他面前。

"我们能来找你,就是因为有了确定的证据。小林和你见面我们都知道,他来找你干什么，我们也能查出来。现在就是想看看你的态度，能不能把事情说清楚，说清楚了，一切都好说，说不清楚，你这就涉嫌做伪证加包庇。"黄哥在一旁帮腔吓唬他。

"林……林大夫……过来给我……送送东西。"

"送什么东西？大声点！"

"肝脏。我父亲要做肝移植手术，是他帮忙配对的，他来送肝脏……"

小林一个负责管理医院停尸间的大夫，怎么还能给人配源送肝脏？

肝移植可不是小手术，不但要求匹配准确还得快速交接，切下来后放在冷冻箱里立刻运送过来。他这肝脏是哪儿来的？

我猛然想起小林被害之后，我和法医在停尸间发现多了一具无名尸，尸体的身上正缺了一个肝脏。

那真的是一具无名尸吗？我脊背一阵发凉。

第十九案

器官贩卖案

我曾经看过一个报道，说全球每年都有二百五十万人神秘消失，他们被卖为性奴、奴工，被割去器官，被或随意屠戮。种种罪恶行径，成交上百亿美元的交易。

这次经手的案子，好像让我窥见了那张罪恶暗网的冰山一角。

每年有二百五十万人神秘消失：人没了，器官流入黑市

上海浦东嘉里大酒店的咖啡厅里，我坐在沙发的一侧，另一侧坐着黄哥和孟阿忠。

孟阿忠从小林医生那儿拿到了活体肝脏，为父亲进行肝移植手术。小林是医院停尸间的管理员，一个月前被枪杀，而我们在停尸间发现了多出来的一具无名尸，尸体刚好少了一副肝脏。

一开始，孟阿忠对肝脏的来源三缄其口，但抵不住我和黄哥一人唱红脸一人唱白脸的问询，终于吐露了真相。

大约半年前，孟阿忠的父亲查出患肝癌，大夫说想活命就得进行肝移植。孟阿忠有些关系，找上了一个叫峰哥的人，峰哥说他可以帮忙，但是肝脏不是无偿捐献的，需要花很多钱。

孟阿忠是一家咨询公司的法人代表，经济条件不错，一听有机会便立刻答应下来。峰哥拿到孟阿忠父亲的基本资料后，一边让他等消息，一边让他准备好二十万元现金。

其实孟阿忠对峰哥没有抱太大期望，毕竟遇到合适的愿意提供肝脏的人的可能性很小，但孟阿忠还是按照要求把钱准备好了。性命攸关，哪怕只是一点儿点希望，对于孟阿忠来说都是救命稻草。

正在孟阿忠父亲病危的关头，峰哥来电话了，他说肝脏已经找到，会由一名姓林的医生送过去，让孟阿忠接一下，安排好医院准备做手术。

当天，林医生拎着冷冻箱，如约把肝脏送到医院。拿出肝源匹配的报告，经过医院确认可做活体移植后，孟阿忠把二十万元现金给了林医生。

"你知不知道这个肝脏是哪儿来的？"我问。

孟阿忠摇了摇头，眼神有些躲闪。正常肝移植手术对于肝脏的要求很高，

必须要移植双方进行检查配对。林医生这种拎着肝脏直接送过来的肯定走的是非正规渠道，孟阿忠应该也心知肚明。

黄哥问："那你和峰哥是怎么认识的？"

"说实话，我和他不熟，以前我和朋友去澳门玩，他是专门做接待服务的，我和他接触了两次。这次也是朋友托朋友，问到了他那儿，没想到他说有办法，而且还真办到了。"

孟阿忠将峰哥的电话翻出来给我看，我找了一个座机试着拨过去，号码已经变成了空号。这下可麻烦了，如果是停机还能把话单找出来，现在是销号状态，这个号码的资料都没有了，这条线索废掉了。

我有种预感，小林被杀肯定与肝脏买卖有关系。他作为一个医院管理停尸间的医生，平时根本没有接触活体器官的机会。

目前能将这件事查清楚的线索只有三条。首先是杜文辉，他参与了枪杀小林的案子，肯定知道一些缘由，但是现在杜文辉根本不配合。其次是另一名嫌疑人杜文光，他仍在逃。最后剩下的一个知情人是峰哥，可我们连他的真名叫什么都不知道。

我叹了口气靠在沙发上，看了眼黄哥，黄哥也摇了摇头。

孟阿忠有些坐立不安："警官同志，我……没有犯法吧？"

"你自己心里有数。什么手续都没有，一手交钱一手交货，还用的是现金，就怕留下痕迹，你这个行为肯定违法了，还用说吗？你当这是市场上买菜啊？什么手续都没有就敢买卖器官！"我压着怒气。

"等等，你刚才说，小林医生来的时候，除了拿着肝脏外，还带了什么东西来着？"黄哥打断了我。

"一份报告，他直接交给我父亲的主治大夫了。"

黄哥跳起来："走！现在带我们去医院，我要找到这份报告！"

孟阿忠带着我和黄哥来到医院，拿到了这份体检报告。我仔细翻看报告书，结果除了血液及其他体检内容之外，个人信息都被涂抹了。这份报告是复印件，涂抹的地方没法复原。

医院的大夫听说了事情经过，告诉我们一般体检报告都会有出具单位，出具单位会留存个人信息。

我拿着报告一寸一寸地看，眼睛都快贴到纸上了，才在右下角发现隐隐的黑色墨迹。

我把报告举过头顶，透过日光灯的光线，能看到这个印迹很淡，因为是复印件更加看不清楚。我把眼睛瞪得大大的，感觉自己几乎都能看到纸面的纤维了，终于模模糊糊地将上面的一行小字认了出来——武汉鹤峰体检中心。

我立刻打电话向宋队汇报，宋队想的和我一样，觉得器官买卖的事情恐怕才是小林被害的真正原因，这后面一定涉及一个犯罪团伙。

"查！必须查清楚！你们现在就去武汉，一定要找到这个体检中心，把那具肝脏的来源和身份查清楚！"

随后，宋队又安排了两个人飞到武汉，和我们一起进行调查。

我把接下来的工作计划在脑海中过了一遍：先找到这个体检中心，然后查出肝脏来源和身份，接着顺藤摸瓜，肯定能把这伙人全揪出来。

想得挺好，结果第一环就出了问题。

我和黄哥来到武汉开始寻找鹤峰体检中心，但是我们一连找了四天却一点儿蛛丝马迹都没发现。工商局登记备案的地方是一个饭店，我问遍店里的所有人，没人知道鹤峰体检中心；我们打听了八九家体检中心，没人听说过这家同行；我又把带"鹤峰"两个字的医疗单位都找了一遍，还是毫无结果。

今年冬天武汉格外冷，我有些颓废地在宾馆里干巴巴地坐着，黄哥也是没精打采的，我们实在想不出其他办法了。

内行问题还是找内行人问，我抱着姑且一试的想法给一个医生朋友打电话，说了目前的困境。

医生朋友告诉我，这种肝移植手术的体检报告都要求存档，而且档案是全国联网的。也就是说，我们可以通过全国医疗联网的档案看鹤峰体检中心的报告，从而寻找新的线索。

我一听大喜过望，立刻打电话到上海的医院，我们四天都没解决的问题，没想到人家四分钟就给解决了！医生说鹤峰体检中心的报告在资料库里不止一份，最近的一次是在上周，登记备案是在合肥的一家医院。

如果这次也是器官移植的话，现在病人应该还在医院。我和黄哥四个人急忙赶过去，两地不远，车开快点四小时就能赶到。

一路上，我和黄哥琢磨，小林被杀害这件事好像对这伙倒卖器官的人没产生什么影响，仅仅过了一个多月，他们又再次做成了一笔买卖，这帮人也太猖獗了。

我之前还有些疑惑，认为移植器官是一个大手术，对于器官的要求应该很高，配对检查也很复杂。现在才知道，移植器官只需要看供体的血象指标，指标与受体符合就可以进行移植。至于术后的排斥反应因个体而不同，这是不可避免的。

当时医院器官移植主要来源是捐赠，但是捐赠的大多都是病逝患者，人数稀少，配对成功率低，很多患者只有自己想办法花钱去买活体。而医院为了提高救治率往往不会追究供体来源，这就导致非法器官买卖的产生。

我和黄哥根据鹤峰体检中心报告备案登记的地点来到第三人民医院，在医院里找到了上传报告的陈大夫。陈大夫说他们刚做完一例肝移植手术，根据要求将脏器提供方的体检报告上传到备份库中。

果然和我们预料的一样，又是一起器官移植。

手术在一周前完成，现在病人还在住院恢复，听陈大夫说完，我直接冲到住院部。病人住的是单间，我在门外透过窗户看到屋子里有三个人在陪护，黄哥跟在我后面让我慢点，可是哪儿能等下去，我直接推开病房门走了进去。

躺在病床上的是一个中年男子，面色蜡黄，闭着眼睛一动不动。看来病人恢复得不太好，身上插着各种管子，旁边屏幕里各种数值不停地变动。

没想到屋子里是这种情况，我一肚子的话到嘴边全咽下去了。旁边的一个女人站起身，一脸疑惑地看着我。

"你好，你是病人家属吗？有点事想问你。"我说。

女人点了点头，用手放在嘴边做了个嘘的手势，和我一起退出房间来到走廊。

"病人移植用的肝脏是从哪儿来的？"

女人哆嗦了一下，左顾右盼不愿意说。我把她拉到护士站的屋子里，和黄哥唱起了黑脸白脸，吓唬了几句后，她开口了。

女人叫彭丽丽，病床上躺着的是她老公。彭丽丽说用来移植的肝脏是通过一个叫峰哥的人买的，买肝脏的经过和孟阿忠说的如出一辙，唯一不同的是这次来送肝脏的人是峰哥，价格是三十万元。

我问彭丽丽能不能联系上峰哥，她拿出手机给我看一个电话号码，说这是峰哥和她联系时使用的。我试了一下，还能接通。

我心想，必须趁着这个电话还在使用的机会尽快找到峰哥，这伙倒卖器官的人电话更换得很频繁，不知道什么时候就会停机。

但只靠这个电话号码我们怎么能找到峰哥呢？都不用去查，我就能猜到这个号码肯定不是实名登记的。现在唯一的办法就是直接用电话联系，争取把他骗出来！

"你能不能配合我们工作，如果配合得好，我们可以保证对你采取最轻的处罚措施，让你有足够的时间陪你老公，直到他痊愈出院。"黄哥说。

根据《刑法》的规定，非法买卖器官的处罚犯罪主体主要是卖家，作为买方的彭丽丽最多只能被裁决治安处罚，严重点也不过是行政拘留几天。其实在对她的处罚上我们并没有什么决定力，只是现在希望她配合。

"我……我怎么配合？我愿意配合……"彭丽丽被我们吓唬住了，有些害怕。

我和黄哥在一起想了几个方法都觉得不太合适。肝脏交易已经完成，钱拿到手，移植手术也做完了，正常来说峰哥和彭丽丽不会再有任何交集了。

我一边琢磨一边拿着鹤峰体检中心的报告书翻看，这份报告和之前孟阿忠的那份差不多一样，体检人的信息被涂抹了，在右侧还能隐隐地看到体检中心的字样。

突然，我灵光一闪，可以从体检报告这里入手！诓骗峰哥让他重新发一份报告，最好是能将峰哥骗出来送报告，这样我们就可以伺机进行抓捕。

彭丽丽在我们的安排下给峰哥打电话，在响了十几下之后电话才接通。彭丽丽在电话里说现在她老公的各项指标一直不稳定，医生说供体体检报告不清楚，必须拿出一份清楚的，最好是供体体检报告的原件，用来对检测数值进行比对。

电话里，峰哥说他不能送来，只能将报告传真过来。彭丽丽在我们的要求下，提出可不可以亲自去取，因为传真件二次复印还会不清楚。峰哥又想了半天最终还是同意了，他让彭丽丽现在就来取报告，不能再约其他时间了。

本来我都快失去信心了，没想到峰回路转，不但找到了峰哥的踪迹，竟然还把他骗了出来。不过我们没有充足的时间准备，彭丽丽现在和我们一起去找峰哥取报告，路程大约三小时。

快到武汉时彭丽丽给峰哥打电话问他在哪儿见面，峰哥说去汉口火车站。

一听说在火车站见面，我和黄哥都不由得打起了十二分精神。火车站人多车多，稍不留意就容易盯漏人。

在我们追查鹤峰体检中心的时候，宋队安排了两个同事来协助调查，我们只有四个人。我和黄哥决定我俩在周围埋伏，另外两个人贴靠彭丽丽，看情况随机应变，如果有机会就直接抓捕。

汉口站是欧式建筑风格，站前有一片广场，绿化带和树木将广场分成一块块的，有停车场和行人步道，人多的时候车和人在广场中混杂在一起，加上外围往来的车辆，盯梢难度极大。

我们到了指定位置，刚和黄哥分开没一分钟我就看不见他了，融入人群中的黄哥好似尘沙入海一般。另外两名同事隐藏得也非常好，偶然才能瞥见一眼。

我站在靠近马路边的花坛外，全神贯注地盯着彭丽丽。冬天的风有些刺骨，吹到脸上反而让我觉得更精神了。过了十多分钟，我看到彭丽丽接起了电话。她一边接电话一边左顾右盼，看来是峰哥正在和她联系。

我急忙四下里张望，但是广场周边的人太多，光是打电话的就有好几个，我根本没法判断出哪一个是峰哥。

之前彭丽丽和我们说过，峰哥是一个四十多岁的中年人，不到一米八的身高，人很瘦，皮肤也黑，满脸都是皱纹，尤其是眼角，微微一笑就能出现好几道褶皱。

我一边朝周围张望一边盯着彭丽丽，突然我看到彭丽丽站定，顺着她目光的方向，我看到一个穿着灰色衣服的人走过来，这个人手里拿着几张纸，是报告！

可是这个人长得太年轻了，看着不过二十多岁，胖乎乎的，长得挺敦实。

我感觉这个人不是峰哥。峰哥这么小心谨慎的人怎么会亲自来送报告呢？我早该想到，现在不能动手抓捕，应该等等观察一下。但是我现在看不见黄哥和同事，我没法把我的判断说给他们听。

我拿出手机打电话，号码刚拨出去，那个男人已经走近了，彭丽丽向前迎了几步，两个人碰面了。

我的同事正在从侧面向彭丽丽靠近，我知道他要动手了。

彭丽丽接过报告，还在四处张望，我现在可以肯定，这个男人一定不是峰哥！

我想大喊一声停手，可是我喊出来就全露馅了。峰哥在哪儿？如果这个人是峰哥派来的，那么他本人肯定在周围。

我急忙到处看，周围来来往往的全都是人。正在我焦急的时候，突然听到有人大喊一声"别动"，接着彭丽丽身前的男子被人从后面扑倒按住。

终于还是动手了，但我知道被抓的人不是峰哥。没搭理抓捕的现场，我在人群中探索着。这时我听到一声急促的轮胎摩擦地面的声音，顺着声音望去，停在马路边的一辆灰色轿车"轰"的一声奔驰而去。

汽车的离去和送报告的男子被按倒几乎是同时发生的，这可不是巧合。峰哥就在车里，他特意安排别人来送报告。

想到这我一下子越过花坛，冲着灰色轿车离开的方向追过去。

汉口站的出口是一条丁字路口，灰色车子往东边开去，我沿着马路狂奔。庆幸自己平时爱跑马拉松，我提着一口气跑出去三四百米，但是两条腿怎么能比得过四个轮子，眼看着车离我越来越远，我越跑越慢。

影视作品里警察一边追一边喊的情形全是瞎扯，我现在不停地大喘气，别说喊话了，说一个字都费劲。

我追了约有八百米，看见车子在前面拐弯。我不清楚武汉的交通怎么样，但是我觉得火车站应该是最压车的地方，现在我勉强能保持和车的距离，但是拐弯之后就不一定了。

这时我有些泄气，已经快跑不动了。汉口站出租车和私家车分离进站，我这一路跑下来一辆出租车都没看见，而冲着私家车招手人家都是回馈我关爱智障般的眼神。

跑到路口拐弯处，我发现灰色的轿车停在距离我不到五十米的地方。这条路红彤彤的全是汽车尾灯，车压得一眼望不到头。这是我第一次对于城市交通的拥堵拍手称快。

我冲到灰色轿车边，抬起手肘冲驾驶一侧的玻璃狠狠地砸过去，"咚"的一声闷响，玻璃没砸开，反倒我手肘剧疼。

"给我停车！下来！"我一边大口地喘着气一边拉拽车门。

我看见里面的人一脸惊慌，这人皮肤黝黑，满脸都是褶皱，瞪着大眼睛的眼角全是皱纹，和彭丽丽描述的一样，他就是峰哥！错不了。

这时峰哥猛地踩了一脚油门，车子往前拱了一下，但是前面全是车，根本开不动。现在他人缩在车里，我也打不开车门。

这样耗下去可不行，一旦车开出这段拥堵路段就完了。

车在最内侧车道，马路中间有一条隔离带，隔离带每隔一段挂着一个花盆，我顺手把旁边一个花盘拽了下来，冲着驾驶室的玻璃砸过去。"哐当"一下，玻璃应声而碎。

峰哥坐在车里捂着头。我伸手进去把车锁打开，峰哥急忙朝副驾驶一侧爬过去。看到他要跑，我一下子拽住他的脚把他往后拖，峰哥从副驾驶的座位上掉到了座位下面，整个人卡在储物箱的位置上。我趁机冲进车里骑在他身上，将他死死地按住。

在周围看热闹的群众的帮助下，当地警方很快就赶到了，峰哥被戴上手铐押进了车里。峰哥被抓后什么都不说，但是我们找到了他的住址，用他身上的钥匙打开了屋门。

在他的屋子里，我看到一大摞资料和文件，还有一台正在上网的笔记本电脑，上面记录着他和别人聊天的所有内容。

我和黄哥把所有的资料清点一遍，发现都是鹤峰体检中心的营业资料。这个体检中心是存在的，但只是负责出具报告书，根本没有实体的店铺。

峰哥与其他体检中心合作，由他们为移植供体进行体检，然后峰哥拿着数值用鹤峰体检中心的名义出具一份报告书。峰哥还有一个出国劳务咨询公司的全套手续，体检的名义是外派出国劳务，这些人签字也都签在出国劳务的合同下面。

所以这些人是由正规的体检单位以出国劳务为由进行体检，峰哥在拿到资料后改成鹤峰体检中心出具的一份报告书。

峰哥为什么要这么做？进行体检的人怎么可能不在体检报告上签字，而是在劳务合同上签字呢？进行体检的人是不是并不知道自己成了移植器官的供体？

我们又看了下聊天记录。峰哥使用的是一款叫密聊的特殊聊天软件，在关闭后会自动清空服务器上的信息，我们只能看到他最近的聊天记录，聊天对象备注的名字是熊。

我仔细翻看了峰哥和熊的聊天记录。两个人先是聊关于彭丽丽的这次交易，在聊天记录里峰哥说货已经送到，我知道他说的就是肝脏，然后熊问钱拿没拿到，峰哥说拿到了，等他亲自把钱带过去，到时候让熊来边境取一下。

随后熊又问罗泽市的情况怎么样了，峰哥告诉他别担心，没什么问题，还说警察没发现自己，只是阿杜被抓了，不过判不了多少年，阿杜不能把他们供出来。在最后熊还嘱咐峰哥说找机会联系下被抓的阿杜，给他家里送点钱，让他嘴严点。

现在可以确定，小林被杀的案子，峰哥和熊都是知情的，再加上逃走的杜文光和被抓的杜文辉，一共至少四个人参与了这起案件。虽然我在峰哥的住处没找到关于小林被害案件的线索，但肯定与器官买卖有关，具体原因只有审讯峰哥才能查清楚了。

之后我和黄哥又翻看体检名单，上面有五个人。我急忙联系大队查一下这五个人的信息，结果一查发现，其中四个人目前因为涉嫌运输毒品被羁押在昆明市看守所。

这下我和黄哥更糊涂了，出国劳务怎么又变成了运毒？为了查清真相，我和黄哥兵分两路。我前往昆明对这四个人进行提审，而黄哥则前往西双版纳，准备利用峰哥和熊交钱的约定，看看能不能找机会进行抓捕。

到达昆明后,我通过当地警方了解到,被抓的四个人都是在缅甸通过边境返回国内时,体内藏毒被抓的,而这四个人前往缅甸的手续是出国劳务。但合同里一共有五个人,怎么变成了四个?

我开始对这四个人进行提审,原来他们根本不是什么出国劳务,他们去缅甸就是为了挣大钱,而挣大钱的途径只有两个,一是境外赌博,二是境外运毒。他们几个人都没钱,没法进行赌博,那么就只能贩毒。

进行体检和填写出国劳务的合同只是一个幌子,是为了通过边检进入缅甸。

他们说近几年中缅边境会对以旅游名义进入缅甸几日后就返回的人进行严格的检查,但对于出国劳务的人再返回的时候检查就不那么严格。

听完后我一愣,我从没听说过边境检查会因为你是劳务人员就变得宽松的说法。

我问他们是从哪儿听说的,他们说是峰哥告诉他们的,所以让他们进行了体检还签订了劳务合同。

我对这四个人一一提审,得到的结论都差不多。四个人在去之前就做好运毒的准备,但体检材料上有五个人,返回国内被抓的是四个人,我一个个问,他们都说不清楚,直到我提审到最后一个人,他突然哭了起来。

他一边哭一边说要举报犯罪,他的老乡被杀了。他们一共是五个人前往缅甸,但到了缅甸,老乡就和他们四个分开了。他担心老乡去找,在一个水沟里发现了老乡的尸体,身上有个大洞。

他当时在缅甸不敢问别人发生了什么事,但他们四个在将毒品藏在体内往回走的时候,见到了峰哥。峰哥拎着一个大箱子给别人打电话,他特意留心电话内容,峰哥在电话里提到了肝脏。

他联想到老乡的死和身上的洞,怀疑老乡是被人在缅甸取了肝脏后害死的。本想运毒回来再找峰哥问清楚,但是在边境就被抓了。

我问他峰哥怎么回来的,他说他不知道,但肯定不是通过边检过来的。

我看了四个人走私毒品的简要案情,四个人每人身体藏毒50克,对于云南边境贩毒来说,这种量的毒品简直不值得一提,甚至可以说都不值得用体内藏毒的方法带进来。

我仔细想了想目前得到的信息,突然想到一个可怕的可能性:峰哥是以运毒赚钱为名找到五个人,然后再带着他们进行体检,找到肝脏移植的合适供体。随后把他们带到缅甸,杀死供体取出肝脏后,峰哥把肝脏带回国内,而剩下四个运毒的人则让他们自生自灭。

这一切是一个设计好的圈套,峰哥的真正目的根本不是运毒,而是找到合适的供体取器官。

据我所知,运毒贩毒的利润应该远高于买卖器官吧?如果峰哥为了赚钱的话,没必要这么大费周折。

我又想起了在医院停尸间里发现的没有肝脏的尸体,小林医生肯定也参与了买卖器官这件事。难道是我想错了?这件事其实从一开始就是一个例外?

我并没有在峰哥的房间里发现其他人的出国劳务手续,也许这五个人是峰哥唯一的一次境外取肝,因为小林医生死了,之前他们都是靠小林医生进行取肝的。

现在峰哥被抓了,但他与杜文辉是一对一的比证,只要再抓一个人,这件事就能水落石出。

我从昆明立刻赶赴西双版纳与大家会合,我来到打洛镇,也就是上次杜文光逃跑的地方。

宋队来了,线人何路也在。黄哥说这次由何路扮演峰哥与熊见面交易。早些年何路曾在南方生活过一段时间,对武汉口音有一定的模仿力。地点已经约好了,就在中缅边境。

在这里我又看到了老雷。老雷是边境的缉毒警察,见过很多大场面,手榴弹崩于眼前都面不改色。不过,这次老雷不再是一副谈笑风生的模样,变得很严肃。老雷说抓捕的地点情况很复杂,由于我们有特情人员参与,就只再出两个人参与抓捕,其他人都不要来了。

宋队决定派我和黄哥加入他们的抓捕组。我换上了一套武装服,像行军似的,腰带上挂着水壶、应急包和手电。老雷给我拿了一支枪,沉甸甸的九二式,告诉我子弹是满的,但尽量别开枪,地形复杂,怕跳弹伤到自己人。

我们埋伏队的先出发,一行八人坐车沿着一条土路来到一个伐木场。这就是五分场口岸,我们下车后徒步进森林。

西双版纳都是原始森林,离开五分场走了十多分钟我就感觉周围有一股厚重的雾气。太阳快落山了,森林里顿时凉了下来,我这时才知道穿着厚重的武装服的好处:暖和。

我们一行人来到一处铁丝网前,领队的让我们分散开隐蔽好,我趴在一棵树下。

天黑了下来,地也变凉起来,我感觉到肚子麻麻的。在趴着的这一个多小时里,不知道什么东西在我身上爬来爬去,我只能一动不动闭眼不去想。我们时不时地看到一簇光快速经过,这是摩托车的灯光,偷渡的人都是搭摩托车从这里穿过铁丝网前往缅甸。

又过了半个小时,后面有一簇光慢慢开过来然后停下,我知道是何路来了。骑车的人应该就是老雷,他们约定在这里见面。

没过多久,对面也来了一辆车,停在铁丝网的另一侧。

"怎么不过来?"对面的人喊道。

"我是接半程活的,跑到这里可以喽。"老雷回答道。

"峰哥,过来啊?"对面人又问。

"不过去了,不过去了,你也太慢了,我还赶晚上的飞机呢。"何路说。

对面的人听见何路说话,这才下了车,掀开铁丝网钻了进来。而何路从摩托车上拿下来一个布袋,慢慢往前挪了两步递出去。这个人看到愣了一下,在他伸手接布袋的时候,旁边草丛里一下子跳出两个人,一左一右把他按住。

这个人在地上不住地扭动,眼见就要甩开我们的人,这时老雷冲过来,掏出一把枪顶在这个人头上,然后我听见"砰"的一声枪响。

他们这一连串的动作让我根本没反应过来,等我爬起来的时候,森林里只剩下枪声的回音。铁丝网对面的人骑着摩托车就跑,我刚要钻过去追被人从后面一下子拽了回来:"那边是缅甸,咱们没有执法权的,只能在这里动手!"

我急忙跑回去看,原来老雷的枪是冲着地面打的,耳边这一枪让这个人彻底放弃了抵抗。

拿手电朝被按在地上的人脸上一照,我吃了一惊,眼前的人正是杜文光!

"真是不好意思,我这什么忙都没帮上。"往回走的路上我对老雷说。本来信誓旦旦地参与抓捕,结果自己全程打酱油。我觉得自己抓捕还算有点水平,可是放到这里和他们比真是不值得一提。

"这次就是带你来感受一下,不然你们没人参与大家都在外面等着还着急。"老雷笑着说。

借着这个机会我将心中的疑惑向老雷询问。老雷告诉我毒品利润很大,其实那是拿始端和终端进行对比,五十元的毒品可以卖到上千元,但中间需要倒手很多次,在一次次的加价后才能达到大家看到的暴利。

作为中间倒手的环节,比如从缅甸把毒品带回国内,利润真的不高,五十元钱的毒品带进来也只能以八九十元的价格出手。想要卖高价就得继续往内陆带,但是那样做风险高,而且很容易被抓,被抓到就是一个死,没人愿意干。

老雷告诉我,把十千克毒品从缅甸背进来,除去运毒的费用,作为走私贩卖的一方最多只能赚十万元钱,这钱是将脑袋别在裤腰带上赚的。想赚更多的钱可以，继续把毒品往内陆带，但是接下来如何快速出货，如何不被抓，那就不是一般人能够办到的了，即使是大型的贩毒集团也一样。

相比之下，还是走私买卖器官风险小，利润高，即使被抓，相对于贩毒来说判处的刑期也不长。唯一难点是器官买方和供体不好找，不像毒品在缅甸遍地都是。

我们把杜文光押送回罗泽。小林被害案终于彻底侦查终结了，不过我们还需要查清小林被害的缘由。我们决定把突破点放在峰哥身上。

在看到杜文光被抓的照片儿之后，峰哥情绪有些失控。我知道他做梦都没想到我们能把杜文光抓住，在他们的理解范围内，藏到缅甸的杜文光是最安全的。这种安全感的崩塌让峰哥整个人对抗审讯的防线一下子就崩溃掉了。

最先开口供述的就是峰哥。

他们是专门贩卖器官的，准确来说，是进行肝脏买卖。事情的起因是杜文辉认识了小林医生，在此之前他们主要是从缅甸往国内贩卖毒品。

小林医生有吸毒史，就这样他与杜文辉相识，在闲聊时说起肝脏移植很赚钱，而后通过杜文辉搭线，小林与峰哥见面，两人一拍即合，决定开始做这件事。

小林虽然与肝脏移植没什么直接联系，但是他通过同学和一些关系能找到需要肝脏的患者，然后由峰哥出面联系，而杜文辉负责找供体，小林负责手术。

但由于小林并不是专业外科大夫，在一次手术时失败，供体失血过多当场死亡了。慌张的小林本打算自首，结果被杜文辉拦住，他带着小林将尸体处理掉。

峰哥说两个人将尸体切碎后扔到了响石岭。

但是经过这件事小林害怕了，他不敢再拿起手术刀进行活体取肝了。这时峰哥出了个主意，既然小林不敢对活人下刀，那变成死人就没问题了吧。

后来演变成他们先找到合适的供体，然后直接将人杀死，接着小林取肝脏，可是处理尸体又变成了麻烦事。

最后小林想出一个办法，他将尸体偷偷带进医院的停尸间，混在无名尸中趁着火化的机会一起毁尸灭迹。

通过这种方法，小林赚了很多钱，但每次处理尸体都心惊胆战。他觉得再这样下去早晚会被发现，于是他提出不想再干了。峰哥和杜文辉的欲望是无限的，在反复劝说小林无效之后，峰哥决定不留活口，以防小林出事那一天把他们供出去。

再后来就是杜文光来到罗泽，和杜文辉一起杀死了小林。

小林有一个专门和他们联系用的手机，杜文辉租车时使用的号码中，停机的号码就是小林的。这一点儿杜文辉没撒谎，他在楼下给小林打电话，小林下楼后杜文光开枪杀死小林，随后杜文辉将小林和他们联系的专用手机拿走，这才导致我们只发现了小林的生活手机。

峰哥在小林死去之后，失去了处理尸体的方法。峰哥以前是贩毒出身，在缅甸比较熟，知道在那里死一个人没什么关系，也没人会去追查，于是想到了将人以赚钱为名骗出国，在缅甸实施杀人取肝的办法。

但是这么做有一个弊端，那就是一个人不可能敢孤身和他去缅甸，所以峰哥只能一次骗很多人过去，然后杀掉通过体检发现合适的肝脏供体。

这群贩毒的人只是炮灰，每个人在体内藏毒不过五十克，峰哥许诺带到国内会有人接应，其实根本没有。在安排他们运毒的时候峰哥会向边检举报，这群人会直接被抓，最终都会在监狱待上至少十年，而他的所作所为也不会被发现。

峰哥说，一开始他们都是在缅甸和泰国物色活体供体，但是由于人种区别，缅甸和泰国能够匹配上国内的活体概率很低，所以后来他们才想直接在国内物色目标。但是国内操作危险性很高，这也是他们将小林拖下水入伙的原因。

小林的案子终于结案了，但我却一点儿也轻松不起来。不知为何，听到峰哥说他和小林长期在响石岭处理尸体时，我心里竟然有种奇怪的惊悚感。

响石岭是罗泽市著名的闹鬼圣地，天阴或者晚上的时候总有"呜呜"的哭泣声。我曾在调查一起灵异论坛凶杀案时，见过一只诡异的红色断手，据说就是凶手在响石岭的一个山洞内发现的。

杜文辉和杜文光还有峰哥都以故意杀人罪被起诉。峰哥他们一共策划了多起人体器官买卖，我原以为会是一个组织严密、人员众多的团伙，结果到头来只有三四个人参与。

我曾经看过一个报道，说全球每年都有二百五十万人神秘消失，他们被卖为性奴、奴工，被割去器官，被或随意屠戮。种种罪恶行径，成交上百亿美元的交易。

这次经手的案子，好像让我窥见了那张罪恶暗网的冰山一角。

第二十案

涉黑案

之前我曾听宋队说过，为了应对多变的形势和复杂的案件，局里准备成立特别行动队，专门针对一些复杂多变的犯罪案件，可我从来没想过自己会成为中队长。

四年重案追击，一百九十八次现场缉凶，我累了

宋队的桌上放着一封举报信，洋洋洒洒一大沓，最上面有几十个人的签名，还有红色指纹印。

被举报的人叫何明山，外号大山。举报的内容五花八门，十几页举报信几乎涵盖了烧杀抢掠各种罪名，什么参与打架斗殴，将人打伤住院；把人绑架囚禁起来追讨债务；开设赌场组织人来赌博；参与洗浴中心营业，组织小姐卖淫；使用枪械将车辆玻璃击碎；等等。

"照上面写的这小子都够枪毙的了。"狐狸撇了撇嘴。

宋队撸了一把狐狸的头："别吊儿郎当的，看最后一页！"

我也凑过去，最后一页与其他的不一样，落款是罗山市机械设备厂，还有单位公章，上面写着何明山参与盗窃大量厂区财物。

罗山市隶属于罗湖，一开始只是罗山县，后来升级为市。在那里有一个机械设备厂，这个厂子几乎占了罗山市一半的经济产值，可以说没有这个厂就没有罗山市。

"别的事情真伪先不说，这件事必须要查清楚！"宋队严厉地说。

这事我还是第一次接触，之前都是案发之后找线索破案然后抓人，现在是直接有了犯罪嫌疑人，再找他的犯罪线索，整个工作流程完全反了过来。

"谁也没办过这种案子呀，侵害公司财物的不应该归经济犯罪侦查大队管吗？让咱们查，从哪儿开始查啊，连个被害人都没有。"狐狸小声叨叨。

宋队瞪了狐狸一眼："先不着急去机械厂调查，这举报信上不都是被害人吗？一个个去问，先了解下这个何明山是个什么样的人。去吧，都别闲着了。"

罗山市距离罗湖有七十多公里，下了高速还得开二十分钟，等到了都快中

午了，匆匆吃口饭，我们便开始落实举报信上的事。

举报信上写得并不具体，有些受害人连名字都没有，只有外号。我们到了当地派出所按照信上写的时间查询报警信息，也没发现类似的案件。

一直忙到下午，狐狸才联系上了一个受害人。这个人举报自己被何明山打伤，但狐狸亮明身份之后，这个人直接把电话挂断了，再打过去显示关机。

一个被殴打致伤的受害人，为什么在警察找到他的时候却不配合？我们查了下事发当天的报警记录，并没发现有人被殴打的警情。

那这个人在被打后连警都不报，又为什么要写举报信呢？

这个问题，只有找到当事人才能查清楚。狐狸查出这个人的住址，准备带人去他家门口蹲守。而我也联系上一个被害人，举报信中说何明山曾经在他家门口放过火。

有了狐狸的先例，我没敢说自己是警察，而是说自己是城建的，听说家门口曾经起火，想查一下房屋安全隐患，帮助他进行维护。他听完后没有过多犹豫，答应见面，我和黄哥立即前往。

这人叫秦东，瘦得能从露出的半截胳膊上看到青色的血管，走路飘忽忽的，感觉一阵风就能把他吹飞。

看到我们的警察证后，秦东变成了一副苦瓜脸。我一看，急忙抬手搂住他的肩膀防止他跑了，黄哥则在一旁劝解开导。我们苦口婆心地劝了十多分钟，秦东这才同意配合我们，但是要求我们坚决不能泄露他的个人信息。

秦东说举报信是被何明山欺负过的人一起写的，其中数他被欺负得最狠。

秦东一直在和机械厂做买卖。机械厂在生产加工的时候会产生大量铁屑铁渣等垃圾。一开始这些垃圾是直接扔掉的，后来秦东发现了商机，铁屑和铁渣经过熔炼之后可以再利用，他利用这个机会赚了不少钱。

机械厂也发现了废铁渣的经济效益，对废铁渣出卖展开竞标，有不少人参与进来。秦东利用多年来对市场的了解还能从中分一杯羹，直到何明山出现。

何明山是罗山市人，早些年就经常打架斗殴，有涉黑背景。他在得知废铁渣的生意后强行介入，只要敢有比他竞价低的，轻则恐吓威胁，重则直接动手伤人。到最后，做这买卖的人几乎都被何明山挤走了，只剩下秦东还在坚持。

秦东说他专门借钱投资建了个炼铁的厂子，如果不继续干这行，自己连钱都还不起，只能活活饿死。但是何明山不管这些，他觉得秦东与他抢生意，找人将秦东打了一顿，又在秦东住的地方放火，扬言要烧死他，吓得秦东的妻子带着孩子离开躲到外地去了，秦东自己一个人留下维护厂房。

刚开始秦东还能正常说话，等讲到自己家门口被人点火的时候已经泣不成声，四十多岁的汉子蹲在地上抽噎，看得人很心酸。

我问他为什么没报警，秦东说他被打的时候周围没有监控，而且他被人用麻袋套住，根本没看见人。而家门口被放火时是半夜，楼道里的灯都被人掐断，他把火扑灭就没再报警。

秦东将我们带到他家，是一个老旧的房子。他说为了厂房把自己的房子都卖掉了，现在租了这个老房子。在他家门口的地上和墙上都是黑色的烧焦痕迹。进了他家一看，可以用家徒四壁来形容，除了一个电视机和一张床之外再没有其他东西了。

我一股怒火涌上心头，这个何明山太可恶了，把一个人活活逼到这个份儿上！如果我们不把他抓进去，恐怕秦东就得家破人亡了。

秦东自己搜集了一些何明山的犯罪证据，我和黄哥一看傻眼了。秦东所谓的证据都是一些照片儿，有在饭店的，有在茶社的，何明山和其他几个人坐在一起侃侃而谈，桌子上还放着一个包。

秦东说那些都是机械厂的人，他们和何明山串通起来，让他以极低的价格竞标，然后把铁屑加量运出来，包里就是何明山给机械厂的人的好处费。

我告诉秦东，只有照片儿是没用的，证据要证明何明山犯罪的事实，这些照片儿只显示何明山和机械厂的人在一起，包里装的是什么根本看不出来，这个没法认定他的罪行。

秦东一听也傻眼了，嗫嗫地说不出话来。

我说："你别灰心，我们现在也在收集何明山的犯罪证据，你可以提供一些线索，我们肯定会将他绳之以法。"

秦东想了想说："我还有个办法，你们可以扮成客户参加竞标，里面的黑幕你们就都知道了。竞标每个月都有。"

他说的确实是一个好办法。我和黄哥做了几份假的证件，编造了一个公司，然后打电话要求参加机械厂的竞标活动。

机械厂告诉我们在竞标前需要登记，厂里要检查我们的资格。我和黄哥来到机械厂的销售部，接待我们的是一个胖胖的负责人，叫马科长，他将我们的材料收了过去，告诉我们等通知。

我问他需要等到什么时候，他说起码三个月之后，黄哥追问他不是每个月都有竞标吗？马科长一脸奇怪地看着我们。我说如果不安排我们参加竞标，我们就要去举报。马科长挠了挠头,让我们坐着稍等一会儿,人就出去了。

过了将近半个小时,马科长回来说这个月确实有竞标,就在下周。我们可以参加,但具体时间还没定下来,建议我们留在这里等通知。

果然有问题。我心里想,如果不是秦东提前告诉我们每个月都有竞标的话,我们就被这个人糊弄过去了,不知道他用同样的手段糊弄过多少人。

我和黄哥离开厂子往宾馆走。罗山市离罗湖开车需要两个小时,一来一回就是四个小时,为了办案方便我和黄哥这几天一直住在罗山。

"后面有车跟着咱们。"车子开出去不久黄哥对我说。

我早就注意到了,我们从机械厂出来,停在路边的一辆白色轿车就跟了上来。我特意在路口拐了几个弯,这辆车也一直跟在后面。

"是不是何明山的人?正好没什么事,我陪他们玩玩?"我说。

"算了,把他们甩掉就行,记着咱们现在是来做生意的,别暴露身份。"黄哥说。

我又开了一段路,凭多年追踪的技术,没费多大劲便把他们甩掉了。我把车停在了一个公共停车场,和黄哥步行回宾馆。

"从今天开始到竞标会之前咱们得小心些,今天跟着咱们的人应该就是何明山派来的,不知道他想搞什么名堂。"黄哥说。

"我觉得他是想查查咱俩的底细,不过放心,资料上的东西都是假的,他们什么也查不着。"

天黑了,屋子里有些闷,我来到窗边拉开窗帘,将窗户打开一条缝。这时我看到一辆白色的轿车停在宾馆门前的拐角处,车牌正是今天跟我们的那辆。

怎么跟到这里来了?!我大吃一惊,急忙喊黄哥,黄哥从床上跳起来把露出一条缝的窗帘拉起来。

"情况不对,咱们走!"黄哥一把把包拿起来往外走。

黄哥经验丰富,我看到他一脸严肃知道不是开玩笑,急忙跟了上去。我俩没带什么东西,所有物件都在黄哥的包里。

宾馆的一楼二楼是邮政储蓄的营业部,我俩住在三层,一条大走廊两侧都是房间,尽头一边是电梯,另一边是消防通道,我们的房间在靠近消防通道这一侧。刚出来就听到"叮"的一声响,电梯停在了三层。

"快过来!"黄哥说着快跑两步冲进消防通道,我跟着躲了进来。在关上消防通道的大门那一瞬间,我透过门缝看到打开的电梯门里站着五六个人,手里好像还拿着什么东西。

"他们是来找咱们的？"我低声问黄哥。

黄哥没回答，用手比了一个嘘声的手势。

"咣"的一声响，我们房间的门被砸开了。

黄哥拍了拍我，示意我跟他走。宾馆的消防通道每一层都有窗户，在二楼我们往下看了一眼，发现门口站着三四个人，他们把宾馆后门也堵住了。

"从这走。"黄哥轻声说，然后从窗户钻过去来到屋外。

外面正好有一个广告牌，我们沿着广告牌慢慢地往前走，直到远离了消防通道门，才将身子探下去，跳到地面上，借着夜色离开了宾馆。

"他们真是胆大包天！公共场合，拎着家伙来找咱们，连警察也敢打？"我挥了挥拳头。

"咱俩现在可不是警察，是来买废铁渣的，要是亮出身份就麻烦了。不过从现在的情况看，这个何明山确实心狠手辣，如果不是咱俩跑得快，还不知道会出什么岔子。"黄哥说。

"可惜没带记录仪，把他们砸门的场面录下来。"

"这个不重要，我奇怪的是他们怎么找到咱们的？咱们明明把跟踪的车甩掉了啊？"

黄哥这么一说我也觉得奇怪。我俩在递交资料的时候填写的都是假名，他们是不可能从宾馆登记找到我们的，但从他们直接冲上三楼到砸我们的房间，说明他们对我们住的地方一清二楚，这又是怎么回事？

不管怎么说，这一夜总算有惊无险地过去了。现在我们能确定何明山用不法手段驱逐正常参与竞标的商户，下面该调查他们从机械厂里偷运铁渣的犯罪事实了。但罗山这地方挺复杂，我和黄哥感觉只凭我们两个人，在不暴露身份的情况下继续调查恐怕越来越难。

黄哥找何路来帮忙。何路用了三天时间联系到了在机械厂运铁渣的车队，花了点钱把我们塞进去。我和黄哥摇身一变成了货车司机，黄哥是司机，我是徒弟。我把一个秘录设备藏在背包里，带着上了车。

开始干活了我才知道，所谓的车队并没有固定的人员，每次拉货的车都是东拼西凑的。从晚上九点开始干到第二天早上七点，从机械厂将铁屑拉到炼铁厂，一趟运费二百元，跑得越多赚得越多。

拉货的流程很简单。货车进厂前先领一个票，开进去后等着装载货物，然后过磅称重，接着开走。到目的地后接货人在票子上签字，结束时拿着签字的票子去领钱。

黄哥的驾驶证是B照,可以驾驶大型货车,但毕竟他好久没摸过大车了,战战兢兢地坐在驾驶位,紧张得额头上都是汗。

"装,装。"有个指挥的人喊,直到车厢被装得已经快要溢出来了他才喊停。我看到车轮胎被压得明显向外鼓胀,整个车的底盘都下沉了。

黄哥将车开上了地磅,我在一旁背着带着秘录设备的包走来走去,眼看着地磅上面的数字显示的是五十吨,而在旁边负责记录的人大声喊出三十五吨。

这一辆车一下子就少算了十五吨的废铁渣,望着一辆辆排队等着装货的大货车,我不禁想这一晚上得少算多少吨铁渣?这些少算的铁渣,就相当于白白从机械厂里拿走一样。这是在机械厂的员工配合下,里应外合盗窃国家资产。

用了别人两倍的时间,我和黄哥才把车开到炼铁厂,好不容易卸完货,我问黄哥还回去继续拉吗?

黄哥擦了擦汗,告诉我算了吧,这车限载三十吨,结果一下子载了五十吨,属于严重超载,太危险了。他对自己的驾驶技术也不是特别有信心,别再冒险了。

我和黄哥带着收集到的证据返回罗湖市,通过工商部门查证,我们将铁屑拉到的炼铁厂也是何明山开的。

我又将录像里机械厂的人的照片儿单独打印出来,打算把在机械厂工作的人员一个个进行核对,将这个人找出来。结果一打听,总厂有三万名员工,负责货物装配的工作人员也有一百多人。

我眼睛都看花了,才找到一个相似的,一查是个姓关的副科长,巧合的是他和马科长是一个科室的。这种明目张胆偷减磅数的行为肯定不是一个人能做的,我猜测马科长在这里面绝对脱不了干系。

接下来我们开始针对机械厂内部与何明山勾连的问题进行调查,结果发现这个关科长和马科长的银行账户每隔一段时间都会有一笔钱汇入,这个金额可不是他们工资能达到的金额。

我们找到汇款的银行,录像里汇款人使用了现金,但银行的监控拍到了他开的车。这辆车狐狸他们摸清楚了,是何明山的车,汇款人是何明山的司机。

现在情况已经明了,何明山买通了厂子里的人,谎报过磅重量偷运大量的铁渣。

我们召开了案件研讨会，宋队分析了眼前的情况，狐狸他们组找到了几个与何明山有关系的被害人，但对方都不肯做证。我们这里只找到秦东一个人。宋队说只要将何明山抓住，接下来肯定会有人主动来报案。

何明山很狡猾，负责调查何明山的那一组人从来没见过何明山本人。他几乎不去工厂，平时出门也是从地下车库离开，没有固定住所。司机经常在同一个地方反复开来开去，盯梢的同事不敢跟得太紧。

要抓捕何明山必须一击必中，如果被他或者他身边的人知道警察在找他就麻烦了，他们肯定会先把账目销毁，到时候我们在证据方面就会失去先机，所以抓他一定要秘密进行。

我们找何路让他帮忙想个办法，何路有些为难。他主要的社会关系都在罗湖，和罗山这边的人不太熟，即使通过其他人联系上何明山，何明山也不会与他见面。

正在我们琢磨怎么办的时候，秦东给我们打来了电话，他说他已经坚持不住了。房子租期到了，现在欠了一屁股债，如果何明山再不被抓的话，他在罗山已经连住的地方都没有了。

我一听也有些着急，告诉秦东我们现在正准备抓何明山。听我说完秦东明显兴奋了，说他能帮忙，他一直在调查何明山，对何明山最了解。

没过多久，秦东又打来电话，说何明山明晚要和一个人谈生意，地点在万家大酒店，只要我们守住酒店就肯定能逮住何明山。

看来秦东这些年的工作没白做，在最关键的时候能提供这么重要的线索。秦东嘱咐我们，万家大酒店与何明山关系匪浅，我们不能大张旗鼓地在酒店里埋伏，最好是伪装进入，人数也不能太多，不然怕引起对方怀疑。

最后决定我、黄哥和狐狸三个人一起在饭店蹲守。一般抓捕我们都会保证最低三比一的人数。宋队带着其他人在三条街之外接应，我们发现何明山后立刻通知他们，伺机抓捕，三条街的距离两分钟就到了。

万家大酒店是罗山市最好的饭店，一共有四层，一楼是大厅，二到四楼都是包间。我们四个人就坐在大门旁边的圆桌，点了几个菜，为了显得自然，我们还要了三瓶啤酒。

桌上的菜几乎没怎么吃，我的心思都在门口，每一辆车停下我都盯着看从上面下来的是不是何明山。

大约六点半，酒店的服务员有些骚动，除了点菜的人外，其余人都到门口站好，好像要接受检阅似的。我透过玻璃窗往外看，隐隐约约地看到路边停了几辆商务车，陆陆续续下来很多人。

酒店自动门打开了，一个矮胖子在一群人的簇拥下走进来。我这几天一直盯着这张脸的照片儿看，时间长了突然看见真人反而有些不认识，他就是何明山，可算等来了！

可是现在的情况不对，秦东告诉我们何明山来这里谈生意，我们以为何明山不会带什么人，所以按照三比一的比例只派了三人蹲守。但现在何明山身边至少跟了六个人，真要是动起手来，恐怕我们不一定能抓得住他。

信息有误，这下麻烦了。原本按照计划，看见何明山我们就动手抓人，但现在我们三个都坐着没动。

看着何明山，想着秦东和其他人被他害得那么惨，我心一横准备动手，黄哥把我压了下来。所有人的目光都集中在正门楼梯，上面浩浩荡荡走下来十几个人，为首的是一个光头。

这伙人走到楼梯最下面时站住了，与何明山一伙人保持着一个对峙的姿态。虽然何明山站的位置低，但是他一副趾高气扬的样子。我心里嗤笑，这群人黑帮港片没少看啊，跟演戏一样。

"大山，今天你是什么意思？是想好好谈呢，还是不想好好谈？"为首的光头说话声音低沉，就像是钢琴最左侧的重音键一样，听起来闷乎乎的。

"二亮，我不是来和你谈的，我是来告诉你，五马路店是我兄弟开的，你在那闹事就不行！"何明山恶狠狠地说。

"不行，什么叫不行？我今天来是给你面子，怎么，这两年挣了点钱就不知道自己姓什么了？我能把他送进医院，一样也能把你送进去！"

"别废话了，你下来！来！"

二亮站在原地没动，他们这伙人都在楼梯中间，距离最下面和何明山平行的地面还有四阶台阶。

"你不下来我就过去了！"何明山又往前走了一步，这时他和我站在侧面平行的位置，我看清他背在后面的手上拎着一把明晃晃的片刀。

他们这是要拼杀！我心里不由得大声骂娘。何明山今天不是来谈事的吗？这要真拼杀起来了还了得！两边一共快二十人了，一旦打起来别说抓何明山了，在场吃饭的能不能全身而退都是未知数。

绝不能让他们拼杀！我能看出何明山有股狠劲，他现在步步紧逼是在给二亮下战书，只要二亮应一声，何明山肯定一刀就砍过去了。但是二亮一看就是混社会的老油子，真要动起手说不定谁吃亏呢。

黄哥和狐狸都站了起来。对方注意到我们这边，连何明山都转过头看了我们一眼，何明山身边的马仔走过来，冲着我们挥手喊："看什么看，赶紧滚，滚！"

这个人也是背着手过来的，他手里肯定也有东西。这时候只有亮出警察的身份才能阻止他们拼杀，何明山和二亮都是混社会的老手，他们肯定不敢对警察动手。但是只要亮出身份何明山肯定就溜了，所以现在不能暴露身份，只能拖延时间。

我双手半举过肩膀，对着走过来的人一边说好一边向他靠近，在他走近我的时候，我一下抓住他伸出来的手臂，使劲往后一拽，抬手搂住他的脖子。

"别动！"

这人猝不及防，一只腿跪在地上，脖子被我勒住，完全动不了。

"你们几个是干什么的？想死啊？"何明山转过身拎着白晃晃的片刀指着我骂。

我随手将桌上空的酒瓶子拿起来，倒拎着酒瓶口朝地上使劲一砸，"啪"的一声啤酒瓶碎裂开。我拎着碎开的酒瓶，把倒刺顶在这个人脖子上，冲着何明山喊道："你给我老实点，信不信我直接攮死他？"

何明山眼神更加凶狠，转过身用刀指着二亮问："这是你找的人？"

二亮没回答，往台阶上退了一步，表示这事和他没关系。

"你们几个哪儿来的？活腻了？"

"我想和你谈点事。"我说。

"你把酒瓶子给我扔了，先把我兄弟放开，不然我今天肯定给你脑袋开瓢！"何明山根本没回应我的话。

"你来试试！"

我使劲把酒瓶子往这人脖子上推，心里慌得扑腾扑腾直跳。我怕拿不准轻重，轻了达不到效果，重了真把他脖子伤了就麻烦了，但是我还不能低头看，这样就露怯了。现在能吓唬住他们只能靠一股狠劲，只要这股劲泄了，就完了。

我感觉手中的半截酒瓶子好像陷入这人的脖子里，有尖端划破皮肉的感觉。黄哥伸出一只手按着这个人的头，我知道，他是在控制我的力道，让我不至于把他脖子戳个窟窿。

"你把我兄弟放开，不然不管你想找我谈什么事，你今天走不出这个饭店！"

我知道何明山有动手砍人的勇气，话说到这个份上，我要是再继续和他斗狠，真把他逼急了吃亏的肯定是我。这时候得改变策略，转移他的注意力。何明山出现时，黄哥就给宋队发信息了，只要大部队赶到我们就胜利了。

"你今天不把钱给结清了，我要死也拉着你一起死。"我换了一副示弱的口气。

"什么账？"何明山被问糊涂了。

"我给你拉那么多次货，到现在车费还没结清。你今天不给结清了肯定不行。"我一时想不起什么理由，只记得我和黄哥伪装过拉货的司机，便编了这么个谎。

"我什么时候欠你车费了？你是哪儿来的？"何明山更糊涂了，"你把人给我放了！我不管什么车费不车费的！"

我知道再编不下去了，何明山随时能动手。要是他一个人还好说，但是他身边的人一起上，我们三个可对付不了。正在这时候我看到外面车灯一晃，一辆车从马路对面直接掉头开到门口，接着第二辆、第三辆……后援终于来了。

"何明山！你个小兔崽子！把刀给我放下！"一直站在旁边没吱声的狐狸突然大声喊了一句。

"你咋这么牛呢？"何明山往前走了一步，他身后的几个人都跟着往前靠。

"这是当然的了！因为我是警察！"我冲着何明山大声回应。

"不许动！"酒店大门外冲进来一群拿枪的人，为首的是宋队。

何明山急忙回头看，他这时离我们已经很近了，我把手里的这个人往旁边一扔，一步冲上去想抓住何明山的胳膊。但是我晚了一步，黄哥与我同时起步，他抬起一只脚直接踢在何明山的腰间，一下子把何明山踢倒在地上。

我打算上去把他按住，黄哥把我拦住，我才注意到何明山被踢倒在地上，但是手里还握着片刀。外面增援的人冲了过来，何明山还没爬起来又被人一脚踢倒，手上的刀松开了，我们一起上去将他按住。

何明山一伙九个人连同外面的司机都被抓住，但是二亮趁乱跑了。

当晚何明山被抓的事就传遍了罗山市，第二天早上我们就接到电话，有人报警说曾经被何明山威胁恐吓过。

何明山就是他们团伙的水坝，只要将他抓住了，水坝就像溃堤一样，各种各样的犯罪证据奔涌而来。

很多工作甚至不需要我们去做，受害人将早已准备好的各种材料递交过来，几乎没费多少力气，何明山就被检察院以组织、领导、参加黑社会性质组织罪批准逮捕。

不过我万万没想到，我们被人阴了，之前被何明山的人追到宾馆并不是偶然。

这是何路后来通过各种渠道了解的。我和黄哥从机械厂出来后被人跟踪，这些人是何明山派来的。当时马科长让我们等半个小时，其实他是利用这段时间通知何明山我们来竞标。

这伙人把我们跟丢后，何明山接到了一个电话，打电话的人将我们住的宾馆告诉他，还告诉何明山我们来这里是要低价竞标，这让何明山勃然大怒，决定对我们下狠手。如果那天不是我和黄哥跑得快，恐怕就要吃大亏了。

给何明山打电话的人就是秦东。

我们抓何明山那天，他根本不是和别人谈事情，而是和二亮约架，这件事几乎所有在罗山社会上混的人都知晓。秦东自然也清楚，但他故意告诉我们错误的信息，导致我们警力部署不足。当时如果不是我用碎酒瓶比画一通拖延些时间，别说动手抓何明山了，我们能不能安全脱身都是一个问题。

也就是说，我们两次遇险都是因为秦东。

秦东是最早一批在罗山市机械厂收购废铁渣的小老板，根本没有他自己说的那么惨。厂子运营正常，他有房有车条件很不错，至于被烧的房子根本不是他的。

秦东与何明山只有一点儿不同，那就是秦东不在社会上混。关于铁渣的收购问题，秦东不能解决何明山，何明山也知道秦东这些年在罗山有一些关系，没敢对他下狠手。两人勉强维持着一种平衡，何明山一直找机会挤兑秦东在机械厂的收购。

于是秦东想了一个办法，决定通过公安机关来扳倒何明山。他开始搜集何明山的犯罪证据，把何明山参与的打架、殴打他人等事件合在一起，写了一封举报信。

这就是为什么我们一开始追查何明山的犯罪线索，找到的人都不愿意配合的原因，因为举报信不是他们写的，他们还以为是何明山找人试探他们。但举报信里有一个举报人是真实的，那就是秦东。

秦东也知道，这些举报情况如果被害人不配合，警察也对何明山没办法，所以他想出更绝的一招，那就是让何明山把警察给打了，但何明山肯定不敢袭警。于是秦东建议我们扮成商人，这样何明山不知道我们的身份，才敢对我们下手。

一计不成，秦东又找到一个机会。他得知何明山和别人约架，于是让我们抓捕。他已经打好算盘，在酒店无论何明山打的人是二亮还是警察，都足够将他抓起来了。

我们还真是小看了这个秦东。

何明山的事情了结了，我还在罗山市补充起诉何明山涉案的材料，宋队打电话通知我回去参加市局组织的表彰大会，因为之前侦破倒卖器官的案件，我荣立个人三等功。

我第一次站在颁奖台上，身上戴着彩带，领到奖状，转身和大家站成一排合影，又随着热烈的掌声走下来。整个过程，我的大脑一片空白，只记得眼前不停有闪光灯闪烁。我本想看看台下都有谁，有没有认识的人，可是一个人都看不见，除了震耳欲聋的掌声和音乐外，我连颁奖的领导说了些什么话都没记住。

直到回到大队我的思绪都还没恢复过来。紧接着分局又要召开党组委员会议，通知我参加。在党组会议上，局长亲自颁布了人员调整命令，我被任命为新成立的特别行动队中队长。

之前我曾听宋队说过，为了应对多变的形势和复杂的案件，局里准备成立特别行动队，专门针对一些复杂多变的犯罪案件，可我从来没想过自己会成为中队长。

一切的转变就在一瞬间。一小时前，我还作为一名重案队的刑警接受市局的表彰；一小时后，我就变成了新成立的特别行动队的队长。

重案队的种种经历就像是昨天发生的事情，我清楚地记得每一起案件；我抓过疯子一般用铁钎子将人肚子捅成马蜂窝般的店主；抓过为了图财将人杀死，把尸体切成碎肉的饭店老板；抓过年少轻狂不懂法律，为了区区几百块钱将人打成植物人的年轻网管；抓过因吸毒产生幻觉，将自己最好的朋友砍得身首异处的无业游民。

重案三年，因为几乎所有的案件都发生在夜晚，我几乎是昼伏夜出，像是一名夜行人。

每当太阳落山，罪恶也如同夜行动物潜藏在大地上，而我则在黑暗中向前行走，像猎手般寻找罪恶的根源。警察的信念是指引我前进的明灯，哪怕它有时会残烛闪闪，但它绝不会熄灭。我相信，只要我守住这份信念，这盏灯最终会驱散黑暗，迎来日出。

–END–

番外篇：
第一案

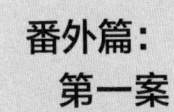

扮装毒贩案

二

我走过去站在句哥身边，转过身看着从屋子里鱼贯而出的人，他们看到我与警察站在一起时一个个露出了异样的表情。没人会想到标哥介绍来的朋友会是一名警察，估计他们还在琢磨自己是不是被标哥出卖了，而我则享受着剧情突然反转的快感。

我是一名毒贩

2003年的时候有一部叫作《无间道》的电影火遍大江南北,后来又拍了几部续集,但都没有第一部精彩。

这部电影主要讲述了一名警察在贩毒团伙中做卧底的故事。在看到这部电影的时候我刚参加工作,与前辈们聊天时也谈论过这部电影,大家告诉我卧底这种事凤毛麟角,也掐灭了我心中当时对于卧底的好奇和向往。

时过境迁,在多年以后,我没想到自己真的会参加一起有卧底的行动,而我竟然还是作为卧底的主角来参与的。

那天宋队特意喊我去市局开会,说是有一个案子要我们参与配合。到了之后我发现桌上的人几乎都不认识,一打听才知道他们是禁毒支队的。

公安机关有很多部门,每个部门分管不同的业务。我从毕业就在刑侦大队的重案队,主要负责侦办重特大案件,上一级的部门是市局刑侦支队。而毒品案件则是由禁毒支队负责,在工作上与我们几乎没有什么交集。

但看到桌上的这些人之后,我心里就明白了,这肯定是一起涉毒犯罪案件。之前我们也经常协助其他部门办案,如在治安大队对场所进行查处的时候,经侦大队对犯罪分子进行抓捕的时候,而这次就轮到了禁毒。

禁毒支队长梁支队向我们简要介绍了一下案情。

他们现在正在侦办一起贩毒案件,目前案件已经进入尾声。主要犯罪嫌疑人叫阿贵,他每个月都会向外贩卖几百克的毒品,在我们这里也算得上是一个贩毒大户了。

禁毒支队并没有着急对阿贵动手,这种出货量很大的毒贩子肯定有固定的上货通道。打击毒贩子并不是禁毒的最终目的,禁毒支队是想顺藤摸瓜,把毒品来源一举打掉。

经过几个月的侦查，现在已经摸清楚阿贵的贩毒脉络。阿贵手下有一个马仔专门负责送货，禁毒支队安排人对这名马仔进行轮流蹲守，初步摸出他们的行动规律。

每隔一段时间阿贵就会消失，然后马仔也不送货。这时候他的下线就会像热锅上的蚂蚁，到处找毒品，一直到阿贵再次出现，一切才会恢复如常。

显然，阿贵消失的那段时间就是去上货了。

"这起案件现在基本查清楚了，我们随时可以对阿贵进行收网。但现在有一个问题，那就是我们还没查清阿贵所卖的毒品来源，我们两次跟着阿贵去南方都没找到他的上线。"梁支队一边说一边看着我和宋队。

"一直跟着也没发现他的上线？"宋队奇怪地问。

从梁支队说的话中我们听得出他们已经跟随阿贵去南方两次，这两次肯定是布下天罗地网，对阿贵进行全方位的监控。正常来说阿贵与谁见面，从谁那里拿毒品早就应该查清楚了呀？怎么会一无所获呢？

"跟不住，情况太复杂。"梁支队叹了口气说道。

宋队没再说话，他知道梁支队这几个字里包含了太多的难言之隐，能让禁毒支队的人没法跟住肯定是难以抗拒的原因，而把我们喊来八成也是因为这个原因。

"但是阿贵的案件必须要收网了，已经放养了三个月，不能让他再继续犯罪了。但是抓了阿贵之后，南方毒品来源的线索也会断掉，为了不让这条线索断掉，我们这才把你们喊来，配合我们的工作。"梁支队又继续说。

"没问题，需要我们怎么配合，梁支队尽管说。"

"我们打算在阿贵被抓之后，安排一个人伪装成阿贵手下的毒贩去和南方的上线接触一下。这种伪装工作不能由我们的人来做，所以才把你们喊来，由你们出一个人来伪装毒贩。"

我坐在旁边一听，心跳顿时加快。伪装毒贩和南方上线接触，这和我之前参与过的扮装可不一样，这才是实实在在的伪装侦查呀！在座的这些人只有我和宋队是外来的，宋队不可能参与伪装，那么这个人肯定就是我了。

我要伪装成毒贩！这不就是卧底吗？想到这儿我脑海中不禁浮响起《无间道》的主题曲，没想到自己竟然会遇到这种百年难遇的机会。

"行，我来之前曲局和我说了，这是我们大队的小刘，由他来配合你们工作。"

原来宋队早就知道要干什么！一路上在车里竟然一点儿都没和我提，甚至没问过我的意见，想到这儿我有点生气。不过宋队知道我喜欢那部电影，估计他猜到我在得知要做扮装侦查后肯定会答应，想到这儿我又释然了。

我的领导暂时由宋大变成了王大——禁毒支队的案件大队长。

想到自己要伪装成毒贩，我有些紧张，又有些兴奋，还有一些担忧，种种复杂的心思不断涌上心头。

"别着急，咱们现在要抓阿贵，还没轮到你出场。"王大看出我有些焦虑，对我安慰道。

针对阿贵的侦查已经进入尾声，现在阿贵人在南方，禁毒支队已经派人过去对他进行二十四小时盯梢，王大决定在阿贵回来时对他进行抓捕。

王大派了三组人前往南方，他们会一路跟着阿贵返回罗湖市。阿贵这个人也很狡猾，尤其是当他拿到毒品之后，整个人会变得草木皆兵。为了防止将他惊动，三组人必须不停地进行调换跟踪。

王大拿出一张人口信息单给我，照片儿上的男人圆脸短发小眼睛，看着挺精干的模样，他就是阿贵，今年四十岁，令我惊奇的是这样一个毒贩子竟然没有吸毒前科。王大又给我看了一段录像，是秘密拍摄的，地点在机场的候机大厅，一个干瘦的男子跷着二郎腿坐在椅子上，手里拿着一叠钱，身子靠着椅背在清点。

这是阿贵在上飞机前的影像，是我们负责盯梢的侦查员秘密拍摄的。他手里的钱是在临上飞机前，在机场与一名从外市赶来的毒贩完成一笔交易赚来的。

在我熟悉了阿贵的照片儿和体态，确定发现他后不会认错时，王大接了一个电话，我在旁边听着只有一句，目标已上路。阿贵在南方完成交易取到毒品，现在人已经登上了前往湖南的长途客车。

长途客车是毒贩子带货时的首选交通工具，这种车随时可以停靠，而且不用实名制购票，方便毒贩子随时改变计划。但我们早已做好准备，这次有两个人跟着阿贵上了车，其他人则提前赶赴湖南，等待阿贵换车。

这三天三夜王大几乎没合眼，手机不离手，随时等着前方的消息，时不时地看一眼手机有没有新消息，我能感觉得到他恨不得自己能亲自去盯着阿贵。

我不知道负责盯梢的这六个人在这三天里历经了多少艰辛，也不知道他们遇到过多少变故，但是我能体会到，盯着一名带毒品的毒贩子，就像自己身边背着一个随时会爆炸的炸药包一样。毒贩子从他们眼皮底下溜走消失，就相当于炸药包爆炸了。

不过最终一切顺利。第四天中午我们得知车子已经开进了罗湖市，我早早地赶到长途汽车客运站，和禁毒支队的其他人一起，在客运站里布下天罗地网，等待着阿贵的出现。

在我的认知里毒贩子是既凶狠又狡猾的，尤其是像阿贵这种背了大量毒品回来的人，面对抓捕一定会拼死反抗。这次我穿戴了防刺手套，腰间别了一把警棍和一个喷雾器，准备在阿贵出现后直接用辣椒水给他洗把脸。

本来跃跃欲试的抓捕结果却令我有些失望。我们在长途汽车客运站等了又等也没等到车，而手机里更是消息全无。正在我疑惑的时候，王大来电话告诉我们阿贵已经被抓了。

原来阿贵在车子下高速之后就要求在路边下车，幸好王大他们开了两辆车一直从高速跟着，加上车上盯梢的两个人，众人在阿贵将自己装着毒品的行李拿出来之后，一拥而上将他抓住。

从黑色的行李袋中一共搜出五公斤的毒品。

不过在客运站的人还是参与了一部分行动，我们将阿贵的马仔抓住了。这个人开着车来客运站接阿贵，抓住他后我才知道，连他都不知道阿贵到底在哪儿下车。如果我们不是一路跟着阿贵而是在这里守株待兔的话，根本摸不着他的踪迹。

按照王大的计划，抓捕阿贵只是第一步，接下来我们需要在阿贵的配合下将幕后贩卖毒品的上线揪出来。但是阿贵并不配合我们的工作，五公斤的毒品对他来说，可以确定自己的生命即将走到尽头，对于我们的询问他百般抵赖，对我们提出的要求更是置之不理。

突破口出现在阿贵的马仔王智身上。身为一个贩毒案件的从犯，王智知道自己还有希望，同意配合我们将阿贵购买毒品的上线信息摸出来。

在看守所里，在我们的监视下，王智开始试着与阿贵的上线进行联系。根据王智自己交代，他也曾见过这名上线，上线叫标哥，不知道名字，三十多岁的人。

我们让王智用阿贵的手机给标哥发信息，大概的意思是自己今后不打算亲自带货了，以后让马仔去南方找标哥拿毒品。信息发过去了，但是却如同石沉大海一般，标哥那边没有任何动静。我们又让王智把电话拨过去，王智和阿贵都是本市人，说话口音相差无几，但标哥没接电话。

"怎么办？"我问王大，我们出招了，但是对方不接招，反而让我们陷入进退两难的境地。

"等。"王大只说了一个字。

不过他这个字也仿佛让我吃了定心丸。王大在禁毒支队干了二十多年，是禁毒战线的专家，从他淡定的语气中我能体会到他胸有成竹般的自信。

我们就在看守所的这间小屋子里，和王智面对面地坐着，从下午开始一直坐到了日落月明。屋子里烟雾缭绕，王大抽了几乎两包烟。我们一开始还聊天说话，等到后来全都变成瘫在椅子上，无话可说了。

晚上九点多，阿贵的电话响了，是标哥拨回来的。

"接！自己随机应变！"王大顿时来了精神，对王智说道。王智酝酿了下感情，拿起手机接了起来。

"哎呀，不好意思，下午手机不在身边呀。"电话另一侧传来标哥的声音。

"你好标哥，我是小智，咱们见过面。贵哥打算把这个活交给我，以后让我去找您。"

"怎么了？他怎么不做了？"

"不是不做，买卖照常，只不过换作我来过活。"

"为什么换你了？"

"这不是让我多赚点钱嘛，再说长途大客一坐就是三四天，贵哥岁数大了，遭不起这个罪。"

"你打算什么时候做？"

"嘿嘿，当然是越早越好了。"

"阿贵不是刚带肉回去了吗？"

"贵哥把这活交给我了，我这不是也想多赚点钱嘛。"

"那你等我消息吧。"标哥说完挂断了电话。

肉就是毒品的意思，这行当里的人在谈论毒品时都用隐晦的词语，出肉就是卖毒品的意思，同理，出肉技术则是出售制毒技术的意思。

"现在这部电话交给你了。"走出看守所，王大将王智手里的电话接过来，递到我手上。

"现在？由我来接电话？"我觉得禁毒大队都是比我有经验的，接电话这事没必要让我来做。

"对，标哥选这个时间回电话就是为了证实打电话的人是自由身。而从现在开始标哥随时会打来电话，因为你需要扮装卧底，所以最好从现在开始你就把自己当作王智，由你来接电话。"

这下我明白了，为什么王大一直神情自若，他知道标哥肯定会打电话回来。标哥选在晚上是因为看守所不会让关押的罪犯在晚上接电话的，只要晚上电话有人接就说明这个人还没被抓，是安全的，只是标哥没想到我们一直在看守所陪着王智，等着他拨回来的电话。

第二天中午，标哥打电话过来，第一次接电话我还有些紧张，不过标哥没在电话里和我闲聊，也没对我的声音有异议，而是开门见山地说让我重新买一张电话卡给他发一条短信。

我立刻按要求做了，短信刚发过去标哥就把电话拨过来，告诉我以后用这个电话联系，但必须是他主动和我联系，我不能给他打电话，至于什么时候去拿货，一切等他的通知。

王大告诉我别着急，标哥是指着贩毒赚钱，去买的人越多他越高兴，对他来说唯一需要注意的就是安全。在确定我没问题之后，标哥立刻就会安排交易。

王大把阿贵的手机带回看守所。经过和看守所沟通，王智可以在监室里代替阿贵接电话，毕竟他俩比较熟悉，一旦标哥问什么事情不至于说漏嘴。

标哥第二次来电话是在三天后，在电话里问我想拿多少货。

这时我已经把自己想象成了毒贩子，本着以赚钱为目的，多拿多赚钱的原则，我开口就说要五条。标哥不同意，说凑太多的货不安全，最后缩减到两条。

一条货是行话，一条代表着一千克。

又过了两天，标哥告诉我已经把货联系好，让我下周去南方。

一切很顺利，我甚至有些得意，觉得这伙毒贩子不过如此，几个电话就能让他们相信。王大却告诉我别大意，在交易之前毒贩子说的一切都不要当真，只有走到了交易这一步，才算是彻底打消了他们的戒心。

局里对这次行动很重视，王大亲自带队，飞机上坐着十多个同事，而我却只能装作不认识，这种感觉挺奇妙。特别是有些人时不时地看我一眼，带着些许微笑，让我心里感觉毛毛的。

作为一名临时毒贩子，我带了四十万元现金前往广东。直接带现金过去的原因也很简单，正常的毒贩子不会异地取款，而且如果落地就与标哥见面的话我根本没时间取钱，我得提前做好准备。

飞机落地，我第一次来到白云机场，来到广州。

刚走出机场我就给标哥打电话，但是没人接，再打过去竟然关机了。我来之前和标哥通过电话，他知道我坐今天的飞机，为了以防万一我们还用王智的身份证多买了一张机票，但联系不上是什么原因？

来之前王大嘱咐过我，禁毒工作和重案不一样，万事不能着急，一定要沉住气，实在不行就等。于是我没出机场，找了一个地方坐下来，双手抱着装着四十万现金的背包，每隔十分钟便拨一遍标哥的电话。

直到过了一个多小时，在我拨了七八遍电话之后，那边终于接通了。

"谁呀？"那边问。

"是我，王智，来找标哥拿东西。"我听出来电话另一头的声音不是标哥，这几次和标哥通话我记得他的声音尖锐细长，而这个声音低沉嘶哑。

"拿什么东西？"那边继续问。

"之前定好了的东西。"

"你在哪里？"

"我刚下飞机，已经到广州了。"

"你打车来番禺区的罗家市场门前，到了之后再打电话来。"

果然情况有变，幸亏王大给我打过预防针，越是临近交易毒贩子越会警觉，想到这儿我不禁打起了精神，鼓足了十二分力气。回头望了眼机场，我知道这里有十多名同事在各处盯着我，但现在我只能孤身一人行动了。

我上了出租车。番禺是广州的一个区，我原以为即使再远从机场出发一个小时也能到，结果出租车开了两个半小时，这时我才知道，从白云机场出发的话去佛山市还比去番禺区更近一些。

我来到罗家市场，这是一个三层的百货大楼，外面都是店铺，里面则是卖各种各样东西的批发市场。我到了之后立刻又给标哥打电话，这次接电话的人我一下子听出来了，是他本人。

标哥让我去罗家市场正门对着的道口旁，一家顺发超市，让我在超市门口等着。我去了一看，所谓的超市只是一个小卖铺，墙壁上贴着白色的瓷砖，看着是九十年代的老房子。

我给标哥打电话，结果那边又不接。我把背包挂在身前，站在超市门口。这时是下午五点多，门前马路上人车穿梭不停。我向四周张望了一下，不知道我的同事赶没赶到，也不知道标哥是不是就在附近。

过了二十多分钟，标哥给我打电话来，我接了起来，电话另一头却没人说话。

"上车！"路口停着的一辆白色丰田轿车上的司机拿着手机对着我喊道。

我看到手机的通话被挂掉了，知道是他在用标哥的电话打给我，来确认哪一个人是我，于是走到路边上了车。

"咱们去宾馆谈。"司机说。这次我听出了他的声音，就是第一次接电话的人。

司机扔下一句话后就像哑巴似的再也没出声，我知道这伙人小心谨慎，怕自己言多必失，便也不说话。

车子没开多久便到了地方。我看到宾馆的招牌掉了一个字，也不知道是什么名字。司机带着我直接上了楼，掏出门卡刷开一个房间，让我在这里等着，他说标哥一会儿就来。

司机刚走十分钟，门被刷开了，进来一个人，一米七多点，寸头，面色红润，整个人看上去很精神，唯一的缺点是走路的时候脚有点拖着地。这个人就是标哥，之前我们从王智嘴里得知他的腿有点毛病。

"阿贵挺好的？"标哥进屋坐到床上问。

"还行，货不错，出得挺快。"我按照之前排练过的话回答。我们把可能出现的问话都想了个遍，准备好了各种应对的方式。

"你以前带过货吗？"

"都是短途，这么远还是第一次。"

"钱带了？"

"在这呢。"我说着看了眼放在身后的黑色背包。

"现在的情况是这样的，只能凑出两条货，你还得先给一条货的定金，货到之后再付另一半。"

"行，没问题。"

我回答得很爽快，转身打开背包，里面四十万元一共是五捆，每捆是八万元。之前说好价格，一克冰毒是八十元，一条货就是八万元钱。我直接从里面拿出一捆递了过去，一眼看去一捆中是八叠，都是用银行纸条包好的。

"你在这儿等我。"

"大概得多久？"

"快的话一两天，慢点的话三四天，你也别着急，在附近转一转溜达溜达，货凑齐了我一起给你。"标哥说完转身往外走，走到门口突然停了下来。

"给你先拿点东西玩？"标哥转过身来问我，他说的玩就是吸毒。

"我不玩这个。"我回答。

"你不玩？"标哥皱起眉头问。

"对。"我回答得很干脆。贩毒的人不吸毒并不稀奇,我们在抓住阿贵的时候就发现他自己不吸毒,而王智也不吸毒,所以在来的时候我们就确定,我扮演的是一个不吸毒的马仔,这样也避免了不必要的麻烦。

"那这可麻烦了,我也不吸毒,咱们要是被人骗了怎么办?这个货我可不能帮你凑了,我自己都不敢保证货的真假。"标哥说着转回来,把已经放进衣服里的那叠钱拿出来,推到床上。

我的心"扑通扑通"开始跳,心想坏了,没想到他来这一手。标哥这话说得没有破绽,他自称不吸毒所以也没法试货,拿回来的货是真是假我俩谁也不知道,看似是站在我的角度怕我买到假货被骗,其实他是对我产生了怀疑。

无论我是谁,只要不吸毒那么肯定比不上一个吸毒的人更值得他信任。

"阿贵也不玩这东西,怎么偏得轮到我被骗?"我打个哈哈挤出一丝笑容问。

"阿贵?我们俩是多长时间的交情了?你在这里算什么?"标哥说话的口气也变了。

"那这样,反正你凑货还得一两天,阿贵也不玩,来了也没用,我让阿贵把他弟弟派来。"这时候我知道必要要退让一步,现在对标哥来说,看不到会吸毒的人他就一定不会相信我。

"阿贵的弟弟?"

"对,他有个弟弟,我等会儿给他打个电话,让他弟弟来一趟不就行了吗?"

"那这钱怎么办?"

"你拿走吧,但是货得尽量快点,我自己在这儿待个三五天没问题,还得让人家专程过来一趟,人家可不能陪我在这儿等货。"

"那行。"标哥说着把这钱又揣了回去。

几乎是标哥刚离开房间门,我立刻给阿贵的手机打电话,我同事一直有人守在手机旁,立刻将电话接了起来。我来到门口观察了下,确定外面没人,才小声地告诉同事刚才发生的事情。

晚上七点钟的时候我接到王大的电话,他告诉我标哥给阿贵打电话了,王智配合得很好,他说让自己的弟弟过去,标哥没听出来破绽。在电话里标哥还问了下我的情况,王智都按照之前排练的内容给他做了答复。

我问王大去哪里找这个弟弟,王大说他想办法,到时候让这个人直接联系我。

住在宾馆的第二天晚上，阿贵的弟弟来了。我第一次见这个人，个子不高，短头发，浓眉大眼，左侧面颊上鼓着一个包，他自称大哈。我给标哥打电话，不过没人接，我给他发了条短信，告诉他阿贵的弟弟到了，尽快安排验货。

第三天，标哥来了，进屋后掏出一小包冰毒，然后拿出吸管和矿泉水瓶。准备好之后，大哈深深地吸了一口，然后像品茶回甘一样缓了一会儿，对着标哥来了一句：

"货不错，能不能帮我也弄点？"

"不行呀，这次能帮着小智搞到两条都很难，你这边没法搞了，要不然你俩分一分吧。"标哥露出为难的表情说。

"怎么这么多事呢？我哥行我就不行？这么远我白跑一趟过来？"大哈问。

"你白不白跑和小智自己商量，我不管你们的事，但是货这东西凑不了那么多。"

"等两天呢？"

"没有的啦。不行啦。"标哥说着离开房间。

在我亲眼看到大哈吸毒之后，整晚我和大哈没有任何交流，而且我看到他把标哥拿来剩下的那包毒品揣进兜里。他肯定知道我的身份，我知道他也有所顾忌，在接下来的两天里我再没看到他吸毒，他也没和我说话，我俩保持着一种尴尬的气氛。

第五天下午，标哥打来电话，开口就问道：

"之前你要五条是不是？"

"对。"

"钱带了吗？"

"有。"

"行，那咱们就走五条，这些也是我好不容易凑齐的，至于你和阿贵的弟弟怎么分我不管，等会儿你自己一个人带着钱下楼，我安排车去接你。"说完便挂断电话。

我到了楼下，还是那天的白色丰田轿车，上了车司机也是之前那个人。他开着车拉着我往东边去，直接上了高速，开了一个多小时，我看到车子从惠州的高速公路口拐了下去。

下了高速车子继续往东，一路上几乎没有楼房，放眼望去全是平房。车子又在小路上开了半个多小时，外面到处都是池塘。最后车子开进路口的一个胡同，停在一个平房门口，门口地上有一个灯箱，上面写着"棋牌室"三个字。

"进屋等着。"司机用命令似的口吻让我下车。

我拿着背包下了车，进入屋内。这是一个两居室的平房，进屋的厅和里面的屋子各有一桌人在打麻将，旁边还有三五个人或站着或坐着在看，"哗啦哗啦"的洗牌声响遍整个屋子，还有个屋是空着的，摆着一个桌子和几把椅子。

"你是标哥的朋友？"看到我进来，一个人从座位上站起来问我。

"对。"

"把东西给我就行。"这个人说着伸出手。

我把拎着的黑色背包递给这个男人。

"手机也得给我。"男人说。

我把手机掏出来递给他。他打开后看了眼，确定手机里有和标哥的通话记录，然后把我的手机揣进自己的兜里，接着他指了指里屋的那间空屋子，示意我过去坐着。

我走过去坐在椅子上。虽然这是一个品字形房子的另一侧，但是与另外两间完全不一样，这个屋子没有窗户，四周全是墙壁，只有一个门，还没有门板，从外面的屋子直接能看到里面。

我一个人坐在屋子里，也能看到外面屋子的人在打麻将，我总感觉有人在盯着我看。我仔细看了下两个屋子的人，一共有八个人在打麻将，另外有六个人在看，这群人年龄不一，有大有小，时而互相说几句话，虽然交流不多，但是我知道他们肯定相互都认识。

拿到钱的男子出去了，接着我听到门外车子发动的声音，他应该是上了载着我来时的车子。

我现在好像被当作人质一样扣在这里。

现在他们去拿毒品，这是交易一环中最重要的过程，对他们来说是最危险的一环。只有把毒品交到我的手上他们才能安全，而我现在成了他们最不确定的因素。

之前我和王大已经制订好计划，我只是负责做一个诱饵，来把大鱼钓出来。在此之前王大与当地警方一起做了许多工作，已经把标哥和开车司机的身份查清楚了，连他们住的地方都知道，唯独没查出来毒品的来源。

最后大家决定，在标哥取毒品的时候进行跟踪，摸出毒品来源，发现机会就进行抓捕。

虽然我一个人坐在屋子里，看着屋外一群不怀好意的人的目光，但是我心里倒没什么害怕的，因为在这周围我有更多的同伴，他们只是在等着指令。只要确定标哥取货的位置，行动一开始就会有人来接应我，不，或者说解救我更准确些。

我在屋子里静静地坐着，大约过了两小时，屋子里外依旧是"哗啦哗啦"的洗牌声和说话声，他们说的都是方言，我基本听不懂。我不知道外面的情况怎么样了，一开始为了预备他们对我进行搜身，我只带了一个手机，没想到对方只是让我简单地把手机交出来，早知道再带一个手机来就好了，我心里想。

虽然我看着像是被关在一个屋子里，但是行动并不受限，我甚至可以直接冲出去。打麻将的人群中有人时不时地看我一眼，如果我拿着一部手机隐蔽点发信息的话没人能发现，看来我把他们想得复杂化了。

不知道又过了多久，我隐隐地感觉有些困倦，一直坐在这里屁股都开始疼了。突然门口响起"咚咚咚"的敲门声。

"谁呀？"一个围看打麻将的人站起来往外面一边走一边问。

"伍仔，开门啦，是吾。"

这个人刚把锁拧开，还没来得及把门往后面拉，门一下子被人踢开，开门的人被撞得往后摔倒在地上。接着从门外冲进来一群特警，手里端着微冲。

"不许动，警察！"

"蹲下！把手都举起来！"

两桌子打麻将的人都愣住了。一群端着枪身穿黑色夹克，手臂上挂着特警臂章的人冲进来，这股气势让在座的每一个人吓得话都说不出。有的愣在原地还没来得及举起手，就被冲进来的特警揪着胳膊一下子甩到地上，一瞬间我看到的人全变成了特警，这群打麻将的人从我眼里消失了，一个个或蹲或趴在地上。

"把手都背后面！"

特警拿出约束带，就是那种比较结实的塑料绳带，能把人两个手臂捆在一起，正常人肯定挣脱不开。约束带后面有个扣，只要把扣扭开带子就打开了，与手铐相比约束带比较方便，但是安全性肯定没有手铐高。

一屋子十几个人的胳膊全背到身后打上约束带，见到此景我知道行动结束了，便站起身往外走。本来我想找人打个招呼询问下进展情况，但是这些特警我一个都不认识，他们也没人朝我打招呼，就像我不存在一样。

"一个个往外走。"特警对着蹲在地上的人说。

我走在最前面，我看到蹲在地上的人用一种异样的目光看着我，因为我和他们都在屋子里，现在除了我全被戴上了约束带。我知道这里面肯定有标哥的同伙，既然我这边动手了说明那边追踪标哥的行动组也差不多搞定了，我也没必要在这儿扮猪吃老虎了。

我第一个走出屋门，看到句哥在门口。

"怎么样？当毒贩子的感觉如何？"句哥冲着我笑着问。

"还行吧，第一次没什么经验，那边怎么样了？"

"一锅端，这小子果然是去制毒点拿货，但可惜是个小作坊，没有太大的产量。"句哥有些遗憾地回答。

我走过去站在句哥身边，转过身看着从屋子里鱼贯而出的人。他们看到我与警察站在一起时一个个露出了异样的表情，没人会想到标哥介绍来的朋友会是一名警察，估计他们还在琢磨自己是不是被标哥出卖了，而我则享受着剧情突然反转的快感。

和我们预料的一样，标哥直接去加工点拿货，加工点设置在不远处的一个村子里，周围砖墙林立，加工点还专门安排人在路口放风。不过当地警方对这种小型加工点打击经验十分丰富，完美地绕过了放风的哨口，在确定标哥进入加工点之后立刻出击。

这个加工点不大，生产力也不强，这五公斤的货是他们干了三天三夜好不容易才制作出来的。标哥刚进去还没摸到货就被尾随冲进来的警察给抓住了，包括加工点里三名制毒的工人。

番外篇：
第二案

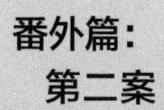

连环命案

"人哪儿去了？！"黄哥冲着这个人喊问道。

"扔了。"

这两个字如同晴天惊雷一般。这人刚说完，本来是压着他肩膀的狐狸一把将他推倒按在墙角。狐狸现在知道眼前这个人可不是一般的罪犯，"扔了"两个字一说出口就可以确定这是个杀人犯，而且从现在掌握的情况来看，他可能杀了不止一个人。

无辜被害的老人

我在刑侦大队工作的第三年，侦破了一起绑架杀人案件。这个案子的被害人是一个高中生，从家属报案到追查发现是被绑架了，最后再到发现尸体整整三天三夜。尸体是在一处河滩上发现的，惨不忍睹。这个案子当时在社会上影响很大，侦破之后局里要给我们参与侦办的人员颁发立功奖励。

黄哥作为案件主办人肯定是要立功的，但是黄哥说他有功在身，这次的奖励就不需要了，把立功的机会让给了还算年轻的我。我当然拒绝了，立功奖励是对一个人工作的肯定，怎么能让出去呢？

黄哥告诉我他已经有一个二等功了，所以其他的就不需要了。听到后我吃了一惊，二等功可不是那么容易立的，一等功非死即残，在正常情况下立二等功基本就是最高的荣誉了。全市一年指标有限，能立二等功肯定是侦破了特别重大的案件，想到这儿我不禁有些好奇，便向黄哥询问立功的缘由，黄哥慢慢讲给我听：

案子发生在千禧年。那时传呼机正在逐渐被淘汰，手机刚刚开始普及，但还有一部分家庭没有电话，人行道边随处可见公用电话亭，使用座机还是一种最普遍的联系方式。

当时刑侦大队没有重案队，下属配设责任区中队，也就是重案队的前身。责任区中队这个名字也是顾名思义，照全区划分成片，每一个责任区中队负责管理这一片的各种刑事案件。

那时候恶性案件也多，命案更是每月都有，责任区中队平时就在派出所里，大家都忙得不可开交。得空的时候也是忙里偷闲，加上要和所里一起值班，每个人的生活工作都很充实。

那时的黄哥就如同现在的我，只不过那时候的条件和现在没法比。

这天黄哥在值班，来了一个中年人报案，称自己的母亲已经有一个星期没接电话了，今天去家里敲门也没人开，想让警察陪着一起去把门打开看一看。

"你没有你妈家的钥匙？"黄哥问道。

中年人说有，但是钥匙插进去锁却打不开，他没办法只好来找警察帮忙了。

有钥匙怎么会打不开锁？这事听着就不对劲。黄哥看了看这个人，这个人眉清目秀，身材高瘦，看着倒不像是坏人，但他还是留了一个心眼儿，拿起手铐别在裤子后面，招呼一个同事一起过去。

到了家门口黄哥就觉得不对劲。那时候楼房里常有人腌酸菜，这家门口恰好有一口酸菜缸。正常来说腌酸菜要在菜上面压一块大石头，上面再盖一个盖子，但是黄哥上楼就发现这口菜缸不但没盖子，连压在菜上面的石头都没有了，一眼就能看到缸里满满的酸菜。

腌酸菜的石头一般又大又沉，用的都是青石块，这酸菜在缸里好好的，怎么石头能不见了呢？

"把钥匙给我。"

黄哥接过钥匙，轻轻地捅进锁眼儿，刚进去一半就感觉到钥匙像是被卡住了，又或者有什么东西将锁眼儿堵住了。黄哥蹲下来仔细看了看锁头，这是一个老式防盗门，说白了就是一个包铁木头门，锁也是普通锁，但黄哥在锁眼儿周围发现了几个凹进去的痕迹，锁扣的一侧微微翘起来，和铁皮中间露出一个缝。

黄哥一眼就看出来锁被砸过！

既然锁已经被砸了，那么可以直接破门而入了。黄哥看报警人没有什么异议，回到警车里拿出一个镐头两下子就把锁从门上砸了下来。

一推开门，一股腐烂的气味就扑面而来，其实在走廊里黄哥就感觉味道不对，他还以为是酸菜腌臭了呢。

屋子是两室一厅，一个老太太躺在门前中厅，门被打开后从尸身上飞起好几只苍蝇。目所能及的地方的箱子柜子都被打开，整个屋子都被翻过，各种物件散落一地。

"妈！"中年男人对着进门的客厅大喊一声，挤进去就要往里冲。黄哥手快一把将他拉住，用身子将他挤靠在门口。

"你先别动！别进去，别把现场破坏了！"黄哥说。

"这是我妈！是我妈啊！"男子先是大叫，紧接着便开始大哭起来，但他没再继续往里面挤。

发命案了！黄哥打电话通知大队，不一会儿技术中队的人就赶来，开始对现场进行勘验。

黄哥就在外面的车上等着，不时地向报案男子询问一些死者的状况。这名死者是快七十岁的老人，一直独居，儿子每周来看望一次，平时两天打一个电话。死者家里有一部座机，黄哥进门的时候就看到了，上面还盖着一块布，板板正正的。

过了一个多小时，现场勘验结束了，接下来要进行现场检查，黄哥跟着技术中队的人一起又返回了这间屋子。

现场勘验是技术中队的专项工作，主要是采集现场的指纹、脚印之类的证据。现场检查则是侦查员的主责，当时侦查手段不丰富，主要是靠现场的蛛丝马迹，所以每名侦查员都是现场检查的好手，比如黄哥。

可是黄哥将现场仔细检查了一遍之后，发现一个问题，老太太并不是独居！

房子是两室一厅，老太太在靠近南边的卧室居住。死者的儿子说北边的屋子是不住人的，但是黄哥在北屋的柜子里发现了年轻女人的衣服，抽屉里还有化妆品，这些衣服肯定不是老太太穿的。而且北屋的屋门上有一个被撬开的锁头，死者的儿子说这屋子不可能上锁，老太太自己一个人在家没事锁屋子干吗？

"你妈和谁一起住？"黄哥问道。

死者的儿子摇了摇头，他说从没听说过母亲和别人住，一般他每周来看母亲就是在客厅里坐一会儿就走了，也没去北屋看过。

屋子里所有的抽屉都被翻开了，连床铺都有被掀的痕迹。老人屋子的柜子里有一个布包被打开，衣服散落的到处都是，地上还有各种证件。被害人的儿子说他母亲习惯把钱和衣服都卷在布包里，现在钱都被抢走了，看来这应该是一起入室抢劫案。

入室抢劫这类犯罪都需要提前踩点，或是对被害人有一定的了解。黄哥之前和死者儿子聊天得知，老太太没什么熟络的人，关系最近、最了解她的就是儿子，但他却不知道母亲家里住了另外一个人。

这个人是谁？为什么住在这里？和死者是什么关系？从尸体的状况来看老太太已经死了很久，如果这个人和老太太住在一起，那么她为什么不报警？

住在这儿的人成了最可疑的人！

怎么找到这个人呢？黄哥把死者家里的物件仔细查看了一遍，没找到任何有关的线索，除了几件女式衣服和化妆品，显然这个人离开的时候把东西都带走了。

正在黄哥一筹莫展的时候，他突然想起了老太太家里的电话。这里有一部座机，是儿子平时和老太太联系时用的，那么住在这里的人会不会用过这个电话呢？

2000年的时候还是传呼机流行的时候，邻居之间还有借电话拨打的情况呢，更何况一个家里有电话的，住在这里的人难道能没有拨打记录？

黄哥决定去电话局。

电话局对每一台登记的座机通话都有记录，黄哥把死者家里的电话通信记录打印出来，这一看不要紧，洋洋洒洒好几百条。

那时候人们的通信方式很简单，电话的作用仅仅是约人或者通知，一个孤寡老人家里的座机怎么会有几百条通话记录？黄哥拿到话单的那一刻先是仔细对照了下号码，他甚至怀疑是不是自己弄错了。

号码没错，时间也没错，这部座机在一个月内有好几百条通话记录，平均一天十个电话。

这时技术中队传来消息，从电话机上提取到两个不同的指纹，已经确认其中一个是死者的，但不知道另一个是谁的，不过十有八九就是住在这里的另外那个人的。

可惜当时全国指纹库里只有涉嫌犯罪人员的指纹，而且技术不发达，比对时间很长，只靠这枚指纹没法得到更多的线索。

黄哥决定从拨打的电话里入手，看看对方能不能提供一些有用的信息。于是黄哥照着上面的电话开始一个个地拨回去，结果打了二十多个号码，全是无人接听，最后终于打通了一个，可是接电话的人说是一家工程单位，这是一部单位的电话。

这些电话究竟是谁打的？拨去的这些电话要干什么？黄哥有点糊涂了。他在电话局查了下死者的电话费，一个月二百多块钱。那个时候黄哥一个月的工资才六百多，一个月一百元的电话费已是高消费了。

电话局提供的话单很简单，没有通话具体时间，也没有通话时长，连主被叫都没有，只是将一个月的电话记录密密麻麻地打印出来，上面除了一堆电话号码外就是一堆没用的参数。

黄哥坚持不懈地按照上面的通话记录将号码一个个拨过去，终于陆续有人接电话了。经过确认这几个都是个人家里的电话，但是在黄哥亮出身份询问拨打电话的事情的时候，对方全都回答不知道。

当时来电显示还不算普及，接电话都靠声音和介绍来辨别对方是谁，只是让人家通过拨打电话的时间来回忆是谁来电话确实有难度，但总不至于不知道吧？黄哥觉得事情有点奇怪。

怪就怪在，打通电话的所有人都是异口同声回答不知道。

黄哥拨过去的号码按照时间从近到远，都是半个月内发生的事情，为什么他们会不知道呢？大多数人家一天也接不到几个电话，总不会忘记才发生了半个月的事情吧？

终于有一个电话打通了，接电话的是一个女人。

"你好，我是公安局的，我们发现你们家里的座机电话这段时间经常和一个女人有联系，我想问问是怎么回事？"

"和女的打电话，用我们家的座机电话？"电话另一头的人疑惑地问。

"对，应该是相互拨打的，就在这一个月。"

"你确定是一个女的？"

"应该是，你知道是谁打的电话吗？"

"这个老不死的混蛋！"电话那头的女人大吼一声挂断了电话。

黄哥愣了下，然后顿时反应过来，电话那头女的口中所说的混蛋也许就是这家的男人，而这个女人发现自己的男人和别人经常打电话，一怒之下挂断了电话。

黄哥急忙再打过去，结果对面没人接了。现在知道和女人打电话的是一个男的，两个人经常通话，说明相互肯定认识，只要找到这个男的就能找到住在死者家的女人。

黄哥急忙又跑到电话局，通过这个号码查到了登记人信息，显示这个人是一家国企的车间主任。黄哥看了下时间，下午两点，这个人应该还在单位，立刻带着人赶了过去。

黄哥赶到钢厂的时候，发现这里正乱作一团。一打听是车间主任的老婆来了，两个人在单位大打出手，现在都被带到厂长屋子里去了。

在厂长办公室里黄哥看到脸上被挠了好几道血印子的男人和刚才与自己通电话的女人。

"你们是警察对不对？刚才就是你给我打的电话对不对？这个老不死的是给一个女人打电话对不对？"黄哥刚亮出身份，这个女的立刻开始扯着嗓子喊叫道。

"你先冷静点，你们家里的事我不管，我们现在有案子要查！"黄哥说。连同厂长在内的几个人连拉带扯将这个女人带到另外一个屋子。

这个男人垂头丧气地坐在沙发上，衣服也被扯开了，一副丢盔弃甲的模样。黄哥一开始曾怀疑这个人会不会是凶手，现在看着他这副窝囊样知道应该不可能。

黄哥开始问这个男人关于电话的事。在得知警察追查的案子后，男人战战兢兢地讲述了自己和这个女人的一段电话情缘。

男人压根儿不知道电话那头的女的是谁，他是在家接到的电话，他说这个女的声音很甜，在电话里和他聊天，惹得他心花怒放。接下来他一有空闲的时间就给这个女人打电话，两个人一共通了七八次电话，除了第一次之外其他都是男的打给女人的。

黄哥问他们都聊什么，想从中了解点这个女人的信息。男人说什么都聊，更多的是相互问候，说点暧昧的那种话。女人在电话里说自己最近养病，还说等病好了约他一起去唱歌玩。

"这个人怎么知道你家里的电话的？"黄哥问。电话是一个很私密的东西，这个女人不可能随机拨一个号码正好打到男人的家里。

"我有名片，平时遇到人就发，也许她从别人名片里看到我的电话吧。"

"你发名片的人也应该都是熟悉的人，给你打电话你怎么会不认识？"黄哥问。

"有时候……我去歌厅的时候……喝醉了也发过名片……"男人悄悄地说。

歌厅？难道打电话的女人是在歌厅接到的名片，事后不停地撩扯这个男的？想到女人说她正在养病，还说病好了约这个男的一起唱歌，种种迹象表明这个女的很可能与歌厅有关。

想到这儿黄哥又打了一个激灵，自己在密密麻麻的话单中曾经打过一个号码，对方接电话说是一个歌厅，黄哥不以为意就挂断了。现在想想，这个歌厅会不会是这个女人工作的地方？

现在眼前这个男人应该没有嫌疑了，离开厂子走到大门口的时候，黄哥还能清楚地听到女人歇斯底里的声音从厂子里传出来。这个男人为案子提供了重要线索，但也要为自己的行为负责。

回到大队，黄哥将得到的信息反馈给大家，大家坐在一起研究。

歌厅、年轻的女人、被杀的老太太、消失的住客，几个因素立刻让人不由得结合起来，一个犯罪的要素在这群侦查员脑海中浮现出来。但凡凶杀案件和歌厅有一丁点的联系，总会牵扯到在歌厅上班的人员，也是那段时间刚流行起来的产业——陪酒女，又被称为小姐。

"咱们现在就去查这个歌厅，这里的住客肯定和它有关系。"宋队说。

现在只是靠电话的通话记录猜测，一个歌厅人员流动大，尤其是小姐流动更大，经常换不同的地方上班，现在什么线索都没有，即使歌厅配合找也没有头绪呀？

"我有办法了！"黄哥突然想起来，在死者家柜子里还有几件衣服，也许能靠这几件衣服找到这个人。

红梦歌厅，一个很俗的名字，但在当时很流行。黄哥带着人来到门前，只见歌厅挂着红色的灯箱，红色的招牌，透过大门能看到里面的灯也是粉红色的。

黄哥带着人走到歌厅门口，立刻有人帮着把门打开，一进门就看到吧台后面挂着巨大的裸女图片。里面一侧的沙发上坐着十几个穿着暴露的女子，看到有人进来都站了起来，扭着身子朝黄哥他们打招呼。

"警察，把店里的人都叫出来！"黄哥进门后直接亮证。

本来一脸媚笑的女子顿时个个花容失色，坐到沙发上不敢动弹。

"大哥，来，请坐请坐，抽支烟……"门厅里一个经理手忙脚乱地掏出一包烟递过来，一边使劲朝开门的服务员使眼色。服务员一路小跑进了店里。

"你把所有的服务员都喊出来，包括在这里的小姐，我有事情要问。"黄哥说。

"大哥，有什么事直接和我说就行了。"这个人一边往前递烟一边用身子挡着路。

"我们来查一个人，这个人和你们店有关系，你今天要是让这个人跑了，我告诉你，明天你这个店就得关门整改！"狐狸看到这个人想要花招，在一旁喊道。

"查什么人？和我们有什么关系？叫什么名字？我帮你喊出来，行不行？"经理说话的时候眼珠子滴溜溜转，不知道在琢磨什么。

"你把所有的女孩都喊出来，我这儿有几件衣服，你让她们辨认下看看，知不知道是谁的。"黄哥说着把衣服全拿了出来。

歌厅里的女孩都被喊了出来，一个个一边整理衣服一边往外走，在大厅里站成一排。狐狸走进里面看了看，回来告诉黄哥说只剩下男客人在包房里。

女孩们都很害怕，黄哥当众安抚了一下，告诉所有人今天只是来查案子，不会对她们进行处罚，让这群人安心配合工作。在得到黄哥的保证后，这群人才认真地开始看地上摆放的几件衣服。

"这衣服好像是燕子的。"其中一个小姐低声说道。

"这个人到底叫什么名字？有没有登记身份证？"黄哥问经理。

"这个……这个……大哥，我们这的小姐……哦，不，服务员，经常换地方上班，谁也没专门给做登记……"经理口不择言地慌忙解释道。

"燕子在哪里？"黄哥问。

"已经一个月没来了。"

"怎么才能找到燕子？"

"我知道，这个燕子是一个叫怡姐的人带着来的，怡姐应该能找到她。"一个女孩说。

"怡姐是谁？怎么能找到这个怡姐？"黄哥问。

"怡姐在金海岸上班。"

事情出乎意料地顺利，燕子是怡姐带来的小姐，只要找到怡姐就能找到燕子，只要找到燕子那么这起案件就能查清楚了。黄哥这时舒了一口气，这几天以来的郁闷一扫而光，众人马不停蹄地冲到金海岸KTV。

金海岸的负责人说怡姐确实是在他们这里上班，但是已经有三个星期没来了。负责人还给怡姐打过电话，怡姐有手机，但一直是关机状态。由于怡姐经常给KTV介绍女孩，所以这段时间没来上班金海岸的负责人也挺着急，在市面到处打听寻找这个人，但到现在为止一无所获。

"该不会是出事了吧？"金海岸的负责人问。

黄哥摇了摇头，不置可否，但是他心里也做了不好的打算。一开始黄哥觉得找到燕子就能查清老太太被害的案件，黄哥甚至怀疑会不会就是燕子参与了杀害老太太这件事。但现在情况有了变化，燕子不见了，和燕子一起的怡姐也不见了，她们又都是从事KTV陪侍这种敏感的行当，一旦失踪只怕是凶多吉少。

不过怡姐有手机，这个给了黄哥很大的帮助。有手机就有联系人，可以根据手机关机的时间来确定怡姐失联的时间，缩小侦查范围。

那时候只有中国移动一家运营商，黄哥拿着介绍信和侦查手续来到总公司。说明了来意，又经过层层批准，终于拿到了权限，可以查看这个手机号码的通话记录。

那时候手机刚刚兴起，有电话号码的人还不多，但这个怡姐的通话记录可不少，每天能有几十条，而且大多数都出现在傍晚。再联系到之前金海岸KTV负责人遮遮掩掩的话，基本可以确定她就是KTV带小姐的妈咪。

那么一开始要找的燕子应该就是她带的小姐。

怡姐最后一个电话是在三个星期前的晚上打的，之后再没有通话记录。根据金海岸KTV负责人说的，已经三个星期没看到怡姐了，时间上很吻合。

那最后这个电话号码又是谁的呢？黄哥拿起自己的手机直接拨过去，结果发现电话刚打通，那边就急忙给挂了。

"这个电话还在用？那咱们直接找这个人问问不就得了？"狐狸在一旁问。

"我哪儿想到这个电话还在用，一下子就打通了。"黄哥说。

这时黄哥的手机响了，是刚才拨过去的号码，现在又打回来了。

"喂。"黄哥将电话接起来。

"刚才是谁打电话？有事吗？"电话另一头是一个男人的声音。

"噢噢，是我打的，我想找王经理，这是王经理的电话吗？"黄哥开始编谎话说。

"找王经理？怎么把电话打到我这里了？你留个名字吧，我让王经理给你回电话，他现在不在。"

黄哥愣住了，没想到歪打正着，对方还真认识一个叫王经理的，可是黄哥根本不认识这个王经理，幸亏他不在，不然一接电话就露馅了。现在不知道对面这个人会不会就是罪犯，如果是的话，露馅的结果就是让人警觉跑掉。

"这样吧，你把王经理的电话告诉我，我给他打，可能他的号码我给记错了，打到你这里来了。"黄哥继续编谎话。

"行，你记一下。"这个人把王经理的电话念了两遍，确定黄哥记下来后便挂断了电话。

"看来他和王经理认识，而且电话号码都能背下来说明挺熟的，现在咱们应该先把王经理找出来，侧面了解下这个人是干什么的。"狐狸在一旁提建议。

"我也是这么想的，但这次该你上了，你给王经理打吧。"黄哥说着把记电话号码的本递过去。

狐狸二话不说拿起电话就拨了过去。狐狸和黄哥不太一样，在这种需要用撒谎来进行侦查的工作方式上，狐狸更加擅长。

"喂，是王经理吗？哎呀，咱们上个月还见过，你可能记不住我了，你现在在哪儿工作呀？有没有空我去找你？咱们说点事情，方不方便见面说？我就是上个月一起吃饭和你见的面，当时你还给我留了一个电话，结果我给记错了，打到你朋友那里去了……"

狐狸这通电话打过去滔滔不绝，在旁边的人听着会感觉他就像是在和熟人打电话一样。黄哥在旁边一边听一边笑，他最佩服狐狸这种一本正经撒谎的本领，狐狸和这个素不相识的王经理聊了三分钟，才挂断电话。

"我都快相信你和他是认识的了。"黄哥说道。

"别废话，这根本不是什么经理，净扯淡，他是在昌隆KTV给人家订房的，还以为我是去过他家的客人呢。咱们现在就去找他，这人就在KTV里。"狐狸说道，原来是一个订房经理，黄哥还以为对方会是一个做生意的人呢。

两个人来到昌隆KTV找到了这个王经理。KTV的订房经理每天接的客人电话不但多而且杂，除了几个熟悉的之外大多记不住，所以被狐狸几句话就糊弄过去了，直到两人亮出警官证时这个王经理还在想是不是帮他俩订过房。

黄哥拿出手机号码一问，才知道之前黄哥打电话的那个人也是一个订房经理，和黄哥一个姓。

很快这名黄经理也被找到了。他对当时怡姐给他打电话的内容记得很清楚，他说怡姐让他帮忙找两个小姐，去门头沟那边的车站，到时候有人去接她们。

姓黄的经理之前和怡姐一起工作过，也通过怡姐接触了不少小姐，他现在虽然名头是订房经理，其实也是给客人介绍小姐的老鸨。他在接到怡姐的电话后就安排了两个人去怡姐说的位置，但是他说这两个人去了之后就再没动静，再给怡姐打电话也是关机。

这两个人一个叫小娜，另一个就是燕子，现在两个人都失联了。

黄哥拿着笔将人员信息图画出来。先是被害的老太太，接着是曾出现在老太太家里的燕子，然后是怡姐，到现在发现还有一个叫小娜的，死亡一人失联三人，情况很严重。

"咱们得找到怡姐，才能知道小娜和燕子到底哪儿去了。"狐狸说。

"怡姐也不见了，咱们现在只能顺着电话单子上的号码一个个找了。"黄哥一边说一边拿起怡姐的电话单看，只看了一眼就停下了："你看，这两个号之间的通话时间差了六个多小时。"

怡姐电话单上最后一个号码就是打给黄经理的，但是上一个号码却是在六个小时之前，这期间怡姐的手机都没有通话。

"我来打电话问问。"狐狸说着又拨了过去。在一段长长的等待后，传来一阵"您拨打的用户已关机"的声音。

"咱们一个号码一个号码地查吧，我去多做几份手续，一定要把怡姐的下落找出来。"黄哥说。

"警察大哥，这个号码让我看看呗，怡姐周围不少人我都认识。"姓黄的经理在一旁小心翼翼地问。

"你认识，那好，你来看看。"黄哥把电话单子递过去，眼前就有一个熟悉这一行业的人，怎么把他忘了？黄哥一直想着如何处置这伙带小姐进行陪侍的人，竟然忘记让他们来帮忙配合。

"我认识，警察大哥，我认识这个号码。"黄经理仔细看了下号码，然后拿自己手机调出通讯录对照。

"这个人是谁？"狐狸急忙问。

"也是一个小姐，叫小颖，以前跟怡姐在一起，后来自己出去单干了。"

"能不能找到她？你要是能把她找出来，我们可以考虑对你这块违法犯罪行为从轻处理。"黄哥问道。

"我试试，我试试，你放心，我肯定全力以赴。"

姓黄的经理开始打电话联系，他可真是尽心尽力。他知道这次关系到他能不能继续在这儿干下去，自己带小姐安排陪侍客人的行为已经构成犯罪，怎么处理他完全看眼前这两名警官的意见。

黄哥就站在旁边看着他打电话，他一共打了十几个电话，把周围干这行的人都问了一遍，但是每个人都说最近没见过小颖。小颖是单干，没有妈咪带，每天晚上去上班的场所也不固定。黄经理打听了一圈，最终确定小颖最后一次上班的地点是珍珠歌厅。

黄哥和狐狸来到珍珠歌厅，这其实是一个歌舞厅，里面另外有包间可以唱歌。舞厅里灯光昏暗，男男女女搂抱在一起，随着嘈杂的音乐慢慢扭动身体，服务生端着摆满啤酒的托盘在人群里穿梭，把酒水送到周围的座位上。

整个舞厅散发着一股糜烂的声色气息。

"舞厅经理在哪里？我们是公安局的，过来检查！"黄哥进了舞厅对着迎上来的服务员问道。可是舞厅声音太大,喊了两遍服务生才听清楚,一溜烟跑得没影了。黄哥和狐狸只好走进舞场的控制台,正好将音乐关掉的时候,经理跑来了。

经理直接从大衣下面拿出两条烟,一边往黄哥和狐狸的怀里塞,一边把两个人往侧边的包间招呼。黄哥看这里确实不是说话的地方,灯光昏暗得连人脸都看不清,便半推半就地和经理进了包间。

"我们来找一个叫小颖的,最近在你们这里干活,现在我们想知道这个人哪儿去了?"黄哥用手挡住经理送来的烟,开门见山地说。

"她最近好像没来,犯什么事了吗?"经理小心翼翼地问。

"不是她犯事,我们现在是怕她出事了。"狐狸说。

来时黄哥和狐狸讨论了下案子。根据现在掌握的情况,基本可以确定失联的人是根据一条脉络线一个个联系的,只有一点儿点地往上查,找到最后一个能联系上的人,才能查清楚这几个人的去向。

现在追查到了小颖,如果这个人也失联了,说明她的处境可能和之前那三个人一样,而且经理的话也印证了黄哥的猜想。

"出事了?出什么事了?"经理问。

"这不是来找你吗?这个人最后一次上班就在你这里,来找你就是想查清楚她为什么出事了,为什么这个人现在联系不上了。"

"你等等,我去问问。小颖我认识,她有时候自己来我这里,但我和她不熟,我这里有几个服务员和她挺熟的。"

经理出去转了一圈,过了十多分钟带了一个服务员回来,是一个白净的小伙子。看到屋子里坐着两个警察,紧张得不停地搓手。

"你把刚才和我说的事讲给这两名警官听。"经理对着小伙说。

"我在这里做服务员,大约一个月前,有天小颖姐来上班,晚上十点多的时候她和一个男的离开,这个男的开了一辆黑色桑塔纳。她走之前让我记一下车牌号,我就给记了下来。"

"她让你记车牌号干什么?"黄哥问。

"当时她没说,就是让我给记一下,我就记下来了。"

"这种事你怎么不早说!小颖这都一个月不见人了,我还以为她去别的场子上班了!让你记车牌号你不知道是什么意思吗?第二天不就得赶紧告诉我吗?"经理顿时暴跳如雷,对着服务员大声训斥。

"我……我……也不知道,她让我记车牌号是什么意思……没人和我说过呀。"服务员小声地回应。

黄哥和狐狸心里顿时清楚了。小颖是自己单干的小姐，她在和客人出去的时候，尤其是和不熟悉的客人出去的时候，都会做一些防备，比如将客人的车牌号记下来，一旦有什么事起码可以顺着车牌号找到客人，算是一种预防手段。只不过这次帮忙记车牌号的服务生并没有理解小颖的意思。

"把车牌号告诉我们。"黄哥说。

在车管所的帮助下，桑塔纳轿车的车主很快被找到了。他说这辆车早已经卖了，只是没办理过户手续，车子早已不是他开。

现在只能从车开始追查。黑色桑塔纳全市保有上千辆，那时候交通天眼监控还不是很普及，违法拍照的信号灯也不多，但是一个年代有一个年代的工作方式。

在确定案件性质严重之后，大队决定全体参战，在全市进行摸排清查，发动群众参与，将每个街道路口停放的黑色桑塔纳轿车都查一遍。

群众的力量是无限的，全市开始清查只过了一天，这辆黑色桑塔纳轿车就被人发现了。它停在一栋居民楼的楼下，黄哥和狐狸立刻过去。车子就停在这栋楼门前，一共三个单元六层楼，开车的人应该就住在这里，但是黄哥不敢轻举妄动。

现在对于每一个出现的可疑的人都要当作罪犯来对待，一旦大意被人觉察，只怕罪犯直接逃逸，最后鸡飞蛋打。现在最好的办法就是在楼下守候，等人下来开车的时候进行控制抓捕。

这个人没让黄哥等待太久。临近傍晚的时候黄哥看到一个人走到桑塔纳车前，车子不是电子钥匙，他得像开房门一样把钥匙插进去扭动几下然后再拉开车门，而黄哥的车就停在旁边，在他开车门的时候黄哥将他一下子扑倒按住。

本来对这个人直接采取抓捕时黄哥还有些犹豫，怕一旦不是罪犯对他出手太重再遭到诟病，结果这个人被按住后立刻开始反抗。

这个人拼命挣扎，像杀猪一样，三个人在地上滚来滚去，但一直有一个人保持着把他按在身下的状态。最后是狐狸朝他脸上连续踢了几脚，趁着他缓口气之际才把手铐给扣上，这个人被戴上手铐后彻底老实了。

黄哥决定当即上楼对他住的地方进行搜查。用黄哥的话说，他作为工作了十年的老重案警察，进了屋子后都有些受不了。整个屋子到处都是臭鸡蛋味，厨房里有一个大锅，是那种冬天做酸菜用的，一锅能煮好几棵白菜，打开锅盖后能看到里面水已经发浑，上面还浮着一层油膜。

"人哪儿去了？！"黄哥冲着这个人喊问道。

"扔了。"

这两个字如同晴天惊雷一般。这人刚说完，本来是压着他肩膀的狐狸一把将他推倒按在墙角。狐狸现在知道眼前这个人可不是一般的罪犯，"扔了"两个字一说出口就可以确定这是个杀人犯，而且从现在掌握的情况来看，他可能杀了不止一个人。

屋子里有个大冰柜，黄哥深吸一口气，打开冰柜，但里面空荡荡的只有一个黑色塑料袋，拿出来打开一看是一个人头。

经过检验，这个头是燕子的。

罪犯一共杀了五个人，第一个被害的就是小颖。他在舞厅认识了小颖，在接触过两次后便约她出来，小颖为防万一让服务生记了下车牌号，但这个服务生也仅仅是记了下车牌号而已。

他把小颖带回屋子里捆绑上，然后问她要钱，在问出小颖身上银行卡的密码并且取到钱之后，再让小颖约一个朋友出来。小颖便把怡姐约出来，随后罪犯在接到怡姐后将小颖杀死。

罪犯如法炮制，先问怡姐要钱，拿到钱后让她再联系其他人。怡姐看到他杀害小颖的过程，为了自己活命，她先找了小娜，然后又找了燕子，可最终罪犯还是没放过她，在燕子来了之后，罪犯把怡姐也杀死了。

燕子说她的银行卡在租住的房屋里，罪犯便拿着钥匙去找。他进了屋发现还有一个老太太住在这里，他觉得燕子是要诡计，怕自己暴露便将老太太杀死，随后找到银行卡返回又将燕子杀死，但这次没人帮他联系其他小姐了。

现在他又换了一家舞厅，这几天一直去物色目标，准备继续作案。

"我审讯的时候罪犯说得很详细，他本来想一直杀人杀下去，没想到怡姐是一个带小姐的老鸨，在她把燕子骗出来之后，他怕怡姐叫更多的人会引起怀疑，就把她杀了，但是燕子却没再继续帮他找人。这也算是侥幸，如果他继续相信怡姐的话，只怕现在被害的人会更多。"黄哥回忆完这起案子后对我说。

"你二等功的证是什么样的？拿出来给我看看呗？"我问道。

黄哥低头拉开抽屉开始翻，最后从里面掏出来一个小红本，就像最早的结婚证一样，上面红皮上写着二等功，里面有立功人的姓名、授予功绩和黄哥年轻时的一张照片儿，英俊帅气。

"这立功证也太简朴了。"我看完把红色的小本子还给黄哥。现在三等功都有个奖状，金边裱框那种的，还配有一枚奖牌。

黄哥笑了笑，把证件又塞进了抽屉的最里面。

番外篇：
第三案

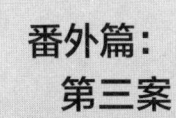

罪犯逃脱案

一开始他就是装的，为了让我们放松警惕性，但是他怎么把手铐打开的呢？我越想越不对劲，开始摸索他的衣服。

我们让他贴着墙坐着，我发现他的头一直没靠过墙，而是微微前倾。小邵穿的是一件带领的衬衣，里面还有绒衣，这副姿态很奇怪。结果我翻开他的衣领，在里面发现了一个曲别针，就藏在商标后面。

押送杀人犯的路上，我见识到了罪犯逃跑的一百种花样

我在重案队工作了十多年，通过侦办各类案子接触过各种各样的人，虽然大多是罪犯，可是罪犯也有许多不同。有些时候我会想，如果他不是被拷坐在铁椅子上，假如换一个环境，比如在咖啡店，也许会是一个不错的聊友。而他变成罪犯坐在这里往往就因一念之差，就在这一瞬间改变了他自己的一生。

但这一类人是少数，大多数的罪犯都是罪有应得。

早期重案队工作很忙，最多的时候一个月能发五六起案件，而且都是命案。我们的工作状态经常是这一起案件还没忙完下一起案件又续上，重案有三个队，轮番上也抵不住案件多，所以那段时间有很多案子已经侦破了，但是罪犯还没抓到。

案件告破的条件就是确定罪犯身份，所以在同时有很多起案件压过来的时候，我们能做的就是查清案件情况，确定罪犯是谁，然后再继续侦办下一起案件。

我们会把被确定为罪犯的人列为网上逃犯。无论出现在哪里，只要他暴露出自己的身份立刻就会有预警信息。各地公安机关发现自己属地有逃犯信息就会去抓，然后移交给立逃单位。

我也抓过很多逃犯，在得到预警信息之后带着人来到逃犯藏匿的地点，一般都是小旅社或者是出租房屋，深更半夜趁其不备冲进去，在他睡得迷迷糊糊的时候将他按在床上，前后费不了多长时间。而且抓住一名逃犯都会有奖金，根据立逃单位发布的严重性，最低五百元，最高一万元。

我们立的逃犯也会被其他地方的警察抓住，这时候我们就需要把逃犯带回来进行审讯。而把逃犯带回来则是另一个与众不同的工作，这个工作也让我对人性有了更深刻的了解。

第一次带逃犯的时候我刚参加工作一年多，业务都懂但是不精熟，大案要案插不上手。平时打打杂办点小事，比如给证人取一份笔录，找相关人员做一份口供，权当练手积攒经验了。

那天宋队进屋转了一圈，走到我跟前问我这几天有没有什么事，我说没有。宋队说让我跟着出趟差搭把手，案子是重案二队侦办的，他们人手不够，这才让我去帮忙。

案子是五年前的一起抢劫杀人案件，当时在现场提取出了指纹，直到去年才比对出了结果，确定了嫌疑人的身份然后将他立为逃犯。现在这个人被抓住了，我们现在需要把这名杀人犯给带回来。

也许有人会觉得怎么指纹比对用了三年？其实真正的原因是当时指纹并不是对所有人进行大面积采集，比对的对象仅限于在公安部人员信息库里存在的有犯罪前科的人。这名抢劫杀人犯虽然留下了指纹但是他的个人信息却不在指纹库里。直到今年他因为殴打他人被抓了起来，在采指纹之后才在指纹库留下了痕迹，随后被比对出来。

那时候计算机运算能力也不行，等将他的指纹比对出来的时候，这个人早就被拘留所释放了。殴打他人被行政拘留五天，指纹比对出来已经是一周后了。不过他的身份被我们核实出来，接着便被立为逃犯，在前几天被外地的公安机关抓住了。

这次我是和重案二队一起去带逃犯，一共去了三个人。一个叫咸鱼，和我同年毕业，也是个新丁。带队的叫九哥，和黄哥岁数差不多。

说到九哥便多说几句。一开始我以为他是在家里排行老九，才被称呼为九哥，后来才知道九是喝酒的酒，酒哥的意思是他能喝酒，真是一字之差谬之千里。

我们三个人坐上了去往黑河的火车，那时候别说动车了，去黑河的车连T字头的特快都没有，只有K字头的绿皮车。

我们三人中午上车，听着火车铁轮"咣当"了两个晚上，才从落叶泛黄的秋天来到了白雪皑皑的冬天，来到了中国极北最大的城市黑河。

下了火车我立刻体验到了北方的寒冷。虽然我把绒裤都穿上了，可是完全挡不住刺骨般的冷风，身上的热气几乎是一下子就被抽干。全身只要有透气的缝就会有风不停地往里面钻。我只觉得刚下车没到一分钟裤子便被风吹透了，每吹来一阵风都能让我感觉好像有个冰块贴在腿上似的。我们仨一路跺着脚蹦跳着出了火车站，钻进了出租车来到当地公安局。

当地公安局告诉我们，这个人一直在这里打工，前不久在清查的时候发现他是一名逃犯，便当场将他抓住。人现在关押在看守所，我们随时可以将他带走。

晚上当地公安部门请我们吃饭，席间说话闲聊，便讲起这名罪犯的情况。在抓住之后当地公安部门对他进行了突审，几乎没用多久他就交代自己抢劫杀人的事实了。

"这个人是五年前犯的案子，我看立逃时间怎么还不到一年？"当地公安同事问道。

"从我们查出罪犯的身份到现在也不到一年。"九哥回答。

"我说呢，这个人说这些年来他提心吊胆的，一开始东躲西藏，后来发现警察没继续找他，这才渐渐放心。后来又和人打了一仗，被关进拘留所五天就放了，他觉得警察应该是没发现他之前抢劫杀人的事，于是才离开老家来到这里开始打工。"当地公安同事说道。

"一开始确实没发现，后来因为他被拘留采了指纹，这才落实他的身份，将他立为逃犯。"

"这小子刚被抓的时候嘴还硬，理直气壮的。后来我们把他铐起来，他才发现不对劲，熬了一晚上后全交代了，当时这个案子具体情况是什么样的？"

"这案子我清楚。他当时是去一个个人小卖店抢劫，之前踩过点，店里是一个女的看着，他冲进去直接亮出刀子。结果那天晚上换成一个男的看店，看他亮刀子根本没害怕，和他撕扯打了起来，被他一刀捅死。然后他在店里抢了二百多块钱跑了。"九哥说。当时这个案子就是他负责侦办的。

"杀了一个人就抢了二百块钱？"当地公安问道。

九哥点了点头。

我在一旁也算大概听明白了，也许这小子当时只是想抢点钱，结果没想到却杀了人，现在变成了抢劫杀人犯，估计他的后半辈子就要在监狱里度过了。

第二天中午我们来到看守所，九哥嘱咐我和咸鱼一定要打起精神，要带回去的人可是一个抢劫杀人犯，兔子逼急了还咬人呢，像他这种的说不定会做出什么出格的事情来，一定要注意。我和咸鱼都点了点头。

罪犯被当地公安的同事从看守所里带出来。我仔细端详了下，他个子不高，身材也很消瘦，一直低着头，眼神回避着所有人。两个当地的警察压着他的肩膀，我们用带来的手铐将他铐上，又把脚镣戴上。

他全程没说话，站在那里好像睡着了一样，连头都没抬起来看我们一眼，仿佛周围一切事物和他都没有关系。直到我们对他说走吧，他才开始慢慢往前走，拖着脚镣小步缓缓，发出"哗啦哗啦"的声音。

我们到了火车站，车是晚上发的夜车，这期间我一直用手挽着他的胳膊，他依旧一言不发。

"坐吧。"来到候车厅，我指着椅子对他说。

"谢谢。"他冲着我低头微微鞠躬，然后慢慢地坐下。由于他被戴的是背铐，手臂被别在身后，所以身子没法靠在椅子上，只能微微前倾。

"喝口水吧。"九哥给他打开一瓶水，递到嘴边帮他喝了几口。

"谢谢，谢谢。"他喝完小声地回答，然后端坐在那里不动。

当地公安让我们提前上车，一直把我们送到了站台上。

"这人看着挺老实的呀。"咸鱼在一旁小声地对九哥说。

"别看表面，一定得盯紧点，晚上咱们三个必须得轮流看着他。"九哥说道。

逃犯一直被我拐着胳膊，我往前走的时候他才跟着走，我不动的时候他也原地站着不动，没有任何多余的动作。我也觉得这个人挺老实的，有时候我甚至想松开扣着他胳膊的手，让他自己在这站着，但听完九哥说的话，我又紧紧地拐住他的胳膊，不敢放松。

这是一个命案逃犯，我一直在提醒自己。

我们四个人是一个车厢，买的是硬卧，车厢里是上中下三个铺位。我们让他躺在中铺，上去的时候脚镣挂在铺位的栏杆上，我费了好大劲才弄开，然后九哥把他一面的手铐打开后铐在栏杆上，让他在床铺上平躺着，脚镣堆在床角。

接下来是三天两夜的车程，只要我们到家就算完成任务了，家里那边会安排人在火车站接我们。从火车鸣笛出发那一刻我便开始默默地数着倒计时，盘算着还有多长时间能到家。

在火车上是最无聊的，尤其是带逃犯，什么也不能做。我们三个人东一句西一句地聊天，大家的注意力都在这名逃犯身上，时不时地站起身抬头看一看，而他则是一直闭眼躺着不动。

九哥有时候也会问这个罪犯，他姓邵，九哥一直喊他小邵。在车上我们肯定不能谈有关案件的事，九哥曾试探性地问几句，他也多半不回应，偶尔唯唯诺诺地说几句。

从上火车之后他一直老老实实，甚至没下过床。

晚上我们带了一些熟食，三个人坐在下面吃了些，在此期间我还给小邵一个鸡爪子，他摆摆手说不吃，依旧向我们道谢。如果不是挂在栏杆上的手铐和脚上时不时发出哗啦声响的脚镣，这人看上去温文尔雅，很有礼貌。

三个人盯着一个逃犯，他还被手铐铐在中铺上，应该没什么问题了，我心里想。起身站在走廊边朝窗外望去，天边只剩下一丝红光，转瞬即逝，接着黑夜盖满大地。

列车在晚上十点会把走廊的灯关掉，但我们今晚可不能睡觉，三个人分成三班，九哥说必须时刻保证有一个人盯着逃犯。九哥让我们先睡，他先盯着，后半夜换我，接着换咸鱼，快到早上了九哥再起来接替，这样轮换着每个人都能睡一会儿。

列车员开始关走廊的灯，熄灭后只剩脚下有一个小灯，车厢里变得黑漆漆的，而外面更是一点儿亮光都没有，什么都看不见。

"警察同志……我……想上个厕所……"一直默不作声的小邵突然弱弱地说道。

"上厕所？大的还是小的？"九哥问。

"小的，我怕晚上再起夜还得麻烦你们，还是临睡觉前去一趟吧。"

我正闭着眼，也不知道自己睡没睡着，听见他们说话便坐了起来。

"行，你们帮他弄一下。"九哥看到我醒了便对我和咸鱼说。

我先把小邵的手铐打开一半，胳膊从后面转到前面，然后再把他的两只手重新铐在一起。接着我得帮忙把他的脚镣子慢慢从床上抬起来，绕过床边的栏杆从上面拿下来，他的腿还得配合我的动作，同时跨过栏杆，从中铺放下来，然后咸鱼扶着他落地。

这一套动作他自己根本无法完成，我和咸鱼两个人配合还忙乎了半天，然后才带着小邵往车厢后面走。到了厕所后打开门，火车的厕所门都是往里面开，空间狭小，两个人根本站不下，我们也不能让他自己在里面，所以只能把门顶住，让他这样站着直接使用。

小邵站了很长时间，我才听到哗哗的声音，火车左右摇摆，尤其是在厕所里感觉更明显。他两只手被铐在一起，只能用腿左右移动保持平衡，大大提高了上厕所的难度。

哗哗声消失了，小邵开始提裤子，然后抬起手按水箱上的按钮，接着转过身。我后退一步，看着他从厕所里走出来。

脚镣子拖在地上，往回走的一路不停发出"咣咣"的响声，有些人还从卧铺里探出脑袋来看，发现是脚镣子后立刻缩回了头。

"我自己来。"小邵一边说一边往中铺爬。

我在后面扶了他一下，他爬上去后蜷着身子把脚镣子搬上去，再伸出手让我们把一侧的手铐锁在铁栏杆上。

一切如常，小邵上完厕所后我毫无睡意，看了下表已经快十二点了。我让九哥和咸鱼去睡了，接下来由我接班站岗，我把走廊贴在过道的椅子翻下来坐了下去。

列车里很快就安静下来了，只能听到火车车轮偶尔在铁轨的缝隙处发出"咣当"一声响。我透过窗户往外看，四周一片漆黑，就算经过村庄，这时候也都熄灯了，只有在进入城市的时候才会看到灯光。

我能听见卧铺上的人发出沉重的呼吸声，大家应该都睡着了，一股孤独感袭涌而来。窗外乌云满天，看不到一丝月光，只有脚下的照明灯亮着，照在火车灰色的卷布毯上，像被撒了一层霜一样。

不知过了多久，传来一阵轻微的闹铃声，接着咸鱼翻了个身慢慢从床上爬下来，我看了眼时间，凌晨两点，到换班时间了。

"你去睡吧，换我来盯着。"咸鱼一边揉眼一边对我说。

往上铺爬的时候我看到小邵也动了动，接着传来深厚的呼吸声，看来他睡得还不错。我回到上铺躺着，九哥在下铺，不知过了多久便睡了过去。

我感觉好像刚睡着，或者说只睡了几分钟，隐隐约约觉得好像有什么哗啦哗啦的动静。开始我以为自己是在做梦，后来感觉不太对，想起来自己现在正在出差，还是带一名逃犯。

但是火车没有再摇晃，我能感觉到车是静止的，难道火车到站了？我的脑袋瞬间清醒，眼睛一下子瞪开，这时我发现周围都是黑漆漆的，但是车厢走廊那一侧的窗户外是亮的，看样子应该是到站了。上铺高度不够没办法起身，扶着栏杆我伸出脑袋往下看。

这一看不要紧，我看到下面有个人大半个身子在地上，正在慢慢地把手从中铺往回缩，可我下面的就是逃犯呀！我来不及确定这个人是谁，一边大喊一声，一边从上铺翻身往下跳。

"干什么？！"

随着我这一声喊出来，下面的人立刻转身就跑，我跟着跳下来来不及穿鞋，光着脚追了出去。在我跳下来的那一刻，我看到中铺是空着的，刚才看见的站在地上的人就是逃犯小邵！他怎么跑了？咸鱼呢？

我冲出卧铺，小邵只比我往前多跑出去几米，加上车厢狭窄，他跑不快，我急忙往前追。

"站住！"我一边追一边喊，但小邵头也不回地往前跑，我看到他的手脖子上还挂着铐子，明晃晃的，但是脚上的脚镣子不见了。

火车停靠车站，正好有人拎着一个行李箱上车，将本来狭小的通道堵上了。小邵情急之下推开前面的人，但是被行李箱绊了一下，趁着这机会我往前一扑，连同行李箱和他一起按倒在地上。

"你给我老实点！"我一边使劲地按着他一边喊。这时候九哥也起来了，匆忙赶过来和我一起动手，小邵再也不是刚才那副唯唯诺诺的老实模样，而是拼命挣扎，虽然上半身被我按住了，但是腿脚一直在不停地乱踢乱蹬。

咸鱼赶了过来，我看到他是从车厢门口处跑进来的。他来之后按住小邵的头部，而我压在他身上，九哥把他的腿按住，还有个行李箱压着他的半个身子，这次他再也无法动弹。我们费了九牛二虎之力把他的胳膊扳过来，然后铐上手铐。

"你上哪儿去了？"九哥冲着咸鱼发火。

"我看车停了，合计去门口透透气。"咸鱼一脸惊呆了的模样。他听到车厢里有动静急忙跑进来，就看到我和九哥在压着小邵，换作谁看到这幅场景都会发蒙。

我们把小邵拖回了卧铺车厢，这时我发现脚镣子是完好的，再一看他的脚，整个脚踝都扭了一个弯儿，我才知道他是活生生地从脚镣里挣脱出来的。

幸亏我睡觉轻，听到一点儿动静后就醒了，不然他肯定跑出去了。看着小邵满头大汗地堆坐在那里，想到刚才发生的事情，我不由得有些后怕。

"你这个小兔崽子！"咸鱼恼羞成怒。他穿着牛仔裤，上面有裤腰带的扣，结果他直接从包里又拿出一副铐子，将小邵和自己挂在了一起。

这次逃跑失败，小邵彻底变了副模样，一会儿要喝水，一会儿要上厕所，一会儿说手铐太紧了，半个小时能提出十几个要求，像个无赖一样开始和我们对抗。

我这才知道从一开始他就是装的，为了让我们放松警惕性，但是他是怎么把手铐打开的呢？我越想越不对劲，开始摸索他的衣服。

我和九哥把他身上的衣服翻了个遍，也没发现什么东西。这个人是从看守所带出来的，早就被搜过身，也不会有什么违禁物品。我问他手铐是怎么打开的，他不回答，还在不停地耍赖。

我们让他贴着墙坐着,我发现他的头一直没靠过墙,而是微微前倾。小邵穿的是一件带领的衬衣,里面还有绒衣,这副姿态很奇怪,结果我翻开他的衣领,在里面发现了一个曲别针,就藏在商标后面。

"大哥,行了,我不跑了,你给铐子松一松吧,太疼了。"看到曲别针被我们翻出来,小邵主动开口说话。

"你还想跑是不是!"咸鱼大怒,抬起手比画了两下但是终究没扇下去。

"我犯的这个事不死也得无期,有机会跑肯定得跑,这是人之常情,你们也不能怪我。"小邵这时说话的语气都变了,不再是唯唯诺诺,而是一副理直气壮的样子。

"你现在是为你自己犯的罪负责,为被你害死的人赎罪,你还想跑?你还有理了?判你死刑是应该的,判你无期算你运气好!你能跑说明你自始至终就没觉得自己做错了!"九哥对着小邵呵斥道。

小邵没再说话,坐在那里再次沉默不言。

接下来这一天一夜我们三个人都没敢合眼,为了减少他上厕所活动的机会,我们连水都没敢让他随便喝。小邵也发现我们提高了警觉,一直盯着他,连说话聊天都是面朝着他。但即使这样他还经常左顾右看,眼神飘忽不定,我知道他还是想跑,他从来就没想过束手就擒。

第三天早上,当阳光照进车厢的时候,我们知道已经快到家了。现在我们三个人蓬头垢面,这几天连脸都没洗,我的活动范围仅限于眼前这一平方米。

"我要上厕所。"小邵说道。

"不行!"九哥立刻回绝了他。

"我要大便,我憋不住了,我现在就要大便!"小邵越说声音越大。

"不行!"九哥说。

"我憋不住了!"小邵一边说一边开始扭动着身子,把身子弓起来,然后屁股撅起来,摆出一副要大便的姿势。

"肯定不行!"九哥说得斩钉截铁。

"扑哧"一声响亮的屁从小邵身上放出来,我看到他面孔扭曲,脸憋得通红,但是这声屁响之后再没发生其他的事情。大约过了两分钟,他长出一口气,又把身子平躺了下来。

接下来的三小时小邵再也没说话。

在他说要上厕所大便的时候,火车即将停靠最后一个车站,下一站就是我们市了。他是在做最后的挣扎,不过我们没给他机会。

车到站了，我们连拖带拽地把小邵弄下车，交到了来接我们的同事手里。在交接完的一瞬间，我想立刻找张床躺下睡一觉，这两天两夜给我的感觉真的是度日如年一般。

事后我问九哥，如果小邵当时真的躺在床上大便，而且拉了出来怎么办？九哥苦笑了一下，告诉我没办法，只能忍着了。

这是我第一次出门带逃犯，也是唯一的一次遇到逃犯脱离的情况。在后来的审讯中我们才知道，小邵本来就会开锁，当时他并不是潜入商店抢劫的，他本来是把锁打开想进去偷东西，结果被住在小店里面的人发现，然后他将人杀了。

那枚曲别针他一直带在身上。一开始他将曲别针藏在裤子的边缝里，趁着上厕所的机会取了出来，这也是为什么他在厕所待了那么久，然后找机会将曲别针藏在衣服的领子里。

我们一点儿都没发现。

用一枚曲别针打开手铐也不是什么新鲜的事，后来我也碰到过多次。还有人将牙签掰折，如果恰到好处也能把手铐打开。后来我们再带人的时候都会带一个胶纸，把手铐锁眼一封，什么意外都不会发生了。

这件案子是重案二队负责。由于是命案，最高处刑达到死刑标准，所以这个案子被检察院和法院退回补充侦查了两次，而其中一次办理移交手续时正逢我要去看守所提审，于是咸鱼便将手续给我，让我替他一起办了，这也是我最后一次与小邵见面。

本来我的任务只是让小邵在文书手续上签个字，前后两分钟时间，但他进了提审室后就问我要烟抽。我们提审一般都带着几根烟，用来和罪犯谈条件的，好好讲坦白供述就会给他一根，于是我便给了小邵一根烟，趁着这一根烟的时间我和他简单聊了几句。

对于他的案件我没什么兴趣，板上钉钉的抢劫杀人，他到案后也如实供述了自己的罪行，接下来只是判多重的问题。但我对于他被押送回来那次打开手铐逃跑的事情一直挺好奇，便问他开锁的功夫是怎么学会的。

小邵告诉我他拜过师，这一身开锁的功夫也算是一门手艺。他说早些年中国有两个著名的锁具厂，两个厂子做锁具的班底也都是名扬一方的锁匠。锁匠不光要会制锁，更重要的是要会开锁，他们得保证自己的锁不能被别人打开，所以越是厉害的锁匠开锁的本领也就越高。

后来这套技术不知怎么就流传出来，传到了小邵的师父那里，这个人又传给了小邵。

"那你的师父是干什么的？也是锁匠？"我问。

"不是，他和我一样。"

我没想到小邵所说的拜师学艺竟然是向一个盗窃犯学艺。既然他是小邵的师父，那么他开锁的手段肯定更高强了。作为一个盗窃犯，那他犯下的罪，作的案更是不能少了。

"这个人现在还在外面偷东西吗？他叫什么名字？"我急忙问道。

能从小邵这里挖出一个盗窃惯犯的名字也算是一份功劳，我们从没想过询问他开锁手段的来源，没想到一问竟然还另有发现。

"他姓熊，我不知道他叫什么名字，别人都叫他老熊，我喊他师父。"

"他现在人在哪里？"

"我不知道，他后来去四川了，一直没有联系。"

小邵的烟抽完了，把文书签了字后我便离开了看守所。老熊这个名字就像是耳旁风一样，在听小邵说完我就忘记了。小邵只知道外号，我知道没法将这个人找出来，茫茫人海，哪怕你知道真实姓名也不好找，更何况他还不在本地。

没想到多年以后，这个名字会再一次在我面前出现，而这又是另一个故事了。